"尘幻，邂逅于动荡的宇

U0689124

尘幻传说

①

─ 群英始现 ─

捌贰零期 | 著

浙江文艺出版社

图书在版编目(CIP)数据

尘幻传说1：群英始现 / 捌贰零期著. —杭州：
浙江文艺出版社，2023.8
ISBN 978-7-5339-7322-3

Ⅰ.①尘… Ⅱ.①捌… Ⅲ.①长篇小说—中国—当代
Ⅳ.①I247.5

中国国家版本馆CIP数据核字（2023）第142653号

图书策划　柳明晔　　　　　　封面绘图　叶　茗
责任编辑　张　可　张　雯　　内文插图　章湘宜
营销编辑　宋佳音　　　　　　装帧设计　仙境 **WONDERLAND** Book design
数字编辑　姜梦冉　诸婧琦　　责任印制　张丽敏

尘幻传说1：群英始现

捌贰零期　著

出版　浙江文艺出版社
地址　杭州市体育场路347号
邮编　310006
电话　0571-85176953（总编办）
　　　0571-85152727（市场部）
制版　浙江新华图文制作有限公司
印刷　浙江新华印刷技术有限公司
开本　710毫米×1000毫米　1/16
字数　365千字
印张　21.75
插页　4
版次　2023年8月第1版
印次　2023年8月第1次印刷
书号　ISBN 978-7-5339-7322-3
定价　59.80元

这是一个一直困扰着帕克特，或者说同时困扰着许多人的问题。究竟是谁创造了这一切？

"亏你像个超凡入圣的家伙……凌踪。你自身也不过是个勒克莱尔人放在摇篮宇宙里的实验对象,从小至大,享受着理所当然的无知。"

"我是拉·普艾希亚,拉·班荷与劳露·格拉芙之女,拉·希拉示·波启卡的继任者,你的末日。"

"我们起身吧，取回始初魔块，然后……将他们引开这里。"

序一

出版社给我邮来一部长篇科幻小说稿，希望我评判该作品的价值。我不是科幻理论专家，只是一个写过科幻小说，采访过许多科幻名人的老科幻迷而已。

仔细地阅读了这部95后年轻作者的处女作——《尘幻传说》，一阵阵激动涌上心头。现在的年轻人真不得了，一上来就写长篇科幻小说，而且写得如此之好。

该书有文采，有一个很好的人文设定。《尘幻传说》是一部集科幻、奇幻与冒险于一体的长篇小说，讲述来自不同种族的青年在大宇宙时代的星际冒险途中相遇相识，团结有志之士，协力对抗时空邪恶势力及拯救文明世界危机的故事。全书内容积极向上，是一部适合青少年读者阅读的励志读物。

该书还有一些不错的科幻设定。克隆技术、宇宙孵化、构筑力场、时空穿行，甚至对基本粒子和物质能量的操弄……书中不乏对热点题材的大胆想象。

更重要的是，作者能把人文设定和科幻设定融合在一起，通过生动的人物形象，编织成水乳交融的故事。纷繁复杂的人物叙事线、跌宕起伏的情节转折以及细数不清的伏笔贯穿全书。

奇形怪状的太空生物，机能独特的先进军械，先进科技与旧文明世界之间的博弈与碰撞，冒险的同时对家园宇宙终极命运的探讨……与其说作者单纯在讲述一个故事，不如说他在用笔下的万物构成崭新的文化。

作者将自己对幻想世界的演绎全情寄望在字里行间，希望这本书中的一切能够伴随他与读者在创造无限传说的繁星荫蔽下不断进步、成长。

"尘幻,该是怎样的尘,又是何样的幻?"

这是书中的一句问话。答案便交由你,让你在这渐进的故事情节及怦怦的心跳声中寻找吧。

董仁威

序二

20世纪80年代,评书曾风行一时。课余放学,往往一堆男孩子手舞足蹈地谈论着《三国演义》《隋唐英雄传》等袍带书的情节,其中不乏关公战秦琼式的天马行空。说书艺人创造出来的这个与真实历史大相径庭的平行世界,让人无限痴迷。

不过,随着年龄的增长、阅历的增加,评书的吸引力大多会大不如前。特别是这些主打行兵布阵的袍带书,由于创编者大多文化程度不高,因此细节上往往粗糙,关目雷同居多,似乎每一个朝代,皇帝身边总会有个奸臣,开武科场,设十条绝后计陷害天下英雄。真实战争太过沉重,艺人口中的历史又形同儿戏,因此当田中芳树的《银河英雄传说》出现在中国人面前时,很多人都眼前一亮。熟悉的兵书战册,熟悉的勇者单挑,却是以宇宙为舞台,以各种飞船为武器。而具有中国情结的田中将双主角之一的杨文理提督设定为一个中国人,更让人欣喜。在无垠的太空中征战厮杀,纵横捭阖,这幅华丽的画卷只凭想象就能让少年人的热血都为之沸腾。只不过原创小说中这一类太空歌剧总是难得一见,令人不无遗憾。毕竟,将科幻与谋略结合成一个跌宕起伏的故事,又要不失厚重,并不是件易事——直到读到《尘幻传说》。

这是一部标准的太空歌剧。在广袤无垠的太空中,灿烂无比的星空里,展开了一场殊死的战斗,形形色色的英雄豪杰登上了这个舞台,一些人很快退场,一些人则坚持到了最后。

不同于《太空堡垒》,也不同于《银河帝国》,当这幅诞生在一个年轻人笔下的史诗般壮美的画卷缓缓展开时,在充满了想象力的战斗场面中,洋溢着不拘一格的活力,以及只有年轻人才拥有的朝气与自由，令人不由击节赞叹。而故事中的谋略与武勇，不仅仅取法于日本动漫和好莱坞电影，分明也与中国传统的历史演义小说相通。

当然，我们也可以苛责小说背景中中国元素少了点，以至于不看作者的话，第一眼甚至可能会认为这是一部翻译小说。然而故事更重要的是气韵，《一千零一夜》中找到神灯的阿拉丁，据原文是一个中国少年，但故事仍是浓厚的阿拉伯风味。采取什么样的背景仅仅是一个写作习惯而已，面对着浩瀚星辰的，仍是一个中国少年的幻想。将中国传统的历史演义小说与太空歌剧相结合，这本身就是一个非常大胆的尝试，纵然稍有不足也无可厚非，相信年轻的作者将如穿梭在星河之间的飞船一般，驶向更远的远方。

燕垒生

目　录

其名为尘幻

当气流遇上人来人往，简单的闸口开关闭合。

站在甲板上看身后，背上透过莫布斯纤维感受到凉风吹拂感，好似在佛尔行星的一次登山旅行。

佛尔行星上的七十四号母峰以及霍洛尔波克高地的登山旅行——准确地说那趟旅行的目的并不是登山，若不是有人强行将它定义成那个叫法。所有人热热闹闹地绕着陡坡走过一片分外恬静的树林，队列中的大人和孩子弯腰拾起针叶毯上随处可见的那些松实，比赛谁能借着低重力先将它们丢到最远的树梢上。在那个特别的时分产生的氛围使人相信，没人需要一场多余的战争来改变这世间的任何事。

可事与愿违，六门八百五十毫米口径的舰炮顶端闪耀着空间站信号塔投来的白光，炮膛的螺纹线口连同舰体上难以计数的向空冲锋炮一齐对着前方空无一物的跃传宙域。战斗机编队在完成出发前的最后一次演练后连组折返，依次悬停在巨舰的边侧等待着自动挂架收容。方才从第二船坞赶来的护卫舰队，在寂静漆黑的太空中汇成一阵由浅银色尾焰构成的弧线暴雨。

这将是一场浩大的全面战争。

"看来都准备好了。"

回头看着背后船坞中那艘巨大、温和且载满纷杂回忆的航宙舰，小力将腰甲上的机动保险往两侧推拉锁止，男子的黑发随着甲板供氧舱泄出的稳定气流浮动着。

那是一团黑色的火焰，极少人知道它为什么会在这世界的边缘骄傲地燃烧。

　　决战的气氛笼罩整个恰鲁星区，可以看见每一艘工研麾下的工厂舰对这场战争所做的准备——大量的天链僚机被成匣地装入对标巨大航宙舰的内胆弹射舱。不过随着怀表上的时间慢慢接近任务标定的时刻，繁重的工作也渐渐进入尾声。脱驳返回轨道的工厂舰并不急着离开，或许只是为了再看一眼这支浩大舰队在星区中罗列开来的罕见景象。

　　"命运不息，凌踪，不论谁都相信还能在俄鲁喀耶德看到彼此。所有的人都要赴约，一起见证佐星和普南利尔最后的命运，因此诸事仍要继续。"穿着舰长服饰的女子挥动手中的节杖，如同冬夜纷雪般的舰桥灯火渐渐被升起的装甲板覆盖。厚重、庄严，无数幽明的炮火魂魄被阻绝在外之后，夜晚好像一下就来临了。黑发青年心想，若不是置身在稀薄深空中，这个夜晚就谐调了。

　　这个念头仿佛隔了很远，老实说，自己如今还能记得这种复杂的感受，简直是奇迹。甲板上的所有人目送着小型航宙舰上的乘员离去，或许选择默认凌踪所说的全部或是一部分是对的。临战时分，人的预感总是不会出太大差错。

　　人造的星幕和光柱，依然闪耀在周遭微小陨星的外露金属积层上。所有人屏住了呼吸，在这听不到声音的真空中，像被撒巴莱亚人的重炮命中了的鲁伯督尔失速下落时发出的哀鸣，依旧在毫无介质的深空中回荡。

　　"又在甲板上吹太空冷风？上船吧凌踪，吃点水果，顺便感受下我开足三小时的热空调。"耳畔的通信器中传来英气十足的女声，话语中透着的精神劲儿像极了大学里橄榄球队刚休息完上半场的四分卫。

　　"你倒是难得提醒我有关个人健康的事儿，薇妮亚。再者，你至少得先把舷梯给放下来。"青年笑了笑，叉腰看着空中逐渐靠近停机坪的新锐战舰。

　　"抱歉啦。我潜意识里以为你也如鸟一般会飞，和你边上那位一样。"

　　呼啸在巨大航宙舰甲板上空的战舰从开启的舰腹中降下一道拟质量绳梯。舱门中，一个长着独角的人远远朝着母舰机库塔楼的位置招了招手，照射在后方接收口的充能光束即刻脱靶，像一条学会独立思考后选择逆向生长的藤蔓，缩回到了机库外的大型充能喷口处。被技工们叫作"兔子洞"的充能舰舰首随即发出一阵蓝绿相间的灯光信号，抬升高度，开始完成任务后的返航。

　　身后合上书页的另一名男子提着包一跃而上，空中的拟质量绳梯仿佛是个浮华造作的摆设——就像被无形的手托进了高悬在空的船舱。手握着一根微微发光的金属长杖——这家伙可是去哪儿都带着这个，八成睡觉的时候也会特意拉开一条缝把它塞进睡袋里。帕克特·荣格，百闻不如一见，万变戏耍，神奇源术。

"那到时候见，米诺里。"黑发青年回头左右摆摆自己的上臂，示意着离开。

"去吧，紧张兮兮的家伙。"持杖牧星之人笑了笑，便搭乘甲板上的光子浮板向着背后巨大战舰的舰桥行去。

在另一艘舰船的舰桥上，红发女子看着黑发青年迈步向前，舒了口气。

"舰长，接到通信。"

远远挥了挥手，通信员即刻从全息仪上展开了舰桥媒体。

"这里是俄鲁喀耶德号母舰。作战部署一切就绪。俄鲁喀耶德号即刻预启动同位传跃。五分钟后切换潜行战术频段至S-6650.55。呼叫先遣导引—弹片吧台—舰桥。帕克特登船时捎了一份五成熟的利尔盘羊排汉堡，指定给工资卡上闲钱最多的那位。备注写着，腌菜里面还有点夹着的热起司，拿起时要注意。顺带一提，我们正在进行临行前的全舰区广播，要无保留地提出这一专项的改进意见来，这是餐区代表威吉拉的意思。此外，薇妮亚·凯伯因舰长，请循例回报舰船的情况。"

擦了擦手指，红发女子脚蹬的马靴随着抖腿碰撞在坚实的合金板上，发出铿铿锵锵的脆响。

"说得好像我又欠他工资似的。你说，咱们的米诺里舰长怎么总是气呼呼的？"

"问题多半还是出在你这儿。对了，薇妮亚，大致上工资都是第一时间打款到账的，但我和凌踪上个月的薪酬确实都没到账，怎么回事？此外……"一旁的金发青年说罢掏了掏衣兜，"擦擦吧。又遇到收支问题了？我倒是无所谓，习惯了，你总不能对凌踪也这样吧？"

"哪可能？我精打细算，钱当然是不多不少。他那边，我已经知会过了。"轻轻用递来的芳香湿巾一擦，顺手点开了舰长面板，这位叫作薇妮亚的女子决定忽视金发青年对话中的一部分重要细节，坏笑着发起了通信。

"指挥舰，这里是弹片吧台，回报中。舰备状况完好，即刻进入作战序列。至于汉堡——你知道我一向客观：威吉拉，这美味到不可思议了。但你还可尝试往里面搁点脆生的，比方说冬都腌菜加上一些别的松碎香仁坚果——要再清点一遍利尔盘羊的库存，可别亲自去跑，开个单子让保障队的人去，你这几天都快累坏了。出票备注俄鲁喀耶德号餐区，署名薇妮亚。餐后浑身带劲，通话完毕。"

下头航宙母舰的舱室中仿佛传出了阵阵欢呼声。许多船员对那些在生态舱室内圈养了许久的利尔盘羊早已食指大动，若不是跟前有保障队的人拦着，恐怕此时围栏里已没剩几只了。

"工程舰只均已脱离船坞区，加速航路已清空待用。你们随时可以出发，薇妮亚。"俄鲁喀耶德号的通信窗口露出一张秀脸来，那兔子似的大耳随着胸膛的呼吸起伏轻轻摇晃，只教见了的人心头一紧。

"米诺里，到那头见啦。"薇妮亚在摄像头前拉了拉帽檐，以表致意。

"指挥舰预祝先遣队的各位，行程一切顺利！"米诺里舰长调动航行日志，将解密后的事相窗口移到俄鲁喀耶德数据海的正上方。舰船智能引擎的即时演算随即接管起整支舰队的细致调度，就像方才装配完成的足以与撒巴莱亚太空军精锐匹敌的满舱弹药一般可靠。在撒巴莱亚人的纷乱炮火中，俄鲁喀耶德母舰将会是把这支义军牢牢护住的那面坚盾。

"你看，到这个时候了，她根本就没想过把我这个月的工资先补上。"米诺里按了按额头上挂下的前发，将脚底厚重的肉垫踩在舰长座的踏板上，"难道我是唯一一个被她卡着工资的不成？等等，容我问问，你的工资已经发了吗？"

一旁的大副先是一愣，随后点了点头。

"每个月月底都按时到的账？"米诺里眉毛高竖，暗暗握紧了毛茸茸的拳头。

大副见状惊得改了态度，看似周全地考虑了一会儿，接着肯定地点了点头。

"妈的！"米诺里舰长暴跳如雷，从一旁抓起私人通信的话筒凑到面前，恨不得用满嘴锋利的犬齿将它整个咬碎，"别给我装死，薇妮亚！"

"弹片吧台号亦预祝俄鲁喀耶德舰航程一切顺利！"从另一头的指挥通信端传来了薇妮亚那个轻佻熟悉的声音。

"薇妮亚！你这家伙还躲猫猫……还我钱！"米诺里大吼着。

对方舰桥似乎选择性地屏蔽了此类通信。

"你整天就知道欺负米诺里。"慢慢旋低通信台的音量，帕克特翻起通信器，用手腕揉了揉被大分贝炸疼了的双耳。将一个小小的相片夹放在通信台的一侧固定住，看了一会儿，便靠坐在椅背上。将一枚压缩浓茶弹塞进嘴里，从舰桥舷窗往外看着那片通向虚空的星空。

帕克特在漆黑的画布上想象着一扇门应有的形状。

"偶尔这样开开玩笑，有助于帮她减轻压力，帕克特。"

"真是服了你了。"金发青年从包里摸出一本便笺，甩了甩笔尖书写起来。

一群戴着统一臂章的奇形怪状的生物们叽叽喳喳地在甲板上挥动着不知是什么的肢体，不，东西……或许还是应该称之为肢体。大致表达挥动着手，广义上为人所接受的那个意思——"送别"。它们挥洒着颗粒状的热泪，目送着眼前拔锚跃传的舰队。

"仪表读数一切正常。"

"即刻出发，去打胜仗！"随着弹片吧台号的舰长座上响起少女的高呼，星片器引擎发出了一阵阵脉冲波鸣，如左轮枪管般修长的战舰舰首一口气撕开了前方空间的缝隙，连同护航的舰只一并向着启封的星脉甬道中梭行而去。

在甬道中不断航行的过程，既短暂又冗长。途经无数个世界，然而最终要去的，只有那么一个。薇妮亚的心中十分明白，这将会是尘幻联合与撒巴莱亚人的最后对峙。不论两方胜败如何，宏时空都将迎来一场剧变。

"'薇妮亚狂热'弹片吧台号，更新航行日志。"

"啊，又得写这玩意儿了。"

摇晃着空荡荡的酒杯，遵照医嘱，里面是不能灌满那些平日里让人心旷神怡的液体的。发酵，发酵的空气。不过，就是要做一下晃一晃的动作，仅是出于个人意愿作为对趋于较真的健康问题禁令的小小反抗。

舰桥——当然是禁酒的，没错，禁酒！非要说什么时候能在这个地方破例，如果提到这种宝贵经历的话，薇妮亚毫不费力地想起了和弹片吧台号最早相处的那段日子——那是一个美好的清晨：每一个现在坐了屁股的座位上都曾经对应着一瓶看起来妙极了的酒。喝醉了，把它们都摆上，幻想着这些座位上坐满了人，一点不费劲，还十分养眼。

"接近破穿点了，别在那瞎晃荡，薇妮亚舰长。乖乖扣上你的安全锁，然后把你偷偷拿在手里的酒瓶放到边上去——你需要的是那个自动托盘上的柳橙汁。"独角的少女在座位上回过头来，看了看指挥座上那个不靠谱的家伙。

"好啦好啦。"甩了甩嫣红色的长发，薇妮亚·凯伯因，这位颇有军威的女军官便又回到了整个舰桥室里看起来最有军威的位置上落座。没错，在这里，这个位置是属于她的，换句话说，这是在这舰船中唯一一把非常像那么回事的座椅。

该怎么写这航行日志？薇妮亚抬起头，手悬放在输入器里，在模糊算法的辅助下逐个记录着船员的简况。

再看看自己现实中身边的伙计们：先是这头整天埋头写日记的，没什么音乐品位且越来越让人头疼的魔法独角兽安诺内茵·希琳德，或者按委婉的说法是某种行为怪异的……只有一边角的依尔菲克人。噢，不，饶了我吧，她哪里像是个依尔菲克人了，你见过大量吃素的依尔菲克人吗？印象中？对，她吃大量的生菜！同为女性的薇妮亚实在很难理解，这独角兽是怎么靠吃这些薄薄的又没有热量的菜叶子维持这种匀称丰满的体态的。所以薇妮亚断言，她定是某种魔法驱动的生物——魔法的。呵，她甚至让我别在我自己的舰船里瞎晃荡！

安全锁在最高级的防护规则下发挥了作用，几乎用通了电后的莫布斯纤维把座位上的人牢牢钉死在靠背上，像极了勒克莱尔古典时期的巨兽标本。

等待是漫长的，若想与这漫长厮杀，还得靠消遣记忆中的冬雪与春花。

回想方才破穿前那如同纷乱雪花般的灯火在舷窗中闪耀起来，由巨大星片器引擎喷射而出的能量洪流使整片恰鲁星区化为一场夏夜中的暴雨——宇宙中或许真的存在暴雨，它存在过。

在那个角落的转椅上的是蓄了胡子打着电子游戏的一国之君，那把定制款的蒙卡希胶皮电竞转椅还是他自己亲手搬上来的。这个人实在变化太大，到现在看来，也过于不可思议。仔细看，他那件有着方形镂空领口的时尚斗篷上去年落下的作怪贴纸，时至今日都还没被撕掉，这太可笑了，真的。何况他真的确切知道今天我们要去哪里、干什么吗？严重怀疑。

尘幻联合这支小队里压根儿不缺怪人。说到怪人，当然少不了那个有囤积怪癖的帕克特·荣格，就是那个无时无刻不在用不重样的镜布擦拭眼镜片儿的头号笨瓜，以及不得不提的是，他可是个四五天就能把运载舰货舱塞到满满当当没法过人的仓储狂人。要知道，这也算是种稀少的能耐。不过看在他前阵子在酒库里帮忙，显得颇为上心的分上，可以原谅。他还捣鼓那些源术，源术什么的可是绝对的酷玩意儿。话说，你知道源术是什么吗？当然不啦。不过，我想这还得让帕克特本人来解释内中机理。至于货舱里和船首修镀的那些锻铁，我的老天爷，也亏这位神通能几次三番从各种极恶险地里头整到。是的，他正在自己的座位上喝茶。

哦，还有这位。长了一头漂亮到谁都想帮她梳顺的淡金色卷毛的小可爱拉·普艾希亚。她真的是太可爱了，各种意义上都很可爱。哦？她好像看过来了……没事，要像往常一样装作是在看她身后的风景。吉祥物？对，说的就是她。她平时真的会梳理蓬松柔软的头发吗？那显得稍微有些蓬乱……噢不。你总不能要求小可爱去做什么。噢……有着蓬松头发的小可爱，会放出奇异电流的小姑娘，别看她这副人畜无害样，她可是个十足的狠角色。

离了这群活宝，这一路下来真不知道会变成什么样子。

薇妮亚想了想，在日志底部键入一行小字。

所以，这就是尘幻联合。说到我们，我们确实走了很远，或许离各自的目标还有很大距离，可无论是现在在这艘弹片吧台号上的或是不在的，以尘幻联合之名集聚起来走过风雨浪涛的大家，在我心中都是无可替代的。我爱你们所有人，也希望你们能平安无事。

薇妮亚轻轻点击保存，微笑着将手中的航行日志收了起来。

“舰长，状况更新。”

“快要进入破穿点了。最后一次向俄鲁喀耶德号发出导引坐标，随后进入静航模式。舰长命令，舍弃后备配重舱，恢复陀螺仪垂稳。避侦模组启用频段3113，各波示单元积极发送破穿探知波。”

一言不发地自我陶醉总是显得怡人且短暂。

“明白。”

透过弹片吧台号舰桥视窗向外看去，所有快速后退的运动线都像是被磁铁吸到几个游弋的极点上，泛出一种从肉眼上看来和街边水面上的油影别无二致的光泽。

老练的操舵手飞快地在投影屏幕上输入安全指令，随即和一旁的机关军士一同验入视网膜。随着一段吉他扫弦的声响，弹片吧台号的推进部向内折叠，整艘舰体的可变部发出如同爵士鼓点般协调的校准敲击，在舰内产生了非常微小的震动——酒杯里的酒会被轻轻震匀，但并不会破坏液体表面的完整。在这一被称为是“晃杯”的震动渐息后，就像所有姊妹系涅菲路格级航宙舰一样，这艘舰在即将抵达破穿点前的短时间内完成了重要机关部的预冲转换。

“很好，中值迁入阶段二。安诺内茵，启动闸变换监管。”

“下级机关部回应，情况受控。有高级管理权限人员介入。”依尔菲克少女推开投影盘，似乎有所察觉，朝身后的方向翻了个白眼，“又是你小子，凌踪。”

“好啦，下次做事前，我提前和舰桥打个招呼就是了。”

凌踪冷不丁出现在了舰桥某处——手里拿着毫无疑问是新发明一类的东西,还没等舰桥知情的人悉数反应过来,一些繁复的操作就在他修长手指灵活的敲打下完成了。

"执行船首变换协议。预备炫光以及可能的舰桥冲击。"用手梳了梳蓬起的侧发,安诺内茵很自然地念出了古典AI都自惭形秽的冷冰冰的话,"估计也就只会响一会儿。"

轰隆隆隆……

整个舰桥下面发出了地震般的轰鸣,几块就连安全总长都没见过的装甲板从厚重的船壳狭缝中徐徐出现,随即就像有生命的植物一样快速生长形变。这些活动的金属流向舰首,推进部和舷挂主炮的位置,在破穿点的光圈覆盖过整个弹片吧台号的一瞬间,整个舰桥被遮光板完全保护了起来。屏幕上投射着舰外固式摄像机传送回来的影像:整艘战舰发出了铁水冷却般的滋滋声,那些被流动金属包覆的位置毫无疑问变成了补强后的版本——旋转闸机支持的修长二段主炮,拥有额外冷却舱和泄压喷口的大型机动推进部,以及舰首一柄古典枪挂刺刀样式的华丽龙骨。看到舰桥下方烫金翻新漆印后的凯伯因徽章,薇妮亚微微一笑:"此情此景确实振奋人心。"

"舰船状态很不错,想来破穿锻炉总是令人满意。"凌踪用收起的投影电脑棒轻轻敲了敲僵硬的肩背,"按照弹片吧台号经历过的两次翻新来看,比起百年救星号上的重锻效果,大体是青出于蓝,好在这艘战舰从航行日志来看还是显得很年轻,可以做到经受更多风雨考验。尤其是这次,该轮到它在撒巴莱亚人面前大显神威了。"

"干得漂亮,技术先生! 记住你还有下一趟要赶,在这艘舰上的活动,你可得和国王陛下互相监督全勤全达,不许翘班抖机灵。"舰长座上飘来了欢快的命令。

"好的长官,命令收到。"听罢此话的黑发青年会意地微笑了一下,从一旁的伺服台拉出一条覆满即时演算进程的数据面板,仔细监看着。

显得年轻? 废话。也不想想这艘战舰的花名——"薇妮亚狂热"。舰如其名,是我青春和热泪的完全结晶体。航行日志不过是记录战舰的活动轨迹,这和战舰后半辈子能逞什么能耐可是毫无关系的……你小子说话可得注意着点,薇妮亚心中默念道。

"已将逻辑和舰桥行为记录上传到指挥系统。"

"航事员,趁自动规避系统还没有达到高负荷区,执行第二次球状扫描,提取最确切的星路情报,更新上传到战术中枢。舰腹机关、舱控管理、吊挂行动基地解除管理限制,让运转部的人先去里面张罗。造影投射机关和战斗部、特战部随时待命,都听好了,这可是撒巴莱亚管制的宙域,全都睁大眼睛,伙计们! 我们远优于机械!"

"了解！"

一反荒诞不经的常态，舰长座上的薇妮亚戴上辅助目镜，开始全面接管舰桥指挥单元中稍显古典的人机交互指挥系统。那是一把有着许多金属键位的长键盘，连接着几条颜色不一的加密传输线。薇妮亚拨了拨额前的刘海，皱起眉头，愣是把上传的数据逐一过目了一遍。

"下次我自己出钱换新外设……905目镜这种过时的型号真是费眼睛，这界面里所有字都紧巴巴坨在一起，像极了放久的面。"只听舰长座上的某位不满地呛了一声，"开启扫知声呐。"

"扫知仪确认到撒巴莱亚势力活动！"

所有人都不敢怠慢，毕竟这是一次穷尽勇气的尝试，将要闯入的这片未知宙域里会发生什么样的状况大致都不会令人意外。

随着部门就绪确认的提示声接连响起，在舰桥的防护探视窗中瞬间出现了如同蛛网般精美密集的深空粒子探视波，蔚为壮观。弹片吧台号就像单枪匹马冲进匪巢的孤胆牛仔一样，四下喷射着舰首的单向扫知光束，炮门移动，呼啸着从破穿窟口出现。那些依然白热的流体金属，在离开破穿隧道的瞬间快速固定，随即快速变向，以险些擦到的姿态闯过两段交叉的探知波，可变装甲板也策应着船体机动，在吸收小面积的探视波的同时释放出等量的光学伪装波。

"好大的阵仗。说真的，他们现在一定气坏了，毕竟……我们就这样连招呼都不打硬是闯进来了。"航事长搔了搔额头。打从航事学院毕业到现在，这种从布置上就显得病态的深空探知系统，他还是头一遭碰到。他不禁想，难怪说俄鲁喀耶德号在盲穿方案中是铁定避不开这样的探知波的。这艘船在非常狭窄的宙域中航行，舰桥虽然感觉不出来，可从战术投影看，这艘战舰就像小丑马戏般反复穿梭在侦测线中。或许撞上了那么一两扇，但总归因为早前那次代价昂贵的拓尔曼赫隐形涂料之旅，战舰才能实现如今这样略显从容的规避。

"替我把二十四号监视器移过来。"

"先不管别的，在他们的地盘上咱们被发现，本来就只是时间早晚的问题。"舵手轻轻将满是文身的左手搭在手动驾驶的握把上，双眼目不转睛地盯着战术投影回报过来的数据——也许当最后真正用到双手时，没错，这样的事情舵手自认很是在行。这艘弹片吧台号的舰桥总是会在敌人的火网点扑向防卫系统的瞬间，奏响快意长情的爵士船歌,想到替班之后有成桶的美酒或柠檬苏打喝,还有什么好紧张的呢?

"放轻松,伙计们!"薇妮亚小手一挥,笑出了声,"我赌他们根本看不见咱们。"

在这时候谁能放轻松啊?除了薇妮亚,每个人心里都登时暗骂一句。

"欢迎各位来到撒巴莱亚人的风景区,弹片吧台舰组和尘幻联合的各位……"舵手翻了个白眼,扭了扭脖子。在这战舰上监管操舵,八成是这宏时空中最要命也最浪漫的行当了。但是,总要提防自动演算在受到干扰的时候出岔子,在纷乱的红光线图下,监看同步演算的双眼会因圆睁过久而变得酸痛。

无法想象,没有这些生猛乘员的弹片吧台号会是怎样一台冰冷无用的机器。

"看样子,派对生活要开始了,朋友们。"薇妮亚拉过面板,瞬间没了刚才嬉笑打闹的闲情,"执行对星球代号D44、D83、D132的识别,即刻发射冬佩利探知器进入预设轨道。"

"左舷冬佩利三枚射出,冬佩利正前往轨道位置。代号阿尔法、贝塔、伽马分别对应坐标4483与132指定对象。"

"保持巡航,舵手!调整星片涡轮直接航向D83,我们可以在D83和……"长着半边长角的少女安诺内茵扶了扶眼镜,用手指在反应投影上画了一道,又在一个稍显开阔的位置上点了一个叉,"D91,这个中间的位置上放置破穿信标。就算D83不合适,至少俄鲁喀耶德号可以前进部署到目标星球的阴影面。然后,在预定位置降下要塞。普艾希亚,为了提防撒巴莱亚人可能发起的潜航打击,之后就需要靠你来时时监护俄鲁喀耶德母舰了。"

"明白,就像报告会时说好的那样。"淡金色头发的少女随即从口袋中取出一枚耳坠大小的饰物,抬手轻轻往空中一抛。在拥有人工重力的舰桥中,这枚饰物随即悬浮在空中,幽幽地朝着周围释放出微弱的青蓝色电流。

见状,薇妮亚压低帽檐,对着仿佛空无一物的深空微微一笑。

"尘幻联合,代号'伊伯特'行动,正式开始!"

"俄鲁喀耶德母舰破穿结束,对应坐标D91已做好导引校准,注意一下!"

"所有舰桥非勤务人员请尽快乘梯前往航宙器部。"

"重复一遍……"

"尘幻联合的各位请遵照舷灯信号导引!"

"差点忘了,贾那摩。我得把……"薇妮亚掏了掏椅背边上靠着的日用模组,从里面翻出一个小压缩包来,朝身后的方向丢了过去,"这个给你。"

"最好都合十许愿这次我不会中途吐出来,各位。"将游戏手柄收进口袋,满脸胡茬的"国王陛下"一跃而起,取下那包漱口套装,三步并成两步,伸手搭上了自动导引航梯的扶柄。依尔菲克少女与金发青年也离开座席,从一旁的收纳箱里取出随身行李。随着舰桥中的数人离开,情景音响里响起了轻快的前奏。倘若这是在平时播放,这首歌前奏结束后循序跟进的歌词,就会像这艘造型别致的航宙舰一样变得风格契合而耐人寻味。

启开两瓶猛药!

为我那泼辣情人处理复杂伤口!

服下一喉烈酒!

再将所有枪炮对向那野狼疯狗!

拔枪! 开火!

要娶的姑娘她可是个西部快枪手!

镇里的鲜花都被她射下了花蕾。

哦呵! 越战越勇!

换弹! 闪躲!

所有的坏人小心我这医生下的降头!

听声音,嘣!

你与快马! 死神带走!

佩妮! 佩妮! 弹无虚发啊佩妮!

听那声音,嘣!

死战到底! 庆功到底!

哦呵嘿呀!

佩妮! ——她最爱恋的到底是酒呀……还是我?

拔枪! 开火!

嫁我的牛仔姑娘是个不得了的枪手!

喝酒! 喝酒!

　　大口,喝酒!

　　这首旧时代曲风的爵士船歌非常抓耳。每次听到这首曲子的时候,薇妮亚的脸上就会露出那种意味不明、自我陶醉式的笑容,让在一旁的凌踪看来有点难以理解。

　　此时也顾不上纳闷,凌踪拉下导引轨下的抓柄,踮起脚,从无重力的廊道中腾跃起来。

　　"稍等一下。"应声回头看见一位淡金色头发的少女时,被叫住的黑发青年瞬间从思考问题的状态中回过神来:"是普艾希亚。有事吗?"

　　"你总是会这样忽然走神——凌踪。但是这次务必处处细心一点……不,不对,就是,我就是这个意思,照顾好你自己。"

　　虽说有些语无伦次,但是表达的意思不难理解。

　　"你也是,普艾希亚。我下去执行任务期间,这里就交给你了。"

　　淡金色头发的少女拉过凌踪的手,那双像掉进潟湖里的星空般蓝紫色的眼睛,温柔地盯着对方还有些恍惚的眉目。

　　"别走!稍等,不如把手先借我一下。"

　　"噢,噢。"

　　一如往常地木讷,从刘海丛中依然可见青年慌忙躲闪的眼神。

　　伸过左手,轻轻地,凌踪感觉自己的手背被少女温柔的手指画了一长一短却不连贯的两条直线。完全不知所以的凌踪觉得心中确实泛起一种尚可忍受的好奇,或许还是在他不愿去用心思考少女话语意义的范畴内。仅仅是交流了表情,笑了笑致意,凌踪便转身离开了——这非常符合他早前形成的作风。

　　为什么要做这样奇怪的祈福?

　　"也不知道为什么,可是现在特别希望你能一直平安无事,所以……我祝福你,此后不论何时,凌踪。"

　　并没有听见这番细腻心声的青年,消失在了长廊的尽头。

　　少女静静地走回到舰桥,看着眼前与任何一个世界并无大不同的星星慢慢随着航宙舰的规避在原有的位置上不断闪烁着,便回到了原先的沉思之中。

　　不知不觉间,一阵莫名的酸楚涌上心头。

　　"去赢下这场战争,尘幻联合。"

此前辛苦折叠的命运，将在此逐渐展开。

普艾希亚感受着手里仍留存着的温度，露出了宽慰的笑容。

在阿基耶的终点处必还能找到一份宁静，不过，现在是与撒巴莱亚聚合意志的决战。决战之于整场战争，自然是毫无宁静可言的。

青蓝色的电流缓慢地汇集到了一个方向。那充满能量的坠饰很快就将一股回流收纳了进去，就像是在夜空中突然出现了一条亮白色的霹雳，一艘仿若沙漠海市蜃楼般大小的舰船从稍稍撕开的破穿口中纵跃而出，周身冒着冷却涂霜喷出的白流，就像是一头灰黑披云的带翼圣象于暴怒中闯入了长河边上静谧无声的蔗田。

"舰桥目击俄鲁喀耶德号，已到达战场！""这里是俄鲁喀耶德号，很高兴又见面了。我们正在寻求观察舰体外部反应，请及时发送你舰实时比对数据。"

"你已在友方部署点附近，请参照光学校准后下降你舰Y轴相对高度，并进行实时修正。"

"俄鲁喀耶德号收到，机动中。开始分享情报链路，即确认进入'伊伯特'行动第二阶段。"

"情报链路上线。设置'好时光'灯塔，完成阶段二，迎接百年救星。""已同步射出'好时光'信标灯塔。确认敌方复数探知源，设置全域伪装，正跟随目标星体进入预设公转轨道。"

"确认到友方生成秩序蜂洞，'好时光'灯塔正常运行，探搜器正在追踪更新主要对象破穿进程。"

弹片吧台号的舰桥有条不紊地跟进着位移与导引两项流程，在一段轻快诙谐的音乐之后，死板的操作台边并没有一张焦虑的面孔——这音乐还是有点用的。

"很好。这下百年救星号和丹·波顿号应该也在拟定的线路上了。听我指示，即刻向标定位置发射行动基地，船腹对星炮位请积极策应地面信号。"薇妮亚大手一挥，整个铺开在自己面前的汇报投影一下多出了许多细节，当视线锁定到已经随着指挥离开舰船冲向星表的行动基地时，脸上方才露出了一丝安心的表情。"炮位收到。""副炮位收到，已同步落点发射支援弹头，更新坐标已上传。"

"至此，作战阶段一，完成。"

"漂亮，各位！"

初始的铜锣已在这无声的寂寞世界的边陲敲响了。

无人知其晓,亦无人知其昏。

黑发青年扶着身上的固定带,看着舷窗外急速飞移的星体。它们逐渐变暗,变红,目力所及的一切都在变成烈火的颜色——是久违的大气。

"已确认尘幻先锋要塞正在进入拟定的下降序列。"

"执行线路修正。"

"动态修正中。"

一颗逐渐变红的陨星,在星球的大气中闪着耀眼的光芒。落下,落下。

"确认着陆。"

凌踪握紧胸口的安全锁栓,做了一个深深的换气动作。

清空了肺与视线中的积存,氧气与光影再度回填。

终于开始了……

"尘幻的传说。"

第1章

苏醒

我……

我做了一个梦。

一个熟悉的身影,站在很高的星台上。

对,她看起来孤独极了。其实我的心里也是一样的感受。我不想让这感觉继续下去了。

跳下台阶,我大步向她走去。

肉体被大片剥离,灵魂走到了她的手里。不错的结局。

啊……竟然是我的噩梦。

她为什么落得满脸泪痕……

她对我来说,意味着什么?

"哪里,哪里的你才是对的? 你告诉我。"女孩没有露出满意的面容,一切好像比自己在梦里的想象更晦涩难懂一点。可那种被辜负的不甘涌了上来,仿佛是一个初形成的涌泉口。她转身离开了。

"凌踪。"

身心一震。

对,离开的时候,她亲口念了我的名字。可这很奇怪啊。这个人,包括我,夹杂在陌生和熟悉的认知界限中,对一系列事情未能如愿的缺憾发出强烈的共感。

梦,无非是潜意识的延伸罢了。

我看到的只不过是零碎记忆和概念的演绎。

当真？

见鬼……渐渐醒了，那之前之后，什么都没弄明白，只剩这种游离在世界之中的感觉。

巨大的悲伤和喜悦就像球形生物一样在我身边摇曳，而我确实带着某种使命在将行之路上无限迷失。

"回答我。放声回答。"半梦半醒，于是在半梦半醒之间，有了这样的声音。

"我一直在，我想我会亲自过来。"

在这后半段梦中，我是清醒的。尽管不觉得梦中代入的那个人完全是我自己，但……为什么这些错综复杂的感觉，不断地鼓动着，开始令我觉得难受的同时……感到欣慰。

"如果你仍然苏醒，我就会到每个地方来确认。"

"凌踪，一个好的开始。"

……可惜的是，我并不知道她在说什么。

总感觉，这种莫名其妙的心绪中，能出现一群模糊的人形——不知为何梦中的我嘴角上扬，使得我也和他们一般备受鼓舞。

当他们迈步离开时，我确信其中可见的那个他是从那无限的迷失里找到了一个纯粹的动机。在他出现的一瞬间，我登时觉得他的形象高大无比，几乎……忘了他即是这怪梦中的我。

我究竟……

不过，梦就是梦。

它可以荒诞，我欣然接受。这或许就是凡世间看待梦的哲理。

"那么，注意了各位。假设我们已知的宇宙是个点，这里我们要反复强调，所有立论的基础都是源于假设。"

头发稀疏的教授对着投影白板挠了挠下巴，当然他还是没有发现自己的络腮胡上沾了一点点职员蛋糕零食上的无糖淡奶油。

"请问在座的各位，你们对由——可能无数个这样由我们宇宙的点构成的线，所了解到的几个猜想，咳，在上节课已经讲过了。莱墨琳，请你帮我们回顾一下相关的猜想知识点。"

感觉前排一个女生不情愿地站了起来，歪歪头开了口。当然，悬浮座椅弹起的那个声音还是清晰可辨的。

"架构合理的假设，关于这个由无数可能的点构成的线，经过莫狄思引擎的推演，于是得以组成海尔森尼构想最关键的'时间'模型。这一条线可以是宇宙的时间轴，在这条线上取一个任意点，都是单位宇宙折叠后的时间镜像。"

女生刚急着坐下，教授立马清了清嗓子，好像心里早有盘算。

"答得很不错。还有，接下来在海尔森尼构想的基础上，3027年由新意大利亚的宇宙物理学家提出的新猜想是？"

看着教室里每个学生都和石膏塑像一样盯着某个地方，但偏偏不是自己的脸上，为这样尴尬的课堂氛围稍稍有点憋气的教授，只好随便点了个名。说是随便，其实是有那么一个人想来好久没被喊到过了。

"凌踪，凌踪，请抬起头，下面一问由你来答。整理一下思路。"

"又是点名那个说敢造时光机的家伙吗？"

"你别说，看他这半梦半醒的样子，倒还未必会答错。"

一阵嗤笑中，同堂的学生们乐开了花。

"抱歉。"

鼻梁架着全息眼镜，顶着一头清晨起床没好好打理的乱毛的青年捏了捏手指关节，猛地站了起来，从周围同学的嗤笑中慌忙看了眼老教授，抿着嘴挠了挠梦醒后的脖子。

该死的，现实和做梦的情景差距甚大……好在头脑灵便，没消一瞬间就把奔逸的思绪给扳了回来。

"……那么我们先回顾一下，接下来问到的新尼提尼猜想。假设所谓的宇宙时间线是首尾连接形成的环状，时空模型应为无数个环状线有序堆积形成的圆柱，且在此情况下假设单位宇宙具有独一性，则圆柱的一端将无限延展。看模型。"

直到形成圆柱结束前，它都会是一个向着两端不断伸展的螺旋。那是一种难以言喻的美，比起被一种天体物理的枯燥猜想套用，它更适合出现在一场印象艺术的展会上。或许世界真是这个样貌，既美丽又疯狂。

"很好，那么凌踪，关于这个新尼提尼猜想的模型，合理对应大爆炸学说的空间概念是？"

何必问我，这完整模型不都放在大屏幕上了吗？

"呃，宇宙从一个点爆发后，向一个纵向的时间轴延展扩散，在扩大时间线环堆积形成一个圆锥的情况下不断延展。但猜想中指出宇宙时间环有客观的扩散限，横向时间轴在环直径达到最大时稳定，所以整个轴环沿着纵向时间轴形成的几何形状应是近圆柱。您提醒过，莱纳教授，这是学季测试的常规考点。"

这号称能造出时光机的小子就是闭着眼睛睡觉也能听课的吗？老教授搓了搓额头，心里暗自惊讶。

"不错，不错。倒是答得没什么差错，请坐。这节课要讲的就是在这个几何圆柱的时空假设上，近年来自新新西兰的科学家提出的关于宇宙轴时空的再收束猜想……同学们，我们来看这个模型图……请坐。"

瞌睡。

凌踪满眼都是昨晚加工金属材料的电火花，感觉就像熬夜看了一场烟火大会。闭上眼，听着老教授不断高声复述着那些4000年来人类文明仍未探索出个究竟的"猜想"。

这节课有3个学分，似乎光知道这些就够了。

可是如果真的有机会让自己了解到整个时空的全貌，那……凌踪心想，自己的名字也许哪天会出现在课本的一个章节里。所有现在或未来的人会像现在这样，从考试的红叉和课文概念上对这个并不独特的人名又爱又恨。管它呢，笑话，我居然在指望自己能上课本？

"请坐。"

所以，不如说，把昨天做的"寒鸦"的蓝图……

噢……好像昨晚后来太困了，就只做了电池壳的焊接。亚光速引擎"寒鸦"的坚固外壳下的一切都像是柔软的内脏，若不给每个部件补强，防止其在充能过程中耗损，这台精心设计的机器恐怕就和市面上大多数耐看不耐撞的悬浮车没差别了。比起当代工业设计思路上惯用的轻便和灵巧，凌踪的手法反而更倾向于加重，再配上合理的多用途搭载，同时得确保材料结构强度上的耐用实在。要做出能将测试金属块自公端舱室传送至母端舱室的仪器绝非易事，但在凌踪的脑海里，这些数式与法则渐渐成熟起来。

"再赶赶工吧。"

考虑今晚把外壳先电镀了，再把曲光加速器的编程复检一遍……

"你说什么，凌踪先生？""怎么？哪里不对劲？"

全场登时被这大声的回应惊到鸦雀无声。

"咳,先做个深呼吸。感到眼睛不舒服? 还是说需要打申请去保健处待一会儿? 别无精打采地坐着,这反而对你的健康没有好处。没事的话,请坐下吧,凌踪先生。"

被教授在自己终端投影上插播的一段单向脑电音频吓得不轻,凌踪抬头看着教授那微微不悦的眼神以及全班的注视,半带犹豫地调整了一下自己的精神面貌。

"抱歉,莱纳教授。我没事。无意冒犯,请您继续授课。"

凌踪回了一段直脑电简讯,用手撑着脸,看着正面对的投影白板上那一堆人名都记不过来的猜想 ABCDE,听着教授抑扬顿挫地讲述着一些毫无意义的知识点。

哦,可现在就想回家睡觉,很想。

眼前的教授忽然变成了模糊的叠影——睡眠实在太少了。凌踪索性抬手撑着,闭上了眼睛。确实,只有闭上眼睛才能稍微清醒点儿。

宇宙? 可能谈论这个问题太过狂妄。也许在某个未知的地外文明看来,我们现今的一切造诣就像猿猴拿着树叶和石块玩过家家一样,何况我们离了解宇宙边缘的真貌仍有无数年月之久。

从猜想到理论成形的过程,是很耗神费力的。远古时会讨论到河内星系的命名,在之后的500年几度更替,推翻了多少理论,又重新建立了多少学派,直到2000多年以后的现在。这2000多年里,人类接触了四五种不同的银河外星生命,证明了我们不是河内星系孤独的智慧生命体,几代人又进行了不知多久的独思与协作,对银河系外的探索才起了一个线头。

很多事物的标准也因为与这一类种族接触而发生变化,人类社群也在积极地与不同外星文明产生关系。

不禁试想着下一个千年,人类会在宇宙中走怎样的步调。也许结识更多高度文明的种族,或许也会和300年前那场河内星系纷争一样与鲁因联合打上五六十年,像一群短视的愚者那样只能一次次从矛盾冲突过后残破的太空殖民地中体会这沉重高昂的代价。

如果任由这种错误的纷争一再持续下去,说到底,人类的未来到底在哪里?

这个新生的种群似乎离触及其在宇宙洪流中终极的命运还有不小的距离。

但那些毫无意义的纠纷总让人质疑这一切是否值得。

"像个循环无解的空洞。"

凌踪捏停手指间的减压陀螺,将它塞回了衣兜里。然后,在衣兜中腾出空间,使它反转了几圈。

"平行时空波的探测，在近几年……"

这么喜欢立项，那就别去整那些玄乎的，索性多给我的社团工作室拨经费啊。和学院里大多数只会折腾假大空的家伙们不同，工学技术社可不是无缘无故地手头变紧。为此我才向你们展示我在做什么好笑的东西，不是吗？

只需要从他耗费无数小时匠造而成的个人蓝图库里随意抽出一项来做成实物，就能在大多数的工业设计选秀上高票获奖。这是凌踪实际能耐的很小一角，如果从天才论的角度上讲，熟悉他的人毫无疑问会以更高级的辞藻来形容他的才华。

自从对此稍做打听之后，学院的教授们似乎就对他在自己课上打瞌睡这件事睁一只眼闭一只眼了。莱纳教授总是对他露出那种咬牙切齿却无可奈何的表情，在凌踪看来有些讽刺，好像对方就差那么一点将感想直言出口的勇气，唯一阻止莱纳教授这么做的是凌踪还算不错的课业成绩。

下课了。扶了扶背包的自动搭扣，平整了一下卫衣的兜帽，凌踪径直向着教室外走去。两脚生风，穿越人海。

果然还是在租借的工作间里泡上半天，打开一部电影听着配音拧几个零件，来上一杯加奶不放糖的咖啡更为闲适。也许毕业离开大学之后，那里就会是自己的归处。

从自动载货托盘上接过两份一袋的饮食计划便餐，凌踪看了看头顶的穿幕时钟，小步快跑进了文哲楼的广场区。这是两个院系的中间位置，老实说，在这个地方约新闻系或艺术系的人吃午饭，彼此都不需要顶着人造阳光走太多路。

"所以这盒东西就是你昨天给我留言说的，咱大学饮食计划里的那朵奇葩？"

"没错，亚伦。你看，这就是我认为人类对汤面文化所能做的最大的亵渎。"

将肩包挎到一边，打开盖子稍稍闻了闻，戴着耳钉的棕发青年皱起了眉头。

"那好。妈的，那让我们来数数……好。二、三、四片，整整四片老姜。老天爷，他们到底想干吗？说真的，如果就这样放着不管，总有一天这群疯厨子要用加工雾化了的姜片毒死这颗殖民卫星上的所有人。"

"这还真是个恶毒的设想。"凌踪打开携行电脑翻看着设计，用筷子往嘴里送了一口海鲜汤面，被齁到连翻了两次白眼，"接着我之前的评价，这东西根本不能称作面，它应该被定义为一场完全的香料灾害。它在每个周五的午餐时刻固定出现，使另一个选项葱香咖喱饭变得无比耀眼。"

"亏它还能让一个中国人发出如此感叹。"亚伦从餐具盒里掏出餐叉,往面盒里搅了搅,"我一直以为你们自古以来能顶住世间任何奇怪的口味。"

"敢问是哪个平行时空里的中国人?你倒是亲口尝尝看,至少我是不能从这面里吃出任何海鲜味。"

只见吃了面的亚伦鼻槽里猛地流下一道清涕,他捏着鼻梁苦号起来。

"瞧你!下丘脑怕是已经被汤里的姜丝寄生了,哈哈哈哈!"凌踪一改惯常的冷酷面孔,歪嘴狂笑起来。

"这味道恶心得像过期的芥末!……哎,别笑了!今天来找你还有件事儿,老兄,我差点被这面给呛忘了。"亚伦拍了拍一旁随行的摄像僚机,"技术竞赛!这次大赛得奖的百分百就是你小子。毕竟高阶组入围前十的设计我都留心观察了一遍,依我看不过是些比洗碗机强点的玩意儿。话说领奖典礼现在正全网直播呢,你真不考虑看一眼吗?"

只见凌踪一脸兴致不高的样子,沉迷于手头工作,并未泛起一丝骄傲的潮涌。

"喔,那个尖峰工业办的殖民卫星电子工学大赛吗?我只记得参选时送过去一个样品……是什么来着?"凌踪下划着备忘录,微眇的双眼在那些密密麻麻的字迹中扫取着信息,"啊,对了,是搭配库宁模组的外接超频硬体。我当时给它取了个外号叫'运算量补充包'。这名字起得很俗,所以我自己都忘了。"

"乖乖,除了你,谁知道这是什么鬼玩意儿。好啦,倒是正好赶上评选直播的尾声。"从摄像僚机一旁展开的全息画面中爆发出一阵雷鸣般的掌声,彩色的球形光团从演播厅的上方徐徐落下,站在颁奖台上的电子投影代表优雅地向观众挥舞着双手,从主评委的手中接过发出金色光辉的数据牌匾。

那个本该站在现场颁奖台上手捧奖牌热泪盈眶的人,现在正头也不回地坐在亚伦身边,心无波澜地翻看着自己的设计图稿,仿佛这世间的一切热闹与他毫无干系,他所牵挂的只有静思的美妙与灵感的碰撞。

"你看,亚伦,一旦通过这样的机会使世人接纳了外接超频硬体的价值,很快它将被大量投入生产,使那些落后工业处理器的演算性能提升,殖民卫星的工业版本或许将借此迎来迭代。"凌踪见状微微笑了笑,往嘴里送了一大筷子面条,"这就是科学技术的魅力,世界总会因为我或同僚哪怕一丁点的小小发现或劳动成果而变得更好。"

话语间凌踪脸上浮现出的自信笑容,如同光芒般照亮了他周围的空间。比起一般人拿奖时常有的兴奋,凌踪所追求的快乐更像是一种高级的自我感动。

"我说,或许下一次,你就该堂堂正正以国际港大学学生凌踪的身份上去领取所有的奖项,这样一来,你就完全不必再担心学校教工们不待见你的问题了。"亚伦用手指抓了抓耳朵,笑着说道。

使用电子匿名形象在国际港机械设计界频频入围引起不小话题的人物,再次将大奖与巨额奖金收入囊中。没有人知道获奖人具体长什么模样,甚至是男是女都不知道。这一系列谜团的正主,便是这位坐在长椅上吃着糟糕姜味汤面的黑发青年。

"不过倒也是,凌踪。得亏你平日如此低调,不然你也没机会在这儿安心陪哥们嗦上这一碗汤面了。"

若是现在和殖民卫星上的人提到凌踪的名字,谁都会了然于心。

凌踪——往返于殖民卫星与地球间的穿梭舰"普鲁托"原型的设计者,"光明原则"气象监测卫星的总设计师,一个在科技新闻中销声匿迹已久的天才少年。

"名声大多数时候并非是好东西。它转移了太多人对关键事物的注意力。"凌踪盖上了生姜汤面的面盒,将携行电脑上的投影模块进一步展开,在一长串贺信的下头拖曳出几个耐人寻味的巨大机械设计图图层来。挂载着巨大工程舱室的舰体后侧是一对极为新颖的核离增压引擎,原本只停留在概念层面的尖端技术被毫无顾忌地勾勒出了实型,加以应用。"也许明天人人都得开始习惯叫一些名字,包括接纳流传这些名字所代表的后续影响。那都是些虚无缥缈的东西,现在这个时代,关键还是得看一个人愿意为社群做些什么,自愿而非系统建议的事情,亚伦。"

在这个大部分工作被智能程序接管且无比辉煌的年代,仍然有不少如同凌踪这样的人确信自己应该是下一座空中花园的建造者。

"我有时候是真好奇,像你这样的逸才何必跑来接受什么学府教育,凌踪。我从卫星港高中二年级和你同班开始对你纳闷到现在,那会儿你告诉我你以后想要过点正常的生活,哈哈。今天就和你唠唠这会儿,我发现对于最早那些疑问似乎找着答案了。"亚伦晃晃自己半满的面盒,不可思议地摇了摇头。

"愿闻其详。"切换窗口,青年灵巧的手指又在大型运载器的蓝图上比画了起来。那座空中花园并非只存在于遥不可及的想象中,凌踪依然坚信,它将随着科学信者们一砖一瓦的积累平地而起,在这个宇宙中找到属于它的一席之地。

"你和你的挑战精神……还在寻找和这个天外世界相处的平衡,不是吗?"把食物放在升降桌台上,亚伦往裤兜里掏了掏,拿出一个方盒子物件,大拇指轻轻一划,一根棒状物便从一边的小口里弹了出来。

"倒还是第一次听人分享这么夸张的比喻。我不过是每天吃饭、喝水以及忠实于个人爱好，以代表我们国家成为卫星公民而感到自豪。"

文哲楼广场上的和式水筒一遍遍接满了水，在竹壳上敲打出清脆的响声。

"省省吧你，'地球人'。不过希望你能客观评价一下我对你的剖析，看看它准不准。凌踪，来口烟吗？"

这种殖民卫星住民对地球移民的称呼虽时常带有歧视，不过凌踪似乎从不介意在任何场合被人称作"地球人"。他素来为自己出生在母星而感到骄傲，那颗蔚蓝而充满生机的行星，蕴含着人类无限的可能。

雾化后的果味烟圈从亚伦的指尖飘散开去。比起像常人那样顺着气道将它们吸入肺叶，让那些有益微粒和肺泡细胞充分交互，亚伦似乎更享受操弄升腾白烟的那种……艺术性。

"我不兴这个。所以，回到你对我的猜测上。"凌踪的手指敲了敲键盘，竖起耳朵等待对方的回音。

"这么说吧。依我之见，成为人上人根本不是你努力的目标。不像我，巴不得明天就名利双赢，骑在我邻居家小孩的头上拉屎……"看着凌踪心无旁骛地修改着终端上的蓝图，亚伦努了努嘴，"一句玩笑话。不过我想，比起大多数人来说，凌踪你追求的东西，要来得更加宏大。"

从终端屏幕那边缓缓抬起头来，凌踪习惯性地将拇指放在嘴唇虎牙位置上顶了顶。

"净在这里吹我呢。开始琢磨成功学和励志期刊上的玩意儿了？"

"哪可能？不聊这个了，省得你嫌我拍你马屁。"亚伦松开眉头，吧嗒了一大口分子烟，"哎，对汽车旅行的计划有印象吗？上个月跟你提过一嘴，咱们过几天就出发。一人带一个小箱子，我们去大学城外好好玩上一阵。"

"出去太久就算了。算上来回时间，控制在五天左右，我这边就能接受。"凌踪看了看应用界面满满的日程安排，耸了耸肩膀。

"两天的车程只有去比佛利人工港这一个选项了。是个好地方，但我过去半年已经陪四五个女生去了八九遍。快，用你的超级大脑帮我想想。"

"所以还没定下来吧？那正好，"凌踪小化了设计程序的界面，打开邮箱翻找起来，"不如这次改我请你吧，兄弟。欠你的。"

"滚，死抠鬼。"棕发青年这么说着，还是凑过去瞄了一眼。毕竟对于凌踪这家伙平时都在收发什么样的邮件这一点，他还是禁不住有些好奇。

好家伙，邮箱里一大堆未读邮件，不知道的还以为是这人三年以来第一次上网。

"还有些没转手卖出去的兑换券，类似奖券、票券之类的，我都整合到一个分组了，你参考参考。"用手指向下一划，凌踪的终端里拉出一串长长的奖品单子，以可用、处理中、已转手和过期为筛选条件分为绿、红、灰、黑四类色块。

"在我看来，你往年跟我就这事插科打诨，就是不够意思。"亚伦咽了口口水。

凌踪耸了耸肩膀，在亚伦的眼里，他露出混球一般的微笑来。

"啊，你还有一辆车没提，明天过期，凌踪。"

"我知道。大部分兑奖的规则是只要超期未领就会将奖品折现打到我的卡上，那钱足够买一台任何厂牌的世标组件打印机了。"

"你……算了。"把想说出口的话愣是憋了回去，亚伦摇摇头逐个点开电子邮件，掏出自己的携行终端，用电子手账记了几笔。

"行，也就剩下两个选项能让我们左右为难，我给你报一下。一个是去隔壁三号区的培卡托天文枢纽度假村和它的下设赌场里无限制遨游四天半，另一个选项是去搭尤尼乌斯号游轮在咱们太空殖民地的环星洋上浪漫漂流五天五夜。"

"选项一。"凌踪做出这个回复，似乎连想都没想。

"去你的，你会赖在酒店房间里听四天半的爵士乐，然后就我一个人在外头和那些阔佬傻转。"

"那约好，除了进赌场，我这次就陪你逛遍整个培卡托。选项一吧。"

"到培卡托不去赌场有个屁的意思？"亚伦一拍大腿，"傻子才会信你的鬼话，去那儿的荒山上露营看星星。我投尤尼乌斯号一票。你仔细看看，殖民地环星洋上最好的游轮，格调完全不一样，我打包票，到时候在码头兑换的实体票券都是金边的。"

"看，这就是我最烦的情况。"凌踪抬起拇指顶了顶牙，整个人随着视线朝后边的椅靠慵懒地一仰。

淡金色。只是一瞬间，凌踪看见对楼的窗户里出现了一个人影。

从椅子上缓缓直起身来，凌踪眯起眼睛，试图聚焦在那抹令人在意的颜色上。

那人穿着一件长长的卫衣，是凌踪在商场里会中意的那种款式。手里拿着一张亮闪闪的纸券，指了指凌踪这边。

曾经见过？

凌踪应激性地眨了眨眼，而那教学楼落地窗后的人影依然清晰。

随后，对方伸手比了一个数字"2"的手势，只一转身，淡金色卷发留下的影子从落地窗的边沿匆匆划过，消失了。

"什么……"

努力将这种强烈的既视感与脑海中飘浮的碎屑比对，凌踪百思不得其解。

毕竟这不是自己认识的任何一个人，那些意味不明的交互或许也没什么深意。

只觉背后被人轻轻一拍。

"嘿哟，文哲楼里什么玩意儿这么耐看呢？文哲系系花让你给瞧见了？"

回头一看，亚伦满带嘲讽地朝方才同个方向张望起来。下一秒凌踪意识到自己用右手紧紧捏着左手的手背。猛地抖擞，青年这才从疑惑中回过神来。

"兄弟，实在少见像你脸上这种白天瞧见鬼一般的反应。"亚伦诧异道。

"我好像看到什么面熟的人了。"凌踪展开终端，胡乱在检索引擎上敲了几下，以掩饰自己的尴尬，"或许是老熟人，我不确定。"

"真不像什么好事儿啊，我一拍你，你跟活活从梦里吓醒似的，满头虚汗。"

"是梦？"凌踪的脑海中回溯起不久前模糊了的记忆。

可能是她吗？那个早些时候在怪梦中见到的少女。

她刚刚……在试图暗示什么？

"晚点我们改在线上决定这事儿。"往凌踪的衣兜里塞了一块风味饼干，亚伦站起身来，用嫌恶的眼神看着被清理托盘带走的午餐面盒，"反正不管去哪儿，我会把修伊德给带上。你懂的，录素材嘛。"

"你又要剪那种配乐奇怪的年度视频吗？去年那支像丧礼上放的哀乐。"凌踪嘟囔了一句。

"你，就算是你，"亚伦掩着嘴大力拍了一下凌踪略显结实的肩背，"妈的，也不准对我的音乐品位说三道四。兄弟，我先走了，谢谢午饭和接下来假期的安排。"

"那个，亚伦。"

"怎么？"

"关于放假去哪儿这事。"凌踪站起身来，捏了捏自己的左手。也不知怎的，几根指骨竟有些由里向外地发颤。

　　能遇见那个谜一样的人吗?

　　"我想好了。亚伦,咱们收拾下五天的行李,后天去通用港口。"

　　"终于开窍了啊,你小子。"亚伦兴奋地笑了起来。

第2章

寻宝者

稀薄的空气,积灰的暗室。这黑暗中的未知将无数人吓阻在外。

好奇心十足的少年只是在迈入阴暗阁楼的瞬间心里咯噔了一下。没错,这就是自己想要的。

小小冒险带来的刺激感远比任何咖啡苦茶更为提神醒脑,几次三番出入这样的地方,就是为了获得这样的体验。

是的,这平凡世界里的小小冒险。这么想着,少年按亮了手中握住的手电。

"好了,让我看看,这些是……"

少年推了推鼻梁上的眼镜。周围的灰尘几乎吃尽了他手中电筒的光。不一会儿,低矮的阁楼中传出了惊喜的笑声。

戴上手套,从一堆古书中翻出那一本,有着一只闭着的眼睛图案的封面。少年小心翼翼地将这本书抽了出来,生怕碰破一个边角。

"你在那上头倒腾老半天了还没弄好吗?快点!"

"还得请你稍等一下!"

随后从积灰地板里传来用水壶底敲木桌子的烦闷声响。

"多久?是要整整一年吗?"

戴眼镜的少年被这问讯吓出了一身冷汗,但难以掩饰自己内心的惊喜。他匆忙将古书往自己的大衣兜里一揣,猫着身子穿过狭窄的阁楼。对他而言,这种积尘的空间似乎有着特殊的魅力,一种探险后寻得宝物的兴奋使他整个人开心起来,他等不及把今天的收获带回家里看个痛快。

　　当然，像这样的"借"书，对于少年而言早不是第一次了。可比起那些他憎恶的强盗、小偷而言，他的目标更加高尚——镇郊的那些破旧屋子，早已荒弃的成排老公寓，趁着月黑风高进去找点好东西，也许在任何人看来都不为过。多半是搬家落下的，或者干脆就是出了事之后没有人要的。就在这个荒郊野岭里废置了整整二十年，甚至连土地都没有被回收再开发。

　　所以看完就还回来这件事……怎么可能呢？五年内这里连个愿意回来的人都没有。

　　"帕克特，我说你为了你那点破烂收藏，还真是拼啊。"

　　少年麻利地从阁楼阶梯的第三级跳下，拍了拍裤腿上的蛛网。

　　"看在我每周都去教堂送牛奶的分上，圣母玛利亚，今天这种收获可能还真不常有。"

　　"我都不用想，你这家伙，好不容易出来一趟，拿到手的又是什么破铜烂铁吧……书？听着，你在浪费我的时间。"

　　个头稍大的同伴不满地打开酒瓶上的软木塞，拿到鼻子前嗅了嗅，确认是那种让人精神一振的味道后，便稍显满足地盖了回去。

　　"都说旧书不好卖，这些发黄发臭的旧纸张，早晚要进垃圾桶。我说，小鬼死脑筋，你要是像我这样懂得把这些老酒卖给大人，我想你早就够钱换掉你那副破眼镜了。亏我还一次次地陪你来这种地方。没赚头，除了酒瓶、陈酒，真的没什么赚头。"

　　眼镜少年笑了笑，不以为意，把手中的电筒横摆过来，放置在木桌上，轻轻用腕侧将电筒斜了一些角度，借着光端详起那本装帧奇异的书来。

　　"犹狄，我问你，你见过这样的书吗？"

　　"啊？"

　　"我是说，封皮用像这样的工艺烫印出来的。"

　　少年不经意地用手指戳了戳书本上闭着眼睛的图案，厚重的旧书居然在两人面前不自然地晃动起来。

　　"等等……"

　　"……啊。"

　　"帕克特，其实我跟你做朋友这么长时间，我认真一想，你的什么举动我都见过了，但这个……乖乖。你怎么搞到这玩意儿的?"大个子同伴瞪着眼睛,确实,这书怪异得登时让人头皮发麻。

"当然我也是很好奇为什么这本书会这么……"

"听我一句,赶紧的,你最好丢了它。这邪门玩意儿太奇怪了。"可名为帕克特的少年此时却显得十分犹豫。

老实说,这本书有点吓着自己了,但不是那种会引起记恨的惊吓。书和其他物件能有什么不同? 无非就是这本特殊了一点。丢掉……它好像多少还是勾起了自己本就旺盛的好奇心。

"帕克特·荣格,我认真告诉你,把这怪玩意儿丢了。"

"这些东西在我看来,一来不怪,二来有趣极了。"

帕克特很快打消了早前的疑虑,面对同伴的建议,他显得十分不服气,走上前去,研究起这本怪书上的细节来。

交错的图案,还有一些怪异的曲线,就像是重大的印刷问题,可整本书放远了一瞧,确实还像那么回事。

"你是见过我那天找到的那个会发荧光的耳环的,其实像那样的,我还有很多存货在。这家伙要和那些东西并排放一起,算作我的秘密储备啦。"

"天哪,我更好奇的是你怎么能从这种破阁楼里淘到这么多破烂稀奇的玩意儿。我看到的要么是碎玻璃,好看点的彩碗、灯具,或者完整的酒瓶。你这胆子也太大了吧,你都不怕的吗?"犹狄说着话,开始有些气喘吁吁,要知道这些瓶瓶罐罐或空或满,背起来可是体力活。

"这么说来,你是真的不了解这里,犹狄伙计。要知道这里原先可是单纯的林区啊,连镇上年纪最大的海因曼先生都不知道这里的房子是谁造的、谁住的,你说这么莫名其妙的地方怎么可能就只是一堆破烂呢? 也许有什么鬼魂之类的东西……嘿嘿,我倒是见过不少。"

帕克特双手比画了一下,似乎对古宅周遭阴森森的气氛毫不畏惧。

"快停下! 胡闹! 嘿,你要把这本书……不,我要把你这些收藏都卖了,就算八二分成,再拿这钱买点好物件,我也能把镇上最漂亮的那个在中学教跳舞的佩琪小姐追到手。你怎么就是认死理呢? 总这样顽固的话,你迟早要亏到血本无归的。"

"犹狄,收藏就是收藏。你得允许别人有些爱好。那个佩琪已经有男朋友了,说实话,你不是她喜欢的类型,压根也轮不上你。"

帕克特把书收进书桌上的帆布双肩包里,扣上了皮带,向窗外望了望。

传说有狼的这片林子好像确实有种狼蛰伏着的气氛。真菌发出的荧光就像野兽的绿眼一样扑闪,在微弱的月光下显得更加瘆人。

"走吧,帕克特。我们离开这个鬼地方。"

犹狄转身推开没锁的破门,身后的背袋里响起了玻璃酒瓶撞击的脆响。帕克特跟着迈出了门。跑鞋踩在长满高草的泥路上,沙沙作响。

从这里回到自己的家要走上半个小时,因为这里趋光的飞虫多到可以埋人,这段夜路只能借着路边的荧光才能走。

耐不住长久的沉闷,犹狄率先打破了沉默:"喂,你兜里那本书……它还好吧?"

"大概吧,至少,背着它走这么久,我没觉得它还在动。"稍稍提起些警觉来,帕克特摸了摸背后的双肩包底部,见没什么动静,就又吹起了口哨。

"说真的,我也有点好奇起来了。"犹狄用变了味儿的眼光掂量起双肩包里露出的书角来,"你说这本书里会不会是什么翘辫子长袍巫师的黑魔法? 什么该见上帝的那种,不干不净的东西……"

"我之前吓唬你的,没想到你还真信那种东西啊。哦……谁知道呢? 只能说可能是,回去仔细看了才会知道吧。何况我只信神不信鬼,当然谈不上怕不怕啦。"帕克特说。

"哎,你真的一点也不怕这种东西吗? 那眼睛、皱皮什么的,晚上想起来都不会做噩梦的吗? 啊哈! 就这儿,对,咱们丢了这玩意儿成不?"犹狄用手指弹了弹身后背着的玻璃瓶瓶胆,"它太邪门儿了。"犹狄指了指一旁的草堆,有些气恼——本希望引起帕克特的注意,但对方甚至没朝自己发出的声响看过来的意思。

"哦不,我当然不会那样做。我只知道好玩的东西从没背叛过我。"

"亏你讲得出来。"犹狄气道。

帕克特显然对今日与己同行的伙伴有些难以招架,因为犹狄显然属于那种只要一紧张,就会变成话痨的人。虽然帕克特自己并不反感被人追着问问题,不过这种尴尬变味的问询已经数不清是第几次了。犹狄对自己找来的东西总是就着卖价问这问那的,到这会儿,就差板着脸挑明能不能转手让给他了。若是下次再去阁楼,可绝不会再喊上他了。

人和人，对事物的看法真的是非常不同。一些人追求快乐本身，另一些人则追求快乐之外的东西。

帕克特很快就意识到，这次返航真正让他担忧的却有别物。

"什么？"

少年发现自己的背后好像有一种说不出的推力，正在把他向前猛推。

就像是有个隐形人在脊椎上顶着他向前百米冲刺，这股从背后而来的巨大的力量让帕克特感到莫名其妙。回头一看，则是空荡一片。

帕克特试图用使劲蹬地抗衡这股怪异的推力，但是毫无疑问，这股推力随着时间推移正使他越走越快。可虽然走得快，当自己的认知跟上的时候，身处的地方依然是原地。

"犹狄，我好像觉得哪里有点不对劲。"

"你少来。"

"我认真的。你看，是不是觉得我走得越来越快了？ 或者有没有觉得我身上有点和原先不一样的地方？"

"大半夜你在这说什么疯话？"

"犹狄？"帕克特看着自己眼前的影像忽然顿闪了一下，就像眼睛被黏液糊住了，用力眨了几次，终于找回了清晰视物的能力。

"倒是你，为什么说话语速一下子变得这么快？ 叽里咕噜的，帕克特，你在念着什么鬼东西？"

这种身处现实却脱离现实的感觉让帕克特吃了一惊。

他忽然感到肩上一阵刺痛，当他回头看自己的肩膀时，他看到一条漆黑的卷须，正向自己的脖颈逼近。

他惊讶地看向犹狄，此时的犹狄登时就像一尊石像般呆滞在原地。借着月色依然能看见远处的蝙蝠和夜蛾在飞行，但一层蛋壳一般的黑雾在扩散中快速接近了它们，它们竟一个接一个地被定在了半空之中。

一层淡如烟草吹粒的黑雾在帕克特的眼里变得可怖起来。

还没来得及反应，他的脖子就被肩头的卷须勒紧了。

"滚开！ 从我身上滚开！"

　　帕克特奋力用双手挣开缠住脖颈的卷须,但那股卷须仿佛有意识一般越卷越紧。帕克特渐渐开始失去意识,此刻他决定动手再努力一把。

　　他一只手够到犹狄的背袋,掏出其中的一支酒瓶,狠狠地敲打肩膀上的卷须。卷须似乎十分抵触,但仍然试图扭断帕克特的脖子,不过击打似乎起了一些效果,帕克特找准其松脱的一刹那喘回一口气,咬住牙狠狠地将酒瓶在肩膀上砸碎。烈酒伴着玻璃碎屑擦过卷须,一声低沉的怪叫过后,湿润的卷须松开了它的触须,渐渐缩回到帕克特背后的双肩包里。卷须上头还有些古怪图案,但说是章鱼的触须,又好像并不太像。

　　帕克特此时非常确定这一切都是这本怪书捣的鬼。

　　在这个几乎静止的时空里,帕克特忽然像在太空中一般悬浮起来,勉强镇定下来的他果断取下了身上的双肩包,取出了那本从书页里向外喷射着浓重黑雾的怪书,紧接着扑鼻的腥臭味撞到脸上,他扶着脖子呛了好一阵才缓过来。定睛一看,只感觉有交叉的光线从某处传来,细细打量,渐开的黑雾中透出一小缕稀薄的月光——

　　帕克特生平第一次被自己手中的怪物惊到。

　　"小人偶……你倒是变得有趣极了。"

　　这本书书封上闭着的独眼完全张开了,而这只眼睛的纹理不再是油画般的涂鸦,而是一只有着湿润表皮、稀疏睫毛的肉质之眼。帕克特的意识渐渐远离,书中发出了瘆人的古怪笑声……

　　黑色的薄光,在夜晚中竟然有黑色的薄光从独眼中蔓延出来。这下真是惹上某种大麻烦了。

第3章

海轮假日

"还真就奇怪了。"

扶着有些落枕的脖子,凌踪随手把地上的空瓶拾了起来。只见远处慢悠悠晃过来一台清扫机,凌踪叹了口气。

"我每次守时的意义到底在哪儿!"

他掏出工具包,赶在队伍开放前,左拧右旋将原本胡乱动弹的清扫机变得动弹不得,又接上电脑跑了几个简单的程式,短时间内将这台公共清扫机的功能升级了一番。

在这里盯着排队的人群很久了,凌踪有些小小的失望,一来是等人等得实在不耐烦,二来是那个在意的身影一直没有如预期那样出现。

"抱歉,凌踪兄弟,我没有让你久等吧?"

倒好,把那吵吵嚷嚷的家伙等来了。

"还扯犊子说你是我的什么梦中情人,亚伦,有你这种梦中情人吗?迟到了一个半小时,你大爷的。"拧上盖子,凌踪将手里的空瓶子往地上一竖,那台清扫机很快识别出这个物件,敏捷地伸出探感肢将空瓶整个塞进了储存筒中。比起现在这样的反应,刚才的清扫机仿佛是在梦游一样。

"七八个闹钟没把我喊醒,很不好意思。不过凌踪,你的行李还真是简洁啊——活像是来这修船的,不像是来玩的。"

"扯什么谎,你像是会设一个以上闹钟的人?"凌踪不禁腹诽道。

比起带着一个中号悬浮箱子前来登船的亚伦,凌踪的行李显得简单多了:一台投影电脑和一个塞了些日用品的电工背包。若不是早就认识这家伙,亚伦可能还会觉得,这样的装备除了轻便,还有些新潮。

"行吧行吧。你只负责迟到,我来负责排队。上次是这样,上上次也是这样。"

"呜哇,这船可真的是……"扒着栏杆,亚伦喜笑颜开。

乐天派的亚伦压根就没注意到凌踪这丧气十足的抱怨。

"实至名归,全天下最好的游轮了吧!"

"嗯,皇冠级至享……名字好长……尤尼乌斯号。如果之后有空的话,可以去看看它里面大受好评的全息影院……我说的都是些废话。您可千万记得待会把票环好好戴在左手上,否则例检被捉就只能乖乖回家去了,亚伦先生。拿着你的镶金边亮闪闪的登船票券,等下要用这个在检录处换票环。"

精神小伙亚伦发出爽朗的笑声:"谢啦,你就放心吧。这种豪华大船看得我真是超级兴奋!但说真的,为什么这么高级的船要用这种检票方式?像平常坐全速列车那样检测视网膜不就可以了吗?"

"天晓得。第一次坐这种游船,我可不比你熟悉这里。"凌踪心想,如果你是这船的船东,那倒是可以变通变通。

两人迈步上了登船口的悬浮板,随着蔚蓝天空下海鸟的鸣叫,悬浮板慢慢把两人从地面带向了四五层楼高的高台。再往下方的舢板上看,登记处的人仿佛遍布沙滩的碎贝。

"还有,为什么一定要戴在左手……"

"我都说了这是常规。你高兴起来怎么整个人问东问西跟个傻子似的?安静点。"凌踪抓了抓头发。

随着电子音的提示,悬浮板缓缓将两人推出载舱,随后迅速原途返回至地面,接待下一批搭乘游轮的贵客们。

"凌踪,我们终于到啦。"

"嗯,花了大半天,我们才赶到这儿。还得加上等你的时间。"

"郑重感谢您。我还了解了一下,这趟奢侈之旅的票不对民间公开贩售。能来这儿,真是借了您的光。"

"省省。你知道的,我在学院里欠你不少人情,这趟游轮旅行就算回报也不为过。"

"哎哟,这样迟早要把我给惯坏的,凌踪。"只听亚伦捏嗓子说了一句,"你未来对女朋友也不见得有对我这般好。"

"迟早？我迟早会把你的屁股寄到烘焙店去做个裱花。"凌踪淡淡地说。

"这是我迄今为止听过最他妈狠毒的话，长本事了你，亏我一直以为你只是个闷骚的书呆子。"

"还不都跟你学的。"

两人笑了半晌，阔步走向客舱所在的传送梯。

客舱房门有嵌入式的智能功能，在传送梯抵达时便自动启动，录入住客的基本信息以提供人性化服务。

"登记录入信息。两位先生，请问如何称呼？"

"啊，叫我亚伦，Aaron Springfield（亚伦·斯普林菲尔德）。"

"我习惯别人叫我凌踪，Zong Ling（凌踪），这样就好了。"

"先生，您似乎和购票记录中的名字不匹配。"AI顿了顿。

凌踪不知从哪儿掏出一块铜制电照板，朝认证口刷了一刷。

"感……感谢你们的配合。亚伦和凌踪先生，欢迎你们乘坐尤尼乌斯号。"

亚伦看了不禁打了个冷战。

"可别闹了吧，老兄。你吓到我了。"

"放心，没事。"凌踪笑了笑，一脸稀松平常，"不想惹人注意罢了。"

客舱的双人间有着十分舒适的设计，两个舱房都有独特的行李收纳柜，随着行李被存入，一个智能选取特定物品的投影界面便显示在一旁。

凌踪摘下全息眼镜，随手放在床头柜上的插花花丛里。

大学二年级的这个暑假来之不易，但登船后能享受到各式各样难能可贵的奢华体验，也算是给自己无聊的暑期一个不错的交代吧。那么就不该浪费时间，是时候去体验一下所谓的高端生活了。

屁股挨到软软的粒子坐垫上，双手自然而然地从一旁搬过自己的投影电脑，点开编辑文件，操作智能工具在蓝图草稿上拉起了测量线条。

该死的，凌踪心想，自己这毛病发作起来可真是不分场合。不过，这粒子坐垫好像和其他地方的不一样，有种奢华的舒适感。

亚伦领着他的摄像僚机兴冲冲地跑出了客舱。在这个时代，人工智能僚机可以说是突破性的先进产品，无论是从制作还是维护，都需要对这一领域的高端知识有相当深的理解。亚伦是摄影系的才子,同时也是马里布机械工程社影像产品的狂热粉丝。他拥有的摄像僚机在学院内也是人见人羡的高档货。

　　早前凌踪欠下亚伦一个大人情,正是他对亚伦的摄像僚机产生强大好奇心的行为所致。当他请求亚伦让他拆解僚机,研究一下僚机的基本构造时,也未料到对方会一口答应。原本如此昂贵的私有物一般不外借,何况是这种用途,但亚伦的大度并没让自己拿回一台报废的机器,反而获得了由凌踪完全解构后改造而得的加大等离子电池容量机器,升级了自修理模块。在这之外,亚伦也收获了一个大大的回报。如今看来,就是这趟二人旅行的前因了。

　　“这尤尼乌斯号,到处散发着合适的氛围……原谅我,我真是爱死它了。瞧,我都不用好好调整摄影角度,什么都适合被拍摄下来。植物园、古典水法,上面有拱顶,甚至永久油画,天哪,如此多的匠造,令这船酷极了!”

　　亚伦游刃有余地运用脑波指引僚机从不同角度升空拍摄船体,引发了游轮上一部分识货乘客们的热议。脑波驱动僚机尚未普及,即使对概念有所耳闻,这般快速运作的僚机也教人眼前一亮。

　　凌踪心想,但愿自己有毅力,能够全心投入接下来这“每个前进的想法都能化作现实”的时代。手头正在创作的“寒鸦”会是很好的平台,那也许会给人类提供一个崭新的理解世界的角度。

　　“别让它飞得离你太远,脑波传感如果被阻隔干扰,修伊德就有可能会失控掉进海里。虽然这是别人送你的,但我知道这玩意儿肯定不便宜。”

　　“凌踪,你要是愿意,我等会儿可以把我鸟瞰拍摄泳池派对得到的空间全息影像……精选之后发到你的私人邮箱里。你要吗?”

　　“省省!……答应我你不会真蠢到去干这种无聊的破事。”凌踪听罢叹息了一声。

　　“瞧你,在这船上修伊德可受欢迎了!所以说我四处采风,你不要在旁边干等着。不如这样,你先随便逛逛,我等会儿逛无聊了,就会跑去找你的。”

　　“找到我只会让你更无聊,朋友。不过如果你待会儿实在找不到我,记得定位直连我的票环信号C4135。发信息,求你别发好友语音,好让我的耳朵安静会儿。”

　　“好的凌踪,我的是A7687,咱俩记性可都不赖。答应我,给自己放个假,就算是像那么回事,把你那全息电脑收起来。”

　　看着披着浴巾满脸兴奋的亚伦按动投影眼镜上的快门抓拍个不停,凌踪从身边的悬浮酒水台上拿过一瓶椰子汽水，按动瓶盖上的开关后畅快地喝了起来。

天哪，哪怕就是最为普通的椰子汽水，这艘游轮上供应的恐怕也是最美味的。是椰子味的，但不知道里面加了什么普通椰子没有的东西，喝起来有种凉凉的奢华感。有点像把冰块塞进椰子里冻了一整个春天，而后在酷暑最炎热的时分打开。

凌踪打开投影电脑，取消待机开始编辑起"寒鸦"底座的三维蓝图来。随后他转念一想，干脆按掉了投影电脑的电源。万能的灵感，今天请靠边吧。

起航的电子礼花在头顶绽放开来，人群在泳池边的摄像僚机附近集结，喧闹的合影欢呼声从顶层甲板上穿透下去，穿透了凌踪身旁还剩小半瓶的椰子汽水，穿透了整个厚实的船体，穿透蔚蓝的海波。咚，就像船锚一样穿进海床里。

尤尼乌斯号也有赌场，赌场筹码堆叠敲击的响声，扑克洗牌的唰唰声，老虎机摇杆的牵动声，极尽奢靡的狂欢当然没有也不会休止。

在如此高度发展的社会里，人的欲望好像还是那么原始，还是那种追求艳色、追求名声、追求金钱快感的冲动。凌踪并不讨厌这艘游轮上对这些冲动如此露骨的诠释，恰恰相反，他觉得人要是平时就表现得如此简单直接就好了。

"是时候去看看这艘游轮上的水族馆了。"

凌踪非常喜欢鱼。不仅是观赏的部分，还有餐桌上的部分。

走进水族馆，凌踪伸了个懒腰，慢慢地沿着自动游步道向深处走去。"这些鱼，这么好看的话……烹饪起来，味道想必不错。"

仿佛能够理解凌踪对鱼群的怪异念头，水箱里的鱼似乎刻意躲开他的视线，成群地游到一边去了。好生无趣，面前虽是缸体，里头除了海草，却似空无一物。

遵从本能的观赏鱼，若与看客有一丝心灵交集的机会，便一定不会喜欢凌踪。巨大的龙鱼从凌踪头顶的透明水箱飞速掠过，却在距离比较远的一个穿着长衣的金发少女面前放慢速度，似乎刻意供她驻足观赏。只见少女笑了笑，掏出携行电脑，对着透明的管幕伸手拍了几张照，仿佛炫耀一般。凌踪气得连忙将头撇开，装出一副满不在乎的样子。

哎，真是可恶，这些招鱼喜欢的家伙。

"不过，只是考虑视觉感受的话，尤尼乌斯号完全用不到真的水族啊，直接用全息拟真投影，反而更好经营。"

凌踪心里如此想着，徐徐随着票环提示迈出了水族馆。

那些分散的鱼群,之后又均匀地出没在了鱼缸的各处,仿佛编排好了似的。

身后闭合的自动门中,传来轻微踏步的声响。

水族馆后面的滑行走廊,连接着水族馆厅与游轮内的小型博物馆。在游轮上搭载的博物馆可谓十分罕见,不过尤尼乌斯号的豪华程度确实足以让人忽视这个小馆,凌踪早有耳闻,听说这处博物馆能令参观者流连忘返。

"简介上说是有关航线上几个国家的珍奇收藏……那就没什么理由不去转转了吧。"

精心装修的博物馆有着浓重的复古气息,混凝土板材散发的厚重香气也使得整个舱体和尤尼乌斯号的气派格格不入。所幸的是放眼望去,都是值得一看的藏品,有许多几百年前的运动手表与手机等十分罕见的陈列品。

"了不起的时代。"凌踪唏嘘不已。

他随即推开工业气息浓重的电气玻璃转门进入古代馆,里面的刀剑与枪炮实实在在地惊艳了他一把。仿佛悠久的历史沉淀在橱窗与双眼之间,看得越久,就越能体会这些物件的工艺美学所在。

旧时载具,复古火器,以及不少年代久远的物什。展柜表层的磁牌上简略标注了发明人的姓名、国籍等信息,只消轻轻用手环一晃,投影屏幕上就会显示出极为详尽的数据,供来客参考。对于这一点,凌踪是喜欢的。

他正在仔细观察一把古代步枪时,原本空无一人的馆厅内忽然传来鲁莽的推门噪响。自动门被大力地推开,来者仿佛视自动化的设备为无物。凌踪被这一下子打扰了参观的兴致。再怎么说,那撞门的举动也过于粗鲁了。

"差点没吓死人,拜托老兄,没人教你怎么在公共场合用手环开关舱门吗?"从阅读展示数据的面板中抬起头来,凌踪不悦地皱起了眉头。

"啊! 实在抱歉,抱歉。"领头进来的人哈了下腰,接着抬起箱子。凌踪不以为意,恢复到了参观之中,但显然兴致大减。

"是的,我见到他了……"

"别,我们要做的就是把东西搬进去。不要牵扯到个人感情。"

"可这隔了多久了,你还记得吗?"

"显然你的情感失控了,请允许我提醒这一点。"

顺着声音一回头,发现两个人慌慌张张地运进来一个包裹完整的长方形柜子,他们身着尤尼乌斯号的工作勤务制服,也挂着博物馆舱的通行标识。

等等……他们刚刚在跟谁说话?

当注意到他们两人的细节时,凌踪多少觉察到了这两个人的诡异之处,因为这两个人简直长得一模一样。

比双胞胎还像,因为就算是额头上十分显眼的痣的位置,这两人也是如出一辙。

第一个闪过凌踪脑海的念头就是这是一对克隆人。针对高智慧生物的克隆技术触犯伦理法的禁忌,在3044年当然也不例外。民用度假船只上居然出现了人类新千年计划下的克隆空间专员,怎么想都很奇怪。

不,这不奇怪,在新千年的法例下,这可是犯重罪了!

盖过好奇的是这两人越发难掩的可疑。略有尴尬的场面下,凌踪眯起双眼,决定主动消除一下心中的疑虑。只是拔步走近这两个人,就能明显感到对方的戒备。

克服,克服自己的好奇心。凌踪反复劝告自己,别插手这种奇怪的事情,但心里全然按捺不住想要上去问询的冲动。

"那个……请问你们刚才是在和谁说话?"凌踪张开嘴,把疑问说出了口。

这两个人八成没想到凌踪会发问,情急之下语言组织得有点忙乱。

"没错,他就是……"在后头抬箱子的人声音忽然发起抖来,显得激动不已。

"嘘……干好你的活就是了。"

其中一人拽了拽柜子下的辅助搬运机手柄,另一个陷入激动的人仿佛登时反应了过来,拉高柜子的后柄,快速向前面那人带引的方向协同跑去。

凌踪感到这有问无答的情形简直是莫名其妙。考虑到这两个人很有可能在偷拿尤尼乌斯博物馆里的什么贵重东西,凌踪飞快地按开了携带的投影电脑,开启录像功能后悄悄跟了上去。

当他追到一扇写着只有工作人员才可以入内的保全门时,轻轻拉动门闩,发现这扇门已被里头的人反锁了。凌踪抬头一看,那块只限工作人员入内的电子标牌刚刚成型,显然是一块全息打印出来临时贴上去的伪造品。

"这还真是……呼叫一下船务吧。"

凌踪触碰解锁了票环的通信功能,开启了语音引导。在一段没法跳过的宁神音乐之后,系统提示用户可以开始表达自己的诉求。在这空无一人的博物馆中,刚才发生的情况让气氛变得诡异起来了。

"您好,这里是博物馆,请帮C4135转达船务,这艘船上有可疑行……"话语停住了。

"叮——我们注意到您并没有说出完整的句子,请您确认后再重新输入语音信息。"

"可……"

"叮——您呼叫等待的时间过长,如无需要,我们将挂断通话,票环程式竭诚为您服务。"

"叮——尤尼乌斯号,感谢您的问询。"

通信断了。凌踪没能说出完整的句子。

当然说不完整,因为他的后脑被一根冰冷的管状物死死顶住了。

直觉告诉自己,来者并非善类。

"小伙子,现在你的问题是这样,你想打给船务,那就先告诉我刚才那两个人去哪里了。"来人是个女子,手里拿着通信窃入器,发出的哔啵声竟然在此时才被自己注意到。她追踪这两人,或许已有些时间了。

"原谅我不是很清楚你在说什么,我第一次来这里……而且,请你冷静一点。"咽了一口唾沫,凌踪极力平复自己失控的心跳。

"我当然很冷静,但你方才在这里看到的那两个人,我很想确认他们是不是在这扇门背后。小伙子,我刚刚瞥见你和他们交谈,这事你当然是知道的,对吧。"女子的声音里带有一丝质问的语气。

凌踪左右查看着,却无法从任何反光的展馆摆设中看到后方发生的情况:"啊,我想是的,这里也没别的路了。"

说谎没有意义,整个植物标本展厅除了进来的那个门,就只有这个员工门了。凌踪的心紧接着狂跳不止,他认识到一点,那就是后面那个人手里拿着的绝不是什么恶俗味十足的玩具。

从后脑皮肤感觉出来的形状判断,顶着自己的应该是一把装配特殊的消声手枪,往后的交谈似乎是不太会有客气的成分了。

门背后传来拖曳重物的闷响,想必是门里面的那两个人在封堵入口,防止背后那位不速之客破门而入。

"恭喜你把命保住了。这样吧,先把你的电脑扔出来,手脚机灵的家伙。我知道你刚刚开了录像,不过我在意的不是那个。快点扔出来,否则这事就没得商量了。"

一脸不耐烦的凌踪掏出衣兜里露出摄像光纤的投影电脑,拉高角度扔到一边,但随着一声清脆而不响亮的枪击声，投影电脑瞬间被打出了蓝紫色的火花。

"你干什么！"凌踪猛地一抖身子，却被背后的女特工一枪托砸在后颈上，凌踪顿感一阵晕眩，但还勉强站得住脚。

但愿上一次关机有把设计图传到云端去吧……凌踪心想。不过，这家伙已经成功惹毛自己了。

"这不老实的小子甚至想偷着录像，醋栗，就这样你也能忍着不杀他？"

"对方没交出保管柜之前，我们最好还是别乱来，虽说里面那两个勒克莱尔人崩了倒也无所谓，但这个属于意外闯入的人士，外头甲板上那几位可是吩咐过该怎么办的。"

"那你带了多余的电磁拘束铐吗？"低沉浑厚的声音询问着。只是通过这声音判断，那人的体格也远比凌踪早前料想的要健壮。

"……很遗憾，没有。但是，我带了药片针剂。这应该就足够了。"

结束了短暂的讨论，凌踪背后的人做出了他的判断。

"听着，我了解你在想什么，你现在必须一直在我枪口前面，而且你清楚当人质该干什么，不该干什么。"

"好……"

"别斯科，该你出手了，把门给我弄开。"

凌踪被鲁莽地一脚踢开，他扭头看见一个彪形大汉拿着类似撞门锤一样的物件，上面散发着幽暗的微弱电流。凌踪正想起身借机逃脱出去，看了看女特工移到自己身上的眼神，只好暗自叫骂了一声。

随着一声闷响，锤头所对着的保全门凭空消失在凌踪的眼前，包括门背后急匆匆搭起来的支撑工事，就像是被巨兽咬去了一口似的，露出可怕的破损边缘，出现一个方形门洞，往里看去便是之前那两个可疑制服男慌乱地趺坐在地上。

"小子，乖乖进去。"

"我不觉得听命进去会是件好事，但我会照办。"

女子也没应声，只是拿枪口的消音器往凌踪的后脑猛地一捅。

凌踪知道自己没法不按照背后的指示去做，他不断设想如何才能脱险，但事情发展的速度显然有点超出他的处理能力。

"坐在墙边上，然后攒口唾沫吞了这颗药丸，如果我们结束之后发现你没咽下去，你就玩完了，听明白了吗？"

一只戴着灰色手套的手递过来一枚白色的药丸，凌踪只好就势塞进嘴里，他并不急着咽下去，因为很显然这不会是什么补品。他挨着墙根坐下，看着房间里发生的一切。

首先，他感到十分惊讶，之前在他背后拿枪顶着他的，是一名30岁左右的女性，戴着全覆盖式的变声呼吸器，身上穿着已经脱水完毕的新型军用潜水服。身后的彪形大汉在门洞上铺设了一层光学伪装物，从里面往外看基本可以判断出是打算将保全门掩饰成毫发无损的样子。这两人显然训练有素、装备精良。

"对于你们，勒克莱尔的败类们。我的话尽可能简单，把柜子打开，交出里面的东西，供出你们在这艘船上另外两组队员的位置和他们藏起来的超越存在，我就会把你们朝两个方向扔进海里让你们回去，而不是简单地在这里把你们变成两具尸体。"

"我也尽可能简单地告诉你，我们虽然很倒霉要负责运送这两样东西，但我们的忠诚，我们对普南利尔的信仰是不会允许……"

"哇啊……"

一发电磁弹穿透了另一名没在说话的制服男的身体，几乎没有挣扎，那个被击中的制服男即刻停止了呼吸。

"能不能快点呢？区区几个勒克莱尔废物，不要想着浪费老子的时间。"

"那个……我虽然……我说！我……我说！我说就是了！"

剩下的制服男惊惶地看了一眼一旁的凌踪，紧接着仿佛心头泛起了巨大的苦楚，失声痛哭起来，表情瞬间变得无比惊恐。

凌踪看到这场景，鼻子莫名一酸，心跳似乎也快跟着面前这骤变停了。反观那持枪的施暴者，那双眼睛里似乎毫无怜悯，反倒像是有些小小的病态的喜悦。

"要说就说快点，我们还有后面的工作要做。同样是为人所用，最好咱们能互不耽误，不是吗？"

"说得好听，撒巴莱亚人……开启这个箱子的……密码……是两段式的，你刚刚杀了我的……我的同伴，你恐怕……"

"我跟你说了别随便下狠手！莽夫。"

"那我怎么知道这狗屁柜子的密码是两段式的？他可以一拍脑门想出各种说辞来啊。"大汉显然十分不满，压低嗓门凑到身旁的女子耳边，喷吐着鼻息，"你也知道杀不杀这些人到头来没什么所谓！"

"别斯科，从现在开始给我闭嘴。给那家伙挂上代生振奋器，有神经电信号了就插管读脑,我只带了一套复制人用的读脑器材,你要是把这件事情给搞黄了,你知道我们会少拿多少钱的,别指望所有的善后都让勒克莱尔那帮蠢蛋来做,我们该得到的东西必须得到。"

"那这种东西你就该多带点!不是行动前说好的要准备充足吗?女人,你好意思怪罪我。不然,等会儿就你一人来搬动这个箱子试试?"叫作别斯科的大汉蹲下身,取走女特工身上的读脑套件,开始电击复苏那名受到枪击的制服男。女特工见状叹了口气,换了换拿枪的手,朝着另一个制服男子走了过去。

鞋跟轻踢地面,好似恶魔动刑前的宣告。

"好的,既然你也知道了,我们其实不怎么在乎你是死是活,就像那边那个小伙子一样,你就配合点,告诉我你负责的那半段,运气好你就能去海里游泳了。"

制服男哆嗦着扶着额头,似乎在极力思考留给自己为数不多的选择。

"我……我这段密码有点复杂,你得给我时间让我想想……我不骗你……你得给我机会写完它。"

"那你就给我收起拖延时间的腔调,快点想起来!"

女特工一脚踢在制服男的脚趾上,一声惊叫之后,制服男颤抖着掏出电子信纸,用手指哆哆嗦嗦地写出密码字符串。

凌踪此刻感到非常惊惶,他几乎能感受到牙间那颗怪异药丸的糖衣渐渐融化和快速渗透出的麻舌苦味……那必然是类似遗忘清退剂,或者对特定脑区块有麻醉效果的精神类药物,但当下吐掉显然不理智,他利用两颗咬合牙死死地夹住药丸,舌头贴在另一侧,以防止口腔中的唾液过快地消融这颗危险的未爆弹。他匆忙打量着四周,却始终没能在这狭小的空间里找到逃出生天的路径。

女特工焦急地抖着腿,而大汉努力通过手中的投影电脑分析着被插管的大脑信息,过了一会儿像是有了眉目,大汉忽地松开眉头,兴奋起来。

凌踪感觉到绝望就像藤蔓一般,爬上了他的意志。

整个房间除了读脑仪的嘟嘟声和手指沙沙的滑动声,剩下的只有依稀交错的心跳声。

忽然,传来清脆的回响声。

亚伦……亚伦?

不,不不不……呆瓜,别……

亚伦·斯普林菲尔德……

"亚伦·斯普林菲尔德,客舱代号A7687,向您发送定位波!"

不能来这里啊!

"A7687,距离您只有5米!"

"用户配对成功,本次导航结束。"

整个房间的气氛一下变得僵硬起来。

女特工看似没法让枪离开两名人质,而那叫作别斯科的大汉亦没法随时停下大脑监察程序,否则大抵会功亏一篑……剩下的两个人——凌踪和制服男,快速通了个眼色,静静等待着机会的来临。

就像是喜剧开幕一般,一台做工精致的配有超高清写实摄像头的摄像僚机慢慢掀起迷彩篷布飞入室内。它左右扫视,全房间一片鸦雀无声。这时票环的通信功能自动开启了。

"那个,凌踪,虽然看起来不太方便,但我能不能进来啊?甲板上出大事了……"

一口吐掉糖丸,凌踪破声高喊。

"亚伦,快跑!"

但为时已晚。

当亚伦一条腿刚迈进房间时,就被不知何时一个箭步冲出的女特工按倒在地。

"小子,"女特工暗自使力,低吼着,"你又是有什么毛病偏要来这里?"

"亚伦!"

第4章

无陆汪洋,漆黑巨兽

"嘿嘿……"

"真没想到这次居然遇上这么一个肉墩,啊哈!"

"睁开眼,我小小的傀儡!"

帕克特渐渐睁开双眼,他试图辨识自己周围的环境。恶臭,黑暗,还有一种刺入皮肤的冰冷。没一会儿,他便以为自己死了。

"啊,多半以为自己是死了吧。哈哈哈,还真是。好了,傀儡,服从我的指示,你该动起来了。嗯? 不对。"

那声音如洪钟般响亮的主人迟疑了一会儿,来到了距离帕克特更近的地方。

"哼,你可不是什么傀儡。"

"什么,什么东西?"

帕克特发现自己躺在一艘挂着诡异蓝色灯笼的木船上,在大海里漂流着。而放眼望去,是没有岛屿的宽广海面,时间应该接近傍晚,天空阴沉得可怕。很快他发现还有一个更可怕的东西,那就是船头对面有一个巨大无比的章鱼脑袋。

"啊……我的上帝啊,这是什么玩意儿?"

仿佛半座城市矗立在自己的面前,将本来光线就稀薄的海面染成深黑。它不断蠕动掀起海浪的触手,喘息声如铜钟般沉重。

"哈哈哈哈,居然还在念叨那个名字,你真能让我发笑。"

"你……什么意思?"帕克特隔着衣服摸了摸脖子前挂着的小十字架,庆幸它还安在。

只见巨大怪物迟疑了一会儿。

"大概就是，你提到了一个用来笼统概括一群小角色的名词，但在我听来，你简直是在求他们借用你的眼睛看看我是谁——看在获德露娜的分上。"

"看外形，我想你确实是一只大章鱼吧，我是说，在人类的眼睛看来。"帕克特尴尬地笑了笑。

对方见状，倒是稍稍顿了顿，仿佛对被称为"傀儡"的东西忽地有些意外。

"噢……章鱼，美妙的名字。那么，既然来了，想来你并不知道我是谁。"

"看起来真恶心。"帕克特小声咕哝着。

巨大的章鱼怪物从海面以下伸起四条磅礴如山的触须，捋弄着有着一个巨大灰白色肉眼的脑袋，或许可以称作是脑袋的部分。

"不过我很高兴遇见你，傀儡……不，能说话的人类。至少你让我不那么无聊。"

帕克特兴奋劲一过，气不打一处来，就着小船上的船板坐了下来，揉了揉有些发疼的脖颈："我也很高兴遇见你，因为好像是你掐死了我。我到底死了没？是死了吗？"

"没死没死。嗯，那是我把东西拿到我眼前的正常动作，可这对你来说是一种濒死体验……虽然和人类小子打交道的次数并不多，可终究如同傀儡般羸弱，可你倒好，我记住了……"

"你这辈子应该没被人这么折腾过吧？"帕克特指了指自己的脖子，"你试试自己被这么捏一下看看？噢，你没有脖子。"

稍稍又被这人类不带畏惧的神情惊讶到，巨大怪物顿了顿，将四条触须沉回漆黑如墨汁般的深水之中。

"看来是把你捏疼了？哈哈哈，那还真是，不过老夫有过许多体验，还是知道那种感觉的。"

"所以，你是用那本，呃，对，这本怪异的书，把我拉进来的？"帕克特扬了扬从背包里掏出的怪书，一时奇怪背包竟跟着自己进了这个怪异的空间，但想了想，也见怪不怪了。

"你是通过书……哦，也就是说，你以某种方式接触到了这本书，对吧？"那大家伙似乎有点惊喜，但语气中并不明显。

"你之前表现得全知全能，但我总感觉你有点在装傻充愣啊。快放我回去，当然，也不是那么急。我还想和你认识一下。你知道吗？作为人类，我睡觉做梦的时候一般也很清醒,我会和梦里遇见的许多事物互动,现在或许有点区别,你看如何?"

"如果老夫……试图和你进行更智慧的对话,那我估计现在的你不一定跟得上……对应的节奏。小子,你经历得太少,少到可怜了。"

"所以,大章鱼先生,你是以消遣时间为目的来和我进行对话的吗?"帕克特往后仰了仰,"我看你也放弃摆谱了。"

"对啊,你想……嗯,彼此起点都比较低,也就比较容易达成妥协吧。不过,先得说在前面,这是无陆之海。"

帕克特觉得自己有点头疼眼前的这只大家伙。也有那么一分心疼,环视周围,这里除了漆黑的海水和天空,没有任何其他物件,而这巨大的怪物,似乎是被困在其中,失去了离开此处的自由。

"那么,你眼中的人类,一定是很糟糕的一种存在了。因为你甚至觉得都不需要来和我认真探讨问题。"

"那当然,但是我得告诉你,小子,你是人类这点并没有错,但是有高贵于神的人类,你和他们外表上没什么区别,所以我叫你人类……然后,你显然不属于高贵于神的人类,也就是说……对,用你们文明的通俗语来说,我正在和一个人形小垃圾说话。照理说,你有必要服从我的指示,可这次我倒是想破个例,你这小子倒是有几分趣味,大大超过了我的预期。"

"冒昧问一下,章鱼怪物,这算是在你的地盘上,我可以在这里喝杯该死的热茶吗?我不想你接下来一不高兴就送我去见上帝。上帝保佑,希望人死了在这世界上还是能有个像天堂那样的去处。"

"哈哈哈哈,孩子气! 孩子气的问题。既然都带进来了,你就随意。"

拧下保温瓶的盖子,帕克特愣是咕咚咕咚喝了几口红茶,照理来说,他平日不会用这样粗鲁的喝法,可这次帕克特想试着这么做来微微壮壮胆。

巨大的章鱼怪物冷不丁地吐出一团黑墨,黑墨越过帕克特的头顶。帕克特回头一看,惊讶地发现自己看到了一团星云一般的物质。

"这是什么?"

"这就是你所在的那个世界,也就是你所在的那个文明时空,渺小而又庞大。口袋宇宙,或者说,黑暗襁褓中等待一些温度来孵化的卵。你内心自诩为冒险者,不是吗?冒险者,帕克特·荣格。我说得对吗?"

"这让我有点难以信服……且我不懂你那些比喻的意思，该死的。"帕克特从船板上捡起被惊掉的保温瓶杯盖，在衣服上揩了揩。

巨大章鱼安静了一会儿，用头上那只深如空洞的大眼睛看着帕克特。

"我会试图引导你的灵魂和肉体对真实概念的认同感，你要相信我是客观地为你展示，那么我就让你体验体验我说的到底是不是真的。"

"好吧，我现在很冷静，因为我帕克特·荣格很想知道你到底是不是在唬我。话说在前面，我很喜欢不按常理出牌的一切事物，当然你要是能做到，呃，你所说的厉害得不得了的'展示'，那我当然就可以信服。抱歉，嘴干，容我再喝一杯。"

手微微有点发抖，但是帕克特虎口中的茶杯还是把得分外沉稳。

"敬我们的友谊。"

"那么你想必也不会再埋怨老夫是一只让你头疼的章鱼怪物了吧？那种说法真是可笑，老夫多久没听过这样没品的笑话了。"

帕克特心里忽然觉得十分惊讶，因为就在刚才的一瞬间，他的内心对这只章鱼摊出了所有底牌，而这章鱼怪物却城府很深。

但来不及惊叹、愧疚、后悔，甚至表达一丝谦逊，帕克特忽然觉得有一股纯粹的引导力量从大章鱼的独眼里射出，进入他的身体，然后他便有了冲动，去直视那团星云一样的谜之物体。那得来的超凡视觉是如此强大。

帕克特动用了自己最疯狂的想象，乃至于长着18对翅膀的鸟类定居巢卵的硫酸瀑布，有400多种杂色、被摸到就会萎缩的带根萝卜，鼻孔里吸到磷光花粉就会变成参天巨树的怪鼠……在这样那样的星团组成部分里，某个特定的折叠时空中总能找到所有想象荒诞而又确切的存在……可这一切只是让眼前的遭遇更像是一场疯人的狂梦罢了，至于有什么能让自己产生足够认同感的东西，少年心想，果然还是得找找与现实相关的东西。

帕克特随后看到的东西使他不置可否，眼前那团星云一般的混沌正是他所在的时空。他一路缩放着诡异的视野，试探性地看到了他自己所在的星球，他看到了自己所在的小镇，他看到了在那个球状烟雾中受困的自己和身边的犹狄。而犹狄裤兜里有一把刀，无疑是镇上刀匠不见了的那一把，而他一直不敢相信犹狄真有这个胆子去偷……而且这个家伙居然真的当着许多人的面开了这么大胆的玩笑。太快了，这强大的能力似乎能让自己窥探宇宙的全貌，这就是宇宙，那么……造物主呢？

这是一个一直困扰着帕克特,或者说同时困扰着许多人的问题。究竟是谁创造了这一切?

直到帕克特好奇地试图观看这只大章鱼的造物主时,这份难能可贵的能力被它的拥有者吝啬地收回了。

"到此为止。"巨兽低吼着。

"真小气,你是在担心被我看到之后会产生什么不好的事情吗?"帕克特严肃地提问。

"小家伙,我向你保证你会见到她的。但是现在的你还不够格,我的意思是说,受困于你那狭隘时空无法触碰终极的人不只是你,就算是我这凌驾于你所谓的神之上的造物,也必须对眼前的真实讳莫如深。至于我向你展示的这如同天眼视物般的超越之力,能否换来你对老朽些许的尊重,我此刻自然也是心知肚明。"

经过刚才的遭遇,帕克特心里已经对这只巨大章鱼充满了难以言尽的敬畏,因为比起他以往所见的一切怪力乱神,这只巨大章鱼怪物简直就是他所寻求的怪异与真相的主宰。也许有它的帮助,自己也可以平息心中……探寻未知的悸动吧。

帕克特收起了接下来一连串的提问,决定向面前的海兽表露自己与它此番交流的诚意。

"我不清楚为什么你会对这样的我如此感兴趣,但我会在你所建议的事情上尊重你的判断。如果今后我愿意借用你做一些事情,请你在我将要做的事情上尊重我的判断。因为在我看来,你并不擅长开玩笑,而且似乎是有求于我更甚于……单纯成为我的'许三个愿望'的好伙伴。"

忽然,巨兽打破了原有的沉静。漆黑的海面上兴起狂风巨浪,天空中的雷云轰炸着深海,帕克特在小船上死死盯着巨兽一刹那变得凶恶无比的颜面,那可以让任何一个孩童陷入梦魇的怒视、响彻天海的怒号,都没能把此刻内心笃定的帕克特吓倒在船。帕克特本身便具有面对怪异不轻易陷入恐慌的特质,他深知面前的海兽非但没被他的豪言触怒,反而和他一样,产生了突破现状的兴奋。

"哈,帕克特·荣格,我找上你自然不是没有原因,你这小家伙刚刚所说的话正让老夫感到机会将至。听好了,看好了,这里是无陆之海,正如其名,没有可以界定的边际,如同伟大造物无穷的想象;老夫名为墨兽,我将把我的力量借给你的想象,你把你的命运交由赫伦世界来审视……"

既然不承认有神明存在,它又搞这么玄乎干吗?

"行了行了,我会带着那本书,而且保养好书上的奇怪眼睛,把它放在我的书架第一格上。吓唬我的事情还是省省……怎么说好呢,我对你的第一印象就是你喜欢掐脖子喷水瞪眼睛。但现在看来,大章鱼你不说话的时候……还真的挺酷的。送我出去吧,这事儿就这么完了。该死的,我是不是在外头晕过去了?"

墨兽显得极为不悦:"你这年纪的小屁孩就这么反感他者把好不容易想好的客套话说完吗?"

"毕竟我不喜欢长篇大论。作为听完你说话的交换,我个人非常喜欢冒险,但说到冒险这么空泛的东西,难不成你也能给我吗?"帕克特摊了摊手,做出一个鬼脸。

"头疼……看来,你也是个问题小鬼。"

海水一瞬间恢复了奇妙的平静,而那种暴戾的感觉收缩到了帕克特的身后,以瞬间的速度把帕克特拉扯进去。

"我在物色合适的人选,成为我在外的化身。既然你说你渴望冒险,那正合我意。不过关于这件事,咱们一步步来做。"墨兽发出了洪钟般的笑声。

即使早有准备,帕克特的全身还是在那骇人的声浪中不住颤抖着:"那就先给我个相信的理由呗。"

"想要成为合格的冒险者?那么就要一步步来,出去之后,帕克特,记得先小心你的同伴。"

"小心我的同伴,为什么?"帕克特只觉得好笑,摸摸额头,量了量自己的体温。

"若不是我提醒你,善意地,"墨兽从不远的洋面上抬起一条宽大的触手,对准了小小的木船,放射出一阵看似无形的微波,"有那么一种演绎,帕克特小子,今日本该是你的死期。"

帕克特忽然像是穿越了太阳的无数道光一般感受到无比炽热的照耀,在现实中清醒过来。

站在原地,自己仍然处于行走的姿态中,而方才发生的一切有如梦境,犹狄头也不回地向前走着,回头望了一眼与废屋之间的距离,竟变成了近在咫尺。也就是说,自己才刚刚离开别墅区,而非行至半路,这和自己的记忆有着不小的偏差。

一阵小小的眩晕。帕克特的脑海里回溯起了墨兽那让人折服的神力。

一种演绎……我会在今天死去?难以置信。

"喂，犹狄兄弟。"

只见对方从玻璃酒瓶与纯酿碰撞的声响中回过头来，不满地看着自己。

"我不准你这么喊我，我们又不是什么老熟人。"

身边的犹狄看着他，他看着身边的犹狄。

犹狄的背包还在他的肩上，而背包里本应被抽去几瓶的酒如今一瓶也未少，周遭的地面上毫无打斗的痕迹。

帕克特不禁暗想，自己遭遇的到底是什么样的存在，以及……它所劝告的那句话，到底是什么意思。犹狄裤兜里的刀……那无陆之海的墨兽，它说的话究竟能听信几分？

第5章

命数

真剑搏击课练习室。

"调整呼吸,凌踪学员。调整好你手中的训练剑,再做尝试。"

青年面朝教练摆正姿势,心中不禁犯着嘀咕:我该怎么在仿生人教练不宕机的情况下击中他的得分区域? 又输了,这根本不可能。

"你有很快的反应速度,凌踪学员。你的弱项是力度,这需要大量的练习积累。我不认为你平时的锻炼量达到了我课外要求的强度。"

"对不起,我没协调好。"擦了擦护具外渗出的汗水,凌踪重新端正了自己的站姿。

"忙永远不该是借口,年轻人。时刻提高你的戒备,面对人生中的挑战。"

区区仿生人……不过是一堆机械和有机材料的拼凑而已,说出来的大道理真是一套一套的。所谓造物,不过都是程式的演绎罢了。就凭这点,作为人的我不可能一直输。

沉住气,凌踪拉直剑路,向着教练的侧腹猛攻一剑。不出所料,还未到半道,便被教练一剑格开。

"来修习真剑搏击的学生都需要沉下心来,反复品尝这种古典博弈对一个人心性的培养。无关此处的胜或败,只有加倍地练习,练习,以达到更高的境界。这和外表光鲜的架势不同,它只适合想让自己变得像剑一般坚韧、敏锐的人。我希望你上完这门课能有所长进。"

一剑打开凌踪的横劈,教练手中的剑锋直指青年的胸椎处,而后一收势,表示仅这一个动作也足以要了他的性命。

"你在错误地宣泄情绪。"

"对不起,我……"

只见教练又出一剑。

青年只觉得心里憋屈极了。

"也就是说,这是你今天被留堂的原因。完成了第四节课的练习,我会把余下的课费退还给你。下一期的课,凌踪学员,我并不建议你再报了,只是建议。当然,你硬要砸钱,我也不反对。"

凌踪一言不发,只是挥剑,变换角度,笨拙地朝着靶子挥剑。动作走了样,却依然挥着,直到场馆的灯灭了,才收拾装具,关门离开。

这一走,就是很久。

"因为我注意到你双臂的三角肌和肱桡肌有明显的增厚,这么说,这些时间以来你一直追求变得更加坚韧、敏锐,并且把基础力度练习好好地坚持下来了。"仿生人教练转头看了看终端上的转账记录,"你在去年退课的第二天转报了另一家剑术馆的课。不幸的是,那家剑馆的租期合同在上个礼拜到期了,凌踪学员,你就又回到这里来报课了,没错吧? 另外,好久不见。"

"你说得大致没错。"凌踪把收纳包放在一边,从里面一件件地把装具掏出来。尽管看起来都被好好擦洗过,打开袋子的一瞬间,仍然有股刺鼻的机油味从里面冒出来。"为了避免亚健康,这是我能说服自己坚持的唯一一项运动。"

"那看来是我一年前说的话太过分了。"教练笑了笑,叉手站在了练习室正中。

"我特地回来,当然是要让你能赶上工厂的月底返修啦。"

练习用的手半剑被有力的大臂带动,连续砸击在教练手中的团牌上,仿生大脑中对肌肉运动的识别判断跟上了这些有力有效的剑技,作为回应,教练的右手剑发起了挑刺,一轮对攻下双方打得有来有回,酣畅交击之余,也能看到一些不同寻常的剑招。凌踪三番两次以侧袭起手的变招突入教练的团牌防御,虽被轻易屈身躲开了,但青年明白,换作一年前的自己,并不可能发起任何像这样的主动有效的攻击。

继续进攻……被打得浑身酸痛。

没有被留堂,但当凌踪在课程结束之余收拾装具时,仿生人教练后脑的逻辑指示灯闪了一阵,走到凌踪身边,拍了拍青年的肩膀。

"如果你想要在这些自认没有天赋的事业上取得更好的成就,年轻人,你必须重新去审视自己的标准。"

看了看收纳包肩带上落下的机油脏渍,凌踪对教练所说的话陷入沉思。

"一切都是为了让你在面对不同于刀剑威胁的人间危难之时,仍能使你心中的坚韧与敏锐有用武之地。"

将汗巾搭在脸上,凌踪试着理解教练话语中的禅意。

"好好思考,进步。没想到一年过去了,你待人的态度还是老样子,没变。"

"教练你比一年前的反应快了不少,这也是坚持训练的成果吗?"

"喔,你观察得真仔细,我未登记在册的学员。我分别在去年的九月和今年的五月、七月进行了三次系统升级。当然,我的雇主也重新替换了我的阻尼滑块——必须感谢它的发明者以及专利拥有者,凌踪先生。它使我可以更高效地教训学员了。"

凌踪站在原地愣了一会儿,连他自己都忘了有这茬。

"……我去你大爷的。"

"你指定的对象并不存在,我来自一座冰冷的装配工厂而非哺乳动物的娘胎,未登记在册的学员。"

"那我就问候制造你的整条生产线如何?"

凌踪指着仿生人教练的眼睛,用手比了一个象征着对机械羞辱的旋钮关机手势。

"你的举动成功激怒了我,未登记在册的学员。"

于是在接下来的几年里,两者便打得难解难分。

尤尼乌斯号历史博物馆船舱里的保全门内,情势显得十分胶着。

但不是所有人此刻都有着混乱的头脑,女特工快速从身边的同伴腰带上抽出一把备用的电磁短枪。局势瞬间回到了一边倒的情况,凌踪死死按下几乎要一跃而起阻止女特工拔枪的身体。

在这个过程中,他认识到,刚才女特工拔枪转身的那一瞬间,有那么一个微小的反应便是用那把拔出的枪急停在恰当的位置击毙自己。他不再质疑这名特工会在动作上疏忽大意,而现在他的好友亚伦,正陷入突如其来的险境。

"解除你的僚机操纵,扔掉你的投影电脑,双手抱头过去和你的同伴一起蹲好,确保你接下来的每一个动作都能让我看到。"

"认真的？好好，坏人女士。"

棕发青年不情愿地蹲了下去。凌踪倒吸一口凉气，看了眼身旁的亚伦："真有你的，这下从我的麻烦变成我俩的麻烦了。"

"我我，那我该怎么办？"亚伦有些惊慌失措，眼睛死死盯着特工们手上的枪械，还有那具在血泊中因脑部通电而不断动弹着的尸体，"这是真的死人了？！"

"安静，安静……等着，等一个机会，我来想办法。"凌踪压低声音，侧过脸叮嘱着。

"你又不擅长这个！"亚伦失声惊呼。

"没让你们说话。"

女特工操纵耳朵后面的附属部件，使得她能够在正面视野中通过红外反光同屏监视不同方向人质的动作。

"呜……好了，我把我负责的那段两段式密码一五一十地抄在这电子信纸上了。"

"哦，算你识相。别斯科，你那边情况怎么样？"

"还差最后一个序列没有读取，再等15秒……啊，好了，有结果了。"没好气地递过手中的显示板，大汉的脸上写满了不愉快。

"就该早点拿过来让我看看，哦对了，枪还你，你负责监视这几个人质。如果发现异常举动，我允许你开枪射杀。"

"谢谢你，那可真是好极了。"别斯科在接过枪的一刹那笑了笑。

女特工轻松地将两组密码组合到了一起，拼凑出一段完整的密码文字链。

凌踪发现女特工似乎在认真破译着密码文字，而剩下的那名制服男却眼睛低垂，冷冰冰地看着那个柜子。

亚伦垂头丧气地蹲在凌踪边上，捧着关闭了电源的摄像僚机。随后见女特工没在意，便挪到凌踪身边放低声音再度耳语起来。

"见鬼，我当你在躲着我，没想到是这么个情况。这帮家伙是劫匪吧？我进来之前听见动静报了警，他们杀了人，他们绝对得进监狱。"

"闭嘴，亚伦。"凌踪紧张地看着别斯科，当看到别斯科脸上的表情发生了一些小小的变化时，大事不好的预感浮上了自己的心头，他轻轻抬起左手，掩在了自己好友的身前。

"都叫你别说话了，小子，你们说的话我可全都听得见，而且我听得懂。"大汉指了指自己耳根的位置,随后拿枪径直指向亚伦的头,没见过这番情景的亚伦瞬间被吓到脸色发白。

"你既然选择这么不配合,我可以……"大汉说着扣动了扳机,"小小惩罚你一下。"

亚伦的左肩被打中了,他惊恐的眼神瞬间映入凌踪的眼里。

"啊……啊啊啊……"

看着鲜血从伤口不断溢出,凌踪的心里充满了惊惶和悲愤。

"你这混蛋! 他什么都没做,你居然……"凌踪腾起身子,咬紧牙关,朝着恶徒挥出一拳。"啪!"凌踪只感觉侧腹一凉,白色的T恤瞬间红了一大块。

"少在那咋咋呼呼的,都说了,你有多少能耐,我都看得出来。还真以为我和你们俩闹着玩呢? 看在这两枪都不是致命伤的分上,就偷着乐吧你们。"

"快帮……他止血,拜托你。算我求你了。"凌踪跌坐在地,大口吸着气,剧痛中只觉得自己四肢冰冷。

"好笑。凭什么? 就凭你一张嘴?"大汉咧开了嘴,露出一口白牙,放肆地挑衅着。

凌踪看着身边倒在地上呜咽抽搐的伙伴,咬紧牙关,愤怒地看着眼前无理施暴的歹徒。忍着痛脱下上身的衣服,凌踪死死按住亚伦血流不止的伤口,揉成一团的白衣渐渐被友人的鲜血染成了殷红。

亚伦·斯普林菲尔德,他倒在了地上。他是我的朋友,我唯一的知心朋友。

"撑住,亚伦,亚伦……"

"我听见了,我听见了,别斯科,我提醒你,最坏的情况下运送这俩勒克莱尔人的尸体可是要用肩膀扛的,我们到甲板上的这条路没有推车可以用。你注意着点。"

"啰唆。我当然扛得动两个。你要是能帮我再扛上这两个,那么今天我们两个回去后,酬劳可以四六开。"

"混蛋,我和你拼……"凌踪突然大喊。

一脚踢开捂着伤口又直起身来满嘴血沫的凌踪,大汉耸了耸肩,露出一脸轻蔑的表情。

"我不会亲自搬的。你可以叫β队的丹朗过来,听说他们已经得手了。"别斯科活动了一下脖颈,"私下告诉你,我讨厌那个小白脸。你动作快点,女人,我也可以早点搞点大动静。"

"那就别烦我。这房间里有两个骂骂咧咧的小年轻已经够烦人的了。"

女特工快速掀开柜子上遮盖的油布,在柜壁内嵌的电子键盘上快速键入了一串字符。

"确认访问,授权失败。"

女特工立刻回头怒视着制服男,只见制服男面若死灰,直勾勾地看着柜子,抬了抬下巴,示意继续,并不言语。

女特工无奈,只好再次键入字符,得到的却是完全相同的语音提示。

"你在耍我,还是说你需要吃点苦头才能帮我们把这个破柜子弄开?"

制服男抬起头,张开了因压力过大而紧绷着的嘴。那张微微颤动的嘴里,深深吸入了一口气,紧接着出来的,是铿锵有力的话语:

"你有本事再输错一次,整条船的无辜人士和你们几个小队的撒巴莱亚走狗,会一起被炸死在这里。到那时,你们欠下的东西就很多了。你们撒巴莱亚人不是最喜欢这样吗? 行啊,我早有准备了,你们这群玷污文明的暴徒,来啊! 就冲着我来啊! 这圣物死活都不属于你们,它属于我们勒克莱尔人的英雄,你们注定会在他面前一败涂地。"

在如此镇定的言语面前,就连凌踪也被制服男的豪言壮语震慑。一瞬间,凌踪感到自己灵魂的某处有着一股从未有过的强烈震荡……是身临绝境中的勇气。

"哈,少来了,少吓唬人。我明明没有输错,但你是诚心想同归于尽是吧。行啊,成全你。"

女特工快步走到制服男身边,把枪口指向他的心脏。

"当然,我给你的密码没有错,错的是你,撒巴莱亚混账没本事把它输对……"

"啪! 啪!"大汉连开两枪。

制服男全身颤抖,很快就断了气。电磁手枪的扩散弹头里有相当剂量的抗凝血化合药物,伤口撕裂后生还的可能性也就不大了。

"混账! 你都在这干了什么!"女特工骂道。

在一旁亚伦的呜咽声中,凌踪死死攥紧了拳头,怒视着两名凶手,低吼着,向着那两个暴徒又扑了上去,尽管血流如注。

随着飞起的一脚,壮汉又狠狠地把凌踪踢到了墙边。这一次可没收力,愣是把凌踪的脑袋踢得嗡嗡作响。

此时壮汉发现在一旁倒下的亚伦紧紧捏着他的皮靴,并不长的指甲在他锃亮的特种兵靴上留下了难看的刮痕。

"你敢踢凌踪,踢我兄弟,我去……你大爷的……"亚伦说完,头就歪倒在了一边。

就这样,那双眼睛逐渐失去了神色。

壮汉头上青筋暴跳,嘴角却露出狰狞的笑容。不断扣动着扳机,对着倒地咽气的亚伦补枪再补枪。凌踪眼球不断颤动着,怒吼着,从眼里溢出了屈辱的泪水。

"呸!几个小杂碎。"

"叫别斯科的家伙,你有本事过来啊!我揍碎你!"

这下壮汉更加生气了,从没有人在他吐痰泄愤时向他叫喊过。凌踪吐出了一直含在嘴里的鲜血,尝试振作起来爬到亚伦的身边。体温渐渐从好友的身上消失,凌踪清楚,亚伦已经没法存活下去了。晃动着亚伦,凌踪嘴里呢喃着,而那眉头仿佛要皱出血痕来,带动痉挛的身体颤抖着。

"我俩搭档做任务真的是改不了这些坏毛病,"女特工在一旁叉着腰冷眼看着说道,"但毕竟咱们这次都做得太难看了,别斯科。"

女特工再次把枪指向凌踪,手指扣在了触摸扳机的外围。凌踪摆正身体直视着阴森的枪口。他并不害怕,这一刻自己仿佛一把利剑,正对着行刑者的绞索发出耀眼光芒。

"你这家伙……"

船舱外忽然传来了一声震耳的爆响,这声震响让别斯科感到十分不悦。

"喂,醋栗,把他留给我。我说,是不是丹朗开始引爆船体了啊?"

名叫醋栗的女特工不耐烦地抖着腿,巴不得现在就离开这个鬼地方。

"你联系他试试,说我们这个货物摆不平。门口的小队也需要增援,我们要做的就是看好这个柜子,到时候一起传送走。"

"好。"

话刚说完,外面的爆响接连传来。

"喂,丹朗,外头那响声究竟是什么情况?"

"我就简单说了,是勒克莱尔那帮流氓鲁贡骑兵又来了,我们船体左翼三个小队正在回击。当然,也不排除是别的来源,勒克莱尔人在这艘船上的动作很是反常。"

"那我们的货怎么办?醋栗说没法在现场解封。换句话说,货物需要搬运。"别斯科抢过话茬,大声询问道。

"你让她快点到甲板上来帮忙,你一个人看好就可以了,你现在开免提让她听到。

我们争取尽快完事。"

"喔,抱歉,其实我从一开始就开了免提。"大汉笑了笑。

"那好,醋栗,带上你先前拿到的瞄具。我已经派遣增援人员过去了,我倒要看看今天是哪些人过来砸场子。我只是担心有个万一,万一那个银鸟想要借这个机会干点什么。"

"想必都是你的老熟人了,我这就过来。大块头,把这里看紧了。"女特工夺门而出,急促的脚步声渐行渐远。

"你都听到了,丹朗,她跑过去了,我挂了啊。"

"听着。这外头情况够乱的了,你别乱——"

"嘟……"

大汉粗鲁地挂断,打量着眼前的凌踪,就像打量着有趣的猎物一般。

那原先几乎动弹不得的凌踪,不知哪来的力气,竟然支撑着站了起来,捂着枪伤,像样地走了几步。

"好了,剩下我们俩,可以慢慢来了吧。"别斯科舒展了一下筋骨,卷起了自己的袖子,露出光滑结实的臂膊。

"现在一个打一个,我还受重伤了,你真好意思。"

"那怎么办,小子,我的乐趣毕竟就是这样来的。"

"那就来啊!"

步伐因枪伤的疼痛有些走样,但招架的架势至少摆正了。

凌踪眼见壮汉目露凶光,一个侧步躲开了壮汉的直拳,却因为侧腹的剧痛瘫倒在地。

"疼吧? 你就乖乖挨两下,就没感觉了。"

"混账! 你还我朋友的命来!"

壮汉踢踹着倒地的凌踪,凌踪虽然蜷起来极力护住了胸腹,但还是吃了两记重踢,胃酸和一股铁锈味涌了上来,他朝上挥出拳头,却被对方轻松擒住,紧接着被顺势摔砸在地上。

"咳,我不会输给你! 你尽管看着!"

"尽说这大话!"

凌踪在地上不断地挪动着身体,尽管已经被打得血肉模糊,但一只手紧紧护着伤口,另一只手艰难地拖动自己向一个方向移动,依然不想放弃。

壮汉一把抓起凌踪的双腿,像链球一般在空中抡了一圈。"这么享受爬来爬去,那我大可以再帮你一把!"

一记投摔,凌踪被重重地摔在了亚伦的躯体上,看着那对失去神色的双眼,一股悲愤在自己的胸中汹涌。

"亚伦……"

尽管身体有着剧痛,不过凌踪借着这一下清醒过来,他意识到,自己的赢面并非全无。

"抱歉了,亚伦,我真的对不起你,把你牵连进来。"

"天哪,你还在念叨那个小蠢蛋啊?!"

别斯科揩了揩带血的手指,笑着向凌踪走去。而凌踪颤抖着,松开了紧握的拳头。

"欠你的人情,我要是能活下来,再想办法还你吧,好兄弟。我要干掉这个疯子,我要干掉指使这大块头来到这里的家伙,直到我认为够了为止,记住我这句话。"

凌踪面对再次步步紧逼的壮汉,按动了摄像僚机的手动开关。"嘿,那什么,别斯科。"

"废什么话,该结束了,小混球。"别斯科抡起拳头,向凌踪而去。

门口传来清脆的枪击声,而别斯科在听到的这一瞬间分了神……

凌踪快速按动人工按钮,解除了摄像僚机的推进器自动限制和安全距离限制,用剩下的最后一点蛮劲把僚机推了出去,僚机开始在房间里极快地飞舞着,像是被捣毁了蜂巢的巨型马蜂。

"小畜生! 你还叫了人来?!"

别斯科换手一把拎起凌踪,挥起拳头准备打向凌踪的脑袋,而凌踪猛一抬头看向在空中飞舞的僚机,当僚机正好被别斯科的脑袋挡住时,他大吼一声:"超近焦锁定识别我的面部!"

摄像僚机接到了声控指令后,全速向着凌踪飞去。

别斯科的拳刚刚挥下,僚机就像一颗甩出场地的铅球一般猛砸在了他的后脑上。只听见一声碰撞碎裂的闷响。那种撞击,应该将这人的头颅震碎了。就这一下,连凌踪都被撞得满脸鼻血,好不容易才缓过劲来。

巨人般的身躯在摇晃了两圈之后轰然倒下,凌踪就势滑摔了出去,跌坐在货柜边上。

"乖乖往生吧，坏家伙。"凌踪安慰自己。对上这残虐无道的对手，这应是人生中的第一次。他清楚自己并不擅长打架。

他真的累坏了。失去朋友的痛苦不知是否由于眼前的危机落幕而加剧了，他感到心里失去了许多重要的东西。那个能让自己骂骂咧咧的损友，也是唯一理解自己处世之心的挚友。

也许是因为念想中坚信有朝一日能做到回溯时空，那些绞肠的悲痛才没有让自己陷入心碎无望的号哭，虽然目前这念想仍似遥不可及。

他抄起身边那份被女特工顺手丢在地上的合并密码字符串，流着泪苦笑着。

"你这玩意儿今天害死的人……可真不少。"

尽管无心在意上面的内容，他仍然借着灯光发现了在电子信纸页面下方倒着书写的一行小字。

"这……"

凌踪将电子信纸转动之后，发现这行小字竟然是在镜面翻转的前提下倒着书写的。字迹相比上面正式的密码字符串更加工整郑重。

他看向制服男的遗体，那早已冰凉的嘴角上仍然带着一丝骄傲的笑容，不禁感到一阵钦佩。

凌踪够到一片碎了的摄像头镜片，放大电子信纸上的那行小字。

"'这次绝不是简单的赴死。'这个货柜的密码是在按动输入键后由语音输入这段话。请同样，把这话传达给赫伦·代达维亚的娜丽。我相信你可以，我相信。记住，你是钥匙。你就是钥匙。钥匙注定要去解开普南利尔的秘密，去找……不要……"

字迹在这里中断了。

钥匙？赫伦·代达……维亚？什么跟什么啊。

凌踪关闭了电子信纸的显示开关，然后他沉默了很久。这浑身的剧痛提醒了自己，他认识到有些事情还没有结束。

把脸上被打得只剩一枚碎镜片的全息眼镜架放在地上，凌踪深深地吸了一口气，按下了电子键盘上的输入键。

"为避免您再次键入错误，请注意，这是即将迎接的终末之礼。"

"献身沙漏的愚人终将辉光带至不复的永夜。"

凌踪冷静地接过念词,说出那句意义深刻的话:"这次绝不是简单的赴死。"

"……成功验证。相位终末之礼,将切换至您所渴求的临受面。"

一阵轰鸣之后,随着复杂的齿轮响动声与呼啸声,柜子缓缓地开启了,并显示一些提示。

超越神器:化形圣剑。

柜子中并没有一把剑,而是一块茶杯大小的石灰色符石,上面有一个金色的上下不均匀的沙漏图案。仔细一看,更像是一个叹号的模样。

最初也是最后的圣剑。

"就是这个吗?"

于此。

凌踪无力地一手将其拿起。只是一块石头?

重构。

不,不止于此。

当石头离开安放的底座时,无数金色的丝线在石头与底座之间流动着——一道道光流从丝线末端冲击着石块,就像大量的光体砸击在贫瘠卫星的表面。紧接着,金色的光芒渐渐变成耀眼的白色,如同植物叶脉似的纹痕爬遍了左手,渐渐地……挖开一个坑洞,融合进去。

一股强大的力量在内里燃烧着……房间里的一切似乎都被横行的白光灼过,每一颗肉眼难辨的微小光粒都在有目的地奔流着……

紧接着,一张慈美的女性脸孔出现,一阵轻笑之间,涌动的力量就像湖神仙女的祝福般扫尽了凌踪灵魂中的迷惘。

凌踪可能完全没有注意到,此时门口站着的身着长衣的女子,正吃惊地看着满身疮痍的自己。

她身上伤痕累累,就像刚刚也与一众劲敌经历了一场恶战,淡金色的发丝上沾染了一些血迹,手里握着的手枪并没有指向青年,而是缓缓收进了腿侧的枪套中。

这样看着凌踪,对她而言仿佛就已经足够了。紧接着,她转身离去,静静地待在远处观望,就像对这里接下来即将发生的事情了如指掌一般。

凌踪只感觉一层如冰霜般的疼痛渐渐覆盖自己的躯体,使他不住战栗。看着左手中握住的这块熟悉又陌生的石头……

不，它告诉我了……它可以是剑。它可以成为任何事物。

"至于剑，多少应该有个剑柄吧。"

同时为圣灵与邪秽哀叹，亦为欲战之士壮行。

我们悲歌，悲泣，向死而生。

不知何处传来低沉的哀悼叹息。

凄凉，但又有些与之相符的美。

想法刚刚完善，一条剑柄就凭空从沙漏符石的底端产生出来。

"护手。"

告别怯懦。

护手从两翼伸展而出，两道半月形金属纹格的护柄应运而生。

"剑刃。"

锋向众灵。

一道白光从沙漏符石的上端徐徐射出，不久便化作锋利十足的透明剑刃。

"既然什么都可以化作的话……啊……"

"请……请化作能去惩治这艘船上发生的恶行背后最根源的东西吧。不管怎样，我要阻止他们在这里得逞，我要报仇，然后……"

凌踪跪坐在地上，咳着血，上气不接下气。

"可以的话，我好想回到过去，若一切还来得及挽救。"

"只问一次，如果你能接受报仇的深痛代价的话。"

这是凌踪第一次见到一块会说话的石头。

忽然一阵眩晕感袭来，就像灵魂忽然被驱散一样。虚弱和无力并不长久，很快就被持续涌动的力量再度回填。

"当然能，你知道，就算接下来会死……我就是咽不下这口气。该死的，我的血性竟然一下上来了……明明还有很多事等着我去做。我，我会死吗?"

剑却是对此话不以为意，冷冰冰地回答道："当然，持剑人的悲愿要给予满足——您也不会是例外。您若以真名赋予此剑，剑便应承。"

"我是凌踪。记好了。"

凌踪开始能听见周围奇异的呼啸声。这种怪异的感觉席卷过来，一切东西都被拆解、重构。继而能听见空气中的每一个构成粒子都在向自己诉说它们存在的意义。

凌踪握住剑柄,说来奇怪,这把剑正在努力试着让自己验明它的正身!

一股力量突然充盈在破碎肢体间,撑起了灵魂。

"这就是以你的声音、你的理念,所铸就的答案。"

容纳符石的柜子不觉间在一声尖啸中变成了一摊烈液。

白光之中,一个迅捷的身影夺门而出。一阵狂风卷起,兜帽落下。

在迈入怪异的隧道前,女子回望了背后世界一眸,她望见了那个身影,她挪开搭在枪套上的手,微微一笑。

"好好活下去,凌踪。我们会再见面的。我将继续为你迎击苦难。"

第6章

烈焰般的闯入者

勒克莱尔星区鲁贡骑兵团。

"接下来是简短训示。"白发白须的长者按着手中的仪式刀,正色道。

台下的鲁贡骑兵中有一人正了正头盔,嫣红的长发在立定时缓缓垂落,仿佛一场赤红色的甘霖。长袍短衣,胸甲灿灿,少女的身姿在一群披着合金甲胄的士兵中显得格格不入。

她为什么会在这儿? 在场的许多人都抱有同样的困惑。

或许她超凡的气质令她更适合出现在别的场合,比如万人之上,或是千军之前。

她静听着那位长者的发言,满面谦恭。

"我就实话实说了,士兵们。接下来一定是苦战,因为那八个人中的一个,是前凯伯因雇佣鲁贡骑兵团成员之一丹朗·洛萨德。我们并不会与他们交战,准确地说,这次的任务是收集撒巴莱亚人穿越甬道入侵摇篮世界的情报。"

听了这一番发言,台下的鲁贡骑兵们纷纷陷入嘈杂。

"安静。"副官号令道。

在勒克莱尔时流引擎的效用下,鲁贡骑兵团得以在事情发生的一瞬间开启隔空召集。在简短的会议后,骑士们利用勒克莱尔成熟的甬道穿越技术便可在极短的时间内有效打击承保范围内的敌对行动。

相对缓滞的时间给了勒克莱尔的战士们足够的准备时间,如同在小偷行窃的瞬间便能以满员警力将其包围起来,使其不得不乖乖服法。

"这一次摇篮计划中出现的安保事件非同小可,所以我早已向勒克莱尔议会提交了我凯伯因鲁贡骑兵团半数人员出战的请求,然而勒克莱尔议会只授意我们以侦察为目的执行小队规模的出击。因此,我在这里召集大家,是希望各位服从部署。"

嘈杂声再起。

"请安静。议会上面的大人物想必有他们的考量。我们鲁贡骑兵团是议会下属的执行机关,所以虽说大家名分上是雇佣军,实际上也算是时空议会的正牌军了,行事还得讲究分寸。"

"团长!"台下一名个子高挑的骑兵振臂示意发言。

"多诺万,你说。"

"我们刚才私下讨论得出的结果是,议会现在推崇的三人小组行动,根本是想让我们去那充当侦察兵啊。这本是勒克莱尔斥候该干的事情,容我直言,这不是我们该做的工作。既然丹朗带着人过来了,我们就应该设法一口气截住并且彻底消灭他们,来个先斩后奏。"

长发披肩的团长捋了捋下巴上雪白的胡子,陷入了沉默。

"要相信勒克莱尔议会不会对这些事件有太过错误的评估,在我们执行侦察任务后,也许会有其他友好部队加入,发起清讨作战,不过这点恕我不能保证。只是近期撒巴莱亚人在宏时空中的活动频繁起来,议会显然希望我们按兵不动,护卫吉卡匹亚主星区。"

"属下知道议会对我们鲁贡骑兵团向来是保密工作至上,但是这种可有可无的支援,我觉得不要也罢,团长,你如果从内心赞同属下提到的全歼敌众的做法,那么只要是你亲口下达的命令,我们可以照办……"

"咄!"团长小力捶了下身前讲台的桌面。

"严格按照议会评估的方式行动,士兵。我们的任务仍然是护卫吉卡匹亚主星区,而非充当议会摇篮计划的全职安保。"

"可是……那些撒巴莱亚混账都已经摸着甬道跳到脸上来了!"

"因此侦察才显得尤为重要。勒克莱尔需要我们进一步了解他们此次入侵摇篮世界所采用的手段,而你的这份敏锐正是我们所需要的,多诺万。就由你和你的小队来负责进行外围侦察,尝试阻断撒巴莱亚人利用甬道往返的途径。其余士兵服从指派的任务,我希望诸位不遗余力地去完成勒克莱尔下派的每项委托,以吉卡匹亚英雄鲁贡将军之名为荣。"

"属下受命,保证完成任务。"多诺万大手一挥,几个队员便抱起龙盔,向着折跃长廊小跑而去。

在老团长的威严之下,全团静默无声。

"鲁贡骑兵团听命!"

"是!哈德曼团长!"

"此次针对蔚蓝Ⅲ敌方活动的三人小队侦察任务,三分钟内志愿报名,请各位自动出列!"

"曼斯·古拉加,特等鲁贡骑兵,请求出战!"

"夏尼福特·米尔,特等鲁贡骑兵,请求出战!"

"很好!"哈德曼团长将手背在身后,"这才是勒克莱尔人!"

"薇妮亚·凯伯因,一等鲁贡骑兵,请求出战!"

"薇妮亚……"

"团长,请尊重我的个人决定。"

"一等兵,"一旁的副官开了口,"令尊通告我们,招你进来本来就不是指派你去参与常规作战,上次出勤已经是违例,容我提醒你。"

常规作战?薇妮亚心里只觉得这种委婉的拒词显得有些好笑,她抬起头看了看鲁贡骑兵团礼堂上的勒克莱尔星徽,在过去的TCC时代,那无疑是无比勇武的象征。全宏时空最为精锐的人齐聚一堂,与宇宙边界的异势力决一死战。那些人为了维护宏时空的安定不分你我,前仆后继,也从未因身份高低而畏首畏尾。

"别多嘴。"打断了副官的言语,老团长的眼中少了一些军威,多了一些规劝的意味。

"你在鲁贡骑兵团有更重要的工作要做。事实上,我们需要优秀的队员去巡检摇篮边境……"

而这个女兵斩钉截铁的语气并不像是在和一个友善的长者交谈,话语中满是严肃与决绝。

"哈德曼长官,我恳请您将我视同一个军人。薇妮亚并没有忘记自己为什么自告奋勇参加这个军团,既然我在召集中已自主出列,您必须尊重我的决定。"

没有料想到这位凯伯因商会的大小姐会自主出列参加危险的一线任务,这在此次召集中可算得上是个大疏忽了。

"哈哈,薇妮亚,薇妮亚。瞧这脾气,你要是真出了点什么岔子,西博文那家伙和凯伯因商会怕要把我这个老头给扔进黑洞里呢。"哈德曼摆了摆手,鲁贡骑兵中紧张的气氛消散不少。

而薇妮亚的脸上并没有识趣的变化,反而扶正帽檐,一个正步上前,毕恭毕敬地对着讲台敬了一个勒克莱尔的握拳礼。

好家伙,早见识过这小妮子在边界时叱咤风云的样子,现在进了军队,这气势可是一点没收敛。

"团长,属下没在开玩笑。"薇妮亚正色道,语气中没有一丝犹豫,"再者,我是鲁贡骑兵团的一等兵薇妮亚·凯伯因,而非凯伯因商会的薇妮亚·凯伯因。报告完毕。"

"明白。在这么多人前面,我再问你一遍,薇妮亚一等兵。你可真的想清楚了?"

"既然没有问过其他两名优秀骑士的意见,同样也不需要询问我的。这不像您。"

"团长,我和夏尼福特也一并保证会圆满完成任务。"名叫曼斯的鲁贡骑兵见状也和战友上前一步,向讲台高处行了一个握拳礼。

"很好,勒克莱尔的荣耀与你们俱在。士兵们,听好了!TCC背景出身的我负责训教你们鲁贡将军的游骑兵作战,可不是为了让你们去敌人面前逞强斗狠。托时流引擎的福,你们有充足的时间准备,去反复研究战报了解你们的任务,在军械库备足你们的枪炮辎重,严格按照勒克莱尔的指示去完成它。记住,那帮黑袖标的家伙可是不止一次把我等的铠冠和座驾在空间黑市上当作战利品卖。即使是一次侦察任务,多少也关乎勒克莱尔和旧TCC的尊严!完成你们的任务,然后平安归返。祝福你们,士兵。"

"明白!团长!"

"那就出发!折跃军士长,我给你批准定位折跃额度,报告直接走专线。别让丹朗·洛萨德有机会注意到我们的高空轨迹。"

"好的,我马上知会技术军士。"

任务优先,然后才是活下去。这很有军队的做派。

薇妮亚兴奋地捏了捏手指关节,对于未知的对手,尤其是那个叫作丹朗·洛萨德的前鲁贡骑兵,少女心头的挑战欲望正熊熊燃起。

散会后,三名全副武装的鲁贡骑兵迈向大殿的出口,就像是三条狼犬即将闯入八条饿虎的晚宴。

"薇妮亚!"

"是,团长!"

只见对方将一把造型奇特的小型手枪交到自己的手中。薇妮亚定睛一看,竟然是装配完成后的蒲式折跃枪。

这是一把单兵用的传送兵器。实话说,这东西的造价已是不菲,或许这一发折跃弹丸的价格能够在空间坞全款结清一艘勒克莱尔的"主星位"级航宙战列舰。而它在选定击发后能够定向将人瞬间折跃回预设的地点,无疑透露着一点:这玩意儿是用来给自己保命的。

"撒巴莱亚聚合意志极有可能启用了超越神器。一旦近敌,觉察到不对劲就马上折返回来。这也是你老爸的意思,不要理解错了。"

"谢谢您的好意。我会以一个新晋鲁贡骑兵的标准严格履行职责,哈德曼团长。"薇妮亚接过手中的蒲式折跃枪,拉开枪膛检查了一下备弹,锁止后收回到自己腰侧的插片盒中。

一发备弹,好家伙。

与哈德曼对视了一会儿,薇妮亚不难明白团长此举的意思。自己对上那位丹朗·洛萨德,可能是会致命的。

"不过以你的格局可真不适合加入军队啊,小凯伯因。你爹也真是料事如神。这发蒲式折跃弹若能救下你,那也不坏。"走回办公区,哈德曼轻轻锁上了自己房间的门禁,"算是报答对你的恩情了,西博文老弟。我本质上并不是一个喜欢和年轻人相处的人。"

"你居然对一个小凯伯因起了惜才之情,哈德曼。你希望我配合你的行为吗?"一旁的副官笑着,将一块石头一般的东西握在手中。那块仿佛平平无奇的石头上微微闪着淡红色的电光,只一小会儿,连同整个石块一起在副官的手里消失无踪。"老实说,若有一日她选择站在我丈夫的对立面,我会毫无顾虑地除掉她。"

"我明白,但这显然不会让统帅感到高兴,毕竟他非常关照小凯伯因的发展。"

"不就是那个女人和西博文·凯伯因的小孩吗?那个荻德露娜·康沃翠斯。"副官的脸上满是不悦,随后按动耳后的机关,副官的全身开始泛起奇异的幻光来。

"无意冒犯,我曾经立誓为那位大人鞠躬尽瘁。"哈德曼叹了口气,将桌案上的筒杯拿起,喝了一口带着营养液的特饮,"只不过比起勒克莱尔和凯伯因,我更笃信托卡马克统帅的理念。"

解除了光学伪装的副官露出一头洁白的长发,那张姣美的脸上泛起一丝狂妄的邪笑来。

门芙哈蒂·霍勒斯，撒巴莱亚聚合意志的特务统领，也是撒巴莱亚统帅托卡马克·塔西的爱人。哈德曼看着眼前这位大人物毫无顾忌地坐在自己的座位上，跷着腿粗鲁地翻阅着鲁贡骑兵团和勒克莱尔议会的简报，其间持续发出精神失常般的笑声。

那笑声像是屠户在享受一场发生于脑内的宰杀，哈德曼只是联想了一下那种感觉，就有种喉疼作呕的欲望。

托卡马克究竟喜欢上她哪一点了？只是因为长得好看吗？这仍然是困扰着哈德曼的一个重大谜题。

"看来要尽快先把你送过去，赶在他们之前。且希望你在那里诸事顺利吧。"

"自不必说。我只是去确定一个具体的方位罢了。"面容苍白的女子捏紧手指，关节中发出令人不悦的声响，"我能感觉到，或者说我知道，勒克莱尔想在那地方藏着的那些东西，嘿嘿。它会帮助我找到拉·普艾希亚，那个小家伙。"

"那就祝你旅途愉快，门芙哈蒂长官。"

"哎，我问你，哈德曼。"那面目惨白的笑脸忽地贴近老团长的背后，徒留那张转椅在面前不住地摇晃着，哈德曼甚至没察觉到对方是什么时候离开座位的，"要是我说，需要动用你宝贵的眼线帮我在勒克莱尔做点事儿，可以吗？"

一阵恶寒。这代表着无法拒绝。

折跃长廊。

技术军士指挥着折跃轨道的部署，不少勤务人员在巨大的空间站中悬浮飘行着，将形形色色的装备与挂载安装到即将出动任务的两台"铁铠始祖鸟"单兵载具上。其中一台只是静静地放置着，轨道钳和导流器都已经准备就绪，光看独特的涂装和丰富挂载就能知道其维护频率之高，特定的技师在远处的调试台对其不断校准着，为了确保其能在恶劣的环境下保持巅峰的状态。

扶着头盔，个子高大的上等鲁贡骑兵往自己的脸上敷着抗离心力药液，嘴唇微张，很快就自然地从嗓子里蹦出那串方才想好了的寒暄来。

"曼斯，曼斯，你不那么——擅长近程机动，在远程支援我们就可以了。"

"该死的，你一个人怎么保得住这位凯伯因？"对方也忙着涂抹药液，回嘴道。

"你瞧，你比我还急。别担心，真吃了亏，哈德曼团长总会有办法的。别听他神神道道的,这可是美差,重在参与,没人会吃亏。"

一旁的薇妮亚再也不能装作没听到,走上前去摘下了厚重的头盔。

"首先,我可不需要任何保护,二位绅士;其次,我只希望我们三个顺利完成任务,然后完完整整地归队,就像团长要求的那样。"

"可我们不可能不照顾你,我指,你也不是不清楚你的身份。"夏尼福特摊了摊手,"我怕上头怪罪下来。帮帮忙,就算到时候走个形式,也别为难我们。"

"为难……嘿,你们要是全心投入在'照顾'我上,我确信我们三个都得死在那破地方。比起关心我,你先看看你对手的资料吧。"

接过原副团长丹朗从军期间的参数简报,只粗粗过了一眼,曼斯便收了起来。

薇妮亚撇了撇嘴角,转身回到自己的铁铠始祖鸟上,认证声纹、指纹和视网膜以及大脑断层扫描之后,熟练开启了折跃引擎的发生器。

"一个了不起的混蛋,背叛者。"

"严格听我的指令。到指定地点以后,按照固定战术来,进行外圈侦察。直到指挥部给出下一步指示,再继续作战。作战地的状况恐怕会比我们想象的复杂得多,所以……"

"是,我们了解了。"

真当自己是个领队的? 不就是在边界打了几个异类吗? 从资历上看不还是个新兵蛋子? 这使唤人的口气还真的挺拽啊,凯伯因大小姐?

"拜托了二位。"薇妮亚以一个严肃的回头对上了对方轻蔑的眼神,"千万别挑错对手。"

"了解!"齐声回答着,两位鲁贡骑兵敷衍地拍了拍屁股,各自沿着牵引轨道飘向了自己的座驾。

呵,一看就是俩遇上事儿靠不住的家伙。

叹了口气,薇妮亚在折跃前,背着所有人打开了一套警报系统。她独创的警报系统,当然,全团都不知道这回事。未经报备的载具改修是严重违反军队纪律的,但在薇妮亚看来,作为旧TCC的传奇西博文·凯伯因最为叛逆的女儿,在战斗风格上没点自我主张可实在不像话。

"已确认发射单元,各自就位。"

"正在制造勒克莱尔宏时空跃传纽道。"

狭长的加速带上泛起弧形白光,在弹射架上的铁铠始祖鸟也蓄势待发,等待指示灯的提醒。

"请注意! 请注意!"

"任务出发倒计时上线。"

红色的灯光将折跃长廊的钢铁墙壁照亮,那些渐渐开启的破穿隧道所指向的目的地虽已是侦测安全的区域,仍然要战斗员打起十二分的精神应对。

蔚蓝时空 III,一个用于选育特殊人才的下行文明世界,人造的乐土。本次侦察任务便将在此展开……虽说蔚蓝时空 III 是勒克莱尔时空议会"孵星器"计划的一个小小角落,但也不知道上头究竟在那里做了什么特殊的安排。

只是,近来每当勒克莱尔出了点状况,撒巴莱亚人似乎都有着超常的敏锐嗅觉。

"行吧。那么今天的运气会在谁那里呢。"念出了家训,薇妮亚的眼神坚定了起来。

只能用自身付诸行动的方式来引起勒克莱尔议会和凯伯因商会对宏时空中撒巴莱亚聚合意志激进势力抬头的警惕了。

薇妮亚在插片盒中再次确认了一下蒲式折跃枪的位置,屏住了呼吸。

第7章

尤尼乌斯谜盒

"哼！先是门芙哈蒂长官,接着是该死的勒克莱尔鲁贡骑兵团。还真是什么东西都敢往会合点送,哈德曼那个老家伙。嫌这里还不够乱吗? 不,这地方也太恶心了,也不知道门芙哈蒂长官为什么要这么做。"

在尤尼乌斯号豪华游轮顶层甲板,一名长发飘逸的英俊男子满脸焦虑,丢开遮脸的粒子浴巾,从泳池边上的自适应躺椅上挺身而起。

"还是隔老远就能闻到的那股……铁铠始祖鸟专用的穿梭纽道里发出的机油味。话说被人搅局还真是不悦。"

男子甩开一张收纳卡,自微微的蓝光中掏出了自己的长枪,对着什么都没有的天空张望了一下,深深吸气,架在肩上预备瞄准。"我说——我能,你怎么看?"

"还用再询问我的意见吗? 丹朗,你已经是我知道的人当中最优秀的射手了。"女子回头看了一眼不知何时倒成一片的船客们,嘴角抽动了一下。

一场没有差别的屠杀……门芙哈蒂长官到底在这人群中寻找什么?

就像是在对这些平凡之人倾泻自己的愤怒,这可称作暴行的举动,和统帅的主张大相径庭。即使听说门芙哈蒂长官在到来的不久前受了伤,但对于现在的情况,女子完全没有任何头绪。

长枪随着扳机的扣动瞬间射出了一柄粒子长矛,向着毫无征兆的空荡夜空呼啸而去。

"不必担心,茱莉。这里头装的是又贵又好用的骑枪弹。相信我,任何人被这个打中了都不会好受。"

折跃中的两名鲁贡骑兵浑然不知攻击正在悄然逼近,直到薇妮亚的警报系统突然自动展开了能够防卫三人的穿幕防护罩。那防护罩大得出奇,就像是为了防止婴儿从床上跌落所设置的围栏一般,将一行三人齐齐包覆。

"薇妮亚,你这什么意思?"夏尼福特猛地起身询问前排的反常情况。

"你别管,先把你的大头低下。"

长矛的矛尖生成的光瞬间出现在折跃缝隙的正中央,不偏不倚地投射向三人阵形的中心位置。薇妮亚心中暗自叫骂一声"不好",急忙关停自动驾驶,手动操作着铁铠始祖鸟向着前方不规则平移起来。

"骑枪弹高扩散弹! 我说把头低下!"

"你没在唬我吧?"

骑枪弹,如同古典骑士对决时使用的长枪一般,是能够自主导引的高速杀器。曼斯见识过这种杀人不眨眼的诡异枪弹,而且对于以高机动性著称的铁铠始祖鸟来讲,由骑枪弹发起的攻击仍然无法避开。

随着一声夏日炸雷般的惊响,薇妮亚展开的防护罩上半边被完全击碎,所幸的是骑枪弹随着防护罩断裂而被弹射开去,如果弹道偏20厘米左右,夏尼福特和他的铁铠始祖鸟就将被整个打穿,炸毁在折跃隧道里,尸首无寻。只听曼斯随后惊叫一声,被这突如其来的袭击吓得不轻。

"等等,不是还没到吗? 该死的,又是怎么回事?"

"它凭什么能打进折跃甬道里来?!"夏尼福特一身冷汗,对面前突发的状况也是十分惊惶。

"别废话,为了你自己好,积极注意前方!"

两名鲁贡骑兵自觉地跟在薇妮亚身后,随着新的防护罩充能完毕后再度展开,三个人的紧张才稍微缓解下来。

用奇妙的透镜窥看着空无一物的天空,丹朗英俊的脸上浮现出一丝难掩的窃喜。

"啊,我看见了,泰霸科技的穿幕防护罩。鲁贡骑兵里面有些家伙不带常规装备出战呢,天知道。这样就得改变一下打击手段了……茱莉,把深空猎手对空阵列架设起来。我去桅杆顶上阻击他们,说真的,你得想办法叫另外两个行动小队动作快点。"

女特工点了点头,提起装备箱朝着一边跑去了。丹朗抿了抿喝完椰汁后有些回甘的嘴唇,将卡宾枪背在自己的左肩,蹬着桅杆上的钢柄三两下攀爬到桅杆的顶端。丹朗从容地在桅杆处的陶瓷瞭望架处坐下,耐心地将狙击用的装备铺开,渐次组装起来。

"这地方已经够混乱了。要知道,门芙哈蒂长官从来就喜欢制造不好收拾的混乱。她就是有点心理扭曲。"

"我不反对这点。对空阵列已经架设完毕,丹朗,我会确保和指挥处通信的畅通。需要帮忙随时喊我,我在侧舷走道那儿待命。"

"辛苦你啦。"从一旁的小木盒中拿出一枚封装的骑枪弹弹瓶,丹朗笑眯眯地把枪膛打开,轻拉机柄,优雅地将弹瓶填装进去。

深空猎手阴森的炮口指向丹朗之前射击的精确位置,丹朗的第二发骑枪弹也蓄势待发。漆黑天幕中的一道红线就像是伸进地狱开口的一根蛛丝一般,等待着不幸的猎物从中撞出来。

"都说了不是每个鲁贡骑兵都有能耐学点技法什么的,想来如此资质在这种同类竞争的环境中还是比较重要的。"

给自己的长程卡宾枪枪口嵌装上了霰射装置,丹朗做了一次深呼吸,对辛苦三分钟的结果表示满意——这种致命的组合并不多见。回忆起上一次使用它,丹朗依然记得,那一天,便是一艘勒克莱尔"飞蝉"级战舰的末日。

如山岩般厚实的战舰钢板被霰射开来的骑枪弹撕成碎末,两组星片器引擎所引发的连坏爆炸吞没了护航的战机编队……自己所做的,只是认真扣下一次扳机。

"再加上这些思想固化的家伙,在和我们的人之间的几次小规模战斗里赢得实在太过轻巧,让他们适当受点教训并不为过。"

"丹朗,有别斯科小组那里传来的通信,你要听吗?"

"啊,帮我带一瓶椰子汽水过来,我等会儿有空喝,电话要紧,现在帮我转接。"

从电话那头,传来了醋栗不耐烦的问话声。

鲁贡骑兵抵达折跃通道口前的四秒钟,薇妮亚的铁铠始祖鸟面前再度形成了一层完全的防护罩。

"薇妮亚……这东西回去要请你好好说明一下。"

"现在就说明。"

三台始祖鸟从撕开的折跃通道中呼啸而出,随后布置在尤尼乌斯号上的深空猎手猎杀炮自动击发,逐个照准开火,精准命中在三名鲁贡骑兵出现的位置上。这让曼斯和夏尼福特脸色大变,如果没有薇妮亚摆出的这层效能奇异的防护罩,现在的他们可能已经被撕成碎片了。

"我用的是凯伯因商会名下泰霸科技工研的先锋突袭装备,效能和质量就不用我多解释了,它们都附带具体的说明书和证书。"

薇妮亚拉起操纵杆。

"如果想活命的话——如果我是你,就在操纵界面努力更新这面护盾的移动轨迹,并且机动对应领航机的回避动作。这不难,只要先按自动驾驶,然后按队形照准。"

很快,眼尖的夏尼福特马上注意到了尤尼乌斯号桅杆上的异样。"已确认目标丹朗·洛萨德,回报指挥总部。"

"批准开展鲁贡骑兵特种歼灭作战,铁铠始祖鸟全武装解禁。"

"等了很久了！我先去炸他一轮！夏尼！跟紧了！"

薇妮亚皱起眉头,深知自己无力阻止队友的即兴行为。

曼斯高喊着从三人队形中呼啸而出,运用铁铠始祖鸟侧面的次元火箭阵列向桅杆处发起密集进攻。

"曼斯,指挥总部人道机关要求,请你优先尝试评估现场的平民伤亡状况。"

"回报总部,哪来的什么幸存平民？我看到的只有甲板上的……"

曼斯看着甲板上几乎是被堆起来的船客遗体,仿佛丹朗事前压根没有带着任何目的屠杀了这一整船的无辜人士。

"怎么这一整船的人都被杀害了?!"

"指挥部……"

通信中断了。

"我想这其中有些误会。"只见下头的丹朗叹了口气。

"从现在开始,别尝试和他说话,保好自己的小命！"薇妮亚很快反应过来,在与夏尼福特对话后切断通信,径直向着船腹火力稀疏的方向穿行而去。

"放弃你们的抵抗,这是鲁贡骑兵团的正式警告。"夏尼福特在高空对着尤尼乌斯号高喊着。

"这蠢货。"代号茉莉的女子强忍笑意,看着视野中两个傻大个儿的机影,校准着锁定系统。

"在听吗？指挥部,他们还真做得出来啊。"

"听得见。鲁贡骑兵,上等鲁贡骑兵夏尼福特·米尔,这边是丹朗·洛萨德。"

"是的指挥部……不,丹朗?! 我听见你了,你在说话!"

"你应该很好奇为什么我能够切进你的通信吧?"

随着铁铠始祖鸟的通信装置里发出丹朗自得的嘲笑声,夏尼福特感到自己忽然陷入了进退维谷的境地。

"尽玩弄这电子战的把戏!"

"我就说道几句。勒克莱尔鲁贡骑兵的装备,各种意义上的空间黑市的抢手货。让我猜猜,你们就连被派来这里干什么都不知道。光是想想你们接下来会变成钱,进到我的口袋里,我就感到干劲满满。"

"你这家伙还真有脸说啊?"夏尼福特攥紧拳头,直直地瞪着尤尼乌斯号上的那个可憎的身影,"不过是之前卡杭行动时的手下败将罢了,别在那吠!"

"原来就连你这般杂鱼也参加过卡杭行动……真是笑死我了。话说你们之中有心带着额外装备来应战的那位——薇妮亚,薇妮亚·凯伯因是吧,听着,你老爸西博文·凯伯因一定为你感到自豪,因为我也这么觉得。在求生和战斗的直觉上你真是……出类拔萃啊。"

丹朗扣下长枪扳机,随后向后一滚,他原先所在的桅杆即刻被光学伪装制导追踪的火箭阵列一瞬间炸得粉碎,而天空中的红线顺势炸开,向着四面八方延展开去,融成一朵巨大无比的彼岸花。

"薇妮亚! 这是什么……"

"下降你的高度!"

在超远距离的射击战上,鲁贡骑兵装备的优势得以完全体现。曼斯心想,拥有良好机动的环境下,就算是八十四式骑枪弹,对这高速穿梭的铁铠始祖鸟也没有完美的命中率。

只不过,这些骑枪弹和自己理解中完全不一样。霰射开来的骑枪弹就像一颗颗独立制导的子母弹头,从四面八方向着自己逼近过来……

"见鬼! ……"

动作稍稍有些迟钝,曼斯的铁铠始祖鸟的喷射鸟爪整个被骑枪弹射穿烧毁,这些带有诡异制导的枪弹轨迹就连老兵也会觉得没法捉摸。紧接着铁铠始祖鸟的背舱发出一阵爆燃声,被破片炸伤了的曼斯在剧痛中发出一声凄厉的惨叫。

"曼斯！"夏尼福特发现雷达上的光标忽地暗去一点，心头一凉。

曼斯像一只破风筝一样不断下坠，尽管在坠毁前曼斯向着尤尼乌斯号射出了全部预装填的远程制导武器，但在深空猎手自动切换的对空防御模式下，只有三四发制导火箭成功命中船首，削去了尤尼乌斯号奢华装饰上的小小一部分。而在甲板上的黑衣小队则是毫发无损。

薇妮亚见状，从兜里取出一支造型奇特的手枪，向着下坠的曼斯稍稍提前瞄准后，毫不犹豫扣下了扳机。

"薇妮亚，你！"

夏尼福特被薇妮亚意外的举止吓了一跳，因为他的同窗好友曼斯在薇妮亚射出的枪弹作用下，在一个小型的空间涡旋中完全消失了踪影。

"不要紧张，刚才的是蒲式折跃枪，只有一发备弹。曼斯现在估计已经在折跃去勒克莱尔卫护院的路上了，也就是说夏尼福特，从现在开始，如果你和我无论哪个再犯同样的失误，就没人能救我们了。你听明白我说的话了吗？"

夏尼福特身上的冷汗一阵未退，又起一阵。他从来就不知道长久依赖的折跃引擎居然有朝一日实现了单兵化。但他转念想到凯伯因商会，薇妮亚的先进武器系统让他感到意外。在庆幸多年好友有惊无险的同时，眼前的危机使他明白自己不能再盲目慌乱下去。

"薇妮亚，我还能做些什么？"

"鲁贡骑兵，发挥你的才能让自己活下去。"

"这……"

"你要是现在还害我分心，我俩都得报销。"薇妮亚从座驾的插片匣中调出一挺重型光子炮，将连接始祖鸟能源盒的炮口对准船体猛地一掀，一阵滔天气浪在接近船体的空中爆散开来，而承接冲击的船侧却毫发无损。

"该死的周天防护力场……"难以觅见力场的发射源，薇妮亚咬紧牙关，从密集的对空射线火网中穿梭出去，好像一只扑翅的飞蛾从面前蛛网的缝眼里灵巧逃脱。

夏尼福特心想：也没多大事，不过今天若不跟紧点，就落得铁定回不到家的下场。他摇了摇头，这可是大事。

始祖鸟在夜空中像萤火虫一般飞速移动着，但面对尤尼乌斯侧面的火力，依然像是被蛛网追着一般无法脱身。

"你可以试试下到甲板上来,我们好好谈谈你们干涉我们工作这件事。"丹朗借着夏尼福特的通信装置向薇妮亚发出最后通牒。

"小心,薇妮亚,甲板上新出现两个小队!……六个撒巴莱亚人。"

"我今天已经不打算全歼这八个目标,虽说原定计划起码要用新装备击伤一到两个,这样议会才会认可特种装备的战绩,鲁贡骑兵团才会有和我们签下订单的可能性。不过这次不是。注意,对面已经监视我们很久了。"

夏尼福特觉得,此刻在战场上为了一张大订单而拼死一战的薇妮亚,和银行金库的金块熔铸出来的女武神一样闪着光。

"我们开诚布公地说了吧,勒克莱尔议会也好,商会也好,我都希望你们不要挡着我们做事。顺带一提,你们就是想跑,现在也做不到了。"丹朗暗自低语着,深吸一口气,将手中再次填装完成的骑枪举在眉前。

"是撒巴莱亚人的周天防护力场,指挥部,之前害十几名战友在马赛塔星区边际枉死的元凶就是——"鲁贡骑兵焦急地看着这难以置信的一幕,登时在空中慌了神。茱莉笑着用袖子藏起嵌在手臂上的力场发生装置,凭借着这样一个小小的发生器,竟然将尤尼乌斯号护得四下周全。

"醋栗说得没错。尽管我知道凯伯因商会的先进道具的能力确实能抵得上我们这里的三两个战斗员,但是勒克莱尔没兜住的那三件超越存在,如果有其中一个没能为我们所用的话……这就不单是坏了单子那样的后果了。"

超越存在,超视导镜,这个能够窥看星脉甬道的神秘仪器乍一看像极了丹朗的私人玩物,但当它和丹朗的长程卡宾枪结合起来时,效能之大绝非儿戏。

"丹朗,你想大闹特闹的心情我理解,但可别太过了,当然,这也只是建议。"

醋栗说完,向后退开了几步。

"正所谓能辅助一切射击绝不射失的补正瞄具……这次还想优哉游哉地逃跑,那就真的得看你的运气了吧,薇妮亚·凯伯因,嗯?说来有趣,凯伯因家族的长女摇身一变竟然成了我等完成任务后的余兴。"丹朗微笑着,将肩上的卡宾枪稳了稳,浅蓝色的眼瞳如同变色龙般直勾勾地盯着那两只在蛛网前后慌乱盘旋的飞蝇。

"这可是TCC时代后流落世间的物件,你也熟悉的,小凯伯因。从那个空洞中落到这个世界的馈赠。这是你父亲他们极力开辟而成的时代,但我得说,你确实不体察他老人家对你的溺爱。"

薇妮亚隐约感受到丹朗手中的枪有了更为非同寻常的压迫力,她立刻明白,当下最好的选择就是全速撤退。

"夏尼,听我说,我们必须撤出这个地方。"

"你真的不能和那个超越存在想方设法斗上一斗吗?我是说,以你这样的装备水平,达成我们发起这场战斗原本的目的应该还是有可能的……"夏尼福特声音发着抖,"这原本只是个侦察任务,没错吧?后援应该就在路上,我们只需要再拖延一下时间……"

听闻此话的薇妮亚深吸一口气,显然感到十分不悦。

"闭嘴吧兄弟,现在说出这样的话基本就是隔靴搔痒,对我们毫无助益。你这台铁铠始祖鸟就算把弹药打空,也不可能在周天防护力场上帮我钻出一个洞来。"

夏尼福特这才认识到对方手中超越存在的可怕,在这个鲁贡骑兵团士兵几乎毫无用武之地的战场上,就连操纵特装铁铠始祖鸟熟练躲避船上巨量远程武器袭击的薇妮亚也显得如此谨慎。

慌忙间开启了备用通信,因为主要通信的频段已经在丹朗等人发起的通信遮蔽下被完全侵占了。

"指挥所,这里是侦察小队。现按照规定流程申请撤退,我们受到的通信干扰十分严重,我……"

通信模糊了一阵子,杂音渐渐变成战场的声响,仿佛通信端只是连接着战场某处的音频录入设备。

"呆瓜,你真以为是鲁贡骑兵团指挥所的中继点在和你联络吗?从你们一折跃过来开始,你们听到的指挥信息包括铁铠始祖鸟的运动位置建议都是由我们这边动过手脚的,稍微动动你的脑筋,你就知道那个傲慢的废物曼斯早前是怎么被打下来的啦。"丹朗没有刻意遮掩自己的笑意,面对毫无竞争力的对手,字字句句充斥着讥讽。

"现在相信我说的话了吧,何况你都亲耳听见了。"

薇妮亚穿梭在密如豪雨的射击弹幕中,挡出一条能让夏尼福特和她免于被射中的生命防线,然而就算是依靠凯伯因超前的科技,在能量的巨幅消耗后,她明显感觉到铁铠始祖鸟慢了下来。

"可恶……我宰了你!"夏尼福特大吼一声。

"保持冷静!别意气用事,否则正中他下怀!"

闪开深空猎手的追击，撒下一片光雷，紧急抬升高度再度甩开周天雷达中不知名对空武器的锁定警告……

"丹朗，事到如今我也不会求你，但是今天是我们这边占下风了，可我想先听听你对这里一切的说法。我感觉你也有疑惑。"薇妮亚无奈地向对手打出了这样的通信，当她看到丹朗摆摆手，示意队员停火待命时，她的心里稍稍有点安定了下来。

"你居然询问他的看法?!"夏尼福特一脸惊愕地看着薇妮亚，就差没把"怀疑"二字写在自己的面门上了。

他怎么还不闭嘴，我花好半天工夫在思考一个方案能让这家伙活下来，这多嘴精还没看清楚情况吗？薇妮亚心想着，同时并未感受到下头接上对话的诚意，也只好接受现实。薇妮亚扶了扶帽檐，估算着与丹朗之间的距离。这个估算也没有太大意义，只是她想让自己不去思考最坏的结果。

要是有一发多的蒲式折跃弹就好了，薇妮亚感觉自己现在闭着眼睛都能射中夏尼福特的位置。

"看来那艘船上的活动是没什么好过问的了。撒巴莱亚的丹朗，放这支小队撤退可有什么必要的条件，不妨开出来听听。"

丹朗在甲板上微笑着，再次转接夏尼福特的秘频通信。

"好险，差点又被你拖延了时间，凯伯因的大小姐，我们这边的条件就是，你在那保持悬浮别动，我们争取让你和你的那条杂鱼伙伴在没有什么实感的瞬间就去往勒克莱尔人向往的天国。"

糟糕……

薇妮亚紧急进行机动回避，躲开了从话语结束的一瞬间射来的一发致命的枪弹，始祖鸟的侧腹顿时被擦出一条闪着火光的烟泡来。这一下让薇妮亚深吸了一口冷气，她谨慎地穿过火网，在夜幕中高速躲避着致命的追击，眼睛紧盯着尤尼乌斯号的甲板，试图寻找迫降登船的时机。

只要离开这笨重的铁疙瘩让自己上到甲板，那就能夺回主动权。

然而这似乎无法击穿的周天防护力场甚是诡异，薇妮亚费尽心思想要发动足以击溃护盾的炮击，每每都被密集的对空火力压制到动弹不得。

整片夜空再次变成火雨炼狱，大量的能量武器射击使得海平面的海水沸腾起来，面对这样的高密度攻击，薇妮亚早已觉得她和夏尼福特都不能在今晚全身而退了。

"很聪明啊,你要是试着脱离这个区域,我们小队引以为豪的断层力场就会把你们直接推回到尤尼乌斯号周边,到时候你有再多护罩也撑不到下一轮新的射击——所以,感谢,凯伯因,今晚有你这么聪明的对手,我丹朗十分荣幸。而你这样的人物为什么要加入鲁贡骑兵团这种三脚猫组织?原谅我不能理解。"丹朗笑了笑,"算了。反正你我之间也不会有什么更深层的情谊了。"

忽然一阵足以撕裂大气的能量波从丹朗的枪口射出,面对完全充能的圣器射击,薇妮亚的铁铠宏逻辑指令界面上有关机动回避的反馈提示是:已被命中。

"这样不讲道理的东西……"

面对袭来的炸裂波,薇妮亚拉起铁铠始祖鸟的摇杆,试图用额外装甲的始祖鸟腹部来抵挡这次足以像撕纸一样撕开群山造出峡谷的一袭。

她很清楚这几乎是徒劳的。所有附加的防御手段在刚才的饱和攻击下,现在早已不堪一击。

反复闪躲,也难以甩开身后紧紧跟踪的能量射击,被追上看来也只是时间问题了。尽管这是令人很不甘心的一件事。

"永别了,凯伯因。"

自信的丹朗在高兴之余,忽然发现自己的一名原本负责看守甲板传送梯的队友,以致死的高速飞到自己的面前。

"哎?"

一阵低鸣。

粒子构成的巨大光臂早在低鸣出现之前就浮现在了夜空中。

那银白色的手掌一把握碎了空中的冲击波,把赤红如血的枪弹掐在掌心里,垂直丢进了尤尼乌斯号附近的海面上。

一瞬间,海底传来如同火山喷发一般的震动,这一发骑枪弹的攻击似乎满满当当地被这颗星球的深海承受下来了。

"该死的,第一次试用这种超空间力量的人,玩得这么夸张,你真的不怕理论反噬要了你的小命吗?"

巨大的信息流从这柄造型前卫的洁白光剑中流向凌踪的脑海。这似乎是个与生物体认知接驳的数据库,凌踪的意识里出现了不少概念与人名,多是超前而无法解读的图像或文字。当这些飞闪而过的字迹与色块随着认知的苏醒逐渐开始减缓,面前模糊的光线才开始凝聚起来,整合成了能够以常理辨识的模样。

"丹朗……丹朗·洛萨德,可否告诉我,托卡马克在哪里?就是那个叫托卡马克·塔西的……"

剧烈的头痛使凌踪不得不中断了对话,而自己的精神仿佛和肉体剥离开来一般,向着身体内部的某处不断挤压。这些并非自己说出来的话语,更像是手中这把"怪异科技"在操纵自己,表达其独有的意志。

"喔,有趣。你和另一个我或者统帅其实很熟?"

丹朗再也掩饰不住此刻被一个素昧平生的新面孔直呼姓名的震惊。

"嘿……醋栗,你老实说,在你负责的区块里是不是见过这家伙?"茉莉连忙后退,眼睁睁地看着自己架在船舷的对空兵器在那个奇异的身影经过时化作一阵随风而散的白烟,仿佛在极近距离被太阳烧化了一般。

爆响声中,醋栗猛地回头,便看到了凌踪的身影。她一看就发现了凌踪身上的怪异——凌踪的伤口处填充着白银般的物质,那破损污浊的衣物也被奇异的粒子渐渐修复濯净,训练有素的她也止不住由于惊讶而显出的内心震荡。

"我跟你打十个赌,杀了我我也不信这小子把那个什么圣剑给弄到手了……"

"我们或许早就应该像门芙哈蒂长官那样下足狠手。"丹朗苦笑一声。

"抱歉……丹朗。听着,我不知道该怎么办,那么我们手里的那两个货柜,它们都还在吗?别忘了我们必须……我们必须将它们带回去。"

醋栗浑身发抖,一向训练有素的她很少如此。震荡的空气、掀起的海浪,让这艘船上的每个人都不住地摇晃着。对方已经不再像是寻常的对手,那个浑身游移着惨白光线的青年,完全是个令人胆寒的超自然现象。

"它们好着呢。你说得没错,不懂得使用方法之前,最好还是先把它们通过链路带回到星团去。统帅会需要剩下的两个。"

"明白了,我会让剩下的兄弟姐妹们知道。"

"这小子,今晚他会是走大运的那一个,但过了今晚就不是了……"丹朗顿了顿,"我们这次的失算……在统帅看来,定是无法被原谅的。我要尽最大努力去夺回来,这意味着可能要付出任何代价,包括生命。"

薇妮亚手握着领口的戴维德利徽章,在天空中被这忽然而至的救场彻底惊呆了。流于人言且如此接近神话的东西,薇妮亚还是第一次亲眼见到。那阵幻光具有真实的质量,就像筛子一样通过了自己,而后将那枚骑枪弹的轨迹奇迹般偏转了。

"我说夏尼,这个人如果现在是站在丹朗位置上的对手,或许我连操纵杆都会忘掉怎么动。趁现在尽快拉开距离,记录情况。"薇妮亚抬起操纵杆,铁铠始祖鸟呼啸着向远方的空域飞撤而去,"抬升高度,离开尤尼乌斯号,别给他添乱。"

"收到。那个超越存在……这和神明赐予的力量有什么区别? 不管是刚才的魔枪还是怪手。我记得勒克莱尔的媒体提到过这些都是TCC时代后的天外科技吧?"夏尼福特还未从方才的生死缠斗中缓过劲来,大力拉抬操纵杆,使得铁铠始祖鸟笔直向上撤去。

"当然,本来是触犯学理禁忌的力量,又是发生在这遵循规律运作的人造宇宙中。我想这条……光之臂,你我都可能是这辈子最后一次看到。"薇妮亚惴惴不安地说道。

"那又是为什么?"

"我听过超越存在这东西使用的规则,但凡过度夸耀它的超维力量,就同时要承担失去载体的风险。它们所具有的威能是存在上限的。"薇妮亚轻轻按了按脖颈,脸上露出不安的神色,"但不可否认,这是我第一次被此种禁忌救下了性命。"

丹朗似乎有意忽略了凌踪先前的质询,甩开卡宾枪朝着凌踪身侧的方向连续射出了几发急速枪弹。这些并非骑枪弹规格的智能弹药仍然像是长了眼睛,主动弯曲了行进轨迹,向着本不该命中的目标发起猛攻。只见对方不闪不躲,身上披覆的流光薄甲竟将丹朗发起的曲线攻击悉数消解无踪。

"茱莉,你要带队撤退了。他的超越存在'化形'就算很短暂,但也已经完全越过了我们的掌控……很不幸,回去就必须请塔西博士研究出一个新办法。"

小心翼翼地解开衬衫手腕上的纽扣,丹朗死死盯着自己的对手,推敲着进攻的路线。

"了解了。这就设置提前撤离的甬道。"

"当然,不用把我考虑进撤退队伍里。否则,小队里的伤员不算,我们一定连一个都跑不掉。"

"我会留守以折跃掉你的神器,丹朗,我是说你快死的那一刻我就动手。但尽量别死了,"茱莉惋惜地望了望,"要知道塔西博士并不会希望你这么做。"

女特工拎起一杆工具,贴着甲板走道的边缘小心翼翼地跑离了。

"啊,茱莉……玩笑玩笑。接下来我再生的事情就全权交给托卡马克·塔西先生,我们伟大的统帅。来，把这块联动晶体想方设法带回去，我希望这整个战斗过程能被我的感官记录下来，你明白的，它会有很高的参考价值。"

"这个当然能完全按照您的意思去办，丹朗·洛萨德。"

丹朗掀起袖子，看似轻松地整理了一下衬衣上被汗水浸透的褶皱。

"那我就教教这个小子，超越神器到底要怎样才能用得最彻底，以及怎样才能毁得最彻底吧。"

远远通过侦察装置看着丹朗的长枪渐渐随着他的怪笑如同液态金属般融化进他的右手，薇妮亚心里有了一种极其厌恶与惧怕之感。

"真是够了，这玩弄凡躯的超维技术。"

这个人，打算给这个晚上的狂人画作添上属于他的一份恐怖色彩，因此尤尼乌斯号，也注定无法找到返程停泊的船港。

"帮我一把，剑，"凌踪费力睁开双眼，用力攥了攥手中的剑柄，"我这就直呼你的真名。眼前的命运在对我胡作非为，而我需要你来帮我扭转这一切。"

看着眼前渐渐成型的顽敌，凌踪满眶热泪，向着身前怒吼着："夸克！"

第8章

失乐园

"我说,帕克特。"

走在回小镇的路上,犹狄忍不住对身边的旅伴再次嘀咕。

"我说,伙计,你好像忽然一下子脑子里多了一堆事情在想,现在明明白白写在你脸上。"

帕克特从复杂的思考中被打断,呆滞地看着犹狄:"啊,你刚刚对我说什么来着?"

"不好意思……我看我们还是继续赶路吧。"

夜幕中的星斗缓慢地滑行着,低矮的树木枝丫间,蝙蝠嗖嗖地掠过。

两双球鞋在潮湿的青苔泥路上踩踏着,整个夜晚能听到一种温和扰动的声音。

"何况你要是苦恼的话,大可以去找海因曼先生谈谈。别让太多事情牵挂着,一心当个快活人多好。"犹狄语气轻佻,像是在开导一个涉世未深的小亲戚。

"谁在苦恼了?"帕克特推了推鼻梁上的眼镜,用拇指把被晚风吹得挂落下来的金发刘海赶到一边,露出汗津津的额头来,"犹狄,这次一起出来找东西,我觉得我的收获可能真的不小。"

"当然。但是你背着的那本,八成是被什么鬼魂之类的东西附上了……总之,我觉得拿到这本书以后,你就开始变得有点怪兮兮的。"

帕克特的耳朵里忽然听到墨兽低沉的耳语。

"瞧他那副鬼迷心窍的样子。给他看看这本书,就现在。"

帕克特半信半疑地从背包里掏出那本怪书,只见犹狄的注意力一下就移到这本书上了。

"你要是真的觉得心疼这个朋友,我会擦掉他今天和你一起的全部记忆。"墨兽发出低沉的声响,"并不麻烦。"

"你是觉得让他知道这本书的事情会害了他吗?"帕克特不解地问道。

"不,是事情接着发展下去的话,你可能要动手杀了他。"

帕克特心里咯噔一下。

"为什么?"

"不然他就会杀了你。"

"喂,帕克特,我这么说吧,这本书你愿意的话,我明天去邻镇找个金主,那家伙人傻钱多,看到这个肯定下手就买,起码有这个数……"

犹狄高兴地用手在空中比画出六个圆圈,想想多了,便往回擦了一个。

"我和你,二八分成,你怎么想?"

"犹狄……能不能别提钱的事情了?"帕克特从恍惚中抬起头来,半带央求地对身旁的犹狄说着。

"拜托,帕克特,帕克特·荣格。"

犹狄快步走到帕克特的面前,转身看着帕克特。

"算我求你了,咱们各自回家,就这样。"

"我可是在认真地和你讨论一个解决的办法,你要是想要强行无视这个讨论,那我恐怕也就没理由和你好好说话了。"犹狄的声音高亢起来,"看着我,帕克特,你看着我,听我和你说这些好处。"

"犹狄,就个人而言,我绝不可能考虑卖掉这本书。"帕克特皱起了眉头。

"那你究竟是什么毛病?"

犹狄抓住帕克特的袖口猛一个顿步,背包里的酒瓶被撞得哐当乱响。

"看看你自己吧,先不说你这件七天不重样的衬衣了。前几次出来你拿到的都是些什么破玩意儿,我当时就建议你卖掉了,现在你根本不清楚你手里的是什么好宝贝。这本书在你这儿估计也就是烂在箱子里,但要是发现的人是我,我就会用这玩意赚大……你怎么用这种眼神看着我?"

帕克特此刻已经完全清楚犹狄是抱着什么样的心思,以及他不惜冒着被发现的风险带着赃物小刀同行的初衷了。

"你别不说话，帕克特，你看着我，你要同意我的意见，这本书我一定能帮你转手卖掉。"

"……犹狄，钱！钱！你的脑子怎么就想着钱呢？不行，我真的要开始抱怨了——这书，我不卖，就别再提了！"

"还在那装腔作势！"只见犹狄停下脚步，大嗓门地朝着伙伴呼喝起来。

"我们难道不都是穷人出身的孩子吗？少在那摆烂谱。你不要以为有点什么'收藏'，有朝一日你就能当上什么收藏家吃饱穿暖，我告诉你，能成大家的都是城里人，落你这就是白日做梦！钱可不会自己来，是要靠本事挣的！就像我卖酒，我辛辛苦苦跑这么远来找那么几瓶酒，也就只能赚个百十来块！能过更好的生活吗？能像其他有钱人那样打开这些好酒瓶盖配着牛羊肉喝下去吗？挣了钱，去伦敦生活，机会多的是！"

帕克特抬起头来，只希望接下来说的话能够让犹狄真正平静下来。"犹狄，我平时有在工作，早上送报和晚上送奶的收入，再加上还能领些补贴，吃饱穿暖对我而言当然也不是什么问题。我知道钱能解决……"

正在帕克特忙着解释的时候，犹狄猛地一把抢过帕克特手中的书，攥在自己手中，对着帕克特的脸上猛的一拳，紧接着转身朝着镇子的方向撒腿跑去。

帕克特满眼金星，回过神来已经和跑在前头的犹狄隔开一大截了。

"犹狄……嘿！喂！把它还给我！！"

当下反应过来的帕克特急忙拔腿就追，裤腿和鞋里一下就被混合着青苔的湿泥沾满，顾不得有多不适，帕克特只想着全力追上犹狄，把书拿回来。

犹狄见帕克特跑得飞快，匆忙抽出背兜里的酒一瓶一瓶地朝帕克特追来的方向丢过去。

"你放下那本书！"

帕克特被砸碎的酒瓶划破了肩膀、脖子，但帕克特丝毫没有停下，他感受不到愤怒，心中只有对犹狄堕落人格的怜悯和对自己的斥责。

"犹狄！"

一定是自己太过善良，才会让犹狄把最险恶的一面显露出来。自己的品格竟然成了受人欺辱的诱因，帕克特无论如何也无法接受这一点。

在追逐中，帕克特又想起了墨兽对他的劝告。而自己在这点上放松警惕了，辜负了墨兽的期许。

但是自己的无能再次告诉了他这个残酷的现实,越来越沉重的脚步使他无力维持追逐,在一块不平的地面上狠狠地摔了一跤。

吃了满嘴的湿泥,帕克特的眼眶微微发红,忍着疼痛坐直身体。脸疼,腿也有点疼。

"护好东西,真就这么难吗?"

看着远去的犹狄消失在视野里,帕克特心里就像是被人灌了水银一样备感沉痛。

"废话,小家伙,你要是稍微变通那么一点点,你就会意识到有不少事情是要换个处理方法才应付得了的。就听凭心声去产生基本的恶意吧,别束手束脚的了,像个废物。"

帕克特不敢相信自己的耳朵。

而这逐渐变得熟悉起来的声音确实来自自己的双肩包。

打开双肩包,那本怪书上的肉眼微张,从中能看到墨兽那依稀可见的身影。"这股源自海风的味道有没有让你清醒一点啊?还是说要再吃几口腥臭的泥巴才能让你那笨猿猴脑袋反应过来?你方才可是有东西被人生生夺去了呢。"

"可书现在不是应该在犹狄的手上吗?"帕克特惊诧地看着眼前如黑影一般悬浮的巨物,掂量着背后失去的那份重量。

那份重量回来了,就像不曾失去过一般。

"无陆之海的墨兽,已经被名不见经传的小屁孩一号从一本破书里找着了,你以为还会被名不见经传的小屁孩二号轻易抢走,仿佛我是个杯盘餐皿般不能动的物件不成?"

"说真的,我不太敢相信,他明明将你拿在手上……"帕克特惊喜地看着手里的怪书,吸了吸差点掉出来的鼻涕。

"世间万物皆是学问,就像你认识到这是一次千载难逢的机会一样,人总要学会从各种状况中找到丰富自强的门道,冒险者帕克特。"

"已经让你看见如此不像话的样子了,至于你说要变强,我都不知道应该怎么做。"帕克特心中惴惴不安,焦虑地看着犹狄跑去的方向,那只巨大怪物的身影又回到视线之中。

"可笑。要是动用老夫的所能把所有你应该了解的东西都灌输给你的话,你就和一个小垃圾没什么区别了。刚才我对你和那个大块头用的偷梁换柱之法只是很基本的造形源术,你手上拿着的那本书早就是赝品,因为我知道你一定会蠢到把书拿出来让人相信你持有它的坚定意志。但是蠢就是蠢,还好你没不开化到在大意犯错误接受教训的时候茫然打断我说话，所以……"

两条巨大的触手从书本的眼缝里滑出，将坐在地上的帕克特扶了起来。灰白的单眼望着仍未从无助的状况中缓解过来的颤动着的少年。

"你要变得坚强点，当然你可以改变得稍微慢一点，但请务必像那么回事。否则对你、我和那位大人，以及我的耐心来说就太浪费时间了。"

"我……我知道了。"

"你就连教会你这些事情的至亲都没有？想来真是无趣。你是个被抛弃的小可怜人儿，也没有愿意扶持你的朋友，也不难理解你是个性格乖僻的家伙，时常与过于物质的现实格格不入。说来讽刺，一般这样的人类会自暴自弃，可不像你这样。何况，你这小玩意儿真遇上事了，还挺轴。"

帕克特看着墨兽那无法表现出人类慈祥面容的怪异大脸，觉得方才那些话形成的一股小小暖流，可谓是在最无助的时候，流进了他心中那口原本无人问津的枯井。

"谢谢你肯定我，我不知道怎样表达我所有的感情，我能说的就是谢谢了。"

墨兽和蔼地笑了笑，用触手的尖端向帕克特另一边的脸颊毫不客气地抽了一下。帕克特差点把五脏六腑都吐了出去。

帕克特被突如其来的一记耳光打得有点莫名其妙。

"下次表达情感的时候，别放下自己的防备——恶心的小玩意儿。"

帕克特觉得先前肯定是有点浪费感情，但对这只大章鱼怪物恨不起来就是了。

"刚才那是赝品书的事情我已经使对方发现了，那大块头小鬼现在肯定很不高兴。小帕克特，想要变强，你最好先搞清楚接下来该干什么。"

"嗯。我会活下去。"

"让我看看你对……造形源术的理解，身为'源术师'的你，脑子并不愚笨，把迎面过来的攻击好好奉还回去。我说过了，别当没脑子的圣人，惩治恶行一定要有适度的恶意。"

"我知道了，"帕克特咬紧牙关，"第二回合我绝不认输。"

此刻的犹狄发现被墨兽还原后的赝品书在自己的臂弯里不知所终，心中的恶意早已占据了双眼。他喘着粗气找到帕克特，看着眼前满身泥泞的帕克特，犹狄打算狠狠发泄一下被戏耍的怒火。

"你用了该死的巫术，你这样的废物，被诅咒的家伙。"

"你犯错了,犹狄,是你有错在先。而且对你,现在我也不会再说些好听的漂亮话了。"解下双肩包,帕克特将圆框眼镜扶了扶,正色盯着眼前的凶煞。

"帕克特,你瞧你。"

见对方毫不退让,犹狄便缓缓抽出藏在裤兜里的刀,将手背在身后,心中盘算着如何才能和眼前的帕克特拉近距离。他害怕帕克特又使出什么他不知道的伎俩,只好试图缓缓引诱帕克特靠近。在这荒郊野地里把帕克特放倒,想来过个五年十年都不会被人发现。

"帕克特,我觉得我们没必要这样子。你过来吧,我向你道歉,我们重归于好吧。"犹狄低垂着脑袋,叹了口气,"若我们握手言和的话,希望你能忘掉所有今晚发生的荒唐事。是,是我钻进钱眼里去了,我向你道歉。来吧,我们握手,帕克特。"

帕克特看着犹狄的双眼,犹狄只感觉到全身发毛。

"你……别傻站在那儿看我啊,你倒是过来,我都把手伸出来了,你要我等多久啊?"

"握手?在我看来,可是有一把刀,现在握在你背后的手心里。刀柄是木漆雕花的,有象牙挂坠。蓝色的刀身非常好看。这把刀是镇上休伯曼大叔的爱刀,且是他的刀匠铺里丢掉的那把刀,如今看来的确是你偷的。"帕克特冷冷地看着犹狄的双眼,就像看明白了这个家伙心中难掩的邪恶一般,"你需要向主忏悔,并且弥补你的过错。"

本就心虚的犹狄听罢,一下慌了神。

这样的夜晚,帕克特是绝没有可能看到他裤兜里的刀的,更何况他刻意保持自己不走在帕克特的前面,而意识清醒的犹狄也清楚,这把刀的刀鞘从偷到手只被自己打开过一次,帕克特根本没可能知道这把刀的刀刃是什么特殊的颜色。

"你在说什么啊……"

"我在说事实。"

犹狄心想,一切的一切都应该是从帕克特得到了那本书之后开始的。

所以这本书,一定有什么说不明白的秘密,而且比起卖掉它,似乎拥有它会让人感到更加兴奋。

"好。是休伯曼让你来替他要回这把刀的吗?"

犹狄慢慢走上前去,在他觉得可以冲上去用刀捅倒帕克特并夺取书本的真品时,帕克特早就看穿了他的动机。

帕克特的右眼被替代成了墨兽浑圆的眼睛,此时并不需要借用墨兽过于强大的能力,单纯是睁开眼,就能清楚预见面前犹狄的动作和攻击。随着帕克特调集思绪发动了造形的意念,帕克特所想象的墨兽的触手便从急速展开的源术阵中呼啸而出。

犹狄还没来得及看清楚是什么冲向了自己,就被裹着黑雾的触手捆绑得结结实实。

"来这里拾荒就不算偷吗? ……放开我! 救命! 救命啊!"

被绑住的犹狄在恐惧中试图呼救,但在触须的绑缚下只能发出猪叫般的哼唧声。

"来到我的面前。"

墨兽触手带动犹狄到了帕克特的面前,受困无助的犹狄,用颤抖着的鼻音请求帕克特别杀自己,帕克特只是冷漠地看着面前哭号着"我们是朋友,别这样"的犹狄,发动了记忆消除源术。

这个晚上的记忆被完全抹除了。犹狄偷走刀的邪念也被强大的源术完全修改,不出意外,放开犹狄之后,他会找路回到小镇美美地睡上一觉,第二天带着眼泪和鼻涕拿着偷走的小刀去向刀匠赔礼道歉。此外,犹狄会去找一份体面的工作,再也不用四处去抢骗那些不义之财了。当然了,只要有空,犹狄还是会和以前一样跑到这个废弃的别墅区来找酒,在这条林道中往复。

帕克特心中暗自发怵,这样仿若用源术进行的脑操作,是不是无意间触犯了什么高端的禁忌。

墨兽也很是惊讶,在使用这样的源术后作为媒介的自己居然没有感受到任何反噬,心中暗自怒骂了那三个令人厌恶的名字后,本对此早有心理准备的墨兽对毫无动静的现状不禁感到惊喜万分。

你帕克特·荣格,居然本身就是超越存在!

超越存在在不是本属的时空中所造成的一切异象,都理应对使用者本身或是超越存在本身造成反噬的效果。然而帕克特在使用了这样的异象能力后,反噬却被不知何物完全抹消了。

那,你究竟算是什么?

这是个真正不得了的造物,获德露娜大人。

"小鬼,你尽快准备好,我带你去个地方。"

帕克特指示造形触手松开犹狄,犹狄就像醉鬼一样跌跌撞撞地向小镇的方向走去。

"可是犹狄他现在这样子,不要紧吗?"

"你要相信你刚使用的源术不会是一般的有效。接下来要带你去很远的地方,你要试着在那里使出你能想象的最夸张的源术,我要看看你到底能做到什么程度。帕克特,你接下来注定要走很长的路,希望你对你能力负责的同时也理解这种能力将要派上的用场。记得我和你说过的使命吗？是时候让你明白它到底是什么了。那就来吧,冒险小子帕克特。"

帕克特感到墨兽语气中的严肃,他下定决心要说服自己走上这样一趟可能性无穷的意外之旅。

"不过我要先回到小镇,如果未来要去更多更远的地方的话,我需要收拾一下我的很多东西。"

"你可以用源术做到,现在就可以。想着你能够打包你的行囊,它就会在造形源术和炼金源术的连锁效果下将它们带到你的身边。"

"可是……"

帕克特试着使出墨兽所描述的那种易位源术,但是无论怎么集中精神想象也无法做到,心里有东西还放不下。

是他刻意没有使用源术吗？他显然拥有过剩的能力。

喔……这小子有着异于常人的谦卑和质朴。尽是惹人喜爱的品质。

墨兽的心中飘过一丝疑惑,但似乎也犯不着为此窥探帕克特的心思。

然而没有道理。这里明明是笼合效应作用下的时空,换句话说,是为特定的人专门形成的时空。如果帕克特想要这么做,应该是可以不费吹灰之力做到的。这或许又是那位大人的某种考量也说不定。这一切都是如此吗？墨兽心里不免有些吃惊。

"哎……莫不是你心里还有什么记挂的事情吗？"

墨兽无奈地向帕克特提问,触手从双肩包里伸出来缓缓拉上了拉链。"抱歉,我得去辞了那两份临时工作,还要和照顾过我的人……我其实没有很多事要做,只是不希望那些人为我担心。既然我想要去冒险,你看,我一时半会也不会回来吧。"

"哼,还有点道义心肠。那就赶快回到你的家里去吧,小子。"

帕克特揉了揉酸疼的脚踝,有些一瘸一拐地向小镇走去。

夜晚即将过去,远处的山沿也有了一些微弱的光亮。在背包里的那本怪书,微长的眼也慢慢合上。

"我该庆幸你并不是一个因思念而无法脱身的人,我该庆幸你在见识过这样的能力之后仍然保持原有的品质。我该庆幸的东西有很多,我似乎不需要过多地改变你,帕克特·荣格。你或许有比你认识到的那些神明更优秀的资质,老夫也羡慕你的这一点。"

墨兽在它藏有一切奥秘的心中暗自言语着。作为一个在无尽世界沉眠了许久的存在,这个夜晚并不是他第一次拥有双眼的夜晚,却是一个他下定决心要将无穷奥秘从自身转移到使者之中的夜晚。

它觉得原本无知的使者此刻仍然懵懂无知,像个初生的婴儿,但距离感受生长的那一刻也不遥远了。

第9章

夸克辉映

凌踪凝视着天空,正在找寻一个他熟悉而又陌生的方向。

当确定了那个方向后,凌踪蹲低身体,准备起身朝那个方向跳跃过去。

天空中本是虚无的一片漆黑,却突然被密密麻麻的金色丝线铺满。凌踪此刻正在积攒起跳的力量,但这一切都被从不远处逼近的丹朗看在眼里。

"关于你对我的态度,咱们来好好聊聊吧,凌踪。"

"聊什么? 你和你的伙伴正把我的生活搅得一团糟,我现在只想把你像橘子皮一样掰碎丢进海里。趁现在带着你的人从这个世界永远滚出去,丹朗。"

"你是叫凌踪,是吧? 凌踪,你这么做,想必有你正在坚持的理由。不过,也许我能给你提供一些不一样的思路。"

丹朗摊了摊手,指着下方的尤尼乌斯号。

"我为已经发生的不可挽回的事向你表示抱歉。但假使我告诉你,没有义愤填膺的你本将和这个世界迎来各自的最优解,此刻你会作何感想?"长发男子只是看着凌踪圆睁的怒目,"你会听我一言而释怀,从此作罢吗?"

怒吼,就像一头被愚弄的猛兽一般,黑发青年跃向高空,那白色如同剑气一般的粒子流助推着高速移行的身躯,死死追着丹朗不放。

"那这便是你擅自偏执的不对了。"

"一通诡辩,你要让我赞同你们在这里的所作所为吗?"凌踪高喊着,不知名的力量澎湃起来,一度让自己翱翔于天,完全克服了重力的牵引,"杀死了无辜的人,然后想要全身而退,功成名就,不是吗?"

"微小的不合理会被庞大的运转逐渐弥合,但若是不合理突破了界限,这显然不是我们所愿意看到的了。这个道理不难理解吧?你是个普通人,没必要独自去迎战这个世界微小的瑕疵。"丹朗灵活地闪避着凌踪掀起的银白色巨浪中投射出的光芒,皱起了眉头,"你似乎缺少理解这个大局的冷静,心里初次诞生了想要一个人战胜一支军队的冲动,你非得将之誉为勇气并贯彻在自己身上,在我看来,你的认知也颇有问题,凌踪。"

凌踪听罢顿了顿。

"那你的认知问题岂不是更大,撒巴莱亚人?男人打架,废话还这么多。"

丹朗还未反应过来,已经被不知何时挥出的巨剑击中,匆忙间调整姿势连续加速,才拉开了与凌踪之间的距离。

"很好。看来你对聆听我的见解并没有兴趣。"

"你也在说完了刚才那段屁话后失去了劝人向善的资格。"

挥动巨剑,凌踪腾向高空,试图俯冲下来将丹朗撞飞出去。

"这又是什么问题发言?可笑,凌踪,你现在想冒充正义使者来仲裁吗?你做得到吗?"

丹朗背后的液态金属伸展出紫红色的群枪之翼,正如其名,千百条魔枪如同獒犬骨骼一般组成一对骸骨之翼,在月夜的海面上犹如魔王降世,威逼着它们射击范围内的对手。

"继续尝试激怒我,丹朗。"

"可知道这些从他界到来的事物实在让人欲罢不能,凌踪,你有没有认识到一点,那就是你妄自托付给所谓……神器的部分,太多了,多到无法抑制。你不仅此刻再也算不上一个寻常人,就连讲话的腔调都有点孤高傲慢。不是吗?或许是我讲得太文雅了,不考虑后果就假借来路不明的力量,你知道你现在是个什么蠢东西吗?"开战前的最后一刻,丹朗为确保小队撤退争取了一点对话的时间,而此刻确信做好准备的他,一改先前的平静,脸上浮出了一丝骇人的狞笑。"不,直视我,我在和原本的凌踪对话,不是和你,你这怪物。"

怪物?或许不重要,但凌踪确实疑惑自己现在看起来到底是什么样。

"丹朗,我敢说你借助的力量也不算少,你是打算今晚就死在这里,但我和你不一样。"奇妙的声响传入了凌踪的脑海,"或者说,我们和你不一样。"

此时，这把名为夸克的剑从体内的某处操纵着凌踪的声带，将这句本该在脑海中的话语说了出来。

"从他界落难至此的怪物东西。"丹朗在空中将群枪之翼全数对准凌踪，发出了非人一般的怪叫声，"发发善心，离开这个可怜人的身体吧。"

"我会赢。"凌踪抿紧嘴，架起了一道闪耀着白色光轮的纯粹能量。尽管他一时间无法明白自己为何得到如此强大的威能，但如果太阳可以被拿来当作标枪投掷，凌踪此刻也想让疯狂的对手好好尝尝。"我们会赢。"

"如果没有这点觉悟，我会被你按倒在地击毙，但现在我的行为就不能叫作抵抗，而是正式和你的那个化形圣剑……对决。哦不，我要逼它自毁，令它脱离你的躯体。好了，这一切都是为了成全撒巴莱亚聚合意志，你就不要染指更多了。"

瞬间，千百条魔枪上浮现出数量夸张的怪异导镜，随着一声接近撕裂空气的炸响，一轮残暴的齐射将凌踪所在的地方炸成巨大的空洞。空间被强大的能量折叠扭曲所发出的震耳声响中，一把锐利的剑将破碎的气流挥散，光芒顷刻间取代了此刻位于行星背面的太阳。

在高处看着的薇妮亚和夏尼福特不断地拉开和这两个究极造物的距离，因为只要靠近那么一点，很可能被扩散开来的震荡波碾碎在天空之中。只是镇静地看着，这位凯伯因家的大小姐想起了父亲对自己日复一日的教诲。

离井纷争，珍惜所有。

"TCC……就是被这些对界的造物断送了整个时代吗？"

薇妮亚铁铠始祖鸟的侦测仪探测到了附近相当大的一个折跃裂隙，但与此同时，侦测装备所探查的另一边天空中，仪表的图形中显示的，是一个比这一个折跃裂隙大上三倍的空间波动。

那色彩是薇妮亚从未见过的，如同虹彩分离产生的幻光。

一个淡金色头发的人影从船尾的某处一跃而起，和另一个苍白的人影在尤尼乌斯号的顶盖上缠斗着。那里似乎正发生着一场和面前这死斗一样激烈的对决，而当薇妮亚试图放大铁铠始祖鸟的观测摄像去细细查看时，一阵巨大的爆响从凌踪与丹朗对峙的方向卷风而来。

"我怎么可能就这么由你想跳就跳！"奇妙的声音再度响起，"我们会了结你。"

丹朗几乎是瞬移到天空中的某处，一掌捏住了凌踪对着他挥出的剧烈能量斩击。

"你的世界要完蛋了。"

"休想得逞，撒巴莱亚混账！从这里滚出去。"

凌踪就像是被另一个人借去了身心，他挥动金属色泽的右手向着丹朗射出一道呼啸着的集束光线，丹朗娴熟避开凌踪的攻击，那集束光线射到海面上，竟生生地形成了一个恐怖的漩涡。

此时，在薇妮亚的眼前，那道相对较小的折跃裂隙渐渐打开了。亮白色的银铠翼龙，从裂隙之中出现了。

来不及思考这姗姗来迟的增援，薇妮亚驱策铁铠始祖鸟，向着裂隙的援军合流而去。

"议会的大动作就要来了。薇妮亚，马上撤退。"

"哈德曼团长！你也看到了。"

随后而出的十多名鲁贡骑兵团骑士整齐地在团长的座驾之后列队，但并不像薇妮亚所知道的那样按战术排列开来。此刻面对眼前的场景，这些出生入死、阅历无数的骑士也纷纷感到震惊不已。

"真是对无端造物的又一荒谬之用啊，瞧这架势。"哈德曼挥了挥手，接通了薇妮亚小队所用的近场频段。

"团长，这一定超出议会的控制范围了。勒克莱尔的PLG机关不可能对此事坐视不管。这里显然需要增援，更多的特种增援。"

"那你就错了，薇妮亚。你只要再等一会儿，你就知道你为什么错了。这早已不是旧TCC小队成员活跃的时代，勒克莱尔处理异常事态的方式也大有改变。"银翼的哈德曼清了清烟嗓，示意两位团员向自己身后逐渐开启的特殊屏障里回撤。

薇妮亚现在有足够的理由相信勒克莱尔议会将要对这场神话级别的战斗出手干预了。

这显然破坏了原有世界运行的常理，它无疑影响了议会对摇篮计划的运作。

"勒克莱尔议会最擅长的向来不是介入问题，而是把问题整个叠起来合并消除掉。"夏尼福特说道，"我真不知道换成是我们鲁贡骑兵团大部队在这样的恶战里吃了败仗，议会还肯不肯高抬贵手把这个问题'叠除'一下了。"

"我们在外不公然讨论这个问题，夏尼福特。展开你的个人护盾，紧紧跟随队伍向庇护力场外层移动，现在是记录状况并确保撤离的时候。"团长皱起了眉头，"毕竟那东西要从吉卡匹亚三塔方向过来了。"

薇妮亚浑然不知什么样的事情即将在这里发生,她抬头望去,夜空中突然出现了一道天蓝色的星轨,随着时间推移移动得越来越急促,似乎正朝着这个方向急速前进。这一瞬间薇妮亚似乎明白了什么,讶异的双唇紧抿了起来,露出了一丝不悦。

此时丹朗和凌踪正展开着无比激烈的战斗,凌踪手中的轻薄圣剑只是划过,便引爆了丹朗所有射出的隐形魔枪弹头,而丹朗的魔枪更像是有着无穷的能量源泉,不停地在击发着如同光流一般梭行的子弹。

"哈,你没感觉到吗?你我这俩'不合理'接下来就要被勒克莱尔那帮老顽固从这景观世界里剔除了呢。化作虚无,凌踪老弟,这便是你舍命一战求仁得仁的结果?"

"景观世界……你什么意思?"

"嘣!"

丹朗用右臂嵌入的魔枪向着凌踪的脑袋猛开一枪,凌踪轻巧躲开,只在肩膀上稍稍擦破了点皮。凌踪瞬间用银色的圣剑巨手将这一枚动能惊人的子弹甩回了丹朗的方向。丹朗右边那一侧的群枪之翼瞬间被打了个粉碎,然而左边的群枪之翼却加快射速,凌踪用圣剑剑刃抵挡着如同雨点一般的魔弹袭击。

"亏你像个超凡入圣的家伙……凌踪。你自身也不过是个勒克莱尔人放在摇篮宇宙里的实验对象,从小至大,享受着理所当然的无知。"丹朗忽然飞向高空,凌踪见势也踩着圣剑发散出的光粒子向上一跃而去。

"然而接下来我们打斗的胜负就和这人造世界没什么瓜葛了,因为时间的概念很快就将被勒克莱尔的那台精密仪器抽离掉,你和我就能不受影响地在这个只有静止空间重叠的世界里战斗啦。那感觉可不好受,所以给我个痛快吧。别让我在这生不如死的境况下和你一道在无边的黑暗中永生下去。或者干脆点被我杀掉——我知道你会选前者。"

天蓝色的冲击波掠过了丹朗和凌踪的身躯,他们的神器各自发出了三阵耀眼的闪光后,那些怒放着的神话力量仿佛变得更加不受控制。

"更何况你的能干,全都是因为超越存在允许你这么做而已。你这可笑的提线木偶,在这之前好歹还能过上普通人的生活。现在,你只是一个空怀大志的躯壳罢了!"

肆意轰击着尤尼乌斯号的船体,丹朗在即将被重叠的空间中肆意地大笑着,像是在公然亵渎凌踪所坚持的正义。

"听你满口狂言,丹朗!"凌踪怒目圆睁,在空中咆哮着,轻薄的剑体汇集着从四面八方涌来的气流,"扯着人造世界的谎话,这艘船上许多无辜之人的生命已然逝去,即使如此,你还不住手?!"

"还在乎下头那些假到不能再假的所谓'死难者'呢。你最好有本事在这赢下来,给我个痛快!"

凌踪的圣剑瞬间变得出奇地巨大,满溢的银白色光粒充满了整个海水被蒸发掉了的海域里。尤尼乌斯号损毁后掉进了海床之中,和下面不计其数的尤尼乌斯号残骸摆在一起,完全没有了豪华游轮的辨识度。

"撒巴莱亚人!"另一个声线发出的怒吼将空气中的水滴都震爆开去,水雾形成的浪潮将云层推飞开去。也许天使就会像这样降临世间。

整个空间的颜色都被耀目的炫光染成了亮白,就像巨大的水缸里掉进一块洁白的颜料,自由地扩散开来。

"哈。真是夸张,要是我小时候的枕边读物也有这个,那可真是刺激极了。"眼前的一切让丹朗也不禁赞叹,"但是应该不要紧,我猫有九命,总有机会能拜读到。至于你,那就说不定了。"

丹朗瞬间将群枪之翼完全展开笼罩于身前,这样夸张的能量释放使得丹朗原本就普通的躯体一下被挤压到了干瘪,呼吸也变得十分沉重,所做的也许只是阻挡下这一击。

凌踪的身体里流出的光线也渐渐变暗,整个看起来就像是快要到达使用寿命的灯泡一般,而手中散发出怪异丝线的圣剑夸时间就像是将要裁决宇宙一般雄伟,离散的光粒子回归到剑刃斩击的那一个锋薄的边缘,剑身在整个星系恒星的光芒下显得分外耀目,而由金色、银色不知名物质混成的剑刃在群枪之翼如同剪开的纺线团一般聚拢魔枪的一瞬间,重重挥落。

看到这一切发生的人,都无法相信自己的眼睛,在勒克莱尔超越神器牵动的球幕护罩保护下不断退却至安全区间的他们看来,一团能烧毁照射途中星系的金银之光,和一团如同耗费亿年织成的纺织物只是在这片虚假的天空中,撞击到一起而已。

毫无碰撞的声响,然而胜负终究还是决出了。

夸克的闪耀锋刃就像遇上了蝴蝶的两片翅膀一般,工整地切开了丹朗合拢的群枪之翼。群枪之翼在虚空中缓缓脱离了原本连接着的本体,像被幼儿园的孩童剪碎的彩色卡纸破屑一样碎裂开来,从翅膀的最外端慢慢失去光泽,最后到了和后背连接的那一小端,两个紫色的扑朔光点在漆黑的虚空中渐渐熄灭了。

"好家伙,你这一剑,确实痛快。"丹朗笑了笑。

而群枪之翼碎枪的爆炸与最后的终极对决中破坏的星体所照亮的一个球形区域,光线也渐渐像蒲公英一样被宇宙里不知何处吹来的强风吹散开去。这一切都像是创世中转瞬的泡影,神话被一举推往云巅,而凡世再次拔地而起。

紧接着,就像是落幕的篷布一般,天蓝色的弧光瞬间反溯回去,如同锋利的剃刀划开了屏风上的画皮。只见海面上缓缓行驶的尤尼乌斯号上就像是没发生任何争斗一般,甲板上的泳池派对依旧开展着,一台摩登的摄像僚机在天空中变换着角度对焦拍摄,仿佛虚幻的和平景象再次出现。

凌踪的躯体随即被一股强大的青紫色电流吸入了虚空,而在一旁观战的鲁贡骑兵团则在球形护罩的作用下渐渐淡出这个在保护后被篡改过的时空。

战斗结束了。

"是勒克莱尔的矩阵之针。"薇妮亚拉了拉帽檐,想起了方才修正这一切的源头,"这个人工形成的小小世界会被修复一新。"

"两个世界被镜像暴力叠合在了一起,就为了修复这小小如同涟漪般的不合理,那这和莱亚意志的托卡马克当年推崇的……"

"夏尼福特,你不要多嘴。"

老团长看着远处的辉光逐渐褪去,周围亮起了星辰,不禁感叹自身为个体依旧渺小的存在。

"这个实验对象,落得如此下场,太悲哀了。"

"团长,收到报告,勒克莱尔时空议会已经成功捕获折跃了超越存在未命名的使用者,代号凌踪,现在请求各位在球形护罩失效时限内归队,并在各位的行动履历中同步他们提供的撒巴莱亚聚合组织的阵亡情况。在此展开破坏活动的原鲁贡骑兵团副团长,现撒巴莱亚聚合组织特勤团的副手丹朗·洛萨德,已确认死亡。"

"收到。生成简报,更新收录到鲁贡记录室。"

"严重破损的坎特格雷亚卡宾枪已被时空工研紧急回收,而导镜则被对方组织成功折跃。至此,对勒克莱尔聚合组织遭遇战战果汇报完毕。此外,团长,时空议会的代表议员……列辛·法拉加请您与凯伯因专员尽快前往时空议会总部,请您于30个总时空时内确保抵达。通信结束。"

"请回复代表议员,之后我会带着随行贵宾一起抵达。"

老团长说罢,看着身边安然无恙的薇妮亚,宽慰地笑了笑。

"走吧,士兵。在这里待着看也无济于事,我们得返航才是。"

银铠翼龙的机械巨首轻轻一动,一条庞大的协议折跃裂隙就在破穿力场涵洞中显露了出来。

这个时空的所有人都不会知道尤尼乌斯之战的一切,这个时空的所有人也都不会知道凌踪这个人。包括他的父亲、生母,他的继母、继妹,猫与狗,认识他的同级生,仰慕他的后辈,社团的友人。

无一例外,都将在这次镜像叠合中被彻底修正。

失去凌踪,即剔除凌踪后,这个世界迎来了一次无关痛痒的刷新。

傍晚亚伦走回了他的双人客舱,从右手取下了尤尼乌斯号的票环。安然无恙。

松软的床上横躺着一瓶未开封的椰子汽水。

"真奇怪。戴在左手明明比较舒服的。"他自言自语着。

"叮咚。"开启舱门投影,只见一个穿着破旧罩袍的金发少女望着摄像头,那对蓝紫色的眼眸使人不得不在意——雪白色的瞳孔仿佛穿透成像与电路试图向内确认什么。

"您找谁?"亚伦探出身子,确认了双人客舱的舱门闭锁着,回过头来。那名少女微微抬起头,注目着摄像头更高的地方。

"凌踪,我听说他在这里。你还认识他吗?"

"这里只有亚伦·斯普林菲尔德和列辛·法拉加,我希望您找人前校对一下电子票环上投影的船客名单,相信我,我也是刚刚才学会怎么使用这新奇玩意儿的。"

听着这番话,少女默默转身,眨眼间便从舱门监控的范围内消失了。随着船舷一道奇异的星彩从流风之中展开,她没入其中。

"天哪,她连票环都没有,不是吗? 你也看见了,列辛。"

从一旁的铺位上抬起头来,那名黑肤青年笑了笑。

"那可是能够在无数世界中行走的拉·普艾希亚,她当然不需要用到什么票环。今天这尤尼乌斯号上还真是……什么人物都有。麻烦你递给我那瓶床头柜上的免费汽水,亚伦。既然看护对象被带走了,那么我也该从这里动身了。"

"好嘞。"

这个时空中,发生了什么,少了什么。虽是真实,但它的存续仿如精心织造的虚假之梦。

折跃长廊。

薇妮亚脱下关闭了显像的头盔,顺手戴上了自己熟悉的日用手套。

刚才发生的事让她还没能从巨大的震撼中恢复过来,她此刻觉得身上的每一个细胞都无比沉重。重大的压力缓冲让她恨不得在折跃长廊里撒腿狂奔,但尊严和理智显然不允许她这么做。

"又是撒巴莱亚人。"摘下手套,薇妮亚叹了口气。

她指示作战兵械维护车间的专员们休眠了铁铠始祖鸟上的维生系统和全部动力,将厚重的铠盔放进了始祖鸟后部的收纳箱中,甩了甩在电炉一样的头盔里闷了半天的嫣红色长发,乘坐传送舱回到了自己的定制休息室里。

经过相当长的一阵冷水汽淋浴后,薇妮亚借着强风机烘干了身体,穿上了自己日常的装束——古代大西部风格的夹克和褐色牛仔裤,以及一顶她自主设计的尖角突击帽。

"在这地方待着可真是累死老娘了。"

薇妮亚坐在古典沙发上,把一整杯助眠饮料送进了自己微张的嘴里。

"我决定了,尽管我知道我是在自言自语,不过该是时候了。"

她随即又斟满一杯,向着墙上挂着的外星鱼龙头部标本"敬酒"。

"如果要有一个人站出来阻止撒巴莱亚人再对任何世界做出这种事,那个人就是我。"

不同于舱室内温和的光照,薇妮亚的目光如同烈火般燃烧起来。

"这杯好酒就敬给那个干翻丹朗·洛萨德的老兄。"

"敬他的勇敢和未来。"

"祝他这么折腾下来还能活着喘气,下床走动。"咕嘟咕嘟。

随着古典爵士乐的响起,松软的沙发上传来了一阵阵轻鼾声。

第10章

凡躯无限

"墨兽,我想我准备好去你说的那个地方了。"

"那你的行李还真是'少'得可怜啊。"

墨兽在帕克特的书桌上透过封皮上的眼睛打量着眼前的帕克特,身上穿着一件有领深蓝色短袖,手里提着一个旅行行李袋,背上背着一个簇新的双肩登山包。

"小鬼,你是不是疯啦? 还是说这是你的全部家当?"

"没见过你这么讽刺人的……我至少好好把这个登山包装满了。"

"算了。你明明有些更好的衣服,为什么不穿上? 再说了,你是真打算带着这堆笔记本和奇怪人偶上路吗?"

"就是习惯了,没它们在不安心。"

帕克特带着自己平时胡思乱想写下的怪异故事和那些他从旧货地摊、典当行里收来的石制、木制人偶,这些东西作为长途旅行行李的一部分实在是显得相当诡异。

"而且说实话,我从来没有出过远门。"

墨兽心里忍不住有点想笑,不过它渐渐能够接受帕克特的风格了。除了有些奇怪的收藏癖好,帕克特确实是一个耿直无邪的大男孩。

"东西我会帮你保管。那么就让老夫简要地问问你,在我们出发之前。"

"你问吧。"帕克特敲敲靴子,一片碎蛛网从上面抖落了下来。

"你对……英雄的看法是怎么样的?"

"……很厉害?"

"还有呢,把想说的都说出来,不影响任何事。"

"首先肯定是很厉害。"帕克特抓了抓脑袋。

"这点你小子已经说过了,别说重复的东西。"

"啊,再来是得有卓越的良知吧,一个能被称为英雄的人应当不会在渐进的决断中迷失自我。"

帕克特摸了摸鼻子,似乎对这番言语没什么把握。

"而且应该懂得把握度,将自己的信念合理地表达。还有就是不会放弃去做好一件事情,或者说去全力以赴做一件好事。当然,我说的都是我对敬佩的英雄角色的看法。"

墨兽用触须抓过一面化妆镜对准帕克特,这面帕克特从旧公寓里捡回来的二手化妆镜从背面看就像是条被火烧过的塑料茄子。

"那么,小子,你能成为这样的人物吗?"

"那我肯定还不够厉害吧,光是这点就不满足了。"

墨兽听罢若有所思。

"这绝非厉害不厉害的问题。在老夫看来,后三项你描述的品质你都具有。确实现在的你像你说的那样还不是那么……厉害,但是你能使用像之前那样大胆的造形源术和心智源术这点就比许多有趣的源术师要好得多了。这样想想,你小子可不能算是常人了。"

"喔……多亏你提醒,我可真没想过这个。我觉得我就是个普通人,我想我并不会因为任何事改变对自己的看法。"

尽管帕克特觉得自己被夸得有点过头而有些不好意思,但对于自己会使用源术这件事,自觉没有什么深刻的思考。

"在更高的概念上,源术和魔术是有区别的。魔术是机关技巧的展现,而源术是一种消耗代偿继而释放能量的质量艺术。容老夫说句不好听的话,你现在要是碰到一个懂得源术攻击的行家,你怕是毫无招架之力。"

"要用源术来对付别人? 等等,这是不是有点……"

帕克特心里一惊,没有预料到墨兽会提起这样一个想法。

"那就给你来次小小的考验如何? 老夫接下来会带你去一个非常严酷的地方。你会发现身边的人都是强于你现在百倍、千倍的源术精英,但是作为考验,我对你的要求其实很简单。你总共会在里面待一周,而你在这一周里的前六天,只准看,不准使用任何源术,就像一个什么都不会的普通人,不过我怕你做不到这点。"

"不用源术?那有什么关系……反正我也没有急切使用源术的需要不是吗?爬山我有腿,下河我会水,出事我跑路,吵架不还嘴。还能出什么事不成?"帕克特摊摊手,苦笑着看向自己的导师。

而墨兽听罢只是翻了个白眼。那大眼睛乌溜地一转,颇有几分吓人。

"听着,我在给你解释规矩。到了那里,情况会和你小子料想的很不一样。但在那里有使用源术的规矩,那就是任何攻击性的源术施放必须以一个防御性源术的既有存在为前提,任何防御性的源术则是每天只能释放一个。你最好牢牢记住了,老夫清楚这听起来很怪,但我现在做的都是预防工作。"

"预防工作?"帕克特不解地问道。

"对的,预防工作。小鬼,老夫还有一条规矩要告诉你,在那里任何违反这条规矩的人,都会被强大的源能乱流逐渐扭曲形体直至死亡。别看我说得那么轻易,你不想死吧?"

"听起来里头倒是凶险得很,我说,咱能不能换个地方?"

"小心点,小鬼。若是凌驾在这套规则之上,恐怕会让你吃大苦头。"

"难道你就不会受这个影响?"

"老夫附身于你,书本只不过是一个与你交互的媒介,单独释放源术和能力需要处于一个被承认存在的时空。就这么简单而已。"墨兽语重心长地解释着。

"虽然可以跨界使用一些源术玩意儿,但是作为考验,我可不会太骄纵你,其原因你不难理解。接下来老夫不会跨越媒介这道门槛,所以我起到的作用其实不过就是成为一口只属于你的源力井。也就是说,这是为你特意安排的虚拟试练。它并非真实,却可以像真实一般致命。"

"也就是我要依靠自己,在那个空间里存活一周?那有点意思!"帕克特眼睛一亮,仿佛有好事即将发生。

"对了,顺带一提,别怪我无情,就把这个当作我所说的驱策源能的代价,好好感受一下成为英雄所需要承受的折磨与苦痛吧。而且你小子就算现在反悔,也来不及了。"

"等等……"

一阵眩晕。

"别死在里头了,小鬼。"

墨兽的冷笑声回荡在黑暗中。

苏醒后,帕克特惊讶地看着周围,发现身边熟悉的事物并没有发生任何变化。在他感到十分迷惑的时候,随着他的一次眨眼,眼皮打开后所看到的景象便使他呆立原地。

这是一片只有乱石和土坡的荒原。寸草不生,风沙呛鼻,置身其中,只感到发自灵魂深处的凄凉。

隐约间,也有些可以辨识的人影。

在这无序源能充盈肆虐的恶地,许多穿着各式各样法袍或持有法力道具的生物在这片原野上四处游荡。看似漫无目的,不过仔细观察后,帕克特发现他们中的两个一旦有了对方的默许,互相摆开架势,一个精美绝伦的防御源术就会出现,然后一个残暴无比的攻击源术将会由另一方展开。当这一次随机的组合结束后,双方会相互礼节性地耳语几句,然后各自选一个随机的方向离去。如果两个人再一次因随机方向或速度的关系碰到了一起,将会再起一轮攻守切磋的源术较量。简直莫名怪异。

自从进入这个空间墨兽就陷入完全的沉默,帕克特几次试图通过脑海中的连接询问它与此地相关的问题,显然它都选择装聋作哑。

"既然是考验,那便应考吧!"

情急之下的帕克特只好自顾自先决定一个方向,不紧不慢地向前行走,小心翼翼地张望着四周,注意着每个来者的动向。

这片荒芜的平原没有任何遮蔽之物,远远望去,只有无数的行者在这里游走。

浑浊的天空中有着十分诡异的法力纹路标记,而这个像是长着四只角的盘羊一样的法力纹路,帕克特清晰地回想起了它原先所应属的地方。

"该死,那臭墨兽的大额头上!"

也就是说,这地方不管是哪里,肯定和墨兽脱不开干系。

正当他在思考时,帕克特忽然发现身边冷不防走来一个衣衫褴褛的老法师,手中拿着一根翡翠制成的源能法杖。

"什么时候?"

紧紧地盯着老法师,光凭看可完全不知道这名老法师想要干什么。

"别这么惊讶。年轻的巫师啊,想要来一场……法力胜负吗?"

帕克特被这声询问问得有点蒙了。

"快点决定,否则法源的饥渴、这里的规则,将会带走你的安逸……"

对方只是默默说出这些话来，似乎没有带着任何感情。那垂老衰朽的身架愣是摆出了一副应战的样子，让人看得好生心疼。

"别，等下，什么……什么规则？"帕克特一阵惊惶，他这才想起墨兽之前的叮嘱，这一切并非儿戏那么简单。

老法师忽然对帕克特幼稚的回应露出无比的失望。他叹了口气，转身离开了帕克特，向另一个方向慢慢地踱行而去。

"等等，这都是什么啊？"

帕克特刚刚陷入疑问的泥潭，一瞬间就又因为新的事态而感到无法理解。那是一种刺痛，就像是深埋的种子忽然在手心处破土、发芽。

一阵钻心刺痛之后，双手上忽然浮出一条如乌木般漆黑的源术纹路，可怕地蜿蜒前行且越来越深刻。这条源术纹路让帕克特的身体十分渴望释放出源术。紧接着，那种驱使源能的欲求演化至了穷凶极恶的程度。

每当帕克特试图用最大的理智抗衡这种欲望的时候，不但驱策源术的念头会愈加强烈，源术纹路本身还会发出一种痛痒难辨的电流，使帕克特感觉仿若被上了好几种生不如死的人间酷刑。

"可恶，这个真的很糟糕。我要试图避开那些行者，要是再出点什么差错，我怕我连活着喘气都会成问题。"

可这谈何容易？

帕克特抬头望去，无数的黑点像飞蚊一般四处移动，而身边随处都传来行者的脚步声。

这个墨兽，是真的想要把他逼入绝境。

帕克特慌乱地奔跑着。他意识到此刻的自己根本不是成为英雄的人物，而是一个极力躲避命运鞭挞的落难人。而简简单单的一条条源术纹路，就把帕克特从出行前的信心满满拉回到残酷的现实中来。

没法再跑了，就像是之前追逐犹狄讨要被抢走的墨兽之书的情形一样，帕克特气喘吁吁，忍着源术纹路的折磨，弯下腰来扶着膝盖休息。

这可不是闹着玩的。

"嘿，年轻人，你想要来一场意念源能胜负吗？"背后的声音使青年从头凉到了腿。

"……不，我不想。你得离我远点，老天爷啊，我们两不相欠，对吧？我求你了。"

"唉，那你就得接受规则的折磨……可怜人啊。"对方只是冷冷抛下这一句话，而帕克特手臂上的源术纹路一瞬间就又多了如鞭印般长长的一条。

"啊——"

那名穿着绿色法袍的法师回头看了一眼因受苦而惨叫的帕克特，缓缓摇头后走开了。

这种刺骨的扰动，使得帕克特心中充斥着运用源术摧毁一切的欲念，而比两道源术纹路更甚的是，内心对受制于墨兽不准施法的要求的抵触心理，不断在冲击帕克特对法力浪潮的最后一道理智防波堤。那本是在自我意志下无比坚定的东西，如今却如一堵危墙摇摇欲坠。

撒腿就跑，原野竟忽然变得无比空旷——简直想跪下来拜求每一个走过的法师，让他释放出防御法术配合自己，来消解自己对这种难以压抑的涌动的释放欲，但就像是一个人在外想哭的时候找不到可以靠一下的肩膀那样，帕克特心里坚强的部分仍然努力地负隅顽抗。

"呃啊……我可以做到的！我不能喊救命，那绝对不行！加油！"帕克特大吼着为自己壮胆。

他不想再像过去那样活得像个懦夫。那种荒诞不经的玩世态度，落在这样的恶地之中仿佛毫无立足之地。而墨兽此举无疑是在考验他对坚守自我意志的终极底限。

帕克特不希望被墨兽看不起，他更不希望被自己看不起。但这接下来五天多的时间，可该怎么办？

就在他愁容满面之际，身边又响起了熟悉的问询声。这真是糟透了。对方掀起了厚重的皮质兜帽，这次遭遇的是一个年纪和帕克特相仿的女术士。

"啊，是和我同龄的源术使用者啊。要来一场……"

就像最后的余震将内心的楼宇撼塌，帕克特彻底崩溃了。

"别说了！我……我可是不会和你比的！"

"我撒巴莱亚的兄弟。那你会被……"

撒巴莱亚？虽然不明白对方的称呼，帕克特只知道自己对这意外的大难懊悔不已。自己或许不该赌气应承墨兽的考验，或者说，这考验对一个未受训练的常人来说也太过困难了！

"我很清楚会发生什么，但是对不起，我不能，我不能和你比试。"

"哼!"女术士冷笑一声,但在转身途中被颤抖着的帕克特喊住了。

"你……有这种感受吗?你在问我的时候不会想想万一我拒绝了,我会怎么样吗?"

"如你这样胡闹,不会在这解决任何事的。我没有为你负责的必要。"

"你懂什么?这个地方也太折磨人了吧,我感觉我会死掉,我会死掉啊!我不想死,我不想死!"

帕克特满脸涕泪,举起浮现出第三条源术纹路的右臂,颤抖并绝望地喊叫着。

"我看,你是新来的吧。贪生怕死,亏你还是个撒巴莱亚人。"

女术士冷冰冰地看着帕克特,就像对他很是失望那样。

"我新来的又怎么了?你知道这东西让人感觉有多难过吗!"

对方听罢稍稍沉默了一会儿。

"孬种。那就闭上你的眼睛,一会儿就好。"

帕克特红着眼睛,悲愤地看着女术士,一脸委屈。

"我说,快闭上。我给你上一课。"

帕克特一赌气,闭上眼睛。

随后听到了衣服布料撕扯的声音,和她年龄相仿的女术士虚弱的声音再次响起。

"睁开眼睛看看吧,这地方不过如此。"

帕克特迷迷蒙蒙,睁开被泪水打湿了的双眼,看到眼前的女术士,惊讶得瞬间止住了抽泣。

女术士上半身几乎一丝不挂地站在帕克特面前,用斗篷破碎的厚黑色兜帽帽檐遮住胸口,但这样的场面丝毫不让人联想到任何美好——女术士的腰身和腹部上遍布阴森的源术纹路,就像是古代的农奴被恶主无情鞭挞过的鞭印血痕一般密密麻麻。比起她身上的疤痕,帕克特感觉自己所受的苦痛与她的相比不过是一点皮毛罢了。

女术士用微微发抖的声音对帕克特轻声说道:"我这不过才来了这个鬼地方两个月。你看我还像个人吗?我不还得继续,直到我能从这个牢笼里脱困。"

帕克特不敢相信眼前的少女居然能够忍受这么多的源术纹路侵蚀。

"但我知道,像我这样被收押进来的人,是不可能在一辈子剩下的时间里走出去的。"她的语气顿了顿,"这是个该死的陷阱,一个天牢。我和大多数人一样,只是费力拖延着注定的死亡罢了。"

女术士放下破破烂烂的衣服,平整了一下因刚才的拉扯而破碎的缝隙,挂着纯白色的法杖慢吞吞地向另一个方向走去。

"好了。男的，你有名字吗？"

帕克特呆滞地跪坐在地上，这一句仿佛是那术士对着空气问道。女术士缓缓停下脚步，将头转回来了一点。

"我问你，你倒是回答我。你有像样的名字吗？"

疼痛再起，使得帕克特的泪水止不住地往下掉。

"我叫帕克特，帕克特·荣格。"

女术士微微一笑。

"嘿嘿，原来还有记忆嘛。我可以叫你的名字吗？就是……叫你帕克特。"女术士咪咪地笑着，"抱歉，很多人包括我就连自己原本的名字都记不太起来了。"

身体发肤所受的不过是苦痛，这些苦痛一定意味着什么。帕克特撑起身子，思考着自己为何在此。

思考着为何不正视自身的懦弱，却在受挫折时每每选择迁怒于不幸的遭遇。

就这样的德行还夸口说仰慕那些冒险天涯、行侠仗义的英雄……自己还配在人面前捶胸顿足、怨恨天高吗？

"帕克特。哼，再见了……帕克特……你的名字，倒是很好听。只是我不能久留。我还不想死，我要杀了那个大东西。我发过誓，我要亲手杀了它。不管是在这里，还是在别处。若它出现，我就要……"

帕克特转过头，呆滞地目送着这名女术士伴着呢喃离去。

当他起身走上前去，想要再去看清那个女术士的背影时，她已在荒原的风沙中消失不见了。

帕克特感觉自己再也说不出话了。感觉这种自省所致的沉默就像是末日绝症一般困扰着他。随后陆续有几个行者过来询问他是否愿意比试，他都因沉默不语而默默添加了源术纹路的数量。

直到第十六个行者站在身边又悄然离去时，身上十九处纹痕在一次作用下，就像被电到了一般，帕克特惨叫着站立了起来。而他的右臂上，已经横七竖八几乎纹满了源术纹路。

太阳穴上就像体验着被高速钉枪射中一般的灼痛感，帕克特觉得整个世界就像是从他眼前对半分裂开来。死亡根本不遥远，只要稍稍再多一些放弃的念头，心中消极的那面就会大获全胜。

帕克特握紧自己心口沾满热汗和鼻血的衣衫，咬紧了牙关。决不认输。

两天过去了。

帕克特再次从阵痛中醒来，但是今天的折磨让他感受到了失去睡眠整整两天给他带来的损伤。这片望不到头的荒原中，漫行者的数量比起前两天感觉少了不少，但是这个恐怖的循环还在持续地进行着。

在绝望的折磨中，帕克特吼叫着。他的眼睛里已经拒绝流出更多眼泪。就像是非常绝望的某种动物的幼崽，帕克特的吼声越来越接近一种诉求，那就是在摧残下仍然像一朵踩不死的野花一般对自己意志仍不放弃的执着。

"英雄"之所以有别于凡人，是有原因的。

何况帕克特根本就没有在想自己是为了成为那样伟大的人而去接受这样的折磨。

恍然间，超脱出一切的苦痛，那种重生般的感觉随着逐渐平定的呼吸充斥脑海。

"我，我和这里的行者不一样，我觉得此刻必须要做的事情就是确保自己不会带着一肚子没用的牢骚离开这个地方，我要变得能够驾驭自己身上这神秘的力量，去帮助更多人。"

再说一遍……

"我和这里的行者不一样，我觉得此刻必须要做的事情就是确保自己不会带着一肚子没用的牢骚离开这个地方。我要成为能帮助到他人的人，绝不能再有一句抱怨。"

帕克特不屈的灵魂对着千疮百孔的肉体如此说着："起来，起来……起来，帕克特！起来！有些事不能再耽误了，活下去！"

然而肉体给出的回答最为诚实。"啊……我在碎裂开来。"

一阵由一百多条源术纹路引发的涌动再一次袭上帕克特·荣格的身体。

一百多种在内心幻化出的用各种威逼利诱请求他妥协的灭世恶意再一次被打压了下去，这个小镇青年的躯体中发出了万夫莫敌的震吼。

帕克特的内心似乎猛地长成了一条不畏挫伤的藤蔓。

"嘿，打扮得像那么回事的源术师先生，我们要不要……"

三天又如何？三年又如何？

抖擞精神，小镇青年将自己的心胆一横。

帕克特·荣格闻声站起身来，轻轻摇着头拍了拍自己衣衫上的黄沙。

"我可不想和你比试。但无论如何请你教会我你最自豪的法术。拜托了,我知道你甚至不是真实存在的,但我想记住你,就请允许我看看学习吧。"

"说什么……记住我? 呵……听着,我们可都是被困在这个鬼地方的,天知道过了多久。行吧,既然你说了,按照规则就代表你虚招了。"

行者似乎很快理解了他的意图,冷漠地传授了帕克特自己拿手的法术后,扶了扶帽檐就向着另一个方向走去了。代偿只属于拒绝的一方,当走出几十步后,行者担忧地回头望了一眼。

不出意外,摄魂刺痛和令人发狂的源能潮涌使帕克特紧握双拳。

行者见状摇摇头,便在青年忍痛的低吼中黯然离去。

新生的涌痛一下子让帕克特麻在原地。当帕克特稍稍振作起来的时候,发现另一个行经路线与他并不交合的行者就在附近,青年再次鼓起勇气径直走上前去,无声地看着行者。

行者愣了一下,便开始例常的询问。得到的答案当然是一样的,帕克特承受下一次短促而更为剧烈的涌动袭击,振作起来后便快速搜寻下一个行者。不可思议的一天多时间过去了。这一周第六天结束的最后几小时,帕克特拖着因负载过大而颤颤巍巍的身体仍未放弃一个接一个地从行者处增加自己身上的源术纹路和阅历。在第六天仅剩下最后一分钟时,帕克特结束了与一名行者的谈话,在这一次纹路增加后,疼到仰天叫喊,径直摔倒在地。

张嘴吐掉嘴里伴着唾液的泥沙,掸掉脸上摩擦带血的碎石,帕克特熟练地从地上撑起身子。这显得并不艰难了。

整片荒野只有源术攻防的轰鸣声和行者缓慢而密集的脚步声。帕克特此刻觉得自己终于处理掉了一些因无知而引发的无助。他终于熬到出山。疼痛不过如此,疼痛压根算不了什么了。

认识到这份小小的狂妄实无用武之地,帕克特此刻还是决定隐忍。这何尝不是一种苦尽甘来的自信呢?

该死的,这破地方居然使我变强。

无可阻挡,死亡也不能令我屈服。

帕克特明白了,这或许正是这考验所致。

第11章

心魂锤炼

"学会了……哈哈。"

第七天的零时刚到，身上的源术纹路便开始了一如往常的疯狂的奔涌，从腿上的纹路到最初右臂上的纹路都疯狂流动着释放法力的欲念。憔悴的帕克特依然强撑着站了起来。

"今天应该就是在这荒法之原领毕业证的好日子了。"

可喜可贺的是，自己并没有被折磨带走。

他原本疲惫的身躯，令人惊奇地产生了源能纹路的回涌。他觉得自己回到了正常的状态，那种时不时造访的折磨感还没有从身体的记忆里消失，但无论如何，帕克特感觉现在的自己，真的有能力使出一些像样的源术了。

"你好，我想我前天曾见过您，您可否愿意用您擅长的黑色飓风护盾源术和我比试一下？"

听罢这话的行者倒是显露出小小的惊讶。

"啊，巧遇。不过，从来没有人在第二次遇见我的情况下还记得我所用招式的名字……好吧，我就再让你看看……"

一道漆黑的飓风在秘法师的手掌间忽然生成，随着秘法师手中源能戒指的闪光，这道黑色的飓风逐渐扩大，覆盖住了秘法师周身。所有试图攻进去的法术都会被飓风的乱流吹散，这便是这位秘法师号称至高源术的无解秘法。

深吸一口气，帕克特用手掌轻撑着自己两边的发鬓，那新鲜却久违的奔涌在自己的脑海中盘旋起来。

就像救赎一般,从迷蒙的天空中忽然降下了一只大如飞蓬的圆号,随着帕克特在意念中输入源能使其奏响,仅一瞬间便使秘法师引以为豪的飓风护盾在荒原干燥的空气中不知所终。

"那可是我的成名技!但我从来没看过这种大型版本,这真是了不得。"远在一旁的魔宫祭祀抬手摘下毡帽,向帕克特表达其纯熟再现自己心爱绝学的敬意,他是一名奥术师。而那位被吹散护盾的秘法师,默默戴上了斗篷的圆帽致礼,微笑着缓缓地走开了。

可人群并未散去,他们似乎笃定在这里能够看到一些了不得的东西——在青年的脸上有着他们稀薄记忆中仍然向往的激情,或许再这样看下去,自己流浪枯萎的内心也有机会再次灵动⋯⋯

"年轻的祭祀啊,我可以用我的奥秘和你比试一下吗?"

"嗯,我将使用刚才那位可敬的秘法师独创的黑色飓风护盾起手。"

奥术师将魔药涂抹在自己的双肘上,并行双掌,向着帕克特急速生成的飓风护盾射去两发奥能飞弹。第一发奥能飞弹直接撞在了硕大的护盾上,发出了巨轮触礁的震响。它内藏强大的奥能和飓风护盾相持不下,但在奥术师看来,这层飓风被击穿只是时间问题。第二发奥能飞弹绕着飓风曲线飞行了一圈后,紧跟在第一发熔弹的后面,强行把前面的那一发熔弹冲贯进去。

"成功了吗?"

奥术师焦急地等待着飓风护盾的消散,但随着第一层飓风消散看去,奥术师惊讶地发现里面包含的第二层飓风居然没有任何奥能冲击存留的痕迹。随着时间流逝而显现出的第三层、第四层直至最内环也是最具防护力的第八层,所有证据都显示这两发看似洞穿了整团飓风的奥能飞弹,其实在最外层的那道飓风护盾中就已经被吹散殆尽了。

"八重源术!"

在场驻足观看的行者们纷纷唏嘘不已。尽管退化了的面部肌肉早已摆不出像样的表情,但是只言片语间还是给予了帕克特释放的改良法术崇高的敬意。

"下一次我希望进攻,请问哪位路过的行者愿意展现自己超绝的防御技巧呢?"

整片区域的源术行者都被这个学艺飞快且所向披靡的新人吸引而来。这片区域一下显得有些热闹起来,行者们不是放缓本无目的的行走,留心于精彩的比试,就是干脆驻足在旁,又或是随着源术行者们一起排队参加与这资质优秀的新人的教学比试。昏暗不见天日的井中,也有了小小的期许。

当然这么反常的景象,也引起了一群特殊源术师的注意。

帕克特认真地投入于与一名自然魔导的榉木巨蛇的召唤比试中。周围的赞许声此起彼伏,但有整整一个侧翼的源术行者忽然间躁动起来,急匆匆地像原先那样走开。

一队有着精良源导配饰的源能魔导和元素魔导出现在了被人群圈起的比试场里。那些奢华的配饰和它们并不登对……只是胡乱被拼凑在一起,可没人质疑它们的实用性——那可都是从之前的主人身上得来的。至于先前主人的下场,多是变成了这脚底厚沙下的枯骨吧。

肃静……肃静……

所有看到这队魔导的行者们不禁都后退了几步,不再发出声响了。正在和帕克特比试的自然魔导,见状也收下招式来。

"啊,那边的二位,你们看起来实在是闪耀夺人……"

帕克特也是第一次看见长成那样的魔导,他们更像是摊在地面上的一坨软泥和空中飞舞的魔球,和身边这些看起来更为亲切的人形魔导行者有着极大的审美差异。然而让人揪心的一幕被帕克特看在眼里,那些行进至此的怪异魔导的身后,多是一些拴着锁镣的人类。

"不,我收回前面的话。"

仿佛不配以双脚行走,那些奴仆以匍匐的方式在地面上艰难痛苦地跟着疾行的队伍,简直像是那些魔导滥施暴欲的畜宠。干枯空洞的眼神里已经没有了求助的欲念,那些人只是为了能继续生存下去而忍受着无比的羞辱。

压住怒火,帕克特甩了甩手腕,正视着来者。

"二位,我叫帕克特,有什么可以指教的吗?"

"指教?说这话时你不考虑先在我面前跪下吗?贱种!"在地上看起来黏糊糊的软泥不知从哪里发出了帕克特能清楚听明白的语句。

"居然和同为莱亚意志的我们说指教,天啦。你该不会是不清楚你在荒法之原的地位吧,新来的人类小子?"

软泥们只是打量了一下帕克特身上破烂的衣着,当没发现什么值得注意的细节之后,各自耳语一阵,旨在出手应付一下这位"微弱尘灰"。

帕克特回想起墨兽叮嘱过的这些无法被规矩束缚的强大造物的事情,虽然如今有了些许底气,但也不禁在面前这强大压力下咽了一口唾沫。

"初来乍到,也许很多东西我都搞不太明白。"帕克特攥紧拳头,意识到这将会是一次争斗,"但我不是什么贱种,没人该被这么称呼。"

"你挑错顶撞的对象了。闭上你的嘴,然后跪服。"在空中飞舞的魔球一下变成了原来大小的三倍,以奇怪的鸣响震慑着周围的人群。

"那就试试……"

剧痛,虽不及源术纹路恼人的程度,却让人感觉胸口像被一辆从天而降的卡车正面击中。

一道闪光掠过帕克特的眼前,当帕克特发觉过来时,自己身处在一个深陷下去的大坑里,随着一声咳嗽,鲜血从鼻腔内喷涌而出。

"小子,如果以为谦卑礼貌是一种好品质,能够赢得尊重,在这个地方立足。"魔球瞬间出现在了帕克特的耳畔,此时的外形就如同一只黄蜂一般,"你不如想想为什么其他人落到这里就都把余赘舍去了。在那个大家伙的眼里,这里无非是个让我等自相残杀的刑场罢了。我们则更甚,单纯不希望有你这种碍眼的低劣物种在此有说有笑罢了……"

当帕克特刚听完怪异魔球的发言,自己登时身处在距离荒原地面5米有余的半空中,被一股巨大的力量朝一个不知何处的方向高速带动着。

"糟糕!"

帕克特暗觉不妙,而耳畔却隔空传来了软泥怪尖锐的嘲笑声。

"你怎么一点对抗源术的基础都没有? 还真是个无可救药的倒霉鬼,哈哈哈哈哈哈……你若真的以为驱策源术就这么简单,也活该像和你形状一样的那些家伙,都是一堆没什么用的废物。乖乖变成残废吧,和你这些贱种伙伴一样,趴下伸出舌头日夜匍匐,以泥尘为食,直到舔干净这片荒法之原如何?"

"欺人太甚! 若我是英雄,我就该狠狠教训他们!"

此时帕克特的心中确实感受到自己需要墨兽的帮助,因为面前的两个不怀好意的生命体,正将帕克特玩弄于无形利爪之下。危机考验着脆弱的凡躯,少年所畏惧的死亡此刻仿佛并不遥远。

而巨大墨兽的声音就像是被屏蔽了一般,此刻也仍然没能从脑海里的某个角落响起。

不，这里只有靠自己才能赢！帕克特咬了咬牙，猛地打了一个激灵。

无法抑制地快速落下，悬浮源术……反冲源术一概都没有派上用场。若在此时还是束手无策，身体就会在极短的时间里坠落地面，摔成一摊肉泥。

绝望再临。感觉像用完了好运而被命运抛弃了的帕克特，此时决定放手一搏。

我……我还远不止这点能耐！

与其放任自己失控下坠，不如使出自己最强的能力来反向挣扎一下。帕克特将手指按放在太阳穴上，感觉身体一空，一股强大的能量就从面前瞬间构成的源术阵里爆发而出。

淌着虚汗的鼻尖在距离地面3厘米的地方停住，庞大的触手牵扯着紧固的关节，将这副身体重新托回决战的高空。

"再来啊！"帕克特使出了"无陆之海的墨兽"造形源术。

只见巨大的黑影从源术阵里腾空而出，一团漆黑的雾气和如狂潮般汹涌的海水从天而降。

雾气轻松吞吃了空中飞舞着的源术弹体，那阵原本足以致死的恐怖攻势在这一片弥散开来的纯粹能量中顷刻化作虚无。

这样一来，这些讨厌的暴君就不能再肆意妄为了吧。

周遭似乎沸腾了起来，不论是在一旁观看的行者，还是匍匐在地的那些落难人类，脸上都露出了惊恐万分的表情。

帕克特从容落在了造形墨兽的头顶上，将自己的大量源能向下输送到造形墨兽宽大头颅上的源术阵中。只要不断地强化这个造形源术，到一个极致，再难打倒的敌人想必也能被彻底击溃。

处于地面的行者们见状开始纷纷逃离战斗发生的区域，但随着海水砸落在地面上，他们瞬间被齐腰深的水流冲散开去。源术形成的水流并没有什么实际的伤害，于帕克特的念头中，只是墨兽出场所需要的一个效果罢了。

那种恐惧，并不是因力量而显现出来的。而是对这个存在，就像是脑子里的东西在告诉你，无论你是如何英勇无畏，此时也都该为了生存而选择怯场。

可这恐惧，此时无差别地出现在了面前所有人的脸上。帕克特为此小小吃了一惊，些许不安袭上了他的心头。

此时从遥远的原野上飞来了大量奇形怪状的生物,果不其然,在这样庞大的造形源术的动静下,那些坐不住的荒原统治者决定聚集起来,摆平由帕克特引起的危机异象。

"这……这不可能啊。"

"没人可以召唤这种东西,我们不是应该在……"

"只是糊弄人罢了,集中注意力,那玩意儿要是真的,我们早就不存在了!"

一群未知生物向着造形源术幻化出的墨兽闪放出了惊人的源术攻击,随着庞大的爆破后,沉静的造形墨兽发出了低沉的咆哮声。真正属于巨兽的反击开始了。

"干掉他们,帕克特。"

随着墨兽的低语在耳边响起,帕克特兴奋不已。驱策内能,将脑海中的源能尽数迸发而出。

这低沉的咆哮声并不是简单的巨响,那些没来得及遮住双耳的源术行者纷纷痛苦地跌坐在地上,身上的源能纹路向身体内部激发着一阵一阵的涌动,企图将他们瘦弱的肉体冲破开来。

"这家伙简直是……玩真的!"

"得赶快阻止,否则……"

"否则要出大事了!"

那团魔球一瞬间冲到落在墨兽头顶的帕克特身边,但当它刚准备打出一发致命源术歼灭作为造形源术施法者的帕克特时,一条触手以更快的速度捏住了魔球,单单在空中挥了一下,便将它甩碎。

"好险……让我试想一下墨兽的攻击手段,我得救下那些人,那些被像牲畜般对待的人,拜托……他们只能指望我了。"

帕克特飞速地思考着。面对眼前丧心病狂对着造形墨兽轰炸着源能的未知源术生物们,他想出了更为强大的造形墨兽应有的能力——汲能凶视。

在造形生成的墨兽眼中,忽然聚集起耀眼的光辉来。那些试图挥舞着源术道具向着帕克特的方向施放源能打击的源术生物们忽然瘫软在地上。就像是被一只巨型针管抽干了内脏血液一般,源能汲取涡流毫不留情地夺去了他们大部分的战斗能力。

处在高空中墨兽头顶的帕克特,稍稍松了一口气。

看着眼前那些数不清的穷凶极恶的生物,帕克特忽然感受到了一阵刺骨的寒意。因为当他定睛看去的时候,居然发现了更多慌乱逃遁的人类身影。这些同族……我不该是保护他们的人吗？

他一瞬间感到自己所有的良知被挑战，因为他刚刚释放出的那道源能汲取，由于没有精确识别具有敌意的对象，很多周遭的人形行者也在这残忍的源能汲取中被吸干了源能而重伤在地。

"抱，抱歉，它失控了！"

帕克特心中充满了愧疚，这使他陷入了慌乱。而这一切似乎也反映到了墨兽身上，那种维持造形源能的联结开始变得薄弱难抑起来。

在他意念操纵下的墨兽面对敌群中袭击而来的源术攻击越来越显得力不从心，不像之前那样展开完美的反源术应对措施，而是更多地用墨兽的身体去承受源术的直接打击。这情形无疑加剧了造形墨兽的反击幅度。

墨兽的身体很是抗打，强大的源术流动在墨兽的皮肤上只留下了微小甚至难以辨识的创伤，在急速自愈的作用下也很快就痊愈了。帕克特的内心逐渐陷入新的谴责之中，他清楚地看见人群中向着他展开全力攻击的还有方才交手的那些热心的行者。

"住手，住手啊！墨兽！"

而方才那个在耳畔低语的家伙，此时又一言不发了。

转眼瞥见其中一个瘦弱的身影，这个身影使帕克特的脑袋嗡的一响——先前那个和他年龄相仿的女术士，正拖行着被源能汲取后残废掉的半截身体，惨叫着向墨兽施展泥石源术。帕克特看着下方那小如指节的女术士，害怕内心的担忧在失控的源术之下将会成真。

"我……对不起，我……"

"帕克特！恶魔，恶魔！我要杀了你！"

那名女术士沙哑的嘶吼声划破了间隔的空气直接传到了帕克特的耳朵里。帕克特目睹着自动回击的墨兽触手在女术士面前快速拂过，她引导泥石源术的身躯瞬间被敲散成青绿色的飞尘。

幻象……这真的如墨兽所说，只是幻境中的幻象吗？

可这一切，怎又如此真实？

"帕克特·荣格……"大气中的残响也一并消散。

自以为成就了顽强的自我，此刻因无法抑制的道德沦丧而瓦解。

"噢不……不……我……我无法让它停下！我没法集中精力了！"

　　帕克特慌乱地传达自己的意念驱使造形墨兽停下目前的无差别攻击,但在巨大的源能输送下,这只破坏力无穷的造形墨兽显然失去了操控,越发狂乱地虐打起了在力量上与之有着天壤之别的源术行者们。

　　这和他想象的完全不一样,在这个出于搏命自保的意识下产生出来的最强源术怪物的眼中,似乎整片荒法之原的其他生物都是必须抹除的对象,在焦急而断开源能输送的帕克特身下,这只怪物似乎拥有了自我的源能源,更像是一只陷入极度癫狂的野兽,杀戮的举动也变得越发粗蛮与直接起来。断裂的肢体和绝望的惨叫此起彼伏,源术障壁被击碎及其背后肉体被击毁的声响一阵一阵地响起,整个荒法之原的地面上已然成了一幅地狱般的景象。地面上幸存的法师们紧紧团缩到一起,用着组合起来的防御法术勉强抵挡着造形墨兽一波接着一波的源能震波,而当他们的最后一丝源能再难以维系临时拼凑的护罩之时,顶在最前面的几名法师瞬间就像一捧飞沙一般消失在震波的浪潮中,而后面几个重创倒地的躯体,也快速地消失在了滚滚沙尘间。

　　帕克特意识到,是自己的无力促就了这场炼狱般的屠戮。随着最后一声触手挥舞的响声,在这份死寂如真空般的荒原上,只有被染满各种颜色,留下烧焦痕迹的岩石碎砾,与在风中伫立着的庞大造形墨兽的身影和其上的帕克特·荣格。

　　"做点什么啊!"

　　行者们身上披着的披风碎布随着掀起的狂风挂落到帕克特的肩膀上、腿上,似乎无言地诉说着原先主人的事迹。这些亡者的残响仿佛侵蚀着帕克特的心智,帕克特放声嘶吼起来。

　　他最痛恨的那种,懦弱无能的宣泄。

　　风声,微风声。

　　"来啊!"

　　化身似乎这才意识到自己头顶的异物,挥动触须袭杀过来。这发狂的造物已经认不得自己的主人了。

　　"来啊——"

　　将奔涌的源能一拳砸向当面撞来的触须,紫色的电光顷刻间穿透了巨大的胶皮,整个荒法之原震动起来,这一股强大的源能以超载的方式瓦解了墨兽化身的肢体,响彻云霄的深海嘶叫割裂着不稳定的空间,形同献给这凄凉世界的安魂曲。

　　"我都,我都动手干了什么啊!"

　　帕克特亲手结束了自己造形生物的性命,彷徨之中,望着自己的双手,那份违背正直的重量竟使自己不能负担。

　　到头来,这只是失控了的正义。

　　这不配称为胜利,也不配被称为正义。

　　自己也不是想象中的那个英雄……而是一个不折不扣的反派。

　　"哈,你现在英武奇伟的样子可真是棒极了。"遥远天幕中响起了墨兽环绕天幕却无比低沉的声响。

　　"是不是觉得要是自己更加残忍一点的话,现在这样的后果也能被自己接受呢?帕克特小鬼。你在危难关头选择了逞能,代价呢?"

　　帕克特迟滞地看向天空中如同四只羊角一般的墨兽痕迹,咬着牙的沉默成为他面对墨兽指摘的唯一应答。

　　"以为自己历经磨难便万夫莫敌?哈,你是否真的足够强大,强大到可以轻松驾驭你代行的正义,小子?"

　　是的,帕克特确实闪过这样的念头,比起这场疯狂的反击造就的悲怆,自己还活着的这个事实在心中添加了一丝意味不明的深刻意义。帕克特心如刀绞。

　　"帕克特小子,你具备好的潜力。但是不把你丢进一些糟透了的环境里,你就仍然是那个只会止步于小小成就的傻小鬼而已。相信我,你可以借此成为更加伟大的造物者,你有这个潜质。"

　　墨兽的一根触手从天空中的那道纹路里缓缓伸出,向着少年站定的方向伸了过去。

　　"给你点肯定,因为起码你确实有这个本事不糟践自己的生命——它如此弱小不堪。未来会有一场冒险等待着不甘平凡的你,但你是否有能耐应对它,你自己清楚。"

　　面对即将缠绕住自己并拽动他离开这个荒原的触手,帕克特选择用一声响亮的耳光打响了整个空间。

　　鼻血再度流出。嘴角上因之前的创伤沾染着血污,斑驳的血迹使得帕克特的脸上一片狼藉。而只消一刻,这些狼藉都消去无踪。就像从一场噩梦中醒来,所有令人害怕的伤疤都将消解于清晨的阳光之中。

　　"你极力维持的自省……迄今为止这都是有趣的表现。"

　　"是我杀了那些人。不!荒法之原所有的杀戮,都是由我造成的。我最不能原谅的是……我自己……"

　　墨兽不言语,径直将气得发抖的帕克特拽出了脑海。一阵晕眩之后,帕克特发现自己完好无损地出现在了自己的房间里,而墨兽却在桌上透过书本里的眼洞直直地看着自己。

　　"还当真了。那是我在你意识中虚构的一个世界,帕克特小鬼。整个荒法之原,就是一次接近幻觉体验的模拟。你当然可以不相信,认为里面的一切包括由你引发的一切都是真实存在的。不过就像我所说的,虚构出来的一个时空,投影着一群罪大恶极的囚犯。你就算不相信,那也不关老夫什么屁事。何况,我在治理乱象时素来不以善类自居,小家伙。"

　　"我不敢相信你居然眼睁睁地让这种事情发生! 就算那是虚构的,你什么都知道,你却不阻止我!"

　　帕克特愤怒地看着书本里的墨兽,自己的悲痛此时毫无收敛地化作了恨意。

　　"我哪拦得住你啊? 来吧,老夫再给你看点儿东西。"

　　墨兽忍着笑意,将一股视线灌输到了帕克特的眼中。

　　视线中,人们尖叫着逃跑,那些戴着黑色袖标的人慢慢走近他们,似乎费力劝说着什么。眼见剩下的人中没有人愿意配合他们的言说,为首的那几位穿着罩袍的人伸出手来,将手无寸铁的人们像一捆稻草一样捏折过去,丢在一边。随后的杀戮,几乎是狂妄源术的盛宴。

　　奥能飞弹点燃了房屋、马舍,孩子们从地窖中逃了出来,却被一个女子截住,用泥浆般的源流冲回了地窖,那之中的温度逐渐升高——地方长官模样的人被四五个暴徒围在中央,颤抖着书写出让辖权的文书,号叫着"停手"之类的字眼。整座城镇的人们没过多久就屈服了,黑色袖标们晒笑着,将一面名为撒巴莱亚聚合的电子旗帜在空中升起,在哭泣的城镇中欢庆着。

　　帕克特认得他们中的不少人。就在几天前,他们一度在荒法之原上徘徊着,眼中的落寞和那些失家丧亲的难民并无二致。

　　"这就是刚才那个故事群演的原型。多么可笑,即使是我,也只能将这些人的样貌和举止放进我塑造的空间里,而他们罪恶的生命和所学依旧在遥远的某处游荡,等待着一次恰当的纠正。"同一个看晚报头版新闻唏嘘不已的老头那般,墨兽苦笑出了声。

　　"有什么好笑的?! 就算他们是十恶不赦的恶人,我也没有对一众生灵杀尽灭绝的喜好,这次也一样,本有更好的方式解决这一切,但我偏偏选了这个最蠢的方式,猜猜是谁怂恿我这么做的?"帕克特震惊之余,依然怒不可遏,狠狠盯着眼前的墨兽。

"帕克特·荣格,没时间帮你包尿不湿了。你要么快点成熟起来,要么我来帮你加快这个进程,总之这样无谓、幼稚的指责——"

"墨兽,你别总是一副高高在上的样子!你总是一口一个为了我,但要是你能的话,你就干脆自己去做啊,为什么在说服我之后非去教会我如何怨恨,如何残杀,如何失去理智,你以为我真的愿意做这种事情吗?你要是有这个能力,你就自己去做!我管你加快不加快的,你反正可以肆意妄为,那你就来啊!"

帕克特赌气地咆哮着,那些纹痕留下的幻痛仍然起着作用,和心底的不甘一起抖擞着发出号叫。

"哎,歇斯底里可是对你一点帮助都没有。老夫正在教会你一些事,一些重要的事情。"墨兽看着眼前这个因为道德受到冲击而用愤怒当作遮羞布的小人儿,不禁感到一丝小小的遗憾。

"你知道吗?老夫大可以早早杀了你,抹除掉你的意识,帕克特·荣格。然后夺走你的身体,植入我用源术构筑的精妙人格,让你就像我的分身一样去赫伦时空做我接下来想做的一切事情,你真的想我这么做吗?"

"什么乱七八糟的?你借别人的手杀起人来真的很爽快,不是吗?又伟大如斯,那么你何必在是否杀我这点上再问我?见鬼,我觉得你根本就是在骗我去做什么邪恶的事情,我根本就没有相信过你!"

墨兽阴沉下脸来。

"拉倒吧,小子,别在这像个废物般号叫。把你这种掩盖自责的腔调放下吧,你想想你之所以能捡回一条命,就是因为你觉察自己的能耐不止于此,你冒着天大的危险把我的造形当作底牌摊出来,也是因为你觉得这样的豪赌能助你成活。而'害死'整个荒原的人的本因正是你心性仍未成熟的弱点,你要是连这点教训都不肯闭上嘴好好咽下去的话——"

一包沉甸甸的行李从眼洞里被抛了出来,砸在了帕克特的怀里。毫无躲闪的帕克特跌坐在地上,眼眶发红。

"那就带着你的破烂滚吧,把这本书烧掉、扔掉,或者干脆卖个好价钱——然后承认你不过就是个无名鼠辈,一辈子就抱着空大的志向和无所作为的正义感活下去,像个野狗一样。这样婆婆妈妈永远事前事后拘束自己的家伙,即使身怀大能,也没人指望你能成什么大气候。你怎么可能变得'厉害'？你怎会去捍卫信念？你怎有脸面对人空谈正义？"

帕克特再也挡不住墨兽对自己发出的直抵心灵的质问，控制不住自己的泪腺，泪流满面："明白……可，可我不想再伤害无辜。"

"那就先学着认清自己，别再心气迷眼，真正变得如同英雄般强大。"墨兽语重心长地看着帕克特，他的行为仍像极了一个未成熟的孩童，却有颗如同古老恒星般发光的心灵，"一步一步来。"

上一次少年这样啜泣，是在被孤儿院外的一群顽童取笑自己连生身父母都厌弃的情形下。那是一个孩子们大多喜欢的暖春。

瘦小的帕克特站在院子的墙沿，望着那群嬉笑打闹的孩子。这一次，他鼓起勇气，向他们提出一起玩耍的请求。

"请问，我可以加入你们吗？我虽然没法去到外面，但可以隔着院墙玩，不介意的话。相信我，我知道你们游戏的规矩，我看了好久，都学会了。"

"你觉得我们会和你做朋友？连你的爸妈可都是不要你了的——住在小蓝院子里的小可怜虫啊！"

那些嘲笑就像剪刀一般一再剪去帕克特内心好不容易蔓延开来的信心，再将软弱无助的他丢进撕心裂肺的苦楚里。

蓝色围墙的孤儿院落里吹过一阵暖风。

"他好像有个特别的姓叫荣格，他爸爸可能是电视上那个在逃的通缉犯吧，那不也姓荣格吗？哎，他爸爸好像犯了罪！"

停下了玩耍，那群孩子似乎找到了新的乐趣。可这样的春天也没法让人感到幸福。

"我听说他的妈妈也是个……嘘，你看，他听得到呢。"

"偿命！偿命！"

回忆中看着孤儿院为了防止孤儿出逃的铁栅栏外的顽童们躲得远远地说着自己的风凉话，当时的帕克特·荣格就像现在的帕克特·荣格一样，在哭泣时认识到了辛苦维持的自信居然是如此难堪丢人。

而现在的他也意识到了自己应该去如何改善自己。不仅仅是因为年龄有了增长，而且面对刚发生不久的由自己的妄自大意所引发的他人的悲剧，那种歉疚使他看到了抱着反省初衷自扇的那记响亮耳光的意义。

如果不想再辜负别人,起码对自己诚实一点吧。

帕克特止住了泪水,将散落一地的行李一件件放回包裹内,站了起来。

墨兽看着帕克特泪光褪去后有些清澈起来的双眼,觉得作为一种懂得流泪的生物,通过这样的方式努力蜕变还是使它感到宽慰。

"对不起,我对你说了过分的话。"

听罢,从书中传出一阵墨兽喷射海水的怪响。

"拜托你继续教我,我必须学会怎么掌握我的能力。"

"算你懂事,小鬼,老夫可没工夫再去下一个破阁楼里碰运气了。你要是再犯浑,我就不客气地用荒法之原的例子来给你上教条。"

帕克特觉得这话本身一点也不好笑,但他还是露出了温和的笑容。

"谨记在心。"

将怪书放在床头柜上,帕克特抿紧嘴唇,若有所思。

"晚安,墨兽。"

拖着疲惫的身体,躺回到松软的床上。年轻的源术师不消多久,便进入了梦乡。

而无陆之海的巨兽,仍处在如夜幕一般的世界中静静听着浪响。

"这孩子。"

第12章

红雀囚笼

鲁贡骑兵团空间站。

薇妮亚揉了揉睡眼，拍拍双颊从床上振作起来。

用冷气清洁喷雾向着脑袋胡乱喷了一通之后，猛一哆嗦，怠工的大脑重新运转。

在自动柜前稍微化了个妆，大概也就五十秒搞定的那种。

"啊，还有一个时空时……该收拾收拾出发去议会了。"

随着自动门的打开，薇妮亚站在舱房门口思索了一会儿，大腿以下有点凉飕飕的。随后她飞也似的转身跑回房间，套上了被遗忘在收纳柜里的马裤。

"好家伙，差点出大乱子。"

有着人工重力的舱房过道随着生物信号认证而弹出了在墙壁内藏着的手扶杆，这样的设计也是出于高速的内部空间移动的需求。

扶着传送梯光滑的握杆，薇妮亚不一会儿就顺着轨道被牵引到了传送舱。悦耳的弦乐从大厅的中央响了起来，完美地盖住了周遭机械运作产生的些许噪声。

"你是说薇妮亚·凯伯因提前到了，是吗?"年迈的鲁贡骑兵团团长查看着手中由身边勤务官递上的报告。

"是的。顺带一提的是，议会似乎为您和凯伯因小姐特别开通了盖亚折跃专线，并且在他们的要求下，我们将使用对方提供的特殊算法而非常规的畸速折跃。"

"是对之前撒巴莱亚人的活动有所警觉了吗？……"老团长这样想着，心中不禁有丝不悦泛起。去他的，还有一堆问题等着自己解决呢。

"传令下去,让搜索部队的鲁贡骑兵特尉艾亚·雷当于十时空时内返回,指挥工作与日常勤务报告都交给他来接办。临时改动,副团长约·荷兰负责军团结界的看守工作。"

"明白了,哈德曼团长。说句玩笑话,您这是要升迁了吗?"

"同样说句玩笑话,勤务官,你可有想好要吃我几顿老拳了?"

两者相视少顷,笑了起来。

老团长签署完几项命令,长舒一口气,走向议会折跃专线的折跃室。

没一会儿,就看见靠在折跃室对面墙边踢着鞋跟哼着小曲的薇妮亚。薇妮亚光顾着发呆,当脚步声停在跟前的时候,才慌忙抬起头来。

"薇妮亚、薇妮亚。"哈德曼一脸苦笑地指了指折跃室,"到点了。"

薇妮亚一瞬间脸红了个透,忙不迭打了个正步,姿势僵硬地走了过去。"提起点精神,士兵。待会到勒克莱尔议会那里,可是要应付些正式场面的。"

"啊……是,团长,我开小差了,很抱歉。"

穿过折跃室的光幕,两人便置身在折跃舱之中,身体由于失重而悬浮起来。然而一道温和的光索套住了他们的腰身,就像安全带一样将他们放置在舱内的两侧。

随着盖亚折跃舱在时空甬道中极速通过,仅仅几秒之后,舱门便缓缓打开了。重力渐渐恢复,两人得以平稳站立,在光索消失后,缓步走出了舱房。展现在眼前的,是透明舷窗外恢宏伟岸的巨塔幢影。

通常人们把议会的建筑外貌和高度工业化的源术城联系在一起,三座巨大的褐色高塔在齿轮状的光轨上环绕浮行,而位处中央的球形浮空岛屿便是议会的主体。庞大的三塔环之外是数不清的浮空城堡,它们的样式奇模怪样,既有完全仿照中古世纪的人类文明建筑修建而成的城垒,也有好比是巨大白蚁冢似的谜样城邦。这些大大小小的浮空建筑群就像是卫星一般环绕着三塔核心轨道运转着,如同碎石环一般的浮空城之中探出了四根十分抓眼的如同∑符号形状的细长探针,向着四周漆黑的深空不断发散出淡蓝色的电光。那便是熟悉的勒克莱尔周天防壁,整个巨大的议会星体在蝉派技工的悉心维护下熠熠生辉。

这就是以吉卡匹亚三塔为核心建立的,宏时空管理机构勒克莱尔时空议会。

眼前明亮的三塔内核给人一种圣堂一般的崇高之感,而面对如此庞大精妙的时空奇迹,这两名鲁贡骑兵团的来客在表情上却显得从容不迫。

"吉卡匹亚三塔……真是常看常新。"

哈德曼团长捋了捋胡子,健步向着微折跃梯迈去。

"上一次来这种地方,还是家父公务访问时亲自带我过来的。"

"那时你还是个小孩子。说到令尊,他近日可好?"

"我想是吧,他每天还是东赶来西赶去的,好像永远见不着一样。对第一次见面的人提到我是他的孩子时,别人都一副不可思议的样子,就是那种'圣人如他,居然也有家室'的感觉。"

"哈哈哈哈,别见怪,也说个我前段日子里想开了的结论,到底家家都有本难念的经。"哈德曼宽慰地拍了拍薇妮亚的肩头,"你父亲是个了不起的男人。不论是TCC时期,还是现在。他是宏时空人的骄傲。"

"是的,除了不顾家,老爹确实挺了不起的。"薇妮亚心想。

微折跃梯在一阵炫光之中将两人带进了三塔核心的内部,随着时光议会的大堂钟响了两声,一名衣着儒雅、头戴冠饰的投影领航员便出现在了两人的眼前。

"哈德曼·普拉斯玛,威亚时空人,薇妮亚·凯伯因,凯伯因家族,欢迎二位来到勒克莱尔时空议会。二位即将参加的小型会议将在主星九百四十二层的穹顶会议室举行,请稍事休息后联系折跃服务生带领你们前往。"

"不用休息了,专人有约在先,不妨直接带我们去吧。"

"了解了,哈德曼先生。我这就为您通知联系人。"

一旁身材魁梧的复制人服务生很快就迎了上来。使用植入眼部的透镜仔细扫描了两人的衣装后,复制人的左手微微上扬,示意二位搭乘身后的高速客梯。

"奇怪,上次来负责安检的也是他。"随着客梯到达指定的楼层,薇妮亚耸了耸肩,"这个型号的复制人总让我有种见到老朋友的感觉。"

"我从来记不住这些复制人的样貌。"哈德曼将手背在身后,在门禁处验证自己的虹膜,"在我看来,不论什么时候,他们都长一个样。"

"细看还是看得出不少差别的。"薇妮亚笑了笑,"我上勒克莱尔大学时专门读过一些与他们原体相关的文献。"

会议室里似乎正在进行着激烈的争辩,见状哈德曼向薇妮亚使了个眼色,便顺着自动门廊走进了会议室中。

房间内的争议似乎并没有因来客的加入而被打断,反倒愈演愈烈起来。

"你忽视了一点,那就是这个超越神器现在正把整个议会暴露在巨大的危险里!随时都会有人盯上这地方,这个勒克莱尔议会。"

"为什么要担心这个?凭议会头脑的能力,到现在我都没听说有任何东西失控的事情。像化形圣剑这样特殊的物件必须加以封装保存,和旧世代远征后神器禁库馆里那些其他的超越神器一样,那比送到摇篮里头稳妥得多。"

"你不懂我的意思!"穿着蓝色衬衣的议员拍桌而起,眉宇间满是不安,"你完全不懂我的意思,如果那玩意儿继续保存在这里,勒克莱尔时空议会迟早要被它暴露的危险给掀个底朝天。"

他激动得双手在空中胡乱挥舞了一通:"这可不是什么安全无虞的地方,我希望你别小看那些撒巴莱亚人,他们在我们议会星区的周围已经像鬼魂幽灵一样徘徊许久了!下一步,他们的目标就是这里,还有这里的禁库!你联想不到的吗?"

"你要是这样害怕撒巴莱亚人,我可以直截了当地告诉你,议会有足够的能力保护这里的每一种超越神器,那能化形的也不例外。你担心禁库馆里千百件馆藏有朝一日会落入敌手,还不如担心吉卡匹亚三塔的圆环会不会塌下来。"紫袍议员摆了摆手,"瞧你,活像是被撒巴莱亚人的威胁给吓破了胆。"

对面桌上身着紫袍的议员挑衅得逗,听罢哧哧一笑。

"你……尽管取笑我,不如做点实在的事让议会防备起来!"

"取笑?喔,吉米尔,话可不能这么说。我早就提醒你,别把他界流落过来的东西往这议会之外的地方藏。"端起水杯,紫袍议员向门口刚进来的两位使了个眼色,意思是再等等,"你不听也就罢了。现在东西丢了俩,你怪谁去?"

"你听着,这东西必须尽早被藏到议会之外的别的地方去,托卡马克·塔西和撒巴莱亚人就像闻着肉味的猎犬那样死死盯着这超越神器,你能确保他们不借此为由矛头一转,对准勒克莱尔议会?"

"若真是那样,他就乖乖等着挨揍吧。"

黝黑的大手放在桌案上,径直向对桌滑去一份议案简章。

"之后就由你负责联系西博文·凯伯因先生,请他帮忙把剩下的超越神器处理妥善,就算是你将功补过。"

"你想让凯伯因商会介入勒克莱尔神器保管的事务?"吉米尔议员擦了擦头上的虚汗,"你认真的?"

"西博文先生一直是比任何人都可靠的盟友,吉米尔,你之后挑别的时间再来见我,现在可不是时候。"

将一张粒子纸递给对方,那位黝黑皮肤的议员意味深长地笑了笑。

穿着蓝色衬衣的议员接过粒子纸揣进口袋,半带惊讶却狠狠地瞪了对桌一眼,愤然离席。当他走至半路才撞见了大厅中两位新加入的来客,消了消气,不一会儿他就认出了其中一位。

"喔,西博文·凯伯因的女儿……薇妮亚……薇妮亚·凯伯因?你怎么会在这里?"他收回了一点怒气,稍稍平复下来,看着眼前的少女。

薇妮亚好像对直呼自己为某人的女儿并不那么满意。

"初次见面,请问您是?"

"吉米尔·莫乌斯,叫我吉米尔就可以了。如你所见,我的工作就是不得不处理这勒克莱尔议会里最麻烦的事情。请问贵小姐您这次前来,是令尊的意思吗?"

"不,我以时空议会雇佣鲁贡骑兵团的一等鲁贡骑兵的身份受召见而来——身边这位便是鲁贡骑兵团团长哈德曼·普拉斯马将军。"

哈德曼看着眼前这名血气方刚的议员,将手放在额前致上时空议会的礼节:"吉米尔,好久不见了。"

"好久不见,将军……听着,薇妮亚,我知道这可能没什么太大说服力,要是议会提到要消除那个超越神器的持有人的存在……你知道的,那个化形玩意儿的持剑人。议会只是想把这超越神器和他分开,就像撕烂果皮取出果核那样。请你无论如何想办法先保下他……是这样的,我们仍有要事需要他,他必须是活着的、完整的。这关乎一个伟大的计划……"

吉米尔议员没有还礼的举动让哈德曼尴尬之下眉头微皱,但他撇开哈德曼自顾自抢着说的话却让薇妮亚感到很是意外。

"啊……是他啊。那个叫凌踪的……"

"对,其他东西对我来说不重要。重要的是我现在的请求,薇妮亚小姐,你无论如何请帮我这个忙,来日必有重谢。"

"抹消存在这种事情,的确有点不太符合上议会办事的风格啊。但你要求她硬是为你办这样的事情,岂不是太强人所难了点?"一旁的哈德曼皱着眉头说道。

"利用你凯伯因的影响力,在议会中保下他应该是不难的!"

"哪有你这样拜托人的?"只听从会议室桌那端响起一声吐槽。

"你别插嘴,列辛!"吉米尔恶狠狠地回头看了眼。

"……恕这个理由说服不了我表态,议员先生。"薇妮亚回想起尤尼乌斯一战中,凌踪出手才得以保命的事实,不由得感到十分同意,但是言辞上必须保持克制。

"薇妮亚,你最好想清楚再接受这位议员的求助。"哈德曼呛了一声。

凭着凯伯因时空商会的影响力,在议会中谋个一官半职都有如掌托鸿毛一般轻易。然而此刻的这个请求,薇妮亚多少还是有些犯难。

"我话就说这么多,有缘再见吧,薇妮亚·凯伯因,还有哈德曼,哈德曼……银鸟。"

吉米尔头也不回地离开了。

薇妮亚看着哈德曼的脸,似乎是询问年长者对此事的意见。

"刚被人叮嘱的话真是回头就给忘了,亏我和这个吉米尔以前还共事过,这个家伙处事莽撞专断的气质还真是一点没变。"哈德曼摇了摇头。这次事件在他看来无疑是蹚不能再浑的浑水,而薇妮亚并不是他觉得该去蹚的人,私心上而言。

眼前坐在对桌的人显然对他们和吉米尔的对话时间之长有所不满,一脸不耐烦地看着两人在自己的对桌那边相邻而坐。

"那么,你也看到了,刚刚他逮着我给他说相声呢。接下来请允许我正式介绍此次上议会召见你们的原因。我,议会荚派代表列辛·法拉加,将和两位知会一下对于你们介入的蔚蓝时空III尤尼乌斯号游船事件的时空议会方意见。"

面前的议员正襟危坐,感觉一堆套话辞令即将从他那死板的嘴里喷涌而出。"还请允许我简单回顾一下事件。"

果不其然。

在坐着听了二十分钟自己完全清楚的简报之后,薇妮亚用手指轻击着桌面以宣泄内心即将被套话引爆的耐心。

而身旁注意到这点的哈德曼则用靴侧轻轻点了一下她,看来哪怕是这样一点微微的失礼,都是没法逃过严格长官的双眼的。

薇妮亚因极度的无聊而深深地吸了一口气……一旁的哈德曼眼见她完全破功,只好先行出口来给这位属下打个圆场。

"请见谅,列辛先生。我想事情的大致经过我们也都有了了解,那么可否请您告诉我们后面的部分,大家某种意义上在勒克莱尔也算是同事,彼此就都免去一些不必要的繁文缛节吧。"

列辛似乎有些惊讶自己会被打断，但还是畅快地接受了哈德曼的提议。

"那很好。你们应该都见过这名叫凌踪的蔚蓝III时空人了，简单地说，他现在的处境还不是那么糟，勒克莱尔上议会决定暂缓对他的处置，但就像刚才吉米尔议员所说，处置的方式并没有改变，仍然是抹消他的存在。作为当事人的薇妮亚·凯伯因，或许有与他直接见面对话的权利，这是第一件议会和我想要征求你们意见的事情。会见与否，在处置之前都可由你决定。可惜，那小子到现在都还没睡醒。所以，我们接下来可以谈谈第二件事。"

那家伙还在长身体吗？可真能睡啊。薇妮亚看了看表。

"……我明白了。那请问第二件事是？"

"第二件事情，就是对于你，薇妮亚·凯伯因的议会雇佣鲁贡骑兵团调职事宜。"

放下看表的手腕，薇妮亚显然吃了一惊。

"怎么突然说到……调职？"

"是的。"

议员整了整衣领。

"哈德曼团长也在场，这个无疑是勒克莱尔议会十分慎重的决定。令尊和上议会的几位元老也有沟通，与其让你……不如说出于令尊的考量，更希望你能在时空议会任职。上议会对你的工作能力也很认可，所以……恐怕你要先在闸口事务区试用一段时间，下次职务任用期间再为您转正。先恭喜你……"

"开什么玩笑?!"薇妮亚拍桌而起。这一举动把周围文员都吓得不轻。

"冷静，薇妮亚，别忘了勒克莱尔的规矩，就算你贵为凯伯因的千金，你也没有资格在这里胡来。严禁你带着情绪擅自回团里，听令，在这里服从上级安排。"哈德曼猛地一按薇妮亚的肩膀，把她整个腾起来的身体给带回到座椅上。

列辛试着用咳嗽缓解现场被打断的尴尬，心里不禁抱怨着，今天坐在对桌的人脾气都是相当的暴躁。而且照这个势头下去，这个穹幕会议室里他对着的那张桌子，迟早有一天会被人拍个稀巴烂。不过，他还是笑了笑，不知为何。

"薇妮亚·凯伯因，你也听到银鸟团长的话了。依我看，团长您的态度应该是同意议会的决定，但出于入职程序，我有必要再次确认一下您的意见。"

薇妮亚看着眼前有如慈父一般的团长，嘴里说出了她最不想听见的老爹一般的发言。

"我同意让她在议会任职这个决定。"

"哈德曼·普拉斯马团长!!"

"听着,薇妮亚。"哈德曼团长转身向着薇妮亚,语重心长地说着,"我承认你是一名优秀的鲁贡骑兵,但恕我这把老骨头说句不中听的话,你的资质和身份对于鲁贡骑兵团这个地方来说,还是太勉强了。在别的领域继续磨炼自己,直到能担当大任吧。"

"可明明当初您对家父说的是我已经能够独当一面了,难道不是吗?"

"薇妮亚,你当然可以独当一面,但你要看到更多你将要面对的东西。暴乱与纷争,鲁贡骑兵团始终和这样的拼杀生涯分不开。就算这是你心所向,你也是在利用这个现状来强迫你自己做力所不及的事情。"

"可是尤尼乌斯号那场战斗,你也看见了,要不是有我……"薇妮亚忽然为自己脱口而出的这份拗口的强辩而感到羞愧不已,将说到一半的话硬生生塞了回去。

"你显然已经知道你有哪些不妥之处了,薇妮亚,对于一个军团集体中的个体而言。"

"您不能因为这样就……"

列辛议员看着眼前的少女从刚毅果敢的第一印象渐渐蜕变成真实独行的样子,忍不住想要开口指点。

"就请让我来说吧,议员先生。"

列辛看着眼前仿佛洞察到自己想法的老团长厚重如山的眼神,也只好耸耸肩苦笑着靠向椅背。

"薇妮亚,军团可不比学校,军团是纯粹为战事而备的机器。现在还有机会让你回到生活中去成熟起来,那就没有必要把自己所有年轻的可能性都赌到战事中来。听我的吧,薇妮亚,"哈德曼看着薇妮亚,那眼中满是说不出的珍惜,"你有才能,就去让自己有机会成为一个领袖。领袖能改变很多人的命运,这个时代比起士兵,人们更需要……好的领袖。"

薇妮亚心中无比失落,但是内心清楚,鲁贡骑兵团,也的确不会是个长久的选择。

成为领袖……是吗?

"好的,我,薇妮亚·凯伯因,愿意服从勒克莱尔的调任指示。"将胸口的勒克莱尔戴维德利徽章取下,薇妮亚向着礼仪窗外的议会石碑郑重起誓,"即此心不论何时皆为勒克莱尔,誓与三塔意志同生共灭。"

时空议会折跃室。

"从今往后就多保重吧,薇妮亚。我和你父亲都会为你感到骄傲的,我相信。"摆了摆大手,那位旧TCC时代的大人物在一群人的簇拥下离开了大厅,径直走向大门敞开的关口,"期待与你再见面。"

"往后您也多保重,哈德曼先生。"

看着那熟悉的身影瞬间消失在了折跃舱中,薇妮亚感觉一切情况都像是失控一般让她感到无所适从。当她下定决心回头时,一条办公投影电脑棒便从一旁交到了她的手里。

"请拿好,今后的文案工作量当然也不轻,把这样的工作做好的话,想必哈德曼先生和令尊都会为你高兴的吧。当然,希望如此,凯伯因的小凤凰。"眼前的列辛议员面无表情,冷冰冰地向她交代着。

凤凰,凤凰是你叫的吗?是不是每个旧TCC背景的人都以为可以拿这个昵称来哄我不成?我早就断了奶啦!该死的。说来我倒是个连我母亲都没好好见过几次的没奶娃。

母亲获德露娜·康沃翠斯无疑是上一个时代宏时空人人拥戴的领袖,但时至今日,似乎没有人还记得宏时空中有过这样一号人物。

薇妮亚强撑着微笑向列辛点了个头,一个箭步蹿到微折跃梯上,设定目的地返回到了自己在勒克莱尔的办公室。

说是办公室,其实就是把薇妮亚的定制公务舱房几乎整个移换进了一个更大的房间里,里头多的无非就是一些毫无欣赏价值的雕塑,和一张有着先进界面却和房间风格不搭的办公投影。

"狗屁玩意儿。"薇妮亚心想着,"我还以为我一辈子用不上这个破舱房了。"

凡是在和自己的父亲或旧时代传奇小队TCC扯上关系的环境里,自己总是处在被照顾的位置上。而她真正投入一切不惜代价的试探,却次次被球棒一样的关照击回原点。

这样的溺爱实在是种累赘,她心想着。坐在和自己心爱的沙发质感相似的办公转椅上,薇妮亚一把把手中完成认证哔哔作响的办公电脑棒丢进了垃圾箱里。

我想要的,根本就不是这样的活法啊。

"即将开始粒子分解,对象为办公用电子元件,倒计时……6、5……"

"完蛋东西,快停下!"

"咣……"被扑倒的垃圾分解箱一旁,是一脸冷汗的薇妮亚,抱着抢救下来的办公电脑。"谢天谢地。"

尽管看着投影屏幕上一天暂调休整的指示,却完全感受不到这份自由的兴奋。薇妮亚心想,这可能就是成年人遇到不得不为之事的苦恼吧。

第13章

悲愿之果

这是可以触摸到的空气。

如果奔跑在草地上,那种闻得到的青草的芳香与手掌间可以感受到的微风的重量——正是自然对活着的人的恩赐。加之心中对那不完美的家的关切,还有故乡的温馨概念。

游船还没有驶离太远。只要时间允许,一切都还来得及。

如此一来,能感受到空气流动的自己,一定还活着。

如果有机会的话,还是应该多出去走动走动。

自言自语着,黑发青年睁开了梦醒一般迷蒙的双眼。

记忆的火车似乎在闸口的绿灯指示下,冲进了理智的轨道。当凌踪晃了晃脑袋苏醒过来之后,身边的异状使得对先前的激斗仍然留有意识的凌踪从监护床上弹坐了起来。

陌生的一切,包围着陷入困境的自己。

"该死⋯⋯我在哪儿?!"

身上也出现了异样的不适,所有的细胞都像是渴求着氧气,迫使主人大口呼吸着。

"来自蔚蓝 III 时空的凌踪,我想我们有很多,很多话要说。"

而面前看到的表情死板的紫袍男人,穿着就像是临时走进生化实验室探访的官员一般,让方才苏醒的凌踪感到惊诧不已。

"那个,等等,丹朗呢? 丹朗·洛萨德⋯⋯"

"并不在这里，凌踪先生。"黑肤男子摆了摆手，试图安抚凌踪难耐的焦虑。

"你也是撒巴莱亚的成员吗？"趔趄了几步，凌踪咬紧牙关，怒视着面前的来者。

"自然不是。相反，撒巴莱亚正是当下严重威胁你我乃至更大范围的存在。"

"我……由于意外，遭遇了撒巴莱亚聚合组织的袭击……可以的话，我想详细地解释……"

议员摇了摇头："感谢您的信任。可是您已经不需要再向我们提供信息了，因为在您昏睡的这段时间里，我们动用这边的技术安全地读取了您相关的思考和记忆，您不用为此担心——可撒巴莱亚聚合组织也是个严密的集团，即使利用从您这儿所获知的一切情报积极反制，仍不能阻止对方在顷刻间利用甬道技术逃遁无踪。只能说，万分遗憾。"

凌踪脸上的惊诧渐渐转变成了一丝面对未知的恐惧。这并不是自己熟悉的世界。

"丹朗·洛萨德已经确认死亡了，因此，你和那块化形石的功劳可是不小。"黑肤白发的议员整了整衣摆，"容我介绍一下，这里是勒克莱尔时空议会，顾名思义也就是宏时空监管审议的枢纽。而我的名字叫作列辛，列辛·法拉加。作为时空议会中级议会的传声筒，那么我想和你的交谈也就简单有力一些为好。有一点是确信的，凌踪先生。我是站在你这边的人。"

他居然直呼自己的本名？但回想起对方能读取人脑记忆这件事，凌踪顿时也不觉得奇怪了。

列辛议员从凌踪的背后走到了他的跟前，拿着自动记录着交谈事项影像信息的光电笔记本，在监护床边的高椅上坐下。

"您站在我这边？"凌踪不曾记得自己有什么特别的立场，"这话该怎么解释？"

"不如让我帮你分析一下现在的情况。首先，我最新了解到的一点，那就是勒克莱尔议会决定抹消你的存在提取超越神器的提案，不时将会生效。"

"抹消……存在？"

"是的。准确地来说你碰了我们不希望你碰的东西，也就是超越存在——化形石。你和它发生了一些更为深层的接触，这也是我从你的记忆中了解到的。"

凌踪看着自己的身边，他不仅没能看见那块有着沙漏图案的符文石块，也丝毫没法感受到那把能将力量传递到身体每一处的神秘之剑。

"等等，可你们要的那块石头现在并不在我这里。"

"这就是问题所在了。因为接下来我要告诉你一个好消息和一个坏消息,不知道你想先听哪一个,凌踪。"

"今天……抱歉我实在没什么好情绪,请您先说好消息吧。"凌踪揉了揉有些生疼的脑袋,这里头的东西已经是一团糟加上另一团糟了,"我觉得有点犯恶心。"

"好消息就是,化形石的本体已经被时空议会妥善保存在禁库馆了。没收归库,当然,这东西本来不该是你的。为什么说是好消息呢?"列辛指了指自己的手背,很快凌踪就清楚他所意指的含义了,"说是本体,化形石不过是块能与特定对象融合的……普通的石头罢了。留存在你体内的化形石——事实上现在也在你的体内,它在先前的战斗中由于某种未知原因并没有被过度消耗而分解,这个结果也无疑使你从巨大的能耗反噬中幸存下来。接下来,如果你注意看自己左手的手背,我觉得你就会对我要说的好消息以及坏消息有个基本的概念了……这是我在一段时间的细心观察下得出的结果。"

看向手背,只见一个漏斗状的痕迹印刻在皮肤上。凌踪试着擦去它,却发现当用手指擦过痕迹时,手指与痕迹接触的部分就像是鬼魂穿越身体一般,从手背到掌心贯穿而出。穿出掌心的部分的手指就像是被烧成白炽一般发出耀眼的强光,但很快就黯淡了。凌踪没有感到不适,只是这样的现象发生在自己的身上显得有些莫名其妙。

"这……怎么回事?"凌踪皱起了眉头。

"这种现象只能证明一点,那就是那块化形石作为使用的契约替代了你身体上的一部分,而且这个后果似乎是不可逆的。请保持安静,我希望你配合我做几个测试。"

"……所以说这个空洞疤痕一样的东西,现在到底是什么……"

"好消息的部分。大概算是你交上的好运。"

列辛背着手走过凌踪的身边,上下打量了一下眼前这位有些书生气的黑发青年,随后就像是想起了什么重要的事一般,掏出了自己衣袋中不停振动的怀表。

神秘怀表中的粒子光流指针,不断变着速度地旋转着。就像个没上足油的罗盘,不断发出金属片轻微摩擦般的脆响。

的确是重要的事情,看来勒克莱尔议会所不知道的一种现象,正在身边这名青年的身上得以验证。

尤尼乌斯号那一战动用如此之大异能的能量反噬,居然没能彻底掏空这个血肉构成的躯体,那眼前的这个人究竟是什么人?

接着,列辛将一枚硬币模样的金属块安放在手背的纹痕上。硬块直直地从空洞中落了下去。

"我不敢相信。"

不仅是下落,也和方才凌踪用手指测试的一般,硬块一瞬间就像被烧到了白炽状态,掉落后深深嵌进了地面。像是回温之后肉眼可见亮白色的消退,轻轻拿起那枚硬块,竟然毫发无损,只是地面上有一个块状大小的孔洞。要知道,这地面的板材确实是相当结实的复合金属材料。掏出合金喷剂,议员很快修补了这处破损。

"看看,你是多么与众不同,凌踪。"列辛满脸笑容,但这个坦诚无虞的笑颜,实在是令凌踪感到难以理解。

"凌踪先生是来自蔚蓝时空 III 的人,我的意思是,你所在的时空所拥有的科技水平应该和勒克莱尔时空议会十五个大世纪前的水平相仿……如果你的智识能够使你弥补这段差距的话,你就应该不难理解我接下来要说的一些话。首先,先让我们确保你身体无恙。"

眼见列辛焦虑地来回踱着步,这让凌踪的大脑对发生的过于快速的一切更加难以梳理。"列辛先生,从刚才开始我就没能跟上你的话题。不过这里所谓的勒克莱尔时空议会,像我现在这样的情况,我还有可能离开这里吗?"

"凌踪先生,你有兴趣开展一段与勒克莱尔人间的合作吗?"

无法忍受这种莫名其妙的问询,凌踪向自动门走了几步,却感觉自己的身体肌肉难以协调:"够了……列辛先生,听我说,我要回去。"

"不,别勉强自己。你就站在那儿别动。列达卫兵,来帮我一把。"

抬头看去,看护室的自动门悄然开启。一阵凌乱的脚步声冲进了这个不算狭小的空间里,几双闪着微光的手掌指着凌踪的方位,指尖舒展开来的能量光芒就像是潜水勘探深海溶洞时关掉头灯能看见的藻类荧光。笼罩在怪异的光线中,凌踪心底的不安染上眉梢……

那种强大的保护意识再一次被激起,凌踪翻身跃至床的另一边,也就是列辛的身后。列辛完全没反应过来,就发现自己的双手被反剪在背后,并被当作人质挡在凌踪的身前。

"对不起,请问你这是什么意思……"凌踪押着列辛步步后退,而卫兵们面无表情地打量着他,仿佛只要一露破绽,一轮足以致死的攻击就会接踵而至。

"不,反倒是你想得太多了……年轻人,快把手放开。"

"休想。除非你让那些卫兵模样的家伙撤回去，否则这事没得商量。"

凌踪紧张地看着四周，那种侵蚀骨肉般的麻痹让自己的脸上露出了一种痛苦不堪的应激反应来。列辛·法拉加见状不慌不忙地使了个眼色，门内的卫兵登时撤下了手臂，如木偶般笔挺地站在原地。

"还不放开，你小子，使这么大劲勒着很疼的。松开，你胳膊勒着我气管呢！"列辛放下架子，号叫起来。

凌踪不悦地咧了咧嘴，把固定的双手慢慢解开，同时小心翼翼地关注着周围的变化。

"这一身蛮劲儿……咳，凌踪，我可没有加害你的意思。卫兵刚才对你放出的视受体适应光束，对你在折叠空间中感到头晕目眩的不良反应会有很大帮助。"

确实，在被那阵奇特柔和的光束照耀之后，凌踪自苏醒时颅内那种晕车一样的晕眩感便不复存在了。

"你说对我帮助很大……是这样，如果真想帮到我，这位列辛先生，就快送我回我熟悉的地方去。我的家人和朋友们还在等我。如果你这么做，我会非常感谢您。"

觉得自高中起报的真剑搏击课终于还是有了点用武之地的凌踪，此刻依然将全身的戒备小心维持在不出一点岔子的高度。

"继续。"

忽然怀中一空，原本伸手可及的议员瞬间就像隐形一般凭空消失了，那无法抵挡令人刺痒的光流再次环绕着自己的身体，就像在检视凌踪的每一条神经。

"不用紧张，凌踪先生。我会尽力确保你在勒克莱尔期间的安全。至于送你回去……我想关于这个，我们得先花点时间好好谈谈。"

身材高大的议员诡异地出现在了卫兵们的身后，看着这一切的凌踪，总感觉自己在和一个没有实体的影子对话。随着对方那双黝黑的大手在空中缓缓抬起，一种礼仪感油然而生：

"也请您千万记得不要在勒克莱尔议会鲁莽行事，招致不必要的麻烦。想象这里与你的故土同样是一个文明之邦，也会对你接下来的行动举止有好的指导作用。你初来乍到，一定有很多疑问，这点我理解。"

凌踪思忖片刻，拨开额前耷拉的刘海，露出了他深棕色的双眼。

"先不说别的……列辛先生，你确定你没有除我之外更合适的人选？"

列辛对这一问有些突然,回答之前显然还是稍微思考了片刻:"我必须这么做的原因,是为了赶在这勒克莱尔中动机不纯的家伙赢取你的信任之前,先入为主。我得让你接触到正确的人,在你前往撒巴莱亚星区的过程中,你会需要尽可能多的帮助。"

"动机……不纯?"

"那枚化形石影响了你,使你的身上发生了一些变化。这些异域科技的所能远远超出了我们的认知,事实上在你之前几任试着和化形石共鸣的人不是疯了就是垮了,他们甚至没有办法尽到自己的职能,迫使议会不得不再次将化形石封装保管起来。"

列辛摆了摆手,那些卫兵就列队离开了房间。

他按动戒指,展开了一个薄云一般的空间,将与凌踪的对话和外界隔离开来。

"抱歉,避人耳目,也是保密需要。"列辛眨眨眼,露出一个令人费解的笑容。

"这我能理解。请说吧。"

"所以接下来还有一个不情之请,那就是必须请凌踪先生配合我在勒克莱尔演一出戏。说是演戏,只是希望你能够安分地参与其中,也是为了你自己和更大的良善。"

水泡一样的空间有着无比通透的外壁,然而从外部看来这层空间就像是一个隐形球,无法触及也无法感知到。

"更大的良善?不论你是什么居心,也得把台本讲明白了才好。"凌踪皱起了眉头,"此外,我也没有戏剧方面的天赋。"

"我理解。"列辛露出了一个友善的微笑,继而清了清嗓子,"我们的时空议会,实际上基本由三个派系分占着。有相对保守的蝉派(Cicada),有相对激进的鹫派(Vulture),以及我所属的强调理性的荚派(Pod)。三个派系分别驻于吉卡匹亚三座高塔中。在我说到请求的具体内容前,必须先交代一下背景。"

看着列辛记事本中展现出来的投影,整个时空议会的建筑被尽善尽美地展现了出来,凌踪无疑也惊艳于议会三塔结构设计的精美绝伦。这样巨大的星体以一个标准秩序运作着,让人佩服勒克莱尔的伟大。

"我的言下之意并不是要求先生你深度了解这个组织。你要知道,对一件问题的看法可以由不同角度产生很不一样的立场。荚派的立场通常是考量大于决断,因此在很多问题的处理上,我们会相对参考并尊重当事人的意见。我会尽可能详细地让你了解你所要面对的情况,然后将判断的权利交给当事人。首先你得参与进来。"

"感谢你讲解。我这里有几个问题,也希望你现在就告诉我。首先……勒克莱尔时空议会到底是什么？我身居此处的同时对这里也该有个起码的认识吧。"

将模型进一步放大，凌踪几乎身临其境地看着三塔巨星飘浮于自己的面前，许多像是银线一般的星路连接起了名为"时空议会"主星区与周遭星区的链路，而无数的光点在其中穿行着，仿佛是实时中的推演。

"希望你能接受一些对你来说会非常为难的事实。勒克莱尔时空议会，顾名思义，也就是针对时空间上各种问题而设立的事态管理与解决机构。想象整个时空就是个巨大的圆球，那么时空议会就处在无数个时空圆球之上。相当数量的口袋宇宙呈金字塔形由下向上，但并不是越接近时空议会的就越强盛。比方你原本所处的蔚蓝III时空，就是相对比较接近时空议会的能力水平，但是通过种种手段，议会在蝉派的意志下来干预各个时空的科技水平区间界定与存在合理性，甚至在一位绝顶聪明的天才的帮助下酝酿了文明摇篮计划，通过三相计划的孵星器孵化微观宇宙进行选培，以巩固勒克莱尔议会在宏时空中的绝对统辖权。"

三个派系分别引导着由勒克莱尔前技术总长托卡马克·塔西博士遗留下来的三相计划研究，即以"始初、存续和终焉"为开发主旨的超位科技。

作为始初，英派负责生成微观宇宙，监看并管理的孵星器。其利用大质量恒星的星核作为催生微观宇宙的火绒，在宏时空勒克莱尔的管辖区部署了大量的"口袋宇宙"，因此资源和人才得以在勒克莱尔人的世界中生生不息。优秀的人才会被从口袋宇宙中提取出来，成为勒克莱尔各行各业的精锐；特有的合成资源会被检定并用作参考，以精进勒克莱尔的工业能力；无穷无尽的后备兵力从口袋宇宙的群星中孕育出来，成为勒克莱尔优秀的雇员与前锋。事实上，孵星器早已不是托卡马克三相计划最初设定的"基于万物演化法则的真实算法引擎"，而是成为如今勒克莱尔用以壮大力量的泉眼。

作为存续，蝉派负责影响时流，折叠相位空间的时流引擎。

利用转化特定星体内核催生的巨大斥力场，勒克莱尔议会得以在宏时空的广袤画布中遁入折叠而成的亚空间，消去踪迹。同样在时流引擎生成的巨大引力场产生的相对作用下，在勒克莱尔议会的时间流逝变成了较外界更为缓慢而迟滞的状态。历经漫长岁月的整修和精进后，勒克莱尔时流引擎甚至实现了小型化和泛用化，以确保勒克莱尔阵营中优秀的人才和稀缺资源能免于岁月流逝的耗蚀。

作为终焉，鸳派负责覆盖小范围事相，变相修正发生地因果的时空探针。同样利用星核技术驱动的终极计算引擎莫诺里斯，能够实时监看并备份宏时空中的星区，并在必要的时刻发动叠加修正，以消除监管区域中异族入侵、战争对星区所致的不可逆伤害等不合理的现象。这座近乎神话造物般的巨大仪器矗立在吉卡匹亚三塔内环，作为勒克莱尔至高的手段小心地被使用在各处。莫诺里斯计算引擎能够精确甄别出对象世界与其备份世界各自正常推演后相左的不合理之处，并施以手术刀式的癌变精准剔除。时空探针不仅对于试图入侵勒克莱尔世界的人而言是不可忽视的威胁，也是勒克莱尔最具破坏性的因果律防卫兵器。而它最近的一次使用，便是在被撒巴莱亚人入侵所影响的口袋宇宙"蔚蓝III"，即凌踪的故乡。

"如果勒克莱尔一直主张对宏时空全境的统辖权的话，那么勒克莱尔如今容留撒巴莱亚组织的存在不就显得很没道理了？"

疑问之余，对于勒克莱尔的三相计划，凌踪听罢皱了皱眉头。

认知文明的顶点正在对可知宇宙进行着如此大胆的实验？真是做梦也不至于这般离谱。

"这是我接下来要说的。其实议会有一个讳莫如深的秘密，也就是在议会所认知的宏时空区域之外，还存在有更远的地界。就像一块圆盘中相隔甚远的两端，那么勒克莱尔时空议会也只是处于……喏，这其中的一端罢了。"

列辛点了点封闭空间中央橄榄球状投影靠近前端的某处，又用手径直指向这枚纺锤体的尖端。

"也就是说，勒克莱尔一直看守着的地方，就是联通我们所处的时空界与另一层位的时空界的星脉甬道的闸门。那是个由人工造就的闸口，将我们与另一个危险的世界隔绝开来。早在漫长的年月前，议会学院在发起第二次蒲公英计划的帮助下，终于发现了位于这个时空界两端的闸口，以及遍布整个宏时空中错综复杂的星脉甬道。虽说仅仅是探测到而不是完全覆盖，但起码证实了你我所在的这个宏观时空界的模型……是呈巨大圆锥沙漏式的。"

原初蒲公英计划是连接起群星的宏大计划。数以亿万计的冷冻休眠信标舰从旧日文明造就的巨大花柱上向着幽邃的深空四散飞去，在无人问津的土壤上驻停。那些拥有如蜉蝣般短暂生命的克隆人苏醒，操作着复杂的定位制图仪器。他们利用陨星资源修造舰只，延续后代，不断设立基站以向始点的花柱传信，且一再为航向世界边缘的终极目标做足准备。精密设计的导航建构使他们在极短的时间内探明了宏时空的全貌，且绘制了宏时空星脉甬道的全图。在完成了他们伟大的使命后，蒲公英计划按照规章启动了自毁程序,世界的真相自此成为无价之宝,掌握在了发起原初蒲公英计划的极少数人手中。

即使是勒克莱尔议会成立后的鼎盛期,也全然无法达到旧世代的高度。人们拙劣地模仿着言传中先祖的伟业,试着解开再度被浓雾覆盖的世界中接踵而至的谜题。

纺锤世界,闸锁,纵横宇宙的脉络……

凌踪仅是听着列辛所说的话,不觉间紧锁着双眉。那份信息所致的冲击在他的表情上不言而明,当一个高位文明的人将他们丰富的所知向你娓娓道来时,仅是被动接受那些信息也像是将脑海中坚固如楼宇般的认知悉数推倒重筑。

"议会在一场名为TCC的大事件后做出决议,封止了通往更高时空的闸口,这也是经由风险评估得出的结果。宏时空中诸如撒巴莱亚聚合这类组织的活动已然完全脱离了议会干预的范畴,以撒巴莱亚为例,他们如今甚至不是勒克莱尔可以完全探知的存在。相反亦然,如今两个组织各自利用空间折叠技巧的优势,在亚空间中躲避着彼此的探测,却以惊人的方式试图冲击我们所处位置的闭端闸口,企图在错综复杂的星脉路线中不断寻找攻击此处的链路。不得不说这是相当令人堪忧的大患。一旦勒克莱尔议会以时流引擎长期隐蔽的位置被撒巴莱亚人突破,只怕巨大的变动将出现在宏时空——这一整段现已闭锁的时空界内。那意味着与零星的边境冲突不同,宏时空将会面临一场史无前例的全面战争。可以的话,勒克莱尔并不想走到那一步。"

"因为用以应付撒巴莱亚人的对策不足?"凌踪抬头问了一句,"我姑且先不过问TCC相关的事。"

"是的,目前的勒克莱尔根本不是托卡马克·塔西指挥下撒巴莱亚人的对手。"列辛摊了摊手,"我们正陷身于一场不可避免的战事之中。勒克莱尔处于守势,撒巴莱亚则不断向着宏时空中的集团与孤岛发起进攻……凌踪,这是一场赌上宏时空文明命运的巨大博弈。"

撒巴莱亚聚合意志在完成了莱亚意志与撒鲁蒙人的合并后快速成为一支横扫星区的强大势力,只用了短短数年便实现了数倍于以往规模的扩张。而夺权篡位成功的托卡马克·塔西对此功不可没——他的聪明才智与雄心胆略被运用在了一次又一次的撒巴莱亚同化战役中,使得文着黄环黑印的舰队在星界远征中攻无不克。

撒巴莱亚人似乎对同化宏时空全境的智识文明有着超乎常理的狂热,他们不惜破坏当地原有的历史与文明,建立起傀儡尚武的统治,意图将所有被侵占的对象化为其在群星间为非作歹的同僚……

就像一场黑火药与疯狂化作的瘟疫，在甬道连接的世界中传染开来。

"那如丹朗·洛萨德一众这样借着星脉甬道肆意妄为的撒巴莱亚家伙，勒克莱尔时空议会也没法通过主动封闭甬道等方式来提防吗？"凌踪内心愤懑难平，那平稳的声音中亦透露着难抑的不悦，"我以为在勒克莱尔现有的技术积累下，星脉甬道应该是可以被想方设法封堵住的。"

"那种技术确实存在于遥远的过去，凌踪。但现在的勒克莱尔就像是一台被抽去转轴的机器，不仅难以正常运作，且缺失了太多重要的功能。不过，请再听我掰扯几句，凌踪先生，这用不了太久。"

列辛踱了几步，郑重地掏出一个小盒子，在里面跳出的投影菜单里筛选起来。"尽管议会的科学技术在鹭派的引导下进步飞速，勒克莱尔也渐渐有了些和撒巴莱亚对抗的资本……不过作为保险，荚派决定启动一个'废案'计划——也就是试图在勒克莱尔外培养强大的势力以制衡撒巴莱亚激进派侵扰的提案。我非常赞赏我派理智系的主张，即将一些有能之人投入这项正耗费着不少人力、财力的'废案'，替勒克莱尔解决撒巴莱亚这个大麻烦争取足够的时间和机会。对等的，我们会为你在勒克莱尔争取到最大限度的豁免。凌踪，你接下来想必会因接触禁物一事受到议会的仲裁，我想，这正是个有趣的节点，我在此向你提出进行合作的愿望。"

"你们的议会无权仲裁我。"凌踪高声道。

"别忘了你只不过是议会的产品，凌踪。"列辛说罢将头撇向一边，微微叹了口气，"且就好比在一次DDos攻击下错误生成的有害数据包，你有这方面的专业知识，你肯定理解我在说什么。"

通过这个比喻，凌踪顿时明白了自己在自然状况下会遭遇的下场。即在服务器快速恢复服务重新上线的过程中，被算法排除掉，化作虚无。

"所以你们也是在尽情偷窥了我的想法后，对此早早制定了一系列对你们更为有利的对策是吗，高位时空人？"凌踪对此感到十分不悦，渐渐没法控制的呼吸出卖了自己内心的恐惧。

自己过往的二十余年如今成了巨大算法中的一个畸点……

"举个例子吧，我想就你的文明所熟知的旧世代里，载玻片上装着的东西可不会张嘴抱怨什么。兴许大多数勒克莱尔议会的人，对待像你这样的摇篮时空人都会是这样

高高在上的态度。你应该能想明白为什么。但是值得庆幸的一点是,因为你是我计划
中十分重要的人选,所以经手窥看过你记忆的人,实际上有且只有我一人。"

话糙理不糙,凌踪脊背寒凉,他明白自己没法轻松平静下来。

若不是勒克莱尔人出手,自己早已在尤尼乌斯号一战后丢了小命。

列辛展开了另一支投影棒,一幅巨大的工程蓝图出现在了球形气泡之中。

一个具有相当规模的折跃仪,前卫大胆的设计使凌踪自然联想到了一支洁白的标
枪插穿了棕色合金蹦床的荒诞组合。

"来谈谈我们的合作——泰卡芬式折跃仪,设计者是托卡马克·塔西。搭乘者,预定
是你。你和化形石将会成为某个人的助力,而她会负责引领你找到托卡马克·塔西……
事实上,你将自此开始为勒克莱尔工作。"

巨大的金属圆环绕着修长的杆状折跃发生器周转,整台折跃仪的四周铺满了能源
核槽与冷却罐,如果启动,巨大的能量消耗几乎能将核槽内的微小星体内核的能源抽提
殆尽。到底是要将作为微小单位的人体变维到什么样的境地,才需要利用一颗微小的
带核星体作为它的供能? 这样微小的星体究竟又是如何被收容在巨大的能源核槽里
的? 凌踪的脑袋里排出了不少可能的方案,可眼前令人目瞪口呆的这一切让自己无法
投入任何计算当中。令他好奇并想象着这项工程在具体测试时遇到的种种难处,而它
能做到的事若真如列辛所说,是能够达到"抄底"目的的机器……

"抄底计划……如果我听了你的解释所做出的推测准确的话,相信贵派一定长时间
内没有停止对实现这个提案的投入。"

"所言正是。身处事中,凌踪先生你果然对此兴趣不浅。好了,接下来我要说的,就
都是你感兴趣的话题了。"

也就是,凌踪在脑海中心念已久的,已完成状态的时空传送装置。

"真是极尽夸张的工艺。说说。"

"试做型折跃仪'神曲'。说来讽刺,这可是撒巴莱亚的统帅托卡马克·塔西当年的
匠心之作。原型'神曲'正是他当初叛逃所用的工具,而这台是利用其残骸和遗留数据
重置而成的试做版本。"

真是疯了……凌踪环绕着泰卡芬折跃仪的模型走了不知几圈——他试着猜测托卡
马克当时描画蓝图时的每一个细节,为了构思算法而伏案的日日夜夜……

又是什么样的情感,驱动着他完成了拥有如此造诣的发明?

　　若是这台仪器的技术奔至顶点，偌大的宏时空的广袤将不再。人们会像野兔一般穿行于小小土丘下的隧洞，去往自己所向的任何认知领域中。

　　"'神曲'巨大的消耗会导致使用一次后造成几乎无法修复的器械劳损，一般人如果通过这个传送的话，基本会在折跃过程中被拉扯成碎片。当然这个不情之请也必须现在让你知道，那就是作为超越存在持有者的你被莢派考虑作为时空界折跃旅行的人选。并不是因为您的身体素质有那么强健足以抵御，说实话这台仪器可以传送任何对象——而是我等认定，在实行的计划中，你的参与会让这件事的成功率大大提升。对此我也只是听闻，要是不凑巧的话，八成会失败。所以……"

　　"你想请我加入你的合作计划，照这么说来，"凌踪活动了下肩膀，"尽管我兴趣不大，但你搬出这台时空机器，是为了让我无法拒绝你的提议，看来我似乎没有别的选择。"

　　"之后不管是对谁，'神曲'的事情无须保密。你知我知他知，谁都可以知道。但审判结束之前，你必须守口如瓶，三缄其口，即使有人会再次对你使用记忆读取，也绝不要主动提起，仅仅是这样一个要求。对你发起的勒克莱尔审判会合理地通过，而那之中或之后去参与它预备好的下一次破穿折跃，去到我为你们选定的地方，这就是你为了生存所应当采取的明智行动。以及，我所拜托凌踪先生的，照顾到你个人需求的考量，事成之后，我答应将'神曲'的秘密倾囊相授，绝不食言。"

　　凌踪虽然猜出自己要被派去做不容易的差事，不过想到列辛先前说过的配合演一出戏，仍对情况有一丝稍好的愿景。

　　"那么，如果按照这样的方法，假使我帮助勒克莱尔议会相关的人解决了撒巴莱亚的麻烦，我还有机会通过折跃仪回到原来的生活中吗？这听起来是件不小的技术活。"松了口气，凌踪想了想，事情确实有向好的转机。

　　"你所想象的情况太过于美好，凌踪先生。"列辛遗憾地摇了摇头，"不知知晓真相的你又会有何感想？关于你的担忧……我得向你严正坦白。"

　　列辛皱了皱眉头，从前额边上的投影羽饰里拖现出三个时空球的模型。其中两个时空球相邻较紧，而与另一个较大球体之间则空出了整个球体的空隙。

　　"你所处的蔚蓝时空Ⅲ，已经被勒克莱尔莢派的时空探针暂时剔除了。原因自然是当时发生的那起重大扰动。当然，返回原来的时空对你来说在很长一段时间内都不可能。或者，如果没有人对那个地方产生特别的兴趣……我必须让你知道……"

　　凌踪听后心里就像是被一列急行的列车撞了个粉碎。"就算你达到了我们的要求，那也意味着永远不会。我只会教授你'神曲'的原理，但你必须明白，目前的'神曲'只是一台单纯的瞬时传送装置，它只能让你去到接近蔚蓝时空的相位，却不会容许你再度融入进去。因为被剔除的你是被那个口袋时空视作不合理的存在。此外，即使你非常想要回溯时间，但确实没有人能够操弄这个伟大的概念，如果有，那他一定早早地出手改变了这混乱的现实，就像你所期望的那样。你我也不该有如今的对话。"

　　后退跌撞在身后的悬浮床上，床面柔软的一侧倾斜过来，将凌踪轻轻顶住。眼底酸胀，头晕目眩。无法想象，究竟是什么时候，和自己的过去脱离开来？

　　登上游轮的一刹那，还是目睹那对克隆人搬运货柜的姿态之时？

　　亚伦之死，与别斯科一决。解读密码打开货柜，获得夸克的一瞬间？

　　为了侠义而讨灭丹朗……究竟牺牲了多少？

　　不过牺牲的，不是自己，而是除了自己的整个世界。与身处在这个世界外的世界。

　　眼泪被惘然吞咽，凌踪面无表情，回忆着自己的父母、亲朋和挚爱的所有。

　　这一切，如今你要让我否定它吗？

　　酸楚涌上心头，我还没有好好道别过啊。

　　"当然，时空议会没有完全消除它。作为补救，议会起用矩阵探针的移换光流将蔚蓝时空Ⅲ的镜像与蔚蓝时空Ⅲ备份的镜像进行了保护性重叠。可以再次修改它的日程可不会简单以年月为单位——时空间重叠修复再稳定的过程通常都会是漫长且迟缓的。或许您唯一需要克服的，是自身的寿命。恕我直言，和完成那个自然过程所需的天文数字时长相比，它可真是太短了。"列辛走过去拍了拍凌踪的肩膀，试着让这个可怜人觉得好受一些。

　　"别说寿命了……想要配合完成你所说的抄底计划，谁知道还要用上多久……"强忍内心的波澜，凌踪声音发抖。

　　"我再强调一遍，凌踪先生。你的存在，在你引发的超越存在作用下，与你先前的时空产生了错位。也就是说，在短时间小空间内启用如此强大能量的借用，使你的存在连同你存在于原本的时空的性质变得'不合理'而被排异。这也是超越存在使用的弊端，过量地使用会导致的必然后果。所以……你作为你原处时空的超特异点，被单独抽离出来也是为了摇篮计划管理善后工作上的方便。"

　　列辛低头看着凌踪垂泪的双眼。这种眼神的确认像是在急速消除双方间既有的隔阂,即使是厌恶这种交谈方式的凌踪,也能从这种自然发生的行为里提取出一些诚意来。

"整个时空界随着时空时的推移,是在不断发生变化的。就像不同的时空并行发生着完全不同的事一样,我们的……宏时空界也处在一个更大的运作体系下。无数排列组合横生其中,自然不存在什么好命运或坏命运。"列辛黝黑的手臂环抱在胸前,轻挽的紫色袖袍搭在两边,像极了两条构筑世界的巨蟒互相撕咬在一块儿。

"我将要面对的,不就已经是最糟的状况了吗?"凌踪低垂着脑袋,沮丧不言而喻,"这现状和醒不来的噩梦有什么差别?"

"毕竟在那一刻你做出了常人无法做出的决断,凌踪。希望你加入这次的合作中来——我们有共同的目的,要痛击撒巴莱亚人嚣张的蛇首,让他们知道有多少人为此失去了正常的生活,并让他们付出应有的代价!"

仅凭一人的逞勇却意外使整个时空被迫重叠冻结,这样的负罪感让凌踪觉得自己为同伴复仇之情相比之下显得无比狭隘而短视。但他没法去选择责怪的对象,确实如列辛所说,在那种情况下,如果自己不那么做,可能对更大的局面有更恶劣的影响。

"它凭什么使我变得一无所有?"嗓子中发出低吼,凌踪的眼神中满是压抑悲愤的泪水。

"我死去的朋友亚伦,还有那么多素未谋面的人。很多人都会像尤尼乌斯号那样因这种纷争而无辜殉葬。"

四处找寻,却再也见不到任何和过去相关的踪迹,即使存着家庭摄影的携行电脑也不知去向。那过去美好家庭的回忆啊!早知如此,就应该留一份实物在身旁。

熟悉的光景随着回忆激荡起来,那光芒变得刺眼,却遥远。一团不屈的火焰,则在胸膛间燃烧起来。

列辛摇摇头,宽慰地拍了拍凌踪的肩膀。

"你原本所在的时空在保护性剔除以及镜像重叠的作用下,一切都会被悉数复原,就像那些剧变从来没有发生过一样。你的家人和朋友以另一种形式受着很好的保护,至少在你回去之前,他们都会是原来的样子,这点我向你保证。我代表鄙派只是在鄙派提请的抄底计划上讲解与征求凌踪你的意见,至于是否愿意协助我们,到底是由你来决定的。"

那份蜇人的负罪感就像瞬间被吹飞,凌踪感到小有宽慰。可这宽慰,究竟又从何而来，又何去何从呢？

"谢谢你让我知道尤尼乌斯号和蔚蓝 III 的事情，列辛先生。"

凌踪扶着床架，振作起来，仔细思考起列辛所说的情况来。勒克莱尔的三个派系，处事风格截然不同，向着一个共同的主旨，即守护宏时空运作的秩序。在任何时候，秩序都是必要的。秩序是唯一能将野蛮的动迁与自然的演化区分开来的文明岔路口的道标。

眼前虽然可能只是一派一人的片面之词，片面之词之后可能是大局，但大局无论如何都将会是一个人身处的未来。

若是任由某种邪恶肆意妄为，乃至战火蔓延，那都将会招致超越认知、不可估量的灾难。

撒巴莱亚人……

仿佛预知一般，那是一个模糊的视觉、听觉的综合，那些戴着黑色袖标的家伙述说着如何燃烧时间的妄语，连同一个苍白的人形，将大量的星核运输进一台巨大的熔炉中，推进着某个东西的快速成长……顷刻间，那个幻象中的世界就这么垮塌了，那些巨大的影子崩塌开来，杀死了无数的生命，将末日的余息从强烈的光芒中播散出去。一个女孩从破碎的星光中幸存下来，无助地向着一个方向飞行……仿佛在一度熟悉的世界迷了路，无限悲哀。难以置信，如果那真是存在于这个世界的某处撒巴莱亚人将要做出的事情，那该是一种滔天的恶行。

"真像个疯了的梦一样。"凌踪看着手背上沙漏一般的纹痕，心里不禁想。

先不说大局。坚持置身事外，自己的将来也无非是交由他人裁量。

绝境之下，自己的生命还是得靠百折不挠的想法来推动。没有退路并不是现在走出一步的理由，而是产生更多勇气才能成全不屈的意志。

知道这很荒唐、很怪诞，但此刻的凌踪想要毅然拿起手中的剑。

告诉自己这是一种力量、一种辅助。挥动它去配合思考，勇敢地行进，就能将意志传动到现实，引导改变。

去将那团衣服没能止住流血的记忆，一步步变成能治愈任何伤口和伤痛的药草。

一片漆黑。怎么忽然会……？

头顶是群鸦的怒号。还有阵阵逼近、用铁锹铲土的声音。

脚底有力地顶住锹头，铲开厚厚的积淀，然后纵身跃入那个洞窟。

脚尖期待着触底,怀中抱着一颗沉重的岩石。

不断地在星辉般闪烁的地层中下落,就像在进行着一段梦。忽然间,仿佛灵魂冲入了大气,置身于极高的空中——云彩之上,看着自己的肉体。

下落,但怀中的巨石在失速中逐渐化为一个精巧的沙漏。

而沙漏中的沙静静地开口:"持剑者的悲愿尚未得以满足,而现在,持剑者似乎又有了更大的愿景,到底是可笑。"

那脑内的声响果然还存在着。似乎不曾远去,尽管相识不久,但通透的声响也多少证明了它的熟悉。

总感觉沙漏在手中的触感,就像是尤尼乌斯号上初识的一种遭遇。那名字就如同凌踪心中的乌托匹亚,理想乡一般的梦境之名,一个可知却遥不可及的归宿。

"持剑者更大的愿景对于夸……夸克而言总是禁果。现在的……夸克正在慢慢拥有感情,就像持剑者正在慢慢拥有独特的意志一样。"

"你是某种作用在我大脑中的暗示吗?"

"夸克……并不是暗示。夸克亦不是虚妄之物,夸……夸克是现实,是由……是由你的想法所触发的现实。而在现实中,就应当有如同神话中圣物一般的'化形剑'这样的遐想。"那么形体就再次成立了。

眼看着凌踪手背上沙漏的纹痕散射出幻象一般的光芒,而光线慢慢如同有了生命一般回溯到纹痕的另一端。一块手掌大小的符石出现在了凌踪的手中,完璧如初。

"厉害,殊不知竟是这般的厉害。这就是……属于你的超越神器。"

列辛看着手上禁库记录中化形石的保存档案——保管库的实时录像中依然存有这块符石,而凌踪手中的石块外形和禁库中收容的本体并不一致,性质上却同是一块随处可见的碎石。

"可以感觉到……它本有的机能已经没法自如地发挥了。是的,现在我能感觉得到,就像一颗恒星寄生在我的左手空洞里,它无休止地散发着巨大的能量。这感觉真的很奇怪。"

"自然。因为先前过量反噬的客观存在,以及再塑形这个行为。不如说,你手中的超越存在即使是现在也正处于能量透支状态。不可思议的是,它依然可以做到存在分形。这在我看来就和奇迹魔术一样。哦,你可真得看看我们勒克莱尔学院的研究,许多人亦为了得到份好工作而修了这方面的学位呢。"

"列辛先生,到现在,我对它也知之甚少。更何况,我根本不了解我去到那边后将面临的状况,"凌踪握着石块,犹豫地看向列辛,"你真的认为找像我这样的人合作可以实现你的目的?"

"不是我的,而是你的。还没明白过来吗,凌踪?"

关闭投影,议员的脸上忽地浮起了与之前一样意味深长的微笑。

"从今往后的答案不总写在这一刻,你也得学会相信某个地点、某件事和某个人,正在往后的时间等待你的到来吧。"

"不,并不是那样的。只是,尽管清楚自己不是这方面的行家,现在我也只能下定决心试试看,不是吗? 比起被稀里糊涂地抹掉,我宁可选择去相信积极一点的途径。回到以前的生活中去,恕我直言,您都没办法在这件事上打包票吧。不过,我得尽力试试,在自己的可能性上赌一把。

"至少,我得从现在开始一步步学会掌握命运的主动权。也为了终有一日,能重回'故乡'。"

"哪里……这样,谨代表时空议会与荚派系,向你表达礼赞与感谢。但我想你一定希望回到原来的生活中去,而接下来的一切对你而言,恐怕只会有未知、险境与坎坷。如此大胆的冒险,凌踪先生你……"

其实是别无选择的。只见凌踪沉默而不言,将化形石以光流的方式转化回纹痕之中。内心只有一种不安……列辛遂止住了套话,爽朗地笑了起来。他将手掌按放在额前,致以礼节。

列辛随即从衣袋里麻利地掏出一串吊坠,稍稍掂了掂,径直丢向凌踪的手中。

"拿着,这是个信物,你之后如果见到一个红头发的男人,就把这个展示给他看。"

"红头发的……男人?"

"吉卡匹亚,高塔不朽。那么接下来,我与同僚们需要好好准备,虽有十足风险,但我看来,先生已够百分勇敢了。来,这也是给你的。拿着。"

一根时空议会的投影电脑棒被放在了凌踪的手中,从手里的感觉来看,这可比自己原先用的更加轻巧。轻轻按开别致的开关,里面虽然没有熟悉的应用和资料,但界面是用凌踪完全看得懂的语言写就的。投影棒的底下写着一行小字,凌踪将它放在光照下一看,上面的字样便不再模糊了。

"勒克莱尔出品。"列辛大方地颔了颔首。

"等等,我原来的电脑呢?"凌踪就像触电了那样反应过来,发出一声惊呼。

"那堆废铁已经被矩针给抹去了。至于这根电脑棒,事关重大,所有任务相关的必要情报全都在里面了。你知道如何妥善保管它。到了彼地,希望你能尽力达成使命。它的功能强大,且听我细说……"

"还听你细说什么啊? 天哪,你知道我那台电脑有多重要吗?!"

一把抓住列辛的衣领,凌踪就像是和之前唯唯诺诺的自己做了个彻底诀别,化为了歇斯底里的狂神。

"呃,我想是挺重要的。顺变,顺变。"列辛移开视线,丝毫不敢和那双充血凸出的眼睛对上,"撒巴莱亚人把它打坏了,那是事实。"

"那是我整整二十年……二十年呕心沥血做的啊! 我所有的设计图、草稿和通宵达旦的思考,拜托,拜托! 我并不是把所有细枝末节的东西全存在脑袋里! 为什么啊? 为什么说抹掉就抹掉? 啊? 凭什么? 不是,你们就这么想杀了我吗? 疯子! 杀人犯! 窃贼! 烂掉的鱼块!"

什么声响都不敢出,即使换气也只能悄悄用一边的鼻孔偷着换。列辛心中非常明白,这个时候应该任由对方把该撒的气撒掉九成,若是稍有差错,自己就会在这个保密球体里被这个青年用双手活活捏成四喜丸子。

"我要把那根矩针给连根拔掉,然后把不管什么狗屁都用你的折跃仪做成的大炮整个轰上天去! 嘣! 炸开花,懂吗? 接下来我会生吞活剥了撒巴莱亚的坏人,把他们全部变成殖民卫星牧群的饲料,然后把整堆东西和你给的这个什么都不值的勒克莱尔出厂新机器放在搅拌机里反复搅,煮成汤,哈! 我还要……"

"别还要了,凌踪先生,你要是再说下去,宏时空里就不剩什么活人了!"

列辛擦了把额头上冒出来的虚汗,看着面前歇斯底里的青年。

世界末日也没让他这般激动呢。

"还请手下留情啊,凌踪先生。"

第14章

星都崩毁

阿基耶。

星光世界的核心，阿基耶。

如果那里不能算是群星中最为繁盛的地方，那哪里还能算呢？

在空移文明的最为耀眼之处，所见的皆是科技进化的终点。再加之伟大空移族普南利尔人的不懈努力，这座浮空星遂在深空中成为最为璀璨的星都枢纽。

移换的球楼，不断形变的花田与展板，那些好看的玻片棱镜折射着恒星和煦的光芒，整座星都的朝阳面似乎被湛蓝通透的星屑温柔地覆盖，无数人在欢声笑语中走到蜿蜒曲折的街道上，欢庆着普南利尔三年一度的秩序神沐节。

看着空中飞梭而过的新世代范星轮，听着空移引擎微弱的风吹声——女孩的心早就飞到九霄云外了，当父母极为大声的呼喊传进耳朵里时，她才缓缓从注视着的人群中回过神来。

"拉·普艾希亚，你记住，凡是有心学习边德林格造诣的人，最后都会进入黎明科技神殿去苦修。看你这么喜欢和复苏教团的希拉示神官相处，爸爸还是建议你多多考虑一下我们大人这边的意见。普艾希亚，我的乖女儿，你知道我们不阻止你选择信仰的道路，你已经十岁了，经历了那些事情之后，相信你也可以自己做出选择，只是，不要犯险再去沾染危险的事情了。既然你有才能，你完全可以像爸爸一样，成为一个优秀懂事的大人。"

男子填上匣片，而后轻轻拨动面前由烟雾构成的转盘，芬芳的香气从其中散发出来,使整个房间充斥着温和的气氛。

"要知道她对科学和律法其实不怎么感兴趣,亲爱的。"女子轻轻搭着女孩的肩膀,他们的女儿只是呆呆地望着天空,仿佛在很远的地方有着什么似的。

"我知道……可我这是在做最安全踏实的建议,格拉芙。边德林格教义相关的人非常清楚怎么应对她的情况,也许需要让她离开家一段时间……格拉芙啊,你要知道,那样的事情可不能再在她身上发生了。你我都爱她。"男子露出沉重的表情,凝视着窗边的女儿——仿佛下一秒,此光景就将不再。

"班荷,亲爱的,相信希拉示神官,让她去吧,让普艾希亚可以直面内心所向。"母亲十分为难,手不再是轻轻搭着肩膀,普艾希亚只觉得,那双手竟捏得自己有些生疼。

"我承认希拉示是个善人,但不代表她有必要只身负责看护我们的女儿。她手下的人虽然多,但不是照顾普艾希亚的好人选。听我的,把孩子交给门芙哈蒂·霍勒斯来带,想想我认识那么多在黎明科技的朋友,她在里面不会受任何欺负的。"随着烟雾在转盘状的吸入管中不断循环,父亲脸上的表情明显缓和了不少。

"你见过她对除了希拉示和我们以外的任何人微笑过吗?也许她真的适合待在仁慈的拉艾瓦。"

"能够去当个医生?普艾希亚,宝贝,黎明科技的医生可是遍布星区——这不正是你想要的吗?"父亲深吸一口气,慢慢走到女儿的身旁,见女儿缄默不言,失落地叹了口气。

"不要把你工作上的偏见和情绪带回到家里来,亲爱的。"母亲的另一只手也搭上了自己的肩膀,普艾希亚空洞的白色眼瞳痴痴地望着全透窗外热闹人群的方向,即便如此,她的注意力也没放在那上面。

"他们还没有好好解释发生在我女儿身上的事。就这样让拉·普艾希亚继续靠近希拉示他们,我内心不会感到轻松,格拉芙。"

"普艾希亚,亲爱的。你得告诉妈妈,今天下午还想去找希拉示神官吗?"母亲语重心长地催问着。

取代女儿回答的,却是一阵无言。

"就是她把女儿变成了这种阴郁的性格!可我们下午离家又不可能锁着门困住她,那可不是人干的事。格拉芙,她当然会自己跑去那里了。这几天我下班,都是在拉艾瓦巨厦外面的台阶上看到希拉示和我们的女儿并排坐在一起。直到希拉示注意到我时,她才肯乖乖回家。也不知道给人家净添了多少麻烦！"

"希拉示阿姨明明很欢迎我去她那里。"普艾希亚低低地说出了口。

"你懂什么，还不是因为看在我是阿基耶司政官的面子上……"

"亲爱的！"

母亲皱起了眉头，淡金色的长发先是轻轻挂在女儿淡金色的卷发上，之后便将女儿低沉的脸藏进了自己的臂弯里。

"这个公休日，我会亲自去和希拉示谈谈。普艾希亚，我亲爱的，你好好考虑一下爸爸的提议。在黎明科技神殿，你能学到的远比在仁慈神殿多。"

父亲眼见母亲面露愠色，轻轻抬手，将公文包从不远处的沙发上移动到自己的身边，慢慢地移向玄关。

"希望今天也过得开心，我的宝贝们。我必须赶点去上班了。"

"晚上再见，亲爱的。"

"爸爸，工作顺利。"普艾希亚头也不抬地应了一句。

"真是，你们俩从近处看是越看越像。记住，我深爱你们！"门轻轻关上了。

"爸爸在说我们长得很像哦，宝贝。"母亲面露微笑，环抱住自己的女儿，依偎在一起。

"妈妈，原谅我让你们不高兴，但是我真的很喜欢希拉示阿姨。"普艾希亚在母亲的衣服上蹭了蹭，那上面有股好闻的栀子花味道，她非常喜爱。

"因为希拉示阿姨会和你讲三女神与如初魔块的故事，对吧？"轻抚着女儿松软的发梢，母亲的眼睛眯成了一条好看的弧线。

"对，她还带我去看过真的魔块，那真的好漂亮，我告诉我的朋友我见过它，他们都不相信。"

"妈妈相信你。这样，你得好好谢谢希拉示神官大人，这样伟大的物件可不是一般人有机会能看到的。希拉示神官非常信任你，你也要礼貌地对待这样好的人才行。"只是轻轻地抚摸着，母亲心里想，也许这孩子是自己的一个美丽的分身罢了。

"我谢过了，希拉示阿姨夸我有礼貌。"

"真乖，你有好好从妈妈这里学习到礼仪哦。"

"对，见人要问好，还有不能说脏话。"普艾希亚抬头看了看母亲，那双慈爱的眼睛中映照出了一个与众不同的自己——那雪白色的瞳孔之外，是一圈如同仙卡勒六号星云般环绕瞳仁的蓝紫色渐变虹膜,在普艾希亚出生之前,整个阿基耶都未曾有过一个雪白色瞳孔的新生儿。

"今天下午记得带着爸爸妈妈的问候去,这是一包昨晚做好的洋榛仁酥,你可以和希拉示神官大人一起吃,但不能多吃,不是因为会蛀牙,而是因为小普艾希亚代表我们家在外,不应当失了礼数,知道吗?"

"我记住了。"普艾希亚从桌上轻轻移来一盒包装精美的酥块,手指轻轻一屈,这盒酥块便像有了灵魂一般随行在她的身旁。

"看,格拉芙,她看上去并不需要我们教,可她现在最需要的仍然是管教。"

即使只有十岁,但当父亲隔着门说着这话的时候,普艾希亚明白这语气里有太多的不耐心。

"你可是个有天赋的孩子。自己有想法的时候,不用太在乎爸爸妈妈的意见。千万要注意安全,但不能再像上次那样一个人到处乱跑,上午就乖乖待在家,听见了吗?"母亲叹了口气,再次叮嘱道。

普艾希亚兴冲冲地飘向拉艾瓦神殿,那条道路自己已经飞了无数遍——她知道这条空路上所有的建筑物,虽然它们都随着周期不断更换位置,但她每天经过时都会细细留意,使得记忆它们成为一种可能。

四周的每一个棱镜上都映照出自己的身影——白色的内衬搭上一件绵软的绿色纺织背心,再搭上一条尺寸合适的棕色百褶裙裤,胸口别着一个小小的普南利尔三角金属神标。小小的影子穿梭在熙攘街道的另一边,和所有人去的地方不同,拉艾瓦神殿并不是今天节日的重头,反而会比平日里冷清不少。拉艾瓦神殿中那些有趣的科技产品固然很招人喜欢,但今天普艾希亚想做的事是和自己仰慕的希拉示阿姨一起分享好吃的酥块。

"真漂亮! 瞧瞧谁穿过云彩过来了!"

希拉示从交谈中抬起头来,摆摆手示意对话者退下,双手高举,从空中接过缓缓飘行的普艾希亚。

"我又来叨扰您了,希拉示阿姨。"

"还是要重申一遍哦,我也只不过比你大几百岁而已。"希拉示对着普艾希亚的小脑袋一阵抚摸,像这样好手感的毛发确实不多,更何况平时根本不会有人心甘情愿地让自己摸上一通,"不过无妨。"

"这个是我妈妈托我带来给您的洋榛仁酥,多少受您照顾了。"普艾希亚满脸笑容,但丝毫掩饰不住自己的馋意,连忙歪头拿肩边的衣袖揩了揩嘴角。

"你真是太可爱了,孩子。来,今天接着上次的,我得好好和你把这个故事讲完,关于现象魔块。就坐台阶上可以吗?你在这专用的坐垫我都随身好好带着喔。"

"哦!劳烦您了!"看着普艾希亚满眼的星光以及憨憨的笑容,希拉示内心不禁呐喊了一下,但没表露出来。

"上次说到,我们敬爱的母神仁慈的拉艾瓦,在用世界瀑布之水浇灌了繁星山的矿石之后,激活了矿物中的源反应……"

普艾希亚认真地倾听着,仿佛一个虔诚的信徒。小小的脑袋随着每次语气的停顿不断地摆动,每当讲到有趣的情节时,嘴巴就微微张开,露出羡叹的声响。

"在成功理解了狭缝和世界边缘之间细微的奥秘之后,她和伟大的朋友边德林格一起运用铸成后的增幅魔块,使普南利尔世界边缘的狭缝有了感知力,当人们通过任何形式试图在文明世界的边缘穿行时,狭缝就能知悉往来者的意图。同样的,他们衍生了狭缝生物,也就是你现在知道的那些电子生物,它们自告奋勇负责监视和守护这普南利尔世界的安全。对于阿基耶……你可以让我尝尝酥块吗?它一直在等我们呢,亲爱的。"

"啊!"普艾希亚这才想起自己身旁的酥块,手忙脚乱地把像卫星一般围绕飞旋着的盒子从一旁取下,抿着嘴把盖子起开,轻轻拿起一块,递给希拉示。

能轻松同时空移多项事物的特殊能力吗?……希拉示心中暗暗赞叹。

"哈哈哈,你也吃一些呀,我可吃不了这么多。"看着普艾希亚咽口水的样子,希拉示忍不住笑出了声。

"妈妈叫我要讲礼貌,不能贪吃。"

只是咬了几口,普艾希亚便又露出了天真无邪请求听故事的表情,希拉示看了看神殿正门富丽堂皇的装潢,又看了看拉艾瓦飞泉神像的眼神——竟和这小常客的双眼有几分相似。

求知若渴,当问飞泉。

"阿基耶,是个这样美的地方。"希拉示指了指天空,"美到足以跨越世界边缘,将一些我们的信仰变成世界的信仰,即使如今小小的信仰也只是我们从更高的地方瞥见的一束光,只有和所有的世界和睦相处,我们才能看见真正的太阳。"

"什么才是真正的太阳?"普艾希亚追问道。

"真正太阳的颜色,比这些照在阿基耶星都的光更加美丽,而它现在却被狭缝中的装置阻挡了起来。其他两个教派的大人们为了保护这个世界被迫在狭缝世界中做了许多错误的事情,我希望你记住,普艾希亚,绝不应该让一度错误的事情接着引发更大的错误。我们应当大胆地引导它,好使人心向着善良的方向转变。"

"那大人们犯的错误究竟是什么呢?"普艾希亚叨着饼,无邪地问着。

"你可真是喜欢提问呢。那我问问你,普南利尔的三女神的法器和特长都叫作什么呀,你有好好记住吗?"希拉示笑了笑,"若答对了,我便破例告诉你。"

"仁慈的拉艾瓦所拥有的派莫狄思智慧飞泉,宽恕与发生之魔块;"普艾希亚回头看了看飞泉神像,"万治的边德林格拥有的卡尔温多本源冥尺,仲裁与引续之魔块;征伐的尤西米拥有的希都格夫凡性灵刃,惩治与终结之魔块。"

年纪小小,却能记住这些拗口的名词。希拉示心想,这确实是后生可畏。

"很好,那作为奖励,就告诉你大人们犯下了什么错误。不过,你还太小,我只会告诉你在那里大概发生了什么。"

希拉示叹了口气,整理了一下领口,将双手交叠在一起,努力地展露出笑颜。"一些醉心研究的大人破坏了狭缝中本有的生态,仅仅为了提取生物实验的数据以满足对科技快速进步的虚荣心……做了一系列实验性的措施。他们改变了我们与狭缝生物间应有的互助关系,反而……"希拉示看了看普艾希亚的双眼,"奴役了他们。"

"那什么是奴役?"

应对这个沉重的问题,希拉示深吸了一口气。

"漠视对方与己对等的尊严,剥夺对方的权益,迫使对方成为自己的劳力。这就是奴役,它毫无疑问是一种暴行。"

"请不要自作主张对我的女儿说出这样的误解,希拉示神官大人。"

一个满脸不悦的男人站在台阶下,盯着希拉示——那眼神仿佛像是在看着一个奔逸于市的罪人。

"我说的都是事实,拉·班荷司政官大人。我认为普艾希亚知道我说的话是真的,这一个世代的所有人都会知道,不过是时间早晚的问题。处理狭缝问题的丑恶面不该被名为进步思想的谎言肆意隐藏起来。至少,我们要让孩子这代清楚。"

"我决不允许你用带有主观偏见的思想毒害我的女儿,这是警告!普艾希亚,乖,跟爸爸回家。"父亲朝着普艾希亚伸出大手,语气里没有任何商榷的余地。

"我还是再提醒您一下，希拉示神官大人。这样危险的教育恐怕不适合我的女儿，但要是你还有一点良知，就请立即告诉她你所说的不是真的。"

"我与我身后的神殿，和神殿中侍奉的那位伟大的拉艾瓦大人，以及您尊贵的姓氏——恐怕对此都不会保持沉默或改变意见，除非您和门芙哈蒂亲善的那些人保持有同样新潮的观点，比方说您也认为普南利尔只有边德林格和尤西米两位神祇，我劝您看待问题时还是别这么偏激。"希拉示向后轻轻摆手示意神殿中的侍从不必上前，平和地看着眼前这位吹胡子瞪眼的绅士，手轻轻搭着因害怕而不断发抖的普艾希亚，温柔地安抚着。

"别坐在这个台阶上，快，普艾希亚，跟我回家。"父亲三步并作两步跨上台阶，抬头瞥了一眼飞泉神像，不怎么诚心地鞠了一躬以示礼仪，一把握住自己女儿的手腕。

"快点，我可是连上午的班都没去，按规矩你得回家禁足，并且向我保证这段时间乃至之后绝不再跑来这个地方。不然我就送你去黎明科技的寄宿部接受教学。"

"我不要回家，爸爸。"普艾希亚盯着自己的父亲，语气虽然强硬，但声音还有些小小的颤抖。

"别吓着孩子。"希拉示站起身来，扶起坐在地上的普艾希亚，"让她自己回家，她有这个能耐。"

"不敢对神官大人不敬。小女在这里失礼了。听神官大人的话，快点回家，然后你得先写一份保证书，诚心一些。"

目送着普艾希亚离开，希拉示捏了捏自己胸口的神标，耳朵里传来了飞泉神像的流水声和身边男人无奈的喘息声。

"您在担心您的女儿。"

男人听罢猛地一抬头，一脸愤懑的神情。

"您也一定知道小女先前的状况。普艾希亚她，她和一般的孩子有些区别，因此，在选择教育方面，恕我不能怠慢。"

可你的方法不对。希拉示心中想着，但身为外人，也无权在此置喙。

"相信我，拉·班荷先生。我也像您一样爱她，就像当年我从您的父亲那里接过您并为您在拉艾瓦的飞泉中祈祷那般。"希拉示看着普艾希亚的身影缓缓消失在视野中，若有所思。

"过于强大的空移力是一种诅咒，容我直言，神官大人。我完全不知道为什么她的身上会有这样的现象，虽然慢慢可以控制，但我总是害怕，如果她继续从拉艾瓦的事迹中学习行为，或是像之前那样……您并不合适，就不要尝试影响一些决策了。"

男人哆嗦着声音，强势的他竟也露出像女儿那般略微害怕的情绪。

"她一定会是我历来所有学生中最优秀的一个，这点毫无疑问。至于她自己的命运，希望别和我们的存亡扯上太大干系。您是知情人，虽然我们之前没有很多交流，但您应该知道我在说什么。"希拉示看着蔚蓝星屑投射下的空移巨塔，寻思如此宏伟坚固的建筑，却有那么一个异常脆弱的空移核心。确实琢磨不透那些边德林格信徒的建筑理念。孩子们也是，比起维持那好学勤勉的外在形象，其实更需要的是对他们脆弱内心的塑造。

"您又在说笑了。我只希望她平安长大，尽早摆脱那些会造成困扰的麻烦，然后有一段完满的人生。所以，我没有选择拉艾瓦，三神在上。"

一个可以宽容未知的教派，能在什么事情上抓准任何头绪呢？更何况，在民族的经营和扩展上，这个教派几乎没有任何贡献。由信仰赋予的动机也能算是精神贡献？那只是给无能之人准备的托辞罢了。这个世界……终究还是要靠持续的运作才能存活下去。

班荷夹起公文包，从台阶上一步步往下走，穿过从下至上而行参拜飞泉神殿喃喃自语的拉艾瓦信徒，班荷只觉得他们可笑。

"不要质疑动机，班荷先生。很多事情就因为起始有误，终究是误了。您的女儿……"

"到此为止，神官大人。从你让她坐在飞泉神殿的台阶上那会儿开始，我们就没有什么可谈的了。我并不欣赏你的礼教。"

"门芙哈蒂·霍勒斯，"希拉示握紧拳头，"她并不值得你百般维护。"

打开范星轮的舱门，用空移力轻轻掐了掐驾驶座上的狭缝容器，代替了人工智能的狭缝蜉蝣遵命合上了范星轮的舱盖，启动和加速没用多久，范星轮就消失在了蜿蜒道路的可视尽头。

阿基耶人依旧是毫无自知地奴役着世界边缘唯一的伙伴。

希拉示愤然之下转身走进神殿，这一天便再没出来，仿佛这之外的世界充斥着浮躁有毒的空气。

"保，证……书，三个字。"

普艾希亚拿起笔，在一张空白的卡格斯粒子纸上轻轻地戳着。一个洞，洞被填上了。

两个洞，洞被填上了。

三个洞，没错，三个洞便是一个有趣的图形，所以卡格斯粒子认为纸模板的主人是在进行一项特定的工艺创作而非书写，将三个洞的痕迹保留了下来。

她压根不想写什么保证书，那是没有意义的事情，就连孩子都懂。普艾希亚握着笔，转而在上面仔细描画起拉艾瓦神殿上飞泉神像的面容。

一方洁白的魔块，以及一如世界瀑布般随风飘飞的泉水。泉眼处，是普南利尔三神的神标。若不是仁慈的拉艾瓦在普南利尔世界建立之初寻得了两名志同道合的伙伴一同合力相助，这个世界恐怕将会裂解成三个无力的集合而在未知的恐惧折磨下不断挣扎。

那些造就世界的女神大人，真实存在着吗？

她慢慢描画着，可怎么也画不像。飞泉雕像的细节实在太过复杂，唯一能画出个样子的，也就只有那对有着微微色差的眼睛。

我的眼睛也很奇怪，没有人长着和我一样的眼睛。普艾希亚对着多元橱柜上的反射镜掐了掐自己的小圆脸，那双眼睛确实让自己走到哪里都被议论纷纷。可爸爸妈妈说我没得什么病呀！

那么狭缝生物呢？它们甚至都没有眼睛。

为什么大家都说，它们是低于我们的存在，还可以肆意使唤呢？为什么要赶它们出来为大人们驾驶和搬运打点呢？是不是就像希拉示说的那样，他们因为被“奴役”的关系，所以过着一点也不快乐的生活呢？

就这样想着，小小的手从自己的脸蛋上滑落，普艾希亚的脸失去支撑，轻轻贴在桌面上，呼呼地睡着了。

她做了一个梦。

她做了一个很奇怪的梦，梦里有一张非常熟悉的大人的脸，手里有一些沉重的东西，脚下是一个高台，而那张脸渐渐远离自己，至于自己说过的话，完全没有印象了。

然后有许多大人围在自己边上，让她感到了安心。

但她没法不去在意，为什么那个人会出现，以及为什么那个人这么熟悉。

梦醒的时候，还依稀记得是一个什么样的梦。

这对普艾希亚来说很新鲜，以往做过那些短暂的梦，忘却得也很快。

普艾希亚从桌上抬起头来，只觉得墙壁外面很是吵闹。

"请离开房屋，这里的街道……全都在爆炸……"

小小的便携空移电视中出现了一段让人心惊的景象……在星都的某处，建筑在快速地崩解，就好像失去了空移力的支持……那些巨大的楼球和悬浮广场，忽然向着随机的方向互相撞击起来。

出大事了，普艾希亚心想。爸爸妈妈应该会告诉自己到底发生了什么，所以一个人在家要乖，要等他们回来。

端起画了一半的卡格斯粒子纸，普艾希亚眯着眼睛，再看自己的画作……依旧是画得不怎么像。

她飘浮到料理机边，用手在半空中轻轻一画，一杯热茶从出餐口缓缓移来，可是，料理机竟然逐渐脱模，那些设计精妙的零件居然散了开来，向着四周不规则地飞行着。

"弄……弄坏了！"她忙着用空移力复原料理机，可里面精细的部件没有那么容易归位……普艾希亚急出了一头汗，当好不容易从平板中找到说明书注意到周围的时候，才发现几乎家里的所有物件都在失序飘浮着。

门被反锁了，也不知道为什么……这扇门平时都是开着的，爸爸他没有理由锁住门，爸爸……妈妈……

恐慌爬上心头，普艾希亚怀里紧紧抱着那台不再发出声音的空移电视，看着窗外蓝色的天空，随着一声巨响，一切都破碎了。

奇异的光照进了这个世界，虽然破落，但那可能正是希拉示所说过的，这个星都应承受的光辉。

门逐渐变形，熟悉的天顶和地毯以极快的速度挤压碰撞在一起，就像一张大嘴不断啃食着屋内可以藏身的空间，普艾希亚惊叫着，慢慢退向窗户，那扇窗户变成了唯一可以出去的地方……她用电视的边缘奋力砸开玻璃窗，碎片划伤了手臂……

她哭着跳出发着狰狞怪响的窗户，普艾希亚眼睁睁地看着自己居住的球屋在自己的眼前变成了一团扭曲的碎片，火球迸发，将屋内的一切都点着了。她大喊着：

"爸爸！"

"妈妈！"

巨大的高塔倾倒，就像是一种非常怪异的幻觉……所有东西好像都失去了最基本的支撑，开始是摇晃，随后便是裂解与爆炸。

希……希拉示！

普艾希亚的眼睛因为泪水而变得模糊,控制不住地害怕眼前发生的事情。本能在带动自己的身体,在空移力的作用下快速地穿行在残垣断壁与爆鸣之中。自己没办法明白阿基耶星发生如此灾难的原委,普艾希亚只能到一个安全的地方,一个能告诉自己答案的人身边。

徐徐落在拉艾瓦神殿顶部的边沿,普艾希亚听见了下面的骚乱声,大声的呵斥穿插着叫骂,胆小的她慌忙地躲在了飞泉雕像的角落里。

"我服从你们的意见,快把失谐停下,你必须让你们的人知道,这太危险了。"神官在一群荷枪实弹的人的包围下伫立原地,脸上并没有多少惧色——而那些端着没见过的枪械的人们脚踩着台阶,将一些脏污的泥渍印在了无瑕石打磨而成的砖面上。照平日里的说法,这可是对三神的大不敬。

"交出魔块,你有办法的。但是如果你敢移动,或者做出什么危险的举动,对我们来说也就没有什么和你继续商榷的必要了。"戴着袖标的人稍稍仰了仰头,飞泉雕像喷涌出的流水声让他觉得烦躁。

"说不通道理。"神官取下罩袍,露出橙黄色的短发,而那一瞬间所有围绕神官的兵士都扣下了扳机,能量弹丸从枪口迸射而出……

"希拉示！！"普艾希亚从飞泉雕像上探出头来,惊呼着。

"阿基耶人会将你赐死,叛徒。门芙哈蒂,你现在竟然笑得像个令人作呕的蛆虫,你有本事从那人群中上前来,直面我。"随着希拉示甩了甩袖子,那些弹丸瞬间变成了粉末,一阵仿佛来自远古的诵经声从神殿深处传出,为首的兵士瞬间仰面倒了下去,那一整圈环绕着她的部队发出痛苦的呻吟,而在那阵呻吟中,只有一个人轻轻拍起了手——门芙哈蒂·霍勒斯。

她那雪白的双手中,托着一方装饰精美的箱子。而那箱子的开口中,竟然有鲜血的颜色。

"眼睛真尖。拉·希拉示·波启卡,是时候了,选择舍弃这里的理由太过简单,凭着强大的普南利尔魔块,我们完全可以和莱亚意志一起重塑整个托兰塞星区边境的现况……不,是为了伟大的事业。加入我,别让阿基耶的最后坚持显得毫无意义。"

"你杀了提尔。"希拉示冷冷地说着,"然而你和那个男人仍然不知满足,居然想要接着毁灭整个阿基耶。"

"提尔？拜托，她没死。"

那女人痴痴地笑着，好像今天有一连串喜事发生，把这个血淋淋的箱子亲自带到希拉示的面前，是一个十分愉悦快乐的举动。

"她和终焉魔块一起成为我的东西，如果你没理解过来，我让你再看她一眼。"

"救我……"大箱子里的血肉发出了一股细微的喘息声。

"……你疯了，门芙哈蒂。你彻彻底底疯了。"希拉示强压着怒火，周围楼房于顷刻间的轰然倒塌似乎丝毫没有影响到她的镇定，她只是用她那双湛蓝色的眼睛，盯着眼前这个曾经的朋友，现在的仇敌，"那是提尔，她可是你的亲姐姐。"

"你不是应该说些宽慰的话语吗，鉴于你信奉的是那位神明拉艾瓦？还是说你的神明今天也知道这里将要发生什么，所以沉默不语……就像我之前所见的启示一样？"

门芙哈蒂笑着，将手上的箱子放在洁白的无瑕石台阶上，殷红的血液从台阶流下，造就了无比失谐的景象。"所以说，这世界上哪来的神，希拉示？这世界上没有神。"

"亲爱的，我亲爱的孩子。从雕像上下来，去如初魔块那里。"希拉示没有回头，但普艾希亚知道她在对自己说这番话。

"那个人。"普艾希亚注意到了那个叫作门芙哈蒂的人用可怕的眼神盯着自己，仿佛下一秒就会毫不留情地用她强烈的空移异能将整个拉艾瓦智慧飞泉雕像捏碎。

"那个邪物不足为惧。显然你是能代行保护仁慈拉艾瓦神迹的阿基耶的最后一人，普艾希亚。但向我与三女神发誓，你会用生命守护好你自己，好好活下去。"希拉示用手指着门芙哈蒂的脑袋，比画出一个对方也笑着在做的动作。

长老之间发起的空移清算。毫无疑问，这是赌上性命的对决。

从雕像处快速飞落，普艾希亚向着神殿大门飞去，几次回首："希拉示神官大人。"

"听着，普南利尔的人们！我是拉·希拉示·波启卡，星光世界阿基耶的普南利尔神官，仁慈之女神拉艾瓦意志的代行者，现在宣布退位，将一切权利与身份交由星都五区出身的拉·普艾希亚，阿基耶与你同在！"

就像被手铳击中了头部，希拉示摇晃着，跌坐在地，血流满了脸颊，但那双眼睛却未眨动分毫。

"希拉示！！"

"快去。"神官挣扎着站起，看着眼前同样因为耳朵出血而扶额大叫的门芙哈蒂，希拉示脱下罩袍，将血糊住的橙黄色头发向后猛地一梳，露出布满血痕的额头来，"找到始初魔块,好好拥抱它。"

"我要宰了你,希拉示。"门芙哈蒂咆哮着,将金属箱子大力丢在地上,一瞬间,四周的空气就像具有了形状一般,"并且,取走属于我的一切。"

"无所谓,门芙哈蒂。反正我已经得手了。"希拉示微微一笑,将剧烈的疼痛藏在了嘴角之下。

"这像是仁慈教团的首领说出口的话吗?"门芙哈蒂怒吼着,眼睛里充满了血丝。

"我得到了本属于你的一个最好的机会,所以你注定毫无胜算。"

门芙哈蒂听罢愣了一会儿,随后放声大笑起来。

"你是说,这只小耗子吗?"

普艾希亚被强大的力量从神殿的深处拖了出来,任凭自己如何努力施展空移力,也没法抗拒这股回拉的力量。希拉示大吃一惊,这才回过头去,而就在回头看着普艾希亚放下戒备的一瞬间,她意识到自己的左腿忽然间凭空消失了。

"该死的,你听着,门芙哈蒂……"希拉示咬着牙,"你使起坏来真可谓是天赋异禀。"

"谢谢你的冷眼与夸赞。"

空中的普艾希亚被说着这话的苍白女子捏得骨骼生疼,从喉咙中发出雏鸟般颤抖无力的呜咽声,用尽最大的空移力抵抗着压迫身体的重压。

"去死吧,小畜生。"只听见一声脆响。

绿色的织物背心随着那个小小的身躯在半空中变成了一团充满焦煳味的烟雾,此时希拉示的眼里不再保持镇定,疼痛随即回到了她身上最致命的地方。

"不……不,不!"

"好好捋一捋,理解一下你说的话的意思,希拉示。阿基耶在大启示下只会有一个机会,那就是服从莱亚意志。主动配合吧,我比以往任何时候都需要你的现象魔块,还有你。"门芙哈蒂随即下令,身后莱亚意志的炮射僚机顷刻间击碎了希拉示的另一条腿和两边的肩膀。那苍白的人影阔步上前,将如同破木偶一样无力抵抗的希拉示拎在空中,向着神殿拉拽过去。

"我怎么可能配合你,你这个疯子。"抵抗着身体破损带来的麻木,希拉示试图咬住自己的舌头,却被不知何处传来的力量掰住了上颌,任凭自己如何尝试,都无法如愿,"你休想……"

"将魔块的力量对着一个残破不堪的个体来使用,简直是……你就乖乖放弃吧,老朋友,整个阿基耶除了你这里,也没有什么平整地了,既然你还想对着这堆悬浮的垃圾发表什么感想,就把最后的魔块解封交给我吧。我至少会留你活命,或许让几个出生佐星的低贱生物服侍你,让你在阿基耶人面前还能有个体面的活法。"

希拉示往神殿望了望,闭上了双眼。

"拉艾瓦奏起都仙兰布鲁之琴,飞泉涌向我心。"

"住口。"

虚弱的声音轻唱着的,是逐渐垮塌的神殿砖碎中刻着的圣歌。

"仁慈神相拉艾瓦,她感化世界之敌意。"

门芙哈蒂加快步伐,这寒酸神殿洁白的台阶真是又长又臭,老实说,这股臭味是从鼻腔里确实感受到的,就像是带翼昆虫的鳞粉,简直令人反胃。

"闭上,你的,嘴,希拉示。"

飞泉雕像粉碎,碎屑仿佛沙暴一般吹向神殿后方,混入那些无序飞行的建筑残片中,和远处天幕的崩解融为一体。

"而当世界陷入万劫不复时。"

门芙哈蒂焦虑地看着神殿的正门,那个漆黑的门洞里传来幽幽的蓝光。

"她必将……给良善,一个开始。"

"她必将给良善一个开始。"

一对纯白色的眼瞳,盯着双眼圆睁的门芙哈蒂。

净洁,无瑕,仍然有很多希望在里面。

对面的那个身影,就像是没有见过结局的自己。

苦痛的经历几乎无法被意念摧毁,只是看着那个也许更好的演绎,就让门芙哈蒂的愤怒淹没了理性。

"世界因此终得救。"

"射击!"门芙哈蒂死死掐住眼前的人影,但即使再用力,也没法和这股力量角逐。飞梭的枪弹射击在这个娇小的身躯上,把周围的光线打得模糊不清。

"拉·普艾希亚。"希拉示依然闭着眼睛,嘴角却轻轻上扬了。

门芙哈蒂清晰地从她那洁白的瞳孔中看见了自己扭曲的倒影……门芙哈蒂怒吼着,誓将这破碎世界最后的角落清理干净——周围的一切都在爆炸,即使是再细微的粉尘,她杀气腾腾地将裹挟着烟球和碎砾的一团火球击向普艾希亚,她都毫发无伤,也无所畏惧。

"你怎么死不了？你凭什么死不了？小鬼！"

普艾希亚只是看着门芙哈蒂，便足以使荡平星光世界的祸魁内心震荡。

"你居然能和始初魔块……谐和？你，是什么东西？我明明在刚才消灭了你的形体……"门芙哈蒂惊叫着，"是始初魔块做到的吗？"

"我是拉·普艾希亚，拉·班荷与劳露·格拉芙之女，拉·希拉示·波启卡的继任者，你的末日。"

"十岁小孩而已，瞧你在说……"

普艾希亚的身体忽然向后喷射出无数无序的几何玻片，就像一记重拳打穿了自己的五脏六腑，而它们又逃逸出去，寻求另一个值得依附的完整平面……门芙哈蒂趔趄着，无法阻止身上这一现象的发生。

"始初魔块！明明没有足够的力量……为什么？"

"飞星之下，风吹神观。"奇妙的诵经声从细小的喉腔里传出，所有的玻片顿时都反射出胡拿地恒星的光芒，一如曾经辉煌的阿基耶世界，现今全都化作了少女诗句中闪耀着光芒的碎片。

仿佛坐在湖边的女神拉艾瓦，拿起一根小小的兜光藤圈，吹出了一连串催生星月和煦的幻想皂泡。

"我不能死在这里，你这混账……"身后举着枪械的士兵也早就灰飞烟灭，剩下为数不多的随从见状也钻进炮艇中仓皇离开。门芙哈蒂的呼吸变得混乱，奋力使用着第二魔块的效果抑制着身体的流失，使用第三魔块迅速开启了一道扭曲的狭缝入口，将身体逐渐向里挪移着。

可不论怎么挪，都只停在半截。

希拉示正拽住自己，用那已如破纸一般的手和灵魂深处最后的空移力。

"白费力气……被遗留下来的破碎折磨吧，然后和这个空旷的世界说再见，什么都会是我的。"

门芙哈蒂半截断裂的身体和希拉示一起从空中跌落，而另半截正随着入口的闭合逐渐消失时——突然被强大的力量捕获，入口被齐齐撕开，里面只露出一双令背叛者恐惧不已的眼睛。

那个才仅仅十岁的女孩，一脚踩住自己的胸口，将指尖对准了自己的头颅。雪白的瞳孔中仍然保有一分仁慈,她似乎在期待着自己的降服。

"托卡马克!救我……"颤抖着,门芙哈蒂央求着,那一度阴险狂傲的脸上此刻竟满溢着对生存的渴望。

"你牵连了所有人,毁掉了阿基耶的一切,为什么?!"普艾希亚的声音一样颤抖着,只不过包含了巨大的悲痛。

"托卡马克……你是爱我的吧,托卡马克!我要你现在来救我!亲爱的!她必须去死!救我!!!"门芙哈蒂似乎完全没有回答的意思,只是一遍遍地念着一个名字,半截断掉的身体不断试图后退,可在被牢牢踩住的情况下,只能徒劳地挣扎着。

"受到制裁是你应得的报应。"普艾希亚皱起眉头,挥动手指,对方原本残缺的身体被急剧侵蚀。

可只有那么一刹那,一只戴着罗红手套的大手,从狭缝黑暗的某处伸了出来,大力扣下了手中的扳机。

那是一把包覆着白色外壳的厚重手枪,从中射出的也不是枪弹,而是一个类似力场的涡旋,正面急速撞上了普艾希亚的身体,一股劲将她的身体从原本的位置上推飞了出去。

魔块加持的力量开始消融,普艾希亚开始逐渐失去对空移力这一特性的控制,一时进入了恍然不知所措的状态,只觉得手指很痛,而且在不断下落。

"亲爱的……哈哈哈……哈哈哈!你以为怎样?你以为会怎样?我会找到你,小家伙。我会让你死,死得比希拉示惨上万倍。"门芙哈蒂大笑着,极尽快乐地大笑着,和那道好不容易撕开的狭缝一起消失在恒星辉煌的光线中。

睁开眼睛,普艾希亚认出了身下的身影:"希拉示大人。"

"孩子,咳。你……已经做得很好了。"

希拉示大口吸着气,伤势亦不再允许她自如呼吸。她还是奋力用身躯接下了下落的普艾希亚。

"得去医……"普艾希亚绝望地看了看四周,认识到了无助的境况。她调动自己的空移力,却发现力量仿佛器官受损了一般无法施展出来。全身凭靠在实体的表面上,这陌生且不自然的感触加剧了内心的惶恐。

"握着我的手。对,全身放松。把那个力量借给我一次……它会开启一道门,星星和星星之间的门……能让你去到很远的也许安全的地方。带着魔块,咳。"希拉示上气不接下气,在完成了一道能量触及之后,身旁无瑕石的砖面上随即出现了一个仅能容下一个人进入的狭缝涵洞。

"我不想让你,让你这样子。"普艾希亚满眼泪水,看着血流不止的希拉示,和四周这个快要连自己一并炸毁的世界。

"记住就可以了。"

希拉示轻轻咳嗽了一下。

"条件……允许的话,再回来看……看看我。我给你,讲完剩下的故事……拉……拉·普艾希……亚。"

掩住脸,普艾希亚小声哭喊着。

几艘莱亚意志的穿梭机拖曳着青绿色的尾焰在深空的边缘飞梭离去,似乎就连妄图占据这里的人也放弃了这个将要逝去的世界。引擎发出的高啸仿佛是对崩塌星都的最后嘲笑,当几个微小的光点彻底消失时,星都陷入了最后的时刻。

失去空移核心的飞船,失去空移牵引的链桥,在空中全速相撞。飞来的灰砾铺天盖地,裹挟着那些没能逃脱劫难的阿基耶人的尸身在逐渐稀薄的大气中翻腾。

巨大的气浪从恒星平行的轮廓处掀起,将这颗星球上的一切残破之物送进深空之中,深空之中便是毫无疑问的死寂。在这一天,阿基耶星都周围的辉映完全消失了。那些曾经繁华的小小天地,与星都相接的无数美好,也不复存在。没有任何力量继续支持着整套精密的维生系统,即使是神殿也无法逃脱崩坏的命运,普艾希亚跟跄着爬向涵洞,屈起膝盖,向里钻了进去。在涵洞闭合的瞬间,即是最后一眼,她十分明白,一切都消失了。

"我能在蛹中感受到你,亲爱的新主人。快离开这里,我会尽快在途中羽化。"沉闷的声音从身体中响起,是新结识的伙伴所发出的催促,"跑起来。"

飞快地在隧道中奔跑,不如说,是在世界边缘最后的跑道上狂奔着。隧道的收束以捉摸不透的速度不断地追赶着普艾希亚。

在透明的能量过道中能够看到,星光世界外传说中美不胜收的狭缝……如今也是一片狼藉。那些奇形怪状的山脉和向上奔流的瀑布,逐渐畸变起来——与脆弱世界赖以为生的同一种源泉已经遗失,它神秘的创造者没有给这里的住民们平等的选择,若是无法穿越这道通向另一个遥远狭缝的机遇之道,便注定在剧烈的变动下丧命。

这是一场不折不扣的屠杀。

普艾希亚咬紧了牙关,运动着还没法适应的双腿,尽力迈步。只要比身后吞没一切的热流速度更快,就还有机会。希拉示留下最后的希望,她不能辜负。

"嘿,放我进去……放我进去……阿基耶主人!求你了!啊——"

无数面目苍白的狭缝生物拍打着透明的障壁,可还没等到普艾希亚注意到远处的他们,从后面爆发的热流就熔穿了他们瘦削的身体。

和这些狭缝生物一样,普艾希亚也只是想着怎样活下去。

"嘿,阿基耶人,看着我,请看着我吧!我会努力跟着你跑,希望这后面不会是一条死路,拜托,请,请不要放弃我,我也想活下去!"

只见隧道外一个洁白扭动的身躯在和普艾希亚平行奔逃着,普艾希亚注意到了,可对方和自己之间有着一道难以跨越的沟壑,那可怜的狭缝生物将一切都赌在了前面的地势上,也许只要和这条隧道足够接近,就还有机会争取到普艾希亚的帮助。

"前,前面!拜托了,请一定要救救我,我不想死在这里,我愿意……我愿意为您做任何事,只要您能在前面稍稍留步……拜托了!我能让你和我一起活下去!"

那生物的声音颤抖着,眼看着悬崖上闪着奇妙色泽的岩石一块块剥落,奋身一跃,用手死死攀着边沿,爬到了一个高耸的岩架上。方才身处的位置,顷刻间便被席卷的热流烧透。

"往前看,在你的左边!快!"普艾希亚大喊着,试图让声音传得更远一些,好让那个同样疲于奔命的家伙听见。

"不要丢下我,我求你了!我已经什么都失去了,我求你了!你让我为你做什么都行!"从岩架快速奔跑过来,正准备蹲低身子助跳,白色人形忽然被巨大的气流吹倒,而努力站起时,只有一只脚发上了力。

"我完了!"白色人形发出一声惊叫,回过神来,自己的手腕被一只淌满血的手紧紧抓住。

"可千万抓紧了。"隧道障壁的重压将手腕上的血管生生挤破,普艾希亚狠狠往身前一捞,那白色的人形在痛苦的呜咽中被拉入了隧道。同样的重压,在他的身上只是留下了些微的创痛,看着普艾希亚手上的血渍,苍白的人影一时颤抖到说不出话来,却又很快咬紧了牙关。

"我来帮助你,普艾希亚。"

一只小小的白色若蝶从耳坠里轻轻伸出翅根，丝毫没有被主人奔跑摆臂的幅度影响，当完整的蝶翼在耳坠外展开时，普艾希亚的身体忽然感受到了那种天赋的涌动……轻轻一跳，重新回到了悬浮的状态。隧路的压缩很快追上了自己，而靠当下悬浮飞行的速度，很快就会被那足以压碎一切的收束吞没。

"……也请您借我一些那样的力量，"白色人形虚弱地喊着，"就让出身佐星狭缝的我这无名之辈来全力帮助你，我阿基耶的恩人。"

佐星……是在星区边际的小小贫瘠星带。这是普艾希亚第一次听说，在那里还能够孕育出像样的生命。

"就分它一些魔块的力量吧，贝菲。"普艾希亚满头大汗，扶着自己受伤的手臂，再难以集中来控制飞行，身体不断地在隧道中下坠着。

"感激不尽。"

一瞬间，苍白的人形似乎知道了有关这位女孩的许多事情。他摇身一变成为一台样式寻常的便携电视，轻轻吸附在了精疲力竭的普艾希亚背后。

从便携电视的屏幕中伸出一对苍白的双手，大力挤压着一团不知从何而来的能量脉动，在抖动的最高频之际，向着追击收束的位置全面释放了出去。

速度的提升使普艾希亚产生了一些不适的感受，可恰是依赖这额外速度的帮助，自己可以集中在空间位置的感知上，随着电视屏幕中伸出额外的一双，两双手……远远甩开了收束，全速飞向了远处一个越来越大的光点。

"普艾希亚，你要尽全力共振你的空移腔，向你的面前展开空移防护。往前，用出你迄今为止最大的空移力。"

蝴蝶贝菲搭在普艾希亚的肩膀上，利用魔块的回应不断补充着主人受损的机能，使普艾希亚终于能够在面前使出像样的集中空移。

连带着巨大的冲量，少女一举撞破了这个世界的狭缝边层，尽管它十分厚重，但在既有隧路出口的作用下，这个冲量无法被和缓……

他们终于逃出生天！

"咚！！"

一堆膨化食品的包装袋被挤飞出去，整个由尼龙制成的货架也被撞散开来，同样遭难的还有一根灯管和半个工作依然良好的饮料机。

放下报纸，加油站便利店店主扶了扶眼镜，只看见后头的架子成排倒了下去，这可不是什么寻常骚动。他小心翼翼地挪到冰柜边上,往那个方向一瞥。

"你的手,老天。姑娘,需要我帮你喊……救护车吗?"

"这是……哪里?"普艾希亚从货架中拔出自己卡住的手肘,有气无力地问着。

"这里……孩子,你身上有带莱亚意志的公民证吗?"

这可不是对的地方。

五年后。

嘈杂的撒巴莱亚广播声响彻了城市的边陲。

"投降吧,这是最后的劝诫。盖革·鲁坎叛军的首领已经被处死,你们现在仍在进行的抵抗毫无意义。"

所有人守候在掩体后,等待着最后的暴风雨。

"听嘛,他们也就只会嚷嚷这么几句屁话。"

点燃嘴里的烟,女子绑紧背包的肩带,随即将一张照片一把揣进对方的衣兜里。

"明明鲁坎死之前都没让他们好受,那些撒巴莱亚人可真是虚头巴脑爱撑面子。"

"莉歇……"

"肉麻死了……别喊我了。听着,你要像我教你的那样藏好你自己,别让他们再有机会找到你……我们?我们早有觉悟。这下子可是永别咯,普艾希亚小妹妹。对了,你那兜里的照片别搞丢了,算我求你了,这可是我们全团独一份,我就算报销了,也不想这宝贝玩意儿落到撒巴莱亚人手里。"

蓝色发髻的女子掀开地下掩体的舱门,微笑着将一把手枪递给了普艾希亚。手枪的保险边上,刻着一个小小的普南利尔神标。那是一个由四个三角组成的图案,这图案和在星光世界的阿基耶所见的如出一辙。

"莉歇,答应我。我们要活着再见。"普艾希亚攥紧衣兜,说话声微微颤抖。

"说什么大傻话。这是永别,明白吗?我会与伙伴们战死在这里,但你还要好好活下去。你知道的。啊,我觉得像我这样的可能没有什么来世吧,所以我得把该交代的交代给你。喏,这把枪,鲁坎的。帮我个忙,拿它给撒巴莱亚管事的来一梭子,死的活的没所谓,当然死的最好,走个形式就可以,那样就算替我们在这里的所有人报仇了。明白我之前说的话了吗?只要撒巴莱亚人没得到你手里的东西,我们迟早会赢的。"

在成排的盖革军士兵掩护下,身着防弹背心的普艾希亚在枪林弹雨中哭着钻进了一如当初在阿基耶时开启的破穿隧道，只不过这一次，普艾希亚还认识到了一点，如此狭长偏远的隧道的形成消耗了巨大的积存，这使得魔块的力量几乎被消耗殆尽了。

"再见，普艾希亚。"

"为了自由，为了家园！守住阵地！"

"为了拉·普艾希亚！"

盖革军士兵们逐个在枪火中倒下，在隧道关闭的瞬间，普艾希亚仍然听到了那些原莱亚意志士兵在对阵狂妄的叫器——"撒巴莱亚聚合意志"，这似乎是它肮脏丑陋的新名字。

而随着盖革军的彻底败北，以都塞顿合众国为首的法琉斯行星反抗势潮也宣告息止。等待志士们的将是牢狱与极刑，但那一众负伤倒下或战死的人们脸上，竟没有一丝胆怯或畏惧。他们或许曾经害怕过，但在为家国命运而起身抵抗的时候，这些战到最后一刻的人之中没有懦夫。

是希望还不够强大吗？

可靠的伙伴们，直到生命的最后，也没有向敌人出卖自己的下落。漫长的隧道中，普艾希亚回头一看，那股远离始点的收束就像是极尽能事般一阵冷嘲热讽，刺痛着自己心头柔软的部分。在这一瞬间，她泪如雨下。

我真的像他们说的那样尽力了吗？

当普艾希亚跌跌撞撞地从隧道中走出来时，再也不见破碎的高楼与坑洼街道，取而代之的却是一股扑鼻的甘草气息。

她以为自己无法振作起来，但将一口清甜的井水送进自己干渴的口中时，事情好像有了一些变化。

"你都经历了些什么呀……"伴随着温柔的关心。是松软的床垫，还有枕头。

这是在法琉斯行星多年的逃难生活下不曾享有过的几近奢侈的感触，魔块和普艾希亚现在都需要旷日持久的休息了。

三年后，尼宁特石谷村。

微风拂面。

晨起祥和的一日——和逃难的记忆相比，感觉像是已经过了许多年。

阿基耶，法琉斯，尼宁特。

历经这三个世界的奔波如今终于画上了终点。整个尼宁特大陆的边边角角再没有人听闻过"撒巴莱亚"的存在,这个世界似乎处在很好的保护下——黄环黑盔的恶徒并没有徘徊在星脉甬道的破穿点中,平安祥和的乡镇也没有被撒巴莱亚的情报触手缠绕着。

始初魔块依然在某处守护着这个世界,像是在星海之中隐去了行踪。

暖风吹过干草垛,秋天的惬意尾巴对于从农忙中解脱出来的人们来说也是一种宽慰。

如果沿着石谷溪的流向一直向下游走的话,就会在低矮的树林里看到一个小小的村子。

村子里只有很少的人,正值壮年的耕牛甩打着尾巴此起彼伏地叫着。一旁的围栏刚刚经过翻修,原先被人踢坏的木板换上了新的。

孩童嬉闹着追逐在村子的院落里。腰间都挂着鼓囊囊的干果袋,有了这些,孩子们便能肆意地把村子里每个角落都变成热闹不已的茶话会。

农妇们笑着拉扯家常,手间的衣物在波棱搓板上搓出一阵阵水花,阳光则给一旁的木制晾晒架喷上自然的香气。

打开窗户,少女探出头来看着房檐上的鸟窝。

"早安啊。"

普艾希亚打了一个呵欠,今天虽然不用帮着村里的大人干活,但此前收割的疲累还是像影子一样甩不开。

"普艾希亚,牛奶好了,该吃早餐了哦。"少女眼睛一亮。

"来了,西丽卡姑妈!"

姑妈今早准备的一定是最好的派和最新鲜的牛奶。

将淡金色的齐肩短卷发稍稍梳理一番,戴上心爱的发饰,普艾希亚照了照镜子,满意地推开了房间的门。

"今天还是漂亮得像个小天使啊,普艾希亚。"苍老的声音从餐桌一头响起。

"哪里,谢谢您总这么夸我。"

一家人围着方木桌坐下。最年迈的爷爷率先捧起牛奶罐,给西丽卡的瓷杯里满上。

"哟,闺女。起这么早,辛苦啦。"

"毕竟男人不在,妇老当家嘛。来,都尝尝这个派,用的是新配方。"卷起袖口,西丽卡从一旁的架子上端过一盆刚出炉的派,还未待用餐刀切开,这派饼就发出了一股水果与酵面混合的奇香。

普艾希亚看着眼前的派,脑海里就像充满了星光。

"西丽卡姑妈的派最棒了!"

"尽管没工夫天天做,不过普艾希亚你要是这么喜欢的话,最近这段时间每天都能做给你吃哦。毕竟整筐整筐的梨,有好多不趁现在当季吃,就只能过冬腌制啦。"

"西丽卡姑妈最棒了!!"西丽卡的脸上不禁乐开了花。

大家配着牛奶和水煮的鸡蛋,不一会儿就把两只手掌那么大的派吃了个精光。

一阵轻轻的饱嗝响起,一桌人看着拿绒布擦嘴的一脸满足的普艾希亚,在欢笑中结束了早餐。洗完了碗碟,解下围裙的普艾希亚小跑回了房间,关上了房间门。

"啊——真不好意思……"

她仰天躺在床上,看着窗外飞落下去的树叶,普艾希亚感觉这一年最美妙的季节非秋天莫属了。

"尼宁特的冬天看来要十分努力,才能赢得我的喜爱了。"

普艾希亚轻轻打开了木制的抽屉,往里面看了一眼,又轻轻地推合起来。

双手捂心,向着来时的远方静静地祈祷了一会儿。

今天还要去集市,一定要请姑妈帮自己参考参考,选几件漂亮合身的冬衣。如果下雪的话一定要堆一个高高的雪人,拿胡萝卜和橡子当作鼻子、眼睛,然后把最喜欢的围巾挂上去……没错,积蓄足够的力量前行,现在的我,是尼宁特的拉·普艾希亚。

一旦想远了就容易恍神,直到门外的人敲了第三遍门,普艾希亚才从思绪中回过神来。

打开门,看见表哥哈连比整着领口,故作绅士地看着自己:"走吧,老妹,纳布大叔的马车已经在等了。"

"嗯!"

走出院子的木门,一阵果香就飘了过来。

马车上载着满满的蔬果,西丽卡就在蔬果堆里举着雪梨向普艾希亚招手,像是水果世界的女王一般,普艾希亚不禁笑了起来。

"姑妈,你真的好好笑。"

"别闹。快上来,脚下看着点,人都往中间坐坐,我绝不想你们踩碎边上堆着的那些好果子。"

普艾希亚从容地爬进蔬果堆的中间,只听坐在纳布大叔边上当帮手的表哥卖力地一声吆喝,沉甸甸的马车就颠簸着动了起来。

村间的小道有着不错的泥石地,比起那些连接镇与镇之间的道路更是平整。因此对于开班授徒的纳布大叔来说,这正是教会年轻人如何驾驭马车的好地方。

"把手臂抬高,不要把缰绳擦到马背上!"

"好的!"

"好什么好,专心看路,刚开始学就想着偷懒!"

"好的师傅!我没有!师傅!"

"哈连比,哈连比……小兔崽子,你没有个屁!"

大叔挥起毛茸茸的大手,往一旁的青年头发卷上猛地一招呼。那一巴掌愣是打出几根从枕头里漏到发丛间的稻草来。

没反应过来的哈连比愣了一会儿,只见纳布扑哧一声笑出来。就连后舱里的西丽卡和普艾希亚也忍不住大笑起来。

"你们跟着笑什么笑啊!"

"你才是,不要分心,给我好好跟着叔学!"

嬉笑间,马车沉稳地行进着。

路旁采摘过的苹果林中嗖嗖地飞过几只雀鸟,鸟鸣声远去,流水声渐近,眼前小河上出现了一座附着苔藓的石桥,在那后面,就是石谷镇了。透过镇门往里一望,就是普南利尔教仁慈拉艾瓦教堂的闪亮顶标了。

即使在距离阿基耶不知多远的尼宁特,普南利尔的文明依旧如山花般骄傲地盛放着。

"真耀眼啊。"西丽卡用手轻掩着双眼,那些反射的阳光覆盖在了她因农活家事而变得粗糙的手背上。

男人被强征去底特拉伦的北方修建教堂,数着年头,还有足足两年才能回来。好家伙,那会是座怎样的建筑?会比石谷镇的这个气派得多吧。孩子也成人了,用不着照顾,要不是得管着田园,也许当初男人那句会带自己去瞧瞧的话就不是空话了。

真见鬼,这么多年了,连封信都没往家里回过。西丽卡深呼吸了一口,决定不再多想这事。车身一抖,西丽卡匆忙用手护住滚走的水果,清澈的河水发出悦耳的叮咚声。

桥上经过的老矿工们看见身后由两头黑马拉着的马车,就知道矿上有名的老马夫一定就在那儿了。为首的放下烟斗,在粗糙的肩布上擦了擦油油的手。

"哟!纳布,带新徒弟熟悉路啊?"

纳布大叔扶了扶帽檐,从身后摸出几袋果脯,稳当地丢在了矿工们的大手里。"哎,你们是真不知道,带个毛孩子上路有多累。有烟没有?"

"我看这小伙子不错哇,和你年轻那会儿一模一样。学成没准比你聪明些,好干大买卖。"话音未落,一小袋烟叶在谈笑间被丢到了纳布的手中。

"你,你,你,眼睛眯缝的那几个,把手里人情赶紧还给我,敢当着老子面拆台,看我不饿死你们。"

"我们在矿上有酒有饭,又不差你那两个梨!"

矿工们坏笑着跑开了。哈连比一声吆喝甩起缰绳,两匹骏马就喷着粗气把马车带过了石桥。

"还不谢谢大叔认你这徒弟。"西丽卡拍了拍哈连比的肩膀。

"谢……谢谢大叔。"

"好好学着,以后跑马车可别给我丢脸啊。"

纳布回头向西丽卡还以微笑,一个拳头轻轻敲了一下爱徒哈连比的木头脑袋。看着身边散发着诱人香气的苹果和石谷雪梨,普艾希亚很清楚这样一大笔买卖过后,剩下的那些一定会变成很多瓶纳布大叔亲自酿的果酒。每逢过节,她都能分到一勺尝尝,甘甜而不涩口,而且绝不会醉,那样的味道会让人对下一个节日有更美好的期盼。

驶进小镇,铁匠铺叮当敲打的声响和肉铺老板的吆喝声渐渐重叠起来,直到很多路口的折转之后,热闹的集市便出现在眼前。

"最好的鱼!还有最好的鲜蚌和干贝!海货,趁新鲜!"

"来看看迦巴迪尔大城市来的纱裙吧!其他地方都没有的低廉价格!"

"风鸣石雕刻!最好的装饰,最棒的艺术!用几枚特拉伦小银币带回家吧!哄哄孩子!"

琳琅满目的店铺和街摊让普艾希亚整个人都兴奋了起来。就像每个怀揣着平日积蓄来到这里的赶集女性一样,这里的好东西就像仙老魔法一样给了她们在市集中奔走不倦的能量。那些叫卖声是那么有吸引力,仿佛每一个字句腔调都是为今日的热闹而设计的。

拄着长矛的守卫们在看过货品的清单和赶集的领主公文许可之后，微笑着让到路的两边给马车放行。作为慰问，一小袋子带着水露的雪梨悄悄出现在了哨亭的边上。

不觉间，厚重的城门遮住了头顶的太阳，过了一会儿，才渐渐露出阳光。

普艾希亚从被阳光照亮的水果堆中探出半个脑袋，回头看着那些年轻的小伙，穿着整齐干净制服与瓦亮胸甲的他们，是多么帅气。

在集市熙攘的氛围下，普艾希亚对今天的集市之旅充满了期待。

"那我们夜市结束之后再在镇口会合吧，您家小子我就借去打下手啦。两位美丽的淑女，三女神在上，祝在丰收之节可以收获尽兴。"

纳布大叔一把将瘦弱的哈连比夹在满是汗臭味的臂弯里，几乎以能将他脖子扭断的速度带至铺位上。只消数秒看了看预留框架的位置，就开始有条不紊地指挥市集的帮工们卸货搭铺。

"普艾希亚，快过来这边。记得不？换季之前，姑妈得带你去看看衣服，听说镇上这次就有从约度因请过来的好裁缝。"

"好呀，我取篮子下来！"

跳下马车，普艾希亚拍了拍裙子，从车架上取下空的藤篮，抱在胸前。

哈连比远远看着母亲和表妹两个形同闺蜜一般手挽手消失在人海喧嚣中，把座位下的板凳挪了挪边……再看着身边抽着烟斗吆喝着出售水果的粗眉毛铜铃眼的邻家大叔，无奈地低头叹了一口气。

"以后真的要管这个人叫……老丈人吗？我能不被他活活抽死吗？"

"早知道就应该告诉普艾希亚了，上个月和纳布的女儿婕露丝好上的事情。我怎么这么蠢，都没好好巴结老妈……这不是连个赊账帮忙买点小礼物的人都没有了吗？要是错过这次机会，不知道她还会不会喜欢我呢……我得赶着去问问普艾希亚，起码她同为女孩子，懂的肯定比我多很多……婕露丝……"

"啧啧……傻愣着干什么？那你快跟着去吧，蠢小鬼。"

一旁的纳布大叔早就一眼看出哈连比有些心不在焉了，他往哈连比手里塞了一包沉甸甸的特拉伦钱币，然后清了清嗓子，把嘴边的烟斗撤了下来，打了一个酒气十足的响嗝。

"但别去约度因人的摊上买，那帮家伙卖起首饰来鬼精鬼精的。要去就去酒馆对街那里的首饰店里买点像样的实在东西……别以为我家女儿有你妹妹这么好搞定。说难听点她是被惯坏了,和她妈那是一个样,可真是难伺候呢。"摸了摸下巴,纳布上下打量了一下眼前的小伙,"愣啥? 快去,那家店打烊得早,错过了,你小子就乖乖等下个半年吧。"

大吃一惊的哈连比颤抖着拿着钱币,眼睛里感动得几乎要掉出泪花。

"谢……谢谢大叔! 以后,一定会赚钱还你的!"

"谢你个死人头,铺子上也很忙的,办完事给我早点滚回来。"

"还是……谢谢你!!"

看着兴奋得撒腿一溜烟跑走了的哈连比,纳布狠狠地抽了一口烟斗。

"这小子……婕露丝居然也能喜欢上他。"笑不出来,因为太便宜这小子了。

第15章

源能演绎

帕克特忍受着肚子的饥饿,准确地说,这种饥饿不会持续很久了。篝火上翻烤着一只刷满了果浆的禽鸟,青年用手帕揩了揩眼镜上的炭尘,不断转动着手中的木棒。

"你小子本来就很弱,现在也很弱。说实话,我担心你到时候不太活得下去。"墨兽说教着。

"难缠的对手会想出很多办法把你这小子收拾掉,有效的一种就够了,下场就会像这只被绑起来火烤的倒霉野鸟一样,我光是在这想想就好笑,嘿嘿。"

"你……总不能饭都不让我吃安稳,还一直挖苦我吧?我在好好学习源术的掌控,天哪,你可知道七天前我甚至不知道源术为何物。"

帕克特在火光照耀的山洞里仔细处理着刚刚猎获的一只小山雀。他把山雀绑起来,就着烧开的溪水脱完了细毛,被墨兽的话说得食欲全无。"老实说,你和我第一次见你的时候相比变化真大,墨兽。"

"哈哈哈。对你这家伙的教学需要刻薄一点……我的方式就是这样,你要不满意,就把那对肉做的耳朵堵起来好了。"

帕克特二话不说,用两块碎布把耳朵塞了起来。

"喂……喂?"脑袋里却传出了闷响。

"啊,你真是烦死人了!"

一把扯下了塞在耳朵里的破布,帕克特懊恼地呼了一口大气。从脑袋里制造出声音一直都是墨兽的拿手把戏,塞住耳朵就能隔绝一切,那简直就是痴人说梦。

"……我认了。话说，像你这样的大怪物竟然都不需要吃东西。虾、蟹、鱿鱼，这些海产无陆之海里都有吗？要是你真吃这些的话。"

帕克特转着树枝烤着鸟肉，左手边果木烤山雀上的油脂滴落，表皮被烤熟后发出了非常好听的滋滋声。

"老夫所在的无陆之海有巨大的能量场，虽然此前或多或少能感觉到饥饿，到了这里之后就没那种感受了。不过似乎只要周遭能量充沛，我就可以用体表吸收的方式生存下去，哼。"墨兽低吟着，在浑浊的海水中拍打出一阵浪泡来。

"真羡慕你啊。这么说你在那之前还有一段有趣的经历，我一直幻想着能像书本里那些人那样去各种地方冒险，不过真轮到我时，难免觉得不可思议。"

"看来对此你很是期待了，帕克特小鬼？啥都还没干，想得倒挺美。"

帕克特吃着烤到半焦的肉，感觉体能一点点恢复了过来。他伸个懒腰，然后走出山洞把碎骨头堆放在兽道边上。尽管没有完全消除饥饿，但他仍然双手合十，感谢上苍所赐的佳肴。

"当然期待了，我做梦都在想着旅行冒险。去山上，去田野，去很少去的大都市，我只想去遍所有地方。"

"没有嘲笑你的意思……能解释一下你餐后常常进行的行为吗？"

帕克特愣了一会儿，才反应过来墨兽问的是什么。

"这都不知道？就是祈祷，感谢造物主的恩惠。"

"噢……"

看来他还是不了解身处的这个世界运行的法则。

一张桌布忽然从放在一旁开口的背包里飞到了帕克特的头顶，轻轻地搭在他的肩膀上。

"我看了下你们文明的文献里有这个，八成你也知道怎么用它。你就试试用这个填饱肚子吧。"

帕克特忽然想起小时候读过的童话，里面提到的魔法餐布，那个可以一瞬间把一张空桌子变满山珍海味的神奇道具。

"喂，真的假的？你没事居然请我吃饭？"

"与其怀疑，你倒不如试试看。"墨兽说着，这声音里竟听不出一丝恶意。

将信将疑地把桌布铺在一块有些平整的岩石上，帕克特闭上眼睛咽了一口口水。

当他睁开眼时，桌布下面变得鼓鼓囊囊。掀开桌布，只看到一堆食物搭成的小山在巨大的餐盘中滚落。

"哇。"

毫不犹豫就开吃的帕克特，感觉刚才那种空腹感随着美味送入口中一扫而空，过了一会儿，他才发觉自己方才大口咀嚼着空气，而那些本有实体的盛宴消失不见，连桌布都没剩下。

"谢……谢谢招待。"

"太客气。小子，怎么不做餐前祈祷了？"

"咳……"帕克特抄起篝火边的鸟架子，多亏了刚才那一出大变宴席，这些本来就易熟的禽肉变得焦黑黏牙。帕克特一顿狼吞虎咽之后，从背囊里拿出茶杯，咕咚咕咚灌了一通，用餐巾擦了擦嘴，"那么之后请继续教我源术运用的知识吧。"

"有趣，真有趣。你这小子。"

既然如此，有些事那就索性让他慢慢地觉察到为好。

这么多的傀儡……层层筛选下竟出现了这样一个能人，也只好感叹造化弄人了吧。

平静海面上的墨兽看着自己的触须，吸盘中的一个小小沙漏正在不断向下漏沙。只是不知道自己还能教他多久了。

"来吧小鬼，活动活动筋骨。"

一阵蜂鸣声之后，篝火上的火焰与炭烟瞬间消失无踪，取代这些的则是墨兽巨大的投影，以及震动溶窟的怪响。

"我们动点真格的。"

一条深绿色的巨大光柱瞬间从帕克特的背后向前照射而去，在击中帕克特之后将他牵引进了一个引力漩涡中。

"接下来教你的先是如何积存源能，可以说是源术基本功里的基本。"墨兽说罢打了个鼻息，那声音听起来就像大象的喷嚏一般炸耳。

发觉自己身处失重空间的帕克特有些惊讶，面对第一次失重体验，他尝试让自己保持水平，但在空荡荡的深绿色空间内连一个参照物都没有，只能感觉自己飘浮着，却没有稳定下来的实感。

"如果按照我的认识，我释放源能难道不是由墨兽你作为媒介引导的吗？"

墨兽听罢笑了笑。

"那是你单纯这么认为。其实作为源术使用者的你就像独立的能源部件一样，你既可以接着能源插座使用，当然也有自己积累储存一定能量的能力。不如想象自己是一个有容积的容器，不是仅仅让能量通过自己，而是试试从中截下一部分存积起来。"

"有点明白，不过具体该怎么做才行呢？"

"可别被吓到，小子。"

深绿色的空间内壁忽然出现了十数只圆睁的大眼，不仅有人的样式，也有猫、马、苍鹰与其他动物的眼。很快，十数只化为数以百计，数以千计，被这些瘆人的眼睛盯着，帕克特内心剧烈地震荡起来，本能地想要避开这些目光，却被死死地定在原地。

还没等到帕克特反应过来，这些诡异的大眼就交相放射出墨绿色的射线，而被来自周身交错的射线贯穿了的帕克特，体内似乎有种和荒法之原源术纹路流动类似的奔涌感。

"是的，这些纯粹的能量……尽管这是任何造物都自持的一种属性，不过作为要精通其奥秘的使用者，截留住这些存在于空间认知中的能量也是起步课程。"

"这感觉，让我很不舒服……"

呕吐感从膈膜处上升，帕克特扼住自己的喉咙，那种剧烈恶心的感觉才没有让自己晕眩过去。

"别沉浸在反应里，试着用你源术的才能来分析一下这些来源不同的能量。比如你眼前这只鼹鼠的眼，所认知到的能量领域就来自土壤相关的底层。同理，也可以说，苍鹰引导大气，海鲨引导水体，源能的来源其实很好琢摸，但如果能从不同源头寻得并积攒这些能量，作为施术者的源能来源就不那么受限了。"墨兽深吸了一口气，低声说着，"换句话说，仿佛是世界的上位编织者。这世界遍地都是你的织材，而你则要细心选择适合用来织造的料子。"

帕克特在交错的视线中央不停地变相翻滚，难以听全墨兽深奥的言语。忍住剧烈的不适，鼓起勇气尝试着像墨兽所说的那样收集流经的能量，用脑海中那一处仍旧陌生的位置感受着周遭纯粹而又强大的流动，自然与非自然的力量。

"是的，我能清楚地分辨出这种海腥味……那么从最简单的开始，让我试试能不能截下……可这要怎么截啊？"

感觉自己成为电路板里的一根导线的帕克特，希望靠自己开悟变成一个能截停电子存储的电阻……似乎是千难万难，显得荒唐，不着边际。体验遇上了瓶颈，帕克特始终捉摸不透自己使用源能的诀窍。

"可想起你至今肆意使用老夫供给的源能时,所用的是什么方法?"

"也没有什么方法啊,单纯就是将它们通过想法……通过想象来驱策他们真实的存在。"

"好家伙,不妨就这样试试看!"

帕克特心想着施放一次流水护盾源术,想象着施放的方式和规模,那股自然流经的海洋能源就被引导向所想的右手的掌心处。一股涌动的感觉生起,帕克特意识到这个源术已经准备就绪了,当他太阳穴一阵刺痒时,这个源术就从面前被施放了出来。但当帕克特想要不依靠这股能量施放下一个法术的时候,却发现自己就像用完燃气的喷灯,没法再感受到那股涌动了。

"作为练习还远远不够。要知道,在没有巨大储能体这样外力的帮助下,你只能放出非常差劲的源术。你要试着为自己存下四五个这样的源术储能,同样的道理,你也需要去找到自己身体里存积源质的位置,小源术师帕克特。"

"我体内……存积……源质的位置?"少年四下摸了摸自己的身体,感觉并没有长出什么额外的脏器。只觉得有些可怕,这些怪异的东西竟然真的要存储在自己的身体某处。

"每个源术使用者最先被困扰的就是这一点。很多人一辈子没发现自己能积攒那些能够使用的源能的地方,就是因为他们不清楚自己的身体。施术者的身体并不是简单到就像常人那样一日三餐午晚双休照顾好五脏六腑就可以,而是有额外的需要注重维护的部位。你不妨找找自己到底是通过感知到哪个位置的异常来触发源术机关的,那里基本就是你作为施术者所具有的源能库存位置。"

帕克特下意识地指了指额侧的太阳穴,小小思索了一会儿,屏息凝神,尝试确认起这个位置对自己的实际作用。

感觉每次都能在这个位置上触发有关源术的反应。再试试将周围奔腾的能量经浓缩后存储在这里……

他引导着那股水基源质能量,尽管不知道它为何给人一种与水息息相关的感觉,不过在存积了八九次流水护盾的源能念头下,确实能感觉到太阳穴处有了一丝冰凉的胀感。

"这不是脑子进水了吗……但好像感觉也不坏啊。"

在试图存积更多的时候,帕克特忽然发现自己就像是蓄电池容量满了一般,一股阻力回绝了过多能量的涌入。

"要说相似的话,这其实就像人类的胃袋一样。平时积攒得多了,并且一直保持摄入的话,容量也会增长。但如果总是不摄食,也会产生萎缩的效果。总之保持与外界能量的互动,否则就会像电池那样只具备有限的电力。"

"可这……这就算是学会了吗?"

有那么一瞬间,帕克特觉得不太认识自己了。像是在逐步否定过去的自己,通过这种方式从旧概念中脱壳而出,成为新的……坦然接受这种能力的自己。

"并不。很多人没法使用源术,是因为他们没机会借由强大的能量引导使出源术来发觉自身的源术机关位置。尽管你自己能很快意识到自己的源术触发点,但是你要做的不只是在维持能量引导下使出几个源术,而是要试着学会……"

深绿空间的大眼里渐渐浮现出不同的地形,一些尚能辨识的生物族群与许多难以名状的事物。这些都是真实存在于眼前的,凭靠肉眼即可确认其存在的事物。

"从你的认知范围内,主动去从森罗万象里获取源质能量以及新的源术启迪。用人类最得意的词来讲,源术的本质在于自由动用你的想象力。"

就像是忽然给一个学龄前的儿童展现出整个地球万物的多样一般,此时对于帕克特而言,面前摆着一本最齐全的百科全书,而自己却刚学会识字。

"墨兽,你是说……像源术这类的,其实并不是单单靠荒法之原那样交相传授……获得的吗?"

"那倒是简单了!"墨兽哈哈大笑起来。

"第一只鸟,没有谁教会它怎么飞,它感觉到了气流,发现挥动翅膀可以推起自己。第一只猛兽,没有谁教会它什么东西可口,它在饥饿下尝试不同的摄入,最后发现最美味的是肉食。法术和自然法则有如出一辙之处,那就是事关启迪的一切,都是要从所处环境中去寻找。当然,这世间第一个源术被施放时的故事,我也能讲给你听。"

"你怎么连这种事情都知道……"

"因为老夫是堂堂墨兽。当第一个源术被施放出来时,这一切都发生在你所处的时空隔壁的那个时空里的一条久远星球环带上。当时第一个可以被称为源术使用者的东西,是一种在你看来长得像是餐刀的生物。其中的一个个体,名叫'涅斯哈',在与同类争夺领地的过程中偶然接触到了恰好适合这种生物的宇宙能量奔涌,于是无意间发现它自己有了能够使事物位移的能力。但它不久就发现,在那股可以被它所感知到的能量奔涌消失后,这样的能力就无法再触发了。这一切事情并不只是一个巧合那么简单,于是这个生物决定主动去寻找,试图拥有这股能量。此后它花了不少时间再次掌握了这种能力,它决定将这种能力与它和同族之间共有的能力区别开来,这是一种特殊的能力,被命名为'舍霍瀚',当然这不是你的文明能够理解的语言,我也只不过是音译了它们。"

挠了挠自己的腕须,墨兽巨大的躯体罕见地打了一个类似哈欠一样的屈伸。

"它将这个发现公开了吗?因为我很好奇源术是怎么成为一种派系的。"帕克特空握了一下自己的右手,感受着周遭那充沛丰盈而奇妙的源能奔涌。

帕克特顿时意识到,在五感和虚无缥缈的六感外,生命中又多了一种感知。新奇的感觉浸透了原有的兴奋,帕克特就像戳泡泡玩的孩子一样,接触着初识的流动。

"并没有。真相是,当涅斯哈掌握这种能力之后,它暗中使用这股力量来完成它个体的目的。在它的异能与专横下,涅斯哈的同族奋起飞抗,以数量巨大的牺牲者为代价,成功消灭了涅斯哈。当然,看似无所不能的源术也没能让他活过最恶劣的情形。但少数它的同族仍然追捧它的力量,并在涅斯哈之后通过种种猜测与实际追寻,在一次巧合一般的遭逢中遇上了那股宇宙能量涌动,于是涅斯哈产生位移能力的奥秘终于被揭示并在族群中得以传承。"

"所以,涅斯哈就是源术的先祖吗?"

"你大可以这么想。只是,这是在遥远时空的某处发生的源术起源轶事,这个时空源术为何也能传扬,应该也和涅斯哈的经历差不多,只不过在总的时空时间上,相较之下要晚五个泰尼。"

"泰尼?"

"时空时间的单位,当然这都是凌驾在时空概念之上的造物能使用的单位,你不必对此太过深究。我想,或许你这辈子都不会接触到这些。"

"可是……"

"小鬼,要是再这么好奇地问下去,我倒是可以给你讲上十个泰尼的故事,但你却只能活人类时间的八十四年。我猜得到你想问什么,为什么我甚至确切地知道你还能活多少年,为什么这样重要的东西一到了我的嘴里就变得不值一提,答案很简单:你对将来充满疑问,但现在的你还不够资格来向我索取答案。这是很好理解的一个回复。"

帕克特·荣格一想到自己接下来只剩六十多年的残存时光之后,由不得陷入了一股看破生死的忧郁之中。

"小鬼,可知如这样级别的玩笑,寻常造物是开不起的。"

墨兽再一次运作起森罗万象的怪眼,似乎催促着帕克特回返到源术训练的日程中。帕克特勉强从被告知寿限的打击中回过神来,试着振作起来,从怪眼里的物象探测能量的存在。

"当然,有些东西不是定数,我只是帮你即时查询了一下,出于一些现实中你可能会遇上的其他问题,要知道那些可都和天气一样反复无常。"

"墨兽,无意冒犯,要是我有个人类朋友像你这样,我恐怕早就和他绝交了。"

"嘿嘿,可你并没有……"

"行行好,求你别把这段话说完了。求你了。"帕克特暗骂一声。

"你这性格挺招朋友的,至少你小子的余生中不会缺朋少友,你大可放心。"

帕克特松了口气。回到训练中,看着眼前怪眼里的一尊处在原始森林中的巨大佛像,帕克特登时摸不着头脑,只能先试着用方才体悟出来的窍门去感知能量的所在。

"这,我能理解到的能量有三种……工匠凿磨而成的艺,草木虬根的生灵之气,以及所见而能感到的……心禅。说真的,禅意……这都能算是源能的来源吗?"

"你要放下质问,去建立这些能量与源术之间的联系。工匠凿磨的艺,是揭示对造形源术的一种塑形可能。附近草木虬根的生灵之气,是自然植物对石像侵蚀与地貌改变的一种势,无疑是元素之间能够合理生成的因果关系。至于看到佛像,人所能产生的一股……禅意,要是理解成一种超然物质的概念对心智的影响,你能根据分析理解这种感觉去使出你所需要的心智源术。就像你对犹狄使用的蛊惑术那样,源术是根据施法者的理解和意志而能够在性质上产生区别的。"

"我担心我要是能够像这样去分析理解每种物象,变通出所有有记载的法术的话,那个量一定是再借我一辈子也没办法理解完的,我想你并不希望我那样做。"

帕克特叉起胳膊,思量片刻。

"正解。既然要学习源术,那么这就是最好的窍门了。如果真的像你在荒法之原那样学源术的话,收效不仅微小,而且你会在相生相克的源术循环里迷失掉自己。与其说学会千万种教科书法术的法师是强大法师的话,不如说能够驾驭千万种法术元素进行组合思考的法师才是法师之最。我更正你先前的一个观点——源术并不是像学校一样一板一眼就能教好的，而要依靠施法者个人的领悟，这才是修习要注重的地方。尤其是现在，你要抛开成见，学点真本事。人类的说法，技多不压身。"

"我大概明白你的意思了，大家伙。"

"就怕你弄了半天丝毫不明白，那我得一个个举例子教你。不过现在看来你学得也快，这很好，小子。试试用刚才那种思路，组合成你自己的源术看看。"

帕克特脑子里飞快过了一遍对刚才景象的三种解读，随即像是分拣一般从眼前的事物中储存了大量的能量，以至于足够使出三次他心中所想的那个源术。

轻轻一按太阳穴，眼前的空间瞬间一阵晃动，随即三尊持着巨型兵器的天王石像披着霞光呼啸而出，站定在深绿色的空间之中。

三尊石像慈眉善目，手持紫藤，仿佛于天际凝视苍生一般屹立不动。

"不错嘛，富有禅意。不如就这样比试比试，给你做个麻烦的对手吧。"墨兽笑了笑，"小心点，别和上次那样差点丢了小命。"

交错的光线扫描出一条巨大的海蛇，黏糊的体表与混沌的体色无不显现出一种毒邪之气，似乎没等帕克特反应过来，这条海蛇就朝着他快速爬来。

"见鬼，用藤剑斩切！"

三个之中为首的天王石像发出嗡嗡的响声，手中的藤条化为一柄边缘锋利的斩击剑，手起剑落，海蛇被横劈成了两截。焦黄色的体液喷溅而出，而被溅射到的天王石像瞬间被烧灼至千疮百孔，以至于帕克特再怎么使用源能操纵它的行动，石像也依旧像是接触不灵的电器，向着深绿空间的远处飘浮而去。

"怎么会……"

"使出的源能不够强大，自然造形源术的效果也就甚微。不如想想荒法之原你使出的老夫之身的造形源术吧，由于供给源能的当时正是我墨兽本体，造形源术所能显示的效果也就是较为接近我的能力。可见你的天王石像防御如此薄弱，是由于你现在可以支配的源能是无法很好驾驭如此巨大的造形单位的，量力而行。"

被砍成两截的海蛇就像是被巫蛊咒术操纵了一般，在深绿的空间里无序飞行着。只见又一阵交错的光芒伴随着轰鸣的号角声在这个空间快速扫过，两截海蛇的断口处长出了巨人的肢体，而短暂成形之后，一个蛇头人身的巨人与另一个蛇尾作头连着人身的巨人，蹒跚着在这个虚无的空间里立正，发出怵人的怪啸，向着余下两个天王石像奔跑过去。

在帕克特的源能操控下的两尊天王石像完全来不及闪避,被两只可以称为怪兽的融合生物拦腰扑倒。而海蛇残暴的本性似乎在与巨人身体融合之后有所加剧,巨人的指尖变化成了沾染毒液的长牙,齐刷刷地落下,撕裂了天王石像的躯体,把庄严的造形拆得残破不堪。

这样的状态下造形源术没法再维系下去,帕克特一咬牙断开了与天王石像的连接,石像忽然散落开去,变成了一堆散碎的瓦砾。

"可恶,赢不了墨兽你吗,还是说我的方法有问题?"

"这可都是玩真的,帕克特小鬼。"

帕克特搓了搓脸,看着墨兽用造形源术做出的怪物,不禁腹诽,这究竟是哪门子猎奇玩意儿?

两只怪物眼见对手撤去源术,旋即改换目标,向着帕克特爬行尖啸而去。

"不能认输!"

情急之下,帕克特一眼扫过空间内壁上的几只怪眼,瞥见了一只在山洞中熟睡的黑龙与一颗摆在展台橱窗中的真钻,快速从四周拽取关于这两种造形组合所需的能量,当化作利牙的魔手即将削去他脑袋的一刹那……

通体裹着透明却散发着七色光谱铠甲的黑龙由下至上一头把靠前的那只蛇头巨人的右手顶断,而在其后的那只蛇尾巨人一爪挥击在黑龙胸前,锐利的尖牙死死卡在了铠甲之中,稍稍受创的黑龙怒视着畸形的敌手,向着对方的蛇尾脑袋喷射出银色的白灼火柱。蛇尾巨人随着上半边可以成为头部的部分被喷成银灰,巨大的躯体向后轰然倒下。而黑龙一爪子揪住仍然插在铠甲中的利牙魔手,喘着粗气一拔而出,狠狠插在倒地的巨人胸膛上,给蛇尾巨人送上一支伴着巨龙咆哮的安魂曲。

好险! 当然,这取的名字招式什么的只能放在心里念一念,真的喊出口就有点弱智了。

墨兽当然也很赞同这个观点。人类的这种含蓄,它多少学到了几分。

"真是越逼迫你,你的潜力就越容易跑出来,有趣,有趣。就像那种最原始却有智慧的野兽那样,本质上你就是这种类型的人类吧。"

墨兽的声音依旧回荡在帕克特的脑海里,帕克特由于短时间大量的消耗而喘着粗气,有点顾不上回应墨兽的调侃。

"刚才你用的那种广域能量收集,实不相瞒,是和我所使用的力量类似的一种源能调动方式。至于为什么你能用出来，我想你日后会有机会明白的。"

　　失去一只手臂的蛇头巨人似乎在重整攻势，上下打量着眼前这只看似攻守兼备的铠甲巨龙，不一会儿它好像发现了什么门道，发出咝咝的尖啸声，做出了令帕克特大吃一惊的举动。

　　蛇头巨人的蛇头一口咬在它自己的左肩上，扩散开去的毒液使得整个巨人的身躯不停抽搐，随即瘫倒在地。

　　"死……死了?"帕克特觉得有点诧异，但眼见对手没有动弹，多少还是松下一口气。

　　"扑通。"

　　帕克特有些不敢相信自己的耳朵。

　　"扑通。"

　　"扑通扑通扑通……"

　　密集如鼓点一般的怪响，让帕克特陷入惶恐不安中。忽然的沉默，使帕克特的心提到了嗓子眼。

　　"呷!"一声响彻云霄的蛇嘶，只见巨人的脊椎从背上的皮肤中弹起，溅开的血花在深绿的空间中扩散开去，而有些惨白的脊椎骨上长出了无数惨叫着的人脸，向着巨龙螺旋飞行过去。

　　恐怖的脊椎刺穿了巨龙坚壳披盖的身体，抽离了巨龙的血肉。而这次深陷危机中的帕克特发现自己已经没法再放出任何一个法术，他避无可避，就像是注定的死亡一般，他听见了自己的脑门被这根脊椎洞穿的一声脆响。

　　"完蛋了!"随即陷入了黑暗之中。

　　"醒啦?"

　　帕克特揉了揉自己的眼睛，脑门上的刺痛消散不见。

　　清晨的阳光，带着初春三月的温度，照在帕克特双手的皮肤上。

　　"我这是在哪儿?"

　　"呀，你每天还这么迟睡，再这样下去，视力又要变差了。"

　　帕克特清楚地辨识出这个声音，正是儿时福利院院长李米莉奶奶的声音。

　　"赶紧起床，我把你的早餐放在客厅里了，去晚的话会被弟弟妹妹们偷吃哦。来，把眼镜戴上。"

　　戴上眼镜，帕克特清楚看见了窗外的梧桐和树皮上面的甲虫。

"帕克特哥哥!"

一阵童稚的声音从房门外传来。

"你今天不吃早餐吗？那我可以吃掉你的那包果酱吗?"

"那,那我可以和她分吗?"

年幼的弟弟妹妹们簇拥着冲进房门,和帕克特一样,他们都是福利院的孤儿,都喜欢草莓果酱。

"不行,你们都吃过自己的早餐了吧,又要偷拿我的面包去院子里喂蚂蚁玩,听话一点,你们别浪费啊。"

帕克特掀开被子,一阵风一样地穿上牛仔裤,一手抱起弟弟,另一手抱起妹妹,把他们丢到床上。

"啊! 他要跑了! 他要去吃东西!"

"耍赖! 下次就不问你,直接吃了!!"

抽出餐桌下的椅子,转身坐下。简单做完了清晨的早祷,帕克特就把松软的面包塞进了嘴里。

草莓果酱的味道瞬间在嘴里绽放开来,就像隔着栅栏看到闹市区花灯节的烟花一样,妙不可言。

这是已经度过了的时光。时间变成了一种体验,肌肉在抗议着,因为这种感觉虽然深植记忆,却不在此刻显得真实。因为他闻到了一股浓稠的海腥味。

"你是有特别的嗜好,喜欢啃食手指,还是说老夫对人类的研究还有不够全面的地方? 醒醒小子。"

一个激灵,帕克特发现自己的左手食指死死地顶着自己的额头正中,右手则是有两根手指塞在嘴巴里。而上一个差点完成的行为,是一口将它们用咬合牙齐齐咬断。

他顿时又惊又恼,想说话,却被满嘴的手指塞住,一下没能吐掉,忽然想起这是自己的手,才动动手腕,把手从嘴里抽出来。空肺回上一口气,帕克特便开始止不住地咳嗽。

"造形源术看样子用得很是愉快。"

这老章鱼怪物可真够气人。帕克特用后衣摆擦了擦手,露出一脸嫌恶的表情。

"那你看,心智源术是不是也很有魅力呢?"墨兽发出隆隆的笑声,显然对于提出这些轻巧说辞,它深知其中乐趣。天知道它之前靠这个办法折磨过多少人。

"是从哪里开始发动的心智源术? 见鬼。"

"哦,蛇头自咬的那一刻,而你又正巧看到了蛇的眼睛,嘿,老夫抽空读了些人类的记忆,传说中圆睁的海蛇的眼睛就是深海幻觉诡术的火药引线……可算是幻觉源术的基本门道。不过,看眼睛这事很平常,你我交流,大多也是维持着对视的姿势,不是吗?"

"天……你的恶趣味我真的没法接受。不开玩笑,若是我在星期六晚上看到这种破玩意儿,下一周我绝不可能就着软枕头睡出哪怕一个好觉。"

"你是说……血肉横飞额脑洞穿的部分? 老夫对此还挺得意来着。"墨兽的腕须在半空中欢快地甩了甩。

"全都是,包括你,整个墨兽,都让我觉得糟糕透顶。"

"真是嘴上不饶人啊。"

"啊……被狠狠恶心到了,活见鬼……您让我静一静……"

"鬼吗? ……哈哈哈哈。那好吧,帕克特小鬼。外面也是深夜了,我看今天的训练也就先这样了。"

"……嗯。"

深绿色的空间像是肥皂泡一般从底部破裂开来,帕克特的双脚再一次感受到了接触地面的那种真实感。

眼前的篝火、山洞,都是再真实不过的现实。

虽然是从幻梦中醒来,自身却感到非常疲倦。往眼前的篝火里丢进几根粗柴,帕克特躺在临时铺就的露营床垫上,盖上被褥,便再也无法与睡意相抗。

"晚安……墨兽。"

"愿你无梦。"

夜深了,篝火剩下的残烟驱走了趋光的飞虫,极远处乡镇街灯的余光也没能强盛到替代朝阳。

少年进入了梦乡,万籁俱寂之际,只见一条触手静静地从书本封皮的大眼上伸出来,把被踢歪了的被角拉回了原位。

说是无梦,其实这又会是个温暖的梦境。

第16章

反击的星火

石谷镇。

"这套裙子真的很好看！可惜好像不太适合平时穿。"

普艾希亚穿着粉色的连衣长裙,在摊位边的全身镜前踮着脚转了一个身。"如果再搭配上这顶帽子呢?"

西丽卡姑妈从一边的衣帽架上取下一顶雪白的绸帽,轻轻地戴在普艾希亚的头顶。

"你总是要来镇上的吧？再说过两个月忙完了,还得去我丈夫亲戚那里走走……来,转过来我看看。"

"颜色我喜欢。"

"你这一身看起来棒极了,我的小普艾希亚。"

笑容绽放在了周围人的脸上。视线中,帽檐下淡金色的头发与微笑就像初阳照在雪白的丝绒上一般,给世间一种暖洋洋的幸福感。

"嗯,那我就买这套。"

"加上我的头巾和哈连比的衣服,那就是六个特拉伦银币。"

普艾希亚在一旁小小的换装间内穿上了长裙后推门而出,进入人群中。忽然间,整个人像被放上了一条全速运行的水力传送带,普艾希亚和西丽卡姑妈还没来得及反应过来,就被人潮推向前了。

"好多人……等下,大家都赶着去干什么啊?"

"今天……噢！有马戏团的表演哦,在集市广场上。普艾希亚,想看吗?"

马戏团……普艾希亚犹豫了一会儿,点了点头。

"你不喜欢的话不需要勉强自己去哦。"西丽卡宽慰地笑了笑。

"去看看也好吧。"

"那我们走快点吧,能看到舞台的位置应该很快就会站满人。"

"我往前挤一挤吧!如果有空位……就拉你过来。"普艾希亚说罢,便弓身下腰,如滑溜小猫般朝人海里挪腾进去。

"等等……普艾希亚……"

匆匆挤过人群,按着头顶雪白的宽边帽,普艾希亚见前面三两个人中间有道来自舞台的光,她猫腰向前一钻,顺带拉着西丽卡姑妈的手,一下就站到了舞台正下方的看席。

"啊……还真有你的。"

姑妈站定喘了几口气,扶着腰扭了扭脖子。比起忍受方才拥挤人群中的浑浊,肺在这里能感受到新鲜惬意的空气。

"个子小也有好处。"

拍拍裙子,普艾希亚摘下宽边绸帽,刺目的阳光再次穿过人影,进入眼中。随着舞台上的准备工作渐渐结束,人群的交谈吆喝声也渐渐止息,一辆巨大的篷车从舞台对边临时搭建的坡台滑了上来,停在舞台中央。

人群爆发出一阵欢呼,随着这阵欢呼,一个白发小丑从篷车的天窗里探出脑袋来,把这阵欢呼带到更高的分贝上去。

是它。

"欢迎安珀城最棒的马戏团——皇冠!"

篷车的天窗一下打开,方才的小丑被弹簧装置弹射了出来。随着一个完美的空翻,白发小丑稳稳地站定在舞台的中央,向着四周的观众致意,深深地鞠了一躬,旋即在舞台边沿奔跑着与台下的人击掌。人群的声浪盖过了马戏团鼓乐队的演奏,那个胖胖的鼓手面带苦笑,更卖力地敲打着鼓,却也无济于事。

"最棒的游方小丑马克西姆,和我们的篷车——皇冠号!"

它的出现是否就意味着尼宁特的普艾希亚终于也被发现了?

司仪大喝一声,篷车内发出四下清脆的铁壳敲击声,车体分离开来,烟雾与彩色纸卷从渐渐打开的篷车中喷涌而出。

人群欢腾了起来,就算是平日石谷镇里那些最寡言的工匠学徒,也欢呼雀跃着,好像要把在师傅面前隐忍的笑容在此刻都倾泻出来似的。

"有请——皇冠马戏团!"

篷车里四散出现了许多踩着铁制独轮车的红衣人,手上不可思议地飞速耍着七八个圆球,一边骑行一边快速切手,七八个球在半空中画出了几条令人惊羡的弧线。掌声四溢,借着这阵浪潮,小丑马克西姆向后翻了几个空翻,在空中一个潇洒的转体,单足落在篷车内烟雾散去后出现的一张桌台上。

"他可真的是太厉害了……"西丽卡不禁赞叹道,"我想,他们要苦练很久才能有这样的杂耍水平吧。"

普艾希亚看着白发小丑,却自始至终没有表现出一丝激动。虽然她也在附和着鼓掌,但是她显然清楚一些周围人并不知道的事情。

"不。一定是又有什么地方搞砸了吧,不过这也难怪了。"她心里想着,视线自然和白发小丑对上了。小丑似乎对这次对视有些吃惊,向着普艾希亚的方向做出了一个稍显反常的鞠躬。

"不过还能及时现身告知我就好,我很感激。"普艾希亚压低帽檐,脸上露出一丝疲惫。

"怎么啦? 不感兴趣?"一旁的西丽卡察觉到了普艾希亚的不适。普艾希亚抬起头,一脸无奈地看着姑妈。那双会说话的眼睛正道出万千不舍。

"不是……是姑妈的话,应该能明白的。"

"是关于那件事吗? ……啊,抱歉,原谅我很久没有过问了。"

"对的。"

"天哪……"西丽卡的脸上满是惊愕。她早早从流落至此的普艾希亚口中听说了些许少女原先的遭遇。

"西丽卡姑妈,情况相当危险。这次我绝不想牵扯到你们中的任何人。"

姑妈弯下腰看着普艾希亚,露出怜爱的表情。姑妈的手轻轻捧着她的脸,就像是进行早已心知的告别。

"听着,不要勉强自己。能回来,就回来!"

"嗯。"

普艾希亚摸了摸自己侧发下的左耳,一条连着一只水滴状晶体的小耳坠便从发丛中现出形来。她随即转身要离开,小手却被身后的姑妈牵住了。

"那个,明天早上,在家想吃点什么?"

"馅饼!"普艾希亚笑着回头说。

"好,我再去用今天的余料做一个。"

"再会了……谢谢您!"

看着普艾希亚不一会儿就消失在眼前的人群中,姑妈捂住脸,试图不让错杂的感情流露出来。西丽卡提着藤筐,将里头普艾希亚的衣服平整了一下。

"让她走吧,西丽卡。"

台上的马戏表演进入了一个新的环节,随着一阵惊呼,一头长着犄角的雄狮一跃穿过了连着摆放的五个火圈,而后像一只大猫一样蹭着小丑马克西姆。这般惊异的驯兽杂耍让人群中的欢呼声一浪高过一浪,人们高呼着马克西姆的名号,因节庆气氛而按捺不住喜悦地挥舞着双手。

"表演如何? 还想看接下来的——飞人绝技吗?"

"要!"

"那就让我们,再次用掌声……"

马克西姆再次深深鞠躬,展开双手,健步跳上一旁升起的云梯。

"请出今天石谷镇上掠过——热爱广袤山脉与集市人海的白翼人鸟——马克西姆!"

背朝人海渐行渐远,震耳的欢呼声也渐渐低沉下去。

普艾希亚拐进了一条巷子,快步走过巷道内几个席地而睡的乞丐,走到另一条大路上,随后又进入一条巷子。

"贝菲,醒醒。"

"我随时都在。"

"电视人在集市上现身了。"普艾希亚压低声音,对耳坠中的蝴蝶说道。

"你是说,藏匿魔块的任务失败了吗?"

"是的。我要尽快回收始初魔块,这次也是一样,要按照原来预备的计划离开这里。"

"说到底电视人这个家伙……如今能够信任吗?"耳坠里的声音询问道。

"信不信任都好,就算在法琉斯的时候闹过很多不愉快,但我们和他的利害关系是一致的。"

普艾希亚的耳坠中飞出一只由彩色棱形构成的蝴蝶来,围绕着普艾希亚不停扇动着双翼。

"不过如果这次它给我一个太糟的理由,就算主人你护着它,我也会找它讨要说法。"

"别这样。它已经将等会儿碰面的地方告诉我了,我现在必须赶过去。"

"你最初就不该把魔块的力量分给它。尽管那是很早之前的事了,我还是忍不住想要这么说……这算我抱怨太多吗,普艾希亚?"

又穿过一个巷子,普艾希亚正了正帽檐,稍稍加快了脚步。

"如果当时不这么做,你我甚至可能无法从阿基耶逃出生天。"普艾希亚看了眼贝菲,"从阿基耶开始,不论如何,他一直处在帮助我们的立场。它也许讨厌我的一些做法,但绝不可能欺骗我。"

"我不这么认为。"

正当快要走出巷子的时候,普艾希亚发觉自己的脚忽然被什么东西紧紧抓住了。一个蓬头垢面的乞丐,直勾勾地看着她。脸上的皱褶里布满泪水,与那些衣着整齐大肆欢庆的人相比,这个角落里的他实在显得太饥饿、太病弱了。

"小姐,行行好,日子不顺,赏些钱吧。"

"别管他,我带你离开这儿。"

构成蝴蝶羽翼的几个棱形忽然断裂开来,但还没有下一步的动作,普艾希亚就用眼神制止了贝菲的行为。普艾希亚弯下腰去,摘下帽子,看了看眼前的乞丐。

老乞丐的双手在入秋的冷风中颤抖着。骨瘦如柴,若是放着不管,这个可怜人几乎就要在这个闹市街被活活饿死了。

"先生,原谅我有急事,能先放开手吗?"

"抱歉……可我好饿,什么都行,给我点东西也行,让我在这些日子换上点吃的吧。我什么都没有了。"那个人颤抖着,虚弱的声音中满是哀求,"我若是吃饱了,还能做些轻工换点钱,可都两天了,镇里没有人愿意帮帮小老儿,呜呜呜……"

普艾希亚蹲低身子,解开手上用浸油草和兽皮制成的腕带。

上面还有些值钱金属的镶边,当铺也许会收,这可怜人拿着这个应该进得了当铺的门。

"这个……还有一些散钱,您拿去救急吧。"

"这么多！可你……"

"我身上并没有带别的东西啊，如果不介意的话。"

"大恩大德！我怎么答谢你……"

乞丐有些吃惊，不觉又松开了手，没敢接住这块价值不菲的金饰。普艾希亚露出了愧疚的笑容，毫不犹豫脱身离开了。快速行走在城市巷道湿滑的砖面上，鞋底却没有沾染任何污泥，要是足够细心，就会发现普艾希亚行走时并没有与地面完全接触。并且，在穿越人群时，她几乎没有被熙攘的人群阻挡。

"一如既往地乱来呢。"

"别再说我了，贝菲。"

"哎……魔块很近了，小姐你确定不先去拿魔块，而是去见那个电视人吗？"

"我要知道情况有多糟。再者，魔块需要保持在那里，哪怕多一秒也是有意义的。他们会被那些错误的镜像拖慢脚步，我就有足够的时间将他们从这里引开。"

"明白了。"

在一扇木门面前，普艾希亚停下了脚步。推开门，里头高挑的酒保的视线就被她吸引了过来。

酒保擦着酒杯的手猛地停了下来，酒保看着比自己矮上一个头的小姑娘，也不好意思拉下脸来。他指了指酒桌上酣畅大笑、谈吐粗鄙的地痞们，小声嘀咕着。

"拜托，小妹妹，你不该学大人来这儿的。"

"我来这儿是要见马克西姆。"

"哦，那个流浪小丑马克西姆。他在外出巡演，但是，嘿，这儿可是大人谈天说地的地方，像你这样的年纪……进来这儿并不好吧？你可以到外面去等他。"

酒保打量了一下，这个大概十七八岁样貌的少女，有点儿不太合乎酒吧的氛围。

"那，这样呢。一来我远比你看到的要年长，二来这是给老板的钱，我可不建议你私拿。"

酒保接下了一枚从空中丢来的特拉伦金币，仔细端详了一下币面，有点不敢相信自己的眼睛，但他很快察觉过来少女的身份，忙着清了清嗓子。

"金……咳。先前失礼了。请找个靠里的位置坐下吧，我会通知他尽快过来的。"

"有劳了。"

几名酒客稍稍有点看呆了，眼前这个不穿鞋子的少女到底是有多大来头，不禁在他们的脑海里幻化出一万种可能。

"喂,谁都好,是不是该上去请她喝一杯石谷酒?"一名酒客高声叫道。

"可照理不能……"

"你是听钱说话呢,还是听屁说话呢?"

"十二特拉伦银币,管他什么酒,让我请了。"

普艾希亚走到靠里的位置坐下,靠在椅背上,看着请酒的那名酒客。"小姑娘,你倒真的有点意思。"

"谢谢高看。"

"说真的,你知道我们这个地方是什么人来喝酒的地方吗?"

醉醺醺的酒客打量了一下普艾希亚的姿色,似乎近看之后仍是远远高出了自己的预期,乐得合不拢嘴。

"知道。"

"你父母呢?"

"在邻镇。"普艾希亚面无表情地回答着。

"这么说来,你跑丢了?"

普艾希亚接过另一位酒保匆忙递来的酒,在手中晃了起来。"原谅我好奇,不过小姑娘您这张伶俐嘴和俏皮脸要是被卖到地下市集,没准可值上两三枚特拉伦金币呢。你知道吗?"

"……我可以当你没说过这话。"

"哈,说笑话。来来,陪我喝几杯,好酒是吧?"

咣当!

一个身材高大的身影把酒客的脸按在台桌上,把他吓得一时手足无措。"她来这坐坐就走。你不要给酒吧平添麻烦。"

"抱……抱歉……"

满脸横肉的酒吧老板松开手,在围裙上拍了拍,接着擦洗酒杯。酒客们感受到了压迫的气氛,接连从衣帽架上取下外套,推门离开了。

"妨碍生意了,抱歉。"

"不用,等会儿他们就又回来了,这帮没酒就活不成的蛆虫。"老板朝前台的酒保伸手招呼了一下,"下次放机灵点,别让小姑娘吃亏。"

"说他们是蛆虫那也……"

"你在想有什么不妥吗，小姑娘？哼，把店开在这种阴沟边上，我可不指望有什么王公贵族来我这儿消遣。再说了，拿钱就能封口，不也是你那个来接头的朋友看好咱们这儿的缘故吗？"

什么都瞒不过阅人无数的酒吧老板。

老板吹去酒杯边缘的木屑，卷了卷袖子便走回了后厨。

普艾希亚用指尖蘸着酒在桌上画着画，不一会儿就等到了人。

卸去小丑装束的马克西姆从木门里走了进来，一脸苦笑，把随身行李放在一旁的地板上，在对座坐下了。

"好久不见啊，拉·普艾希亚。"

"没时间寒暄了，我要知道我托你办的事情怎么样了。"

"你是说马戏团的事情吗？你看我那个扮相，是不是很棒啊……无数尼宁特人愿意为我这样弱小的空移力大喝大吼，卖座叫好，我真想取笑他们的无知。"

普艾希亚一弹手指，酒杯无声间就在空中炸了个粉碎，然而碎片并没有飞溅开来，而是像被透明的胶水粘住一般，悬在空中停止移动。一合拢手，那些碎片又拼接成了完整的杯体。

一旁仍然不怀好意的酒客见状暗觉不妙，纷纷识相地拿起衣物离开了。

"电视人，我们没有时间了。"

蝴蝶贝菲也从耳坠里飞了出来，在空中打量着电视人，电视人也没给贝菲好脸色，但了解到对方的迫切之后，电视人解除了外形。小丑马克西姆的身躯被扭曲塌缩成一个空洞，一台复古的小电视机从空洞里掉落出来，电视里的人洁白如纸，脸上除了嘴，并没有其他的器官。

"拉·普艾希亚。那好，不如说，普艾希亚，我相信今天给你带来的消息并不是很不愉快的。"

电视屏幕里先出现了一段雪花，而后出现的是一片除了云什么都没有的天空。盯着这片云许久，普艾希亚咳嗽了一声。

"我要看着这朵云从左边飘到右边？"

"这可是未经剪辑的原始素材。好了，睁大眼睛注意看这两朵云中间。"

"我看着呢。"普艾希亚反而眯起了眼睛。两朵云的中间，渐渐出现了一根棍状物。

"啊,要命,破穿锚,又是这玩意儿。"

贝菲停在普艾希亚的肩膀上,盯着画面中出现的那个异常之物。

"对,博加蒙杖。你也猜到了,门芙哈蒂·霍勒斯那个混账玩意找上这里了。"电视人笑了笑。

"我知道,所以我第一时间打算带上魔块撤离,不能牵连这里。"

"别急,普艾希亚,你接着看。"

荧幕中被称为博加蒙杖的东西在天空中撕开了一个大口子,随即三个像是巨大船舰一样的东西从那个破洞中倾泻而出,徐徐降落到地面上。第四、第五个巨大飞行物也从那里缓缓出现,和先前下降的船舰中较大的一艘合并在一起。看到这里,普艾希亚有点坐不住了。

"连这种边域地方也要染指吗?……"

"普艾希亚,我觉得更像是追着你来的,不如说这就是一路追着你过来的。我这么说你不会反感吧? 当然如果这地方再因此完蛋,你全然脱不开干系就是了。"电视人讥笑着说道。

刹那间,贝菲蝴蝶的棱翼爆裂开来,死死围住那台挖苦不止的复古电视:"我从法琉斯忍到现在,如果你单纯想发牢骚,拜托换个对象。"

"贝菲,够了。"

画面中的船舰依然在降落,可以看见登陆处已经冒起浓浓黑烟与火光,但博加蒙杖就像是被什么东西限制住了一样,并没能将开口拉展到可以让船舰快速通过的程度。即使领头的撒巴莱亚战舰很快降落在了尼宁特星球的表面,包括那艘大得出奇的旗舰——舰队的整体仍然运行缓慢,就像是在反复确认什么异常一般。

"要是没有始初魔块,可能我们早就大祸临头了。该庆幸这点。"贝菲叹了口气,只好如此感慨。

"你接着看,普艾希亚。"电视人拍了拍自己构成的屏幕,"猜猜是什么东西出手帮了咱们一个大忙。"

接下来的东西让普艾希亚变得有点不敢相信自己的眼睛,因为这么长时间和撒巴莱亚聚合意志打交道下来,这样的观察录像她还是第一次看到。

有序下降的舰船忽然被奇异的气流影响发生剧烈的颠簸,顿时黑雾弥漫,破穿点附近的自然光线也逐渐变得扭曲起来。

　　位处天空中的博加蒙杖,被恶狠狠地扯回去了。裂隙渐渐缩小,不仅没有船舰可以从那里通过,而且原先平静的空中忽然电火四射。地面上的组织成员正在以全部的火力,轰击着博加蒙杖所在的位置。

　　"疯了吧?居然攻击自己的破穿点?"

　　"不,不对,贝菲,你再看仔细点。"

　　巨大的紫黑色触须,大力拽住博加蒙杖,向深空裂隙中撕扯着。尽管因受到大量的攻击,操作精密的触须还是一鼓作气将博加蒙杖拦腰折成两截,上半截被狠狠拉回到虚空之中,而下半截就像流星一样朝着西南边的天空坠了下去。空中巨大缝洞中原定下落的舰船也被甬道收缩造成的震爆顷刻间拦腰截断,最终仅有上半截依靠紧急动力缓缓迫降在了下方的地面上。

　　"那……那是什么啊?!"

　　"贝菲,你居然也有一眼认不出来的东西。"普艾希亚诧异道。

　　"我虽然拥有魔块的智识,生来就认识很多稀奇古怪的家伙,但这个我真的不熟啊。"

　　"你听说过……"普艾希亚看着那条触须消失在天幕中,想起了一个令人感到十分不安的造物,"无陆之海的墨兽吗?……是叫这个吧?"

　　"你居然知道?你又是从哪里知道的啊?"

　　"希拉示·拉·波启卡告诉我的很多故事里,有提到过这个奇迹般的造物。"普艾希亚努力回忆着记忆中的细节,"曾经一位了不起的人与它订立了强而有力的契约,但它并没能尽力救下那位大人的性命,于是普南利尔的长老们将它囚禁在无陆之海,作为对它的问责。"

　　"天……怎么什么乱七八糟的东西都能和你那位希拉示老师扯上关系?真吉祥。"电视人略显不满地关闭了屏幕上的录像,旋即回到原先苍白人形的样子,打量着面前的普艾希亚。

　　"我先前分到的魔块的力量,也多少让我对那个造物有了些概念。但作为魔块子嗣的你,完全不知道反而有点异常啊,贝菲。"

　　"我发誓,你敢再拿我的出身开玩笑,我一定炸烂你的宝贝屏幕。"

　　"哈哈,你就是没脑子还特别容易上火的那种家伙,我不是说你,姑娘,我是在说那只笨蝴蝶。"电视人嘻嘻地笑了起来。

"说正经的，各位。"普艾希亚撇了撇嘴。

"那它，那个什么墨兽，它是在……帮我们吗？"

蝴蝶贝菲的疑问让普艾希亚思考了一会儿，她想起在久远之前听说过的不少事——关于这个怪异生物的一些传闻。

"它当然不会是在帮我们。如果没错的话，我记得希拉示说过，墨兽是一个相当自由的造物，尽管大部分的能力被普南利尔人利用魔块封存了起来。可能对那家伙来说，这又是什么一时兴起吧。"

"真是乱来……"

"魔块不也是一样如谜团般的造物吗？只不过没有自主意识罢了。顺带一提，我从挖掘出来的狭缝空间中感知到有个非常接近那怪异家伙气息的人类，正在试图接近这个世界。怎么办？要我出手在狭缝边界阻击他吗？"电视人小心翼翼地推问着，至于那个正在赶来的对象，他已经在如兔穴般密布于尼宁特星各处的世界狭缝中观察了许久。

"人类？如果他没有第一时间把那家伙和混乱带来这里，我甚至愿意将现象魔块遭遇的困局介绍给他。"普艾希亚抱住双臂，推敲着当前的局势。

"在了解了墨兽背景的前提下你可要仔细考虑，大概率上讲，他不会是个什么好人。"电视人虽是提出了建议，但语气并不是十分愉快——这样草率地将所剩不多的魔块残能用于帮扶闯入此地的来路不明者，实在是太过愚昧。

"至少有件事值得庆幸，因为作为星脉甬道锚点的博加蒙杖一断，来自撒巴莱亚聚合意志的后援短时间内肯定是不会有了。"贝菲摆摆蝶翼，像是宽慰了些，"这意味着我们要对付的麻烦少了一些。"

"是啊。"电视人灵巧的手指摆弄起手上的小硬币来，"说到底，你有没有精确估量过门芙哈蒂率领的入侵舰队的实力呢，小普艾希亚？我这次的感觉可不怎么妙，基于我们依然在他们的追逃清单上，而且被挂得有些久了。那家伙一定生气极了，你好奇过吗？他们会不会现在就在赶往这边的路上？"

普艾希亚站起身，做了一个深呼吸。

"我们起身吧，取回始初魔块，然后……将他们引开这里。"

电视人的屏幕上露出了一脸无趣的表情。"你有想过直接引开他们对魔块能量的消耗吗？你得做上数十个你自身的弱智拷贝，向着不同的方向玩命逃跑——我是说，你会发现这个方法压根行不通，就只是躲猫猫的话，迟早要到头的。我劝你别这么傻，去和对方对着干。听我一次，回收所有的辉映，然后果断牺牲这个世界，逃到他处，让魔块继续恢复。"

电视人将手中的金属揉捏成普艾希亚的样子，让它在指尖上像芭蕾舞者一样旋转着。

"别让这个世界成为和前三个那样使你牵挂的负担，我的阿基耶主人。"电视人苍白的脸庞中透露着一丝小小的冷酷，"而且现在就和门芙哈蒂那家伙全力一搏的话，我们很可能帮不上你任何忙，你也可能会死。"

"你以为我还在惧怕门芙哈蒂吗?"普艾希亚握紧拳头。

"不，我之所以觉得会输，就是因为很多事情到现在才开始挽救，为时已晚。我知道您的能耐，普艾希亚，我比谁都知道。门芙哈蒂依然忌惮你的所能，所以她才大费周章借着她丈夫的部队到处找你的麻烦。"

"所以接下来我需要尽可能多的帮助，甚至从可能的敌人那里。但这并不意味着我会向我真正的敌人妥协，请牢记这一点。"普艾希亚看着远处的天空，除却飞鸟和白云，空无一物，"我会试着发起一次希拉示教导我的召集信号，但愿它真如普南利尔传说中的那样能够唤来援手。"

"好吧，普艾希亚。好吧。"电视人笑了一会儿便沉默了。贝菲也从肩头一挥蝶翼，回到了普艾希亚的耳坠里。

"不管普艾希亚做什么决定，我会和魔块一起，陪她到最后就是了。我不清楚电视人你到底是什么立场，但是要是你选择和主人对立的话，我可不会轻易放过你。"

"哈。还在挂记我这条小命啊，笨蝴蝶。要知道我现在也是靠着魔块才能维持机能，我的选择并不多。贸然投敌可不是最佳选项，那和送自己去上吊没什么区别。我不像你，我说话是带有主见和思考的。"随着古典电视的屏幕上音量不断上升，话说出口，自然也变得越来越响。

"少贫嘴……是你使用并知悉着魔块的力量，可千万记得做对的事情，电视人。"在微风下，耳坠和周围一些蓬松的淡金色头发飘动着。

"没错，所以我思量再三的结果，就是顺应咱们小姐的意思改变策略——那个使普艾希亚不用再坚持东躲西藏的策略。这次不管是不是因缘巧合，但既然有人出手断了组织的后援，确实是一次良机。多少已经拖慢了他们的速度，因地制宜不说，我们也能乘机摸摸对手的底。"

"我担心普艾希亚小姐并不能应付那样的战斗啊。"

"她没有真正去战斗过，所以，在能不能应付这点上就吃不准了。但主人对此不是很有信心吗？"

"别叫我主人，电视人。我觉得一味逃跑不是办法，撒巴莱亚人不会放过这里的任何人。"

"那你一开始也没选择附和我的主张啊，你想，如果你在法琉斯行星就这么做，不论成败，尼宁特就能免遭此难了……嘻嘻嘻。"

思考有了结果，普艾希亚揉了揉手指，又掏出一枚钱币，放进了找零盘中。

"贝菲……先不管电视人说的是否有道理。我们先动身回收最关键的魔块吧。"

"一定先想清楚再做决定，普艾希亚。对手是那个门芙哈蒂·霍勒斯，既然是她来了，那就大意不得。"

"嗯。我自然有我的判断。"

普艾希亚将电视人收回到耳坠中，离开了酒吧的座位。酒保默不作声，依然擦洗着酒杯。

"先生，马克西姆在您这儿承蒙照顾了。"

"不用。小姑娘，我就是个酒保，只负责灌醉进酒吧门的人。和酒无关的请求，按理讲不是我的分内事。但我知道进来这里不为喝酒的，一定会再掏点钱打点我。我正好只认钱。"

"谢谢您。"

"但这枚银币，说真的太……"

"是回报，请您收下吧。"

"啊……谢谢！欢迎下次光临。"

目送普艾希亚走出酒吧的门，酒保摇了摇头，接着擦洗酒杯。

人走了之后不久，酒吧的窗外竟传来一阵东西散落在地的声音。

"别又是那位贵客的麻烦事儿……"酒保停下手中的活，走出门小心翼翼地左右张望了一下。

不像是有什么追债的或者风俗场所的打手之类出没呢。不过，地上有几个散落的礼盒，上头包着好看的绸缎。

"啊……哪个傻瓜蛋丢在这儿的？"

飞奔而去的人,此前听到了让他心碎一般的对话。

"什么? 有人入侵尼宁特……而且,普艾希亚妹妹要和人去阻止他们? 这太危险了! 普艾希亚妹妹……要是我这不中用的哥哥也能帮上忙的话……"

哈连比径直向着镇郊的军营撒腿狂奔起来。

石谷镇钟楼。

"这次应该做点什么了,因为就算是逃,我也无法接受在尼宁特这里会发生之前那样的事。"

风吹过发梢,少女脸上的表情充满了郁愤。

"尼宁特不该变成第二个法琉斯。"

"那也得视初魔块的余能状况而定吧。"

普艾希亚在钟塔外悬空飘浮着,双耳的挂坠发出鸣响声。随着下午三点钟声的响起,两种声音的共振中徐徐显现出一块魔块的外形。

将魔块吸纳进双耳的耳坠中,这一举动稍稍引起了少女的一阵头疼。普艾希亚再次感受到了魔块中所剩无几的异能,空移器官中能清楚感觉到魔块此前在守护这个藏身处时巨量的消耗,在短时间内是不可能完全恢复的。剩下的,也许只有逃跑用的余量。

普艾希亚徐徐降落在钟塔的背面,整理了一下粉色的长裙。

"如果不出意外,两天之内他们就会找到这里。既然已经放他们进入这星球了,这次必须把他们全部阻止下来。"

"你也知道靠魔块剩下的这点力量,和撒巴莱亚人那一众装备精良的武装士兵们干上一架,确实没什么赢面吧?"贝菲的声音从左耳响起。

"我觉得普艾希亚需要一点鼓励,因为从我的角度看,能保护这个地方的人也只有你了。提醒你一下,你之前说过想要去发起希拉示·波启卡说的大启示,那你最好动作快点儿。"右耳则是电视人的声音。

"我得先动身去镇公所。"普艾希亚大步流星,"得先让无关的人离开这里,越远越好。"

"西丽卡姑妈,不如说……西丽卡。这几年我结识了很多人。哈连比……纳布大叔,还有莫尔莫爷爷……这次,真的不想就这么离开了。始初魔块本质上并不是用来战斗的,但要是非得这么做的话,我愿意试试。"

但这意味着,暴露后的自己也许再没有机会从门芙哈蒂手中逃走了。

先前的世界,那些存在有选择文明的星球……如果撒巴莱亚聚合意志真的想一路吞噬过去的话,必须有人阻止才行。

我得试试,无论如何都得试试,先不要想着失败……"尝试发动大启示后,我要去迎敌。"

"啧,电视人,要是你怂恿的这个决定害她受了伤……"

"我知道,贝菲。"电视人轻飘飘地说着,"你会活拆了我。"

普艾希亚将帽子摘下,念起了驱动魔块的古老语言。

"希拉示说过,大启示会让有志之士聚集起来,现在就是时候。"

"阿基耶的星光啊,阿基耶的星光。灯天的星光,熔烛的星光,枕火的星光。三神万罗的伟大秘密,请亲和我。伟大的空移之力将启示之人汇聚于此。"

空想信号。

"向着无垠的宇宙而去吧,大启示。"

"成功了吗?"

抬头,只见白昼之中出现了一丝微弱闪光。

它十分微弱。只是一道浅蓝色的光柱,也许云层厚一些,它就会被整道挡住。和希拉示说的不同,它并不像传说中的那样足以照亮一颗星球的整片天空。

"这……"

"很遗憾,我压根不觉得会有人从这个星球以外的地方注意到这个。不如放理智点,如果现在要穿行到另一个时空位置中去,先不论远近,魔块剩下的这点充能还完全够用。"

"我要是拿它用来应付战斗的话,会怎样呢?"

"我来给你分析分析,姑娘。首先,如果碰到很棘手的对手,时间稍稍拖久一点就肯定会出大乱子。普艾希亚和始初魔块显然都缺乏这方面的准备。"电视人从耳坠里开口说道,"其次,考虑到最坏的情况,可能还没出手就会在拥有两方魔块的门芙哈蒂面前送命,多半会是这样啦。"

"……这也是没有办法的办法,在没等到大启示召集的人到来前,我们还是尽量避免主动出战吧。它真的不够亮，像是没有完成。"看着一脸难以置信的普艾希亚，贝菲宽慰地扑了扑蝶翼。

它确实看起来不那么亮，普艾希亚心中有些小小的沮丧。真的会有人看到这条淡淡的光柱，如同预言那样拔剑相助吗？闭上双眼，少女控制着自己双手因紧张而泛起的震颤。

法琉斯不绝的炮鸣声仍然在耳边如幽灵般回荡，而尼宁特仍然沉浸在这集市平和的喧闹之中。

"你发起召集的信号看似是权宜之计，但按我的预期，卸下伪装的始初魔块要两天后才能恢复招架敌袭用的能力，更别提届时他们定会找上门来，对你我不利。啊，真要命，你能不能别总这么死脑筋？听我一回，快点离开尼宁特这招架无力的鬼地方，拉·普艾希亚！"电视人抱怨道。

"要是能回到几年前在法琉斯的全盛状态的话，电视人你还记得……那时候……"贝菲怀念道。

"费劲去想那个又有什么用？可我们最后不是也灰溜溜地撤来尼宁特了吗？好像我们那会儿对上撒巴莱亚的殖民军是赢下来了似的。"

电视人所说皆是事实，听罢的贝菲也只好叹了口气。

"说到过去的事情，我们都怀念那段时光，不是吗？我还想回阿基耶狭缝呢。如今撒巴莱亚为了拓展领域扩充星体力量而不择手段，仅有这种文明程度的星球在那种怪物军团面前当然一点生存机会都没有。可只依赖魔块这点能量，这样的天真念头真的要收一收。说到底，尼宁特有啥啊？农民、骑士和牛羊马？这都有啥用？"

古典电视屏幕上投射出一张非常潦草的卡通画，一群落败的骑士在门芙哈蒂·霍勒斯的脚下大呼小叫，疼到吐出舌头来。一群黄环黑服的持枪士兵笑着挥舞着骑士们落下的剑与长矛，仿佛在炫耀小孩打仗游戏里的木头玩具。

"难不成你想靠这个无能世界扳倒门芙哈蒂？你做梦呢？"

"可各位，现在也没得选择了。"普艾希亚攥了攥手指。

"放心。我会帮忙，电视人应该也会吧？"

"我就知道！当然了，童话故事里每个公主都有骑士救场，我看你还真把自己当阿基耶的公主看了！"

关上屏幕，电视人便不再发出声响了。

教堂准点钟后的礼钟鸣响,仿佛没有温度。

当钟声的回音消失在小镇的最后一个角落后,普艾希亚向热闹不息的集市走去。她可能会见到西丽卡,可能会见到别的什么人……小村里的他们一定阻止不了事态的发展,因为这里的一切就像命数安排一般都已写进绝灭的日程,如果任由一切自然发展的话……

空想信号在启示完成前不会中止,她要把这个世界的命运扳回正轨。她心里清楚,自己决断已下。

第17章

渗透

时空议会，囚室。

凌踪摆着一张扑克脸，死死看着那道由自己打开便会十分不妥的陌生的囚门。这是个很糟的现况。

回想起先前所在的时空，他只能暂时相信列辛所说，自己已经是消失人口，失踪名单上也不会有自己的名字。父母家人、亲朋好友，又是怎样过着没有自己的生活呢？时空擦洗的效果也是可想而知，自己的存在被完全合理地剔除，这种颠覆观念的强大干涉，不禁让平时习惯了镇静处事的凌踪也感到后背一阵阵发寒。

这就是高位世界吗？竟然可以将我所相信的一切，玩弄于股掌之中。

他看了看左手手背上那个有如比例失调的感叹号一般的沙漏状纹痕，外观就像是胎记一般成了皮肤的一部分，但依然能感觉到这个纹痕与手心对应的中间部位空洞无比。除非是把整只左手移除，不然这个纹痕能一直发挥它原有的作用。就像是科幻作品里左手里被寄宿了外星生物，不过这却是一块由无机物构成的石头，充满了荒诞与离奇。凌踪不禁想着这样的能力在受到什么样的威胁时纹痕才能被移除，符石能否被破坏，那把剑的硬度到底有多高，实际能力又如何。理工科生的探究欲就像干柴遇上烈火一般燃烧起来。如果从这里脱身，他一定要砸时间好好研究一下这个超越常识的物件。

那么，剩下的就交给时间吧，时间总归是能帮助解释很多事情的。就算现在一筹莫展，也要先从自己的能力范围内开始做起。

三小时前，时空议会，监视室。

"我真的，真的很抱歉，凌踪先生。"列辛悲伤地笑出声来。

"气没消，不想说话。"青年在投影空间中来回踱着步，心头怒气可谓是一分未减。

"没事，比刚才好多了，我发誓，这世界的一切就像你所说的，是受诅咒的，我不能再同意你的观点了。但是，请听我说，当我现在的这个时空投影操作结束后，凌踪先生，你会被一口气还原到先前的状态。那时你躺在囚室的床上，刚刚苏醒，什么都不知道。因为我发动的广域操作是从那个时候开始的，就是为了躲过议会其他派系'完美监控系统'的监视。由此，你应该也知道的，这个监控系统就是个缺陷品。虽然能被投影操作影响，但在投影完全失效后依然能够瞬时辨识出你身上发生的微小变化，比如你体内激素分泌的改变等，但是我留了后门，你不用担心与我会面穿帮的事。"

列辛掏出一支手指大小的激光扫描笔，按动了预启动的开关。"这支特殊调整过的纳米纠正装置将帮助你恢复到原先的体征水平，天衣无缝，完全无害。包括你的大脑皮层活动都会被还原，唯独你的记忆部分不会受到任何调整，且能被其伪装保护。这之后你身上唯一特殊的地方就是手上的纹痕，这个也是关键所在，所以听好了，这也是你与勒克莱尔合作的一部分——出去后，千万别胡来。"

凌踪看着这支纠正装置发出的微光一点点从脚向上开始缓缓移动，感觉像是在做人工日光浴一般，并没有什么痛感，但有点像是只小小的鼹鼠在皮下钻来钻去。

"列辛先生，打断一下……请问我接下来要去的地方，会是接近撒巴莱亚人老巢的地方吗？"

"不，试做型'神曲'根本执行不了那么精确的折跃。它只能将你折跃到议会球状时空探测仪范围以外较远的地方。举个好听点的例子就是，把皮球一下丢到太空里未知的某处去；举个难听点的例子就是，如果你运气不好，被丢在一颗孤僻的星球上困死了，我想整个时空议会再过几万时空年也不会有机会知道了。相信我，既然你现在同意为勒克莱尔做事，会有人帮忙指引你的。"

"最好告诉我这是有把握的事情……"凌踪暗自捏了把冷汗。

"要是这么有把握，做这个事情的人估计就不是我，被拜托的人也就不是你了。你已经有自己的选择了，比起在议会被消灭，你选择在未知的旅途中活下去。这一次我承诺我会尽力做好我的工作来辅助你，对得起你，至少让你能有个安心的归处。"

"别和我这普通人开什么送命玩笑了。那，哪怕是用某种超越存在的能力，我还有机会回来这里吗?"

凌踪脸上的焦虑难以掩饰,非要说为什么,毕竟在列辛提到的整件事上,自己可是丝毫没有感到一点安全感。

"我希望这不是永别,凌踪先生。对我来说,我希望时空界底端发生的问题能被纠正,议会能得以保全,但具体怎么把底端的闸口稳固好,以及你会遇到什么样的困难,我是不知道的。只能说,我把我认为做不到的事情拜托给了我觉得不可思议的人,哈哈……这就是所谓探索不可思议,得有一腔勇往直前的抱负吧。"

"你这话没引起我什么共情,反而无聊到让我有点想打你,列辛先生。你说话到底靠不靠谱啊?"

将手中的扫描笔折跃掉之后,列辛向凌踪伸出了手。在伸手之前,他看了看手上的表,只见那上头泛起一阵淡蓝色的信号光来。只是这光十分黯淡,让看到这信号光的列辛眉头微微一皱。

"见笑了。原谅我话总是说太满。不过请你记住一点,在任何时候,我都是站在邪恶的对立面的。我刚刚收到靠谱的消息,试做型'神曲'已经设定好坐标了,在那之前,还得委屈你在勒克莱尔被判一次死刑。"

"我试试。至于相不相信,我现在可是进退维谷。"

"你可以相信我,相信真正的勒克莱尔人。我们用一切祝福你,不论何时,凌踪先生。"列辛伸出手,意味深长地笑了笑。

"我想我们一定能活着再见面。"

凌踪上前握住列辛黝黑强壮的大手,等松开之后,自己的面前就是天花板了。他躺在床上,感觉和大梦一场没什么区别。要是真从梦境中惊醒,那起码现实中还有退路可走,但从现实中醒来,面对更加复杂的现实时,人还是有理由相信梦境与之相较是更为美好的。

时空议会,监视室。

门外传来一阵脚步声。意料之内,有八名列达议会卫兵走进房间,用手中射出的粒子流将凌踪束缚住,牵引了出去。并不粗暴,凌踪甚至有时间观察列达卫兵的构造。

似乎是一种克隆技术和仿生机械的结合,至于列达卫兵出于什么目的被制造出来,凌踪也没有在列辛这里过问,只是它们看起来毫无感情,像极了一群在全息动物园建成后失业下岗的实体天鹅。肌肤上有小小的电子植入，似乎是为了在一些单元中发挥独特的作用，最让凌踪觉得诧异的是，这些列达卫兵除了腿被改造成利于奔跳的反关节，后脑连接中背的整个区域居然是透明的。里面的生体骨骼清晰可见，唯独消去了许多不必要的器官和肌肉，为细致的内构和装载功能腾出空间。

看起来，这就像是一个先端技术和多种生物概念的缝合，让人忍不住凑近了看，但显然这并不是很礼貌的举动。

"好吧，别在意我，你们也是例行公事，我肯定配合。"

语罢，前排的列达卫兵齐齐转过头来看着自己，似乎是为了确认自己的心理状态，但这病态的一齐回首着实把凌踪吓得不轻。

"别吓我，你们也从来不说话，不是吗？"

一片寂静。

"喔，抱歉。我只是好奇，但是你真的觉得，事情的发展会有你和那位先生讨论的那么简单吗？要知道现在你可不是什么局外人了。"

凌踪又是大吃一惊。他强忍住回头看向声音来源处的冲动，但冷汗出卖了自己。

"嘿。不过看样子你终究会知道的，他所说的正义是怎么一回事。有那位列辛大人作保，我才期待着。"

这声音，凌踪猛地回想起先前在尤尼乌斯号上的一切。"你这家伙，别斯科？！"

凌踪一回头，发现空无一人。

列达卫兵见状狠狠一拽粒子流，凌踪在惊惶之下被强行带走，背后走廊里掠过的一切也就无从得知了。

错……错觉吧。

凌踪觉得自己有些神经紧张了，因为如同列辛所说的，时空议会并未被撒巴莱亚所染指，倘若撒巴莱亚人真的出现在这里，整个时空议会绝不可能平静如此。

但要是真的出现了的话……就有必要让勒克莱尔议会知道。这……不对劲！

勒克莱尔时空议会，审议大厅。

"吉卡匹亚，高塔不朽，众安。"

高台上的大审判官正襟危坐，向着大厅中攒动的人们致意。整个昏暗的大厅在其正中央的星系投影照耀下辉映一片，随着致意结束，自然的光线从四周亮起，大厅内的喧闹声也渐渐消止。

凌踪在列达卫兵的看守下进入一个封闭的立方体中。透明而又坚实的护壁无疑是为了防止审议对象脱逃,也充分尊重了审议对象的知情权,同时在这个立方体中还特别提供了广域同声翻译AI。外面人群的喧闹声被翻译成了凌踪能够听懂的语言,凌踪感慨,这就像是在自己的家乡接受法院的宣判一样。

"嘿? 嘿! 有人听得到我说话吗?"

很快他就发现,他所说的话,并没有被传到外部。在没被允许的情况下,任何东西只能进不能出,真是个令人不爽的设计。

"本席今日要谈论的,是先前众所周知的关于在蔚蓝时空Ⅲ中代号'凌踪'的孵星器计划的相关常规处理流程。根据三派先前将其存在抹消期限延后的决议,现决定废止。本席起始前,请三派代表先陈请尊称。"

凌踪觉得这事情不能再等下去了,于是挥舞双手,试图吸引周围人的注意,可看到他举动的人只是掩鼻而笑,似乎除了将他当作一个低等文明的猴子看待,完全没有主动理解凌踪的意思。

无奈之下,凌踪只好隔着护壁打起了国际港通用的手语,尽管他再三打出"我有重要的事情要说"以及"现在这里有危险"的手语,却根本没有人理会,仿佛这个审议会上没人能读懂这些。

真是完蛋。

"鹜派,杜昂里斯·特纳,上议代表。""蝉派,安贞·佛尔尼,上议代表。""荚派,舜能·李,上议代表。"

列辛并没有出现在正议席上,因为他并未跻身上议院之流。凌踪忙着找寻列辛的位置,发现他坐在上议会席位的后几列。而列辛似乎也做好了充足的准备,胸有成竹地面对着大审判官,与身旁同僚一样进行着审议开始前的例行致礼。

"即此心不论何时皆为勒克莱尔,誓与三塔意志同生共灭。"

凌踪双手叉腰,一脸无奈地看着护壁外的审议大厅,心里不禁爆了句粗口。显然在被人允许向外头说话之前,自己的表达权利已被完全剥夺。

"就座。"

三位派系代表在靠近最高审议席的三张悬浮座椅上庄严地坐下,露出了推销员一般的样板微笑。

"那么,也按照刚才的次序,请各派代表陈述意见吧。"

随着几声清脆的槌响,三派代表的悬浮座椅向前移去,在轨道的牵引下,到了星图投影的正上方。

在此发起的决议毫无悬念。凌踪多少也意识到时空议会对下行时空处置并不婆婆妈妈。一群高位时空人在此肆意裁定着他们所有物的命运,而接下来,自己将仿如一粒微尘般消失在大气中。

凌踪看向自己的左手,手背上沙漏一般的纹痕依旧存在着。他故作镇定地看向列辛的座席,却发现原本坐着列辛的座席上空空如也。

他人呢？凌踪心中一跳。

"但在借鉴以前审议处置的经验上,三派亦做出赞成立即执行抹消的决议。"

听毕,最高审议的大审判官将扶在下颌的手放了下来。

"那么,上议的决议已经是三票通过了。接下来请中议列位代表阐述观点,如果中议赞成数亦过半,就跳过复议直接定论了。请吧。"

三派的上议座席也随着三位代表的结束致礼而缓缓飘浮回到先前的位置。整个中议席渐渐被筒状排灯的光辉映照出来,显然接下来便会是中议主场的发言时间。

"列辛……去干什么了？"

凌踪心里忐忑不安,而打断这种不安的是会场快速爆发出的一阵喧嚷声。

"荚派的好几个议员代表呢？刚才还在场。"

"我刚刚好像看他们走出去了,是想抗议上议的全数通过结果吗？"

"秩序,肃静！"

大审判官无奈地敲了下静堂槌,人声也渐渐少了下去。

"本派中议的意见与本派上议一致,赞同即刻执行决议。"

"听取了。那么蝉派呢？"

"蝉派的代表呢？"

中议席上的人面面相觑,一时也没找着蝉派的代表。"温拉海尔呢？"

蝉派上议的代表从座席上一站而起,询问着同派的议员们。

"刚刚还在的啊？话说荚派的列辛也一样不知去哪儿了……"

"岂有此理……不过,是上头的意思吗？"

"小声点。要有动作了？"

莛派的上议代表也坐不住了。

"请先把广域录像调出来,这几个人真是瞎胡闹。"

星图正上方弹出一个巨大的投影屏幕,很快所有人都注意到,列辛离席之前,接到了一个通信。同样地,蝉派的中议代表也是在接到通信之后匆匆离席的。

"放大声音听一下他们的通信。"鸷派的上议代表特纳整了整衣领,"这两个人的通信最好是有些什么……"

但是他们只能听见模糊的杂音,显然这通通信经过了特殊的处理。

"区区一个中议!"

特纳一脸恼怒地看着中议席,被目光扫到的议员们也全是一脸茫然。

"呃!"

"少安毋躁,审议必须继续。请议会纠察团去追查那几位议员的动向。切记过程中不能失了礼数。"

蝉派的上议员向审议边座席的白袍议员们挥手致意,为首的几个互相耳语交代了一番,身着的白袍上像过电一般涌过一阵脉冲,在一行十数个人之间游了一个来回。

"礼数?在宣庭时擅自离席可不是小事,赶紧去确认那两个人的行动!卫哨把这两个活生生的人给看丢了,到底搞什么名堂?"

"遵命,这就动身。"十数个白袍人起身离开,消失在审议大厅沉重的大门后。

"那么,中议也只剩下鸷派的了。有需要特别提请的反议吗,塔米尔代表?"大审判官捋了捋胡子,暗自感觉这场审议也快接近尾声了,"请汇集中议会的意见,告诉我结果。"

"回告大审判官阁下,和上议的三票通过的结果一致,我谨代表中议多数决议,赞同立刻执行计划项目的析离并抹消一事,提请立刻执行。"

"那么就通过了。"

三声清脆的槌响响起,凌踪此刻就像是从三个连环的梦里被一个接一个地震醒了,不由得紧张了起来。

"决议执行析离神器,并抹除项目代号'凌踪'的存在。"

一群人煞有介事地聚在此处,却像是在走完一遭毫不费心的流程。

大审判官身旁的两位书记将各自面前的投影记录合上,轻轻按动投影操作上的按键,笼罩着凌踪的那一块透明护壁稍稍晃动了一下,便自上而下像是蜕皮一样掉落了一层镀膜一样的东西。

"审议结果已定，现在由当事人进行陈情表述，仅供记录。顺带一提，凌踪先生，现在的我们是能够听到你的发言的。请不要认为勒克莱尔不尊重你的人身权利。从时空管理者的角度来说，我们的审议决定必须将勒克莱尔的利益放在最优先位。遵照这个规则，你应当接受审议的结果。

"宣庭结束。凌踪先生，接下来，你会有二十分钟基于人道守则的自由发言时间，其间允许你与在座的议会议员进行论辩陈情。当然，列位议员们，此刻你们已获准离席。那么现在开始。"

厅堂中嘈杂一片。

"您好，各位议员们，"凌踪看着大审判官，"我之前看见有撒巴莱亚的组织成员在议会出现了。如果那不是我的错觉的话，这里现在一定有危险。我不知道他在这里出现的目的是什么，但请您务必想办法阻止那个人，那个撒巴莱亚代号是别斯科的家伙……"

"哈，疯了吧？你知道你……现在在哪儿说这话吗？"

凌踪向着声音的来源看去，一张戏谑的脸看着自己。虽然自己并不认识，但在对方的眼里，自己就像是个丑角一般。

"这里是勒克莱尔时空议会……吉卡匹亚三塔在上，什么组织？你是说有什么组织能摸到这里而不被察觉？这里可是勒克莱尔亚空间，怎么可能有撒巴莱亚人能够做到避人耳目悄悄摸来这里?!"旁边的人拉了拉这位议员的衣袖，示意他别在这里太过较真。

议席上的人陆续离开，像是有更重要的事情要做，凌踪无奈地看着剩下为数不多的听众，稍稍有些窝火。

"嘿，我都是个要被人道蒸发的人了，你大可以取笑我说话荒唐，但是我所提供的情报值得你们去检验一下，尽管我对这里的情况知之甚少，但我清楚这件事的重要性。"

"这位先生，我至少还没有闲到再等十五分钟看你哭闹求情。你要是接下来想说服别人，我给你个建议，先把这些天方夜谭放下，想想勒克莱尔议会为了挽救你原属的下行时空做了多大努力，然后掉几滴眼泪，说不定……"

看着凌踪脸上毫无变色，对于没看到期待的场景，议员颇有些失望。

"同样，这位先生，我看见上面那儿就是门，不如请先出去忙吧，而且你这种不知从何而来的傲慢也没有帮到我。"只听见冷笑一声，凌踪露出满脸的不屑，"万一撒巴莱亚人真的渗透到了议会里,你可担得起忽视我这句话的责任?"

"我是白费口舌,而你,哈,是无理取闹,小子!"

那位议员一甩袖子,看着手上投影电脑的屏幕愤然离开了。

"不看也罢! 让他就这么变成一串数据计入实验簿中便是了。"

只见凌踪做了一个深呼吸,再次鼓起勇气望向大审判官所在的高台。

"审议官阁下……请您务必相信我,此事非小。"

"你还有剩下的十五分钟,凌踪先生。"

"哈?"

大审判官捋了捋胡子,看了看议席。

"即使有话,你不应该对我说,你应该对他们说。"

而此时议席上剩下的人已经寥寥无几了。

三位上议代表开始整理投影电脑里的审议文件,看神情也不像是想在这里久待以及认真听讲的样子。

"真的,我可没有在开玩笑啊,各位。"

"年轻人,我们在听着呢。"

"……"

凌踪一时语塞,觉得刚刚像是嘴里被人塞了团袜子,摸摸额头叹了口气。

"但愿真是我的错觉吧。"

"你知道的,我们会耐心听你讲完这十五分钟。"

蝉派的安贞·佛尔尼合上投影电脑,抱肩朝下看着。

"就连你也认为我是在胡扯吗?"

在剩下的所有人里,这位算是凌踪看来最正气凛然的一位了。

"不,我只是觉得从我个人角度来讲,凌踪先生,你提供的情报并不能让人信服。"

鸳派的议员忽地打岔:"我们也是为了你的尊严着想。"议员手指交叉,打量起眼前球幕的边边角角后,说:"在你身上即将发生的一切,都是宏时空议会处理章程的一部分,若你觉得我们有理由表达歉意,那么这是我个人的感受,我为你感到难过,凌踪先生。"

话未结束,他便继续忙活着之前未完成的电子公文批复。

"够了。"凌踪没法再忍受了。

"从现在开始,我不指望你们相信了。我为了阻止撒巴莱亚人的暴行,'连累'了我的整个世界,可如今你们居然连个辩护律师都没帮我找,甚至没有像样的公众陪审,这说明勒克莱尔时空议会的法律和大脑缺失公正,非要我挑毛病,我觉得这就是裁判的不公,是身居高位的傲慢!试想如果这样的鄙夷与不公发生在各位自己身上,你还会像在座的大多数人那样一笑了之吗?"

三人面面相觑,好像从来没听说过"律师"这个概念似的。

"那各位与穿着文明衣袍的野人何异?"凌踪大吼一声。

可能因为这句发言的冲击力太强,在场并没有人选择做出回应。

他看了看厅中央的星图,想起列辛议员先前说的话——作为和勒克莱尔合作的交换,他一定会保证自己在勒克莱尔的安全。

这已是到了生死攸关的时分,每一分每一秒都像是尖针般刺人。

他是遇到什么难题了吗?

荚派的议员似乎注意到凌踪脸上的小表情,面带微笑地看着他。

"那什么,请继续,凌踪先生。实话说,我觉得你是个了不起的人。如果可以的话,希望你能花点时间告诉我一些关于你自己的事。"

"我只想问,怎样才能说服你们改变决定呢?"

"哈,没必要和他搭话,舜能先生。"鸳派代表苦笑一声,不紧不慢地批复着手头的文件,"几分钟后,他就是一股白烟了。"

"其实存在抹消之后,你仍然烦恼的一切也都无关紧要了。你就当做了一场二十余年的梦吧,这样想或许会让你轻松些。"一旁的代表附和道。

究竟是什么样的傲慢能让人对着一个和自己别无二致的存在说出这样的话来? 或许勒克莱尔人真如列辛所说,这些人只是把所谓的孵星器计划,把这下位时空的住民当作无关紧要的器件罢了。

"对你来说当然没有这么重要了……在这想活下去的人是我。"

顶着这种无形的精神凌迟,凌踪心头的无名火被及时赶到的理智强压了下去。而时间已经所剩不多了。

"如果出去以后……能为时空议会做出贡献的话,我是说,我既然也跑不了,让我在这里工作或者做什么都行啊。别的也许做不好,我至少可以帮你们修修电器。"

"不,即使作为高级技工,我想议会并不需要你效劳。你是这次审议的议题本身,你和你早前冒失的行为一起促成了你当下的处境。"荚派的上议员开了口,"因此,一码归一码。"

"冒失?"凌踪听得皱起眉头来。

"凌踪先生,在我个人看来,其实将你纳入议会供职的处理方式完全没有什么问题,只是从大计划层面的考量来看就不一样了。从安全保密的角度来说,化形石作为你所属小小世界所不应接触到的禁忌之物,议会完全有必要将接触这些的你与后续衍生的不合理性消除掉。"舜能议员一脸遗憾地说道。

"那使我记忆重置不就可以了吗?之后把我丢回原来的地方,或者说你们的实验计划场地就行了啊。难不成这在看似全能的勒克莱尔时空议会是件意料之外或做不到的事?"

"孵星器项目代号'凌踪',你可能不知道你原来所属的下行时空到底因为你的越权行为发生了什么样的变化。议会为了保全你原属时空的合理性,将整个时空与其平行的时空进行了重合操作,简单说就是用像器官移植一样的方式进行修复。状况在你与超越神器发生交互时便产生了变化……总的来说,你已经不适合再作为实验项目继续返回到我们的孵星器大计之中了,在你身上投入更多资源,等同于一种铺张浪费。"

如果让他们认识到自己已经知道这件事的话,也就等同于把列辛给出卖了。抱着渺茫仍存的希望,凌踪决定试着相信列辛。

"你们这群人……也欺人太甚了!"

"凌踪先生,你对这件事的定性看起来好像没有很吃惊的样子啊。你是否没能清楚理解我们所表达的意思,还是说你已经认真思考过这件事了?"

一旁鹭派的上议员用手指敲着桌面,上下打量地看着凌踪。这种蒙混过去的话术果然也很难骗过这些人吧。

"善意的提醒,凌踪先生。"蝉派代表也径直开了口,"别小看勒克莱尔。你所在的囚室包括这里是有很详尽的体征监测系统的……你要是说谎或者强辩的话,体内激素的变化会很明显。"

这下还真是没什么交涉斡旋的余地了。

凌踪看向四周飘浮的座椅,它们如同一只只静滞在空中的食腐鸟一般,注视着地面上仍存一息的自己。

"那你们之前在我说撒巴莱亚的事情的时候,怎么就觉得我在说谎呢?我并没有说谎,我陈述了我亲眼所见的事物。"

"人有可能信服于自己感到有把握的东西,不过……我也可以给你展示一下,稍等,让我设置一下,这就是……"

蝉派代表手腕的表带上拉出的投影中出现了一个巨大的监视画面,几个显眼的标识都显示目前的时空议会安保和保密能力完善良好,并没有特别需要警戒的对象,包括被时空议会收监的危险对象都处在良好可见的管制中。核心区域包括保密库以及其他的机关,通过认证的人在投影中发着微绿的荧光,四处走动着。

上议员关闭了投影,揉了揉肩膀,望向凌踪。

"这里有着非常缜密的安保系统。如果真有险情,我们也备有充足的对策。所以,想必你一定是把某种错觉当真了,先生。不必在这方面做过多辩驳,依我看,你的时间有限,出于对你帮忙解决议会面对的敌意势力的尊重,请注意我更正你的说法,并不是敌对,而是敌意势力。就本着这种尊重,我将认真听你的请求直到最后一刻。请继续吧,舜能上议员。"

"好。凌踪先生,接下来我要说的第二点对你来说很不利。我知道占用你最后的陈述时间来做解释有点过分,不过,就像佛尔尼上议员说的那样,这是一种尊重。你先前接触过超越神器吧?那块可以自在变化形态的石块。你之前估计也注意到自己身上的异样了,由此我们认定异界化形石与你存在着人与物分离的独特维系,即类型三超越神器。换句话说,只有在你的存在被彻底抹消后,这个被称作化形石的异界来物才能析离出来,被本议会认定为正式回收。这对你来说可能是个新概念,在勒克莱尔却是老生常谈了。"

"如今我也没法现场说服你们更改这个决议吧?"

"是这个道理。很无奈,要不是这种特别的超越神器,你或许不必被抹除。可能用你的文明所能理解的话来说,我们没法在处理极大不良影响的时候考虑太多人性。就是这样。为了更大的良善,我们必须全心维护勒克莱尔的利益,即使那有时看来是偏激的。

"如果一直顾虑到实验计划对象的人权和需求的话,勒克莱尔时空议会办事也就没什么效率了。作为项目选育对象的先生你应该能想明白这一点。别担心,我们会见证你最后的时光。"

"此种见证,我不需要!"凌踪大吼一声。

"你想,凌踪先生,你被押在这里审判,当然也是有前因后果的。"

一时之间,凌踪被堵得哑口无言。这就是所谓的代价吧,就像圣剑说的那样,行侠仗义的深痛代价。这一刻他认识到有些东西无法改变,即使自己执着于认为对的事情,在放到更大的台面上,也要被群体利益的滤镜重新审视后给予裁判。

就和当时尤尼乌斯号上自己怒火中烧的时候想到的念头一样,一种混杂着不甘与失落的情绪又一次染遍了他的脑海。这不是应该有的结果,但现在的自己感到万分无助,不仅是对着并未发光的星图投影渐渐绝望,还有渐渐紧逼的时间终止宣告……

"容我提醒你还有余下不到两分钟的时间,凌踪先生。"大审判官如同计时器般的发言打断了审议大厅内短暂的沉默。

"能代我,向我家人和朋友道个别吗? 告诉我的家人和我的朋友……我爱他们。"

上议员们保持着沉默。

"我是说,这也算是个你们能做到的请求的话。"

感觉即将告别这个世界的不安慢慢侵吞着凌踪的心,至少要给自己在意的一切一个告别。

"凌踪先生,我也很想让你这么做,不过这里是勒克莱尔时空议会,我想说,你多少是个值得尊重的人,希望你的思念能以某种形式传达到吧。"

荚派上议员挥了挥手,三位上议员整理一下衣冠齐齐坐好,向着大审判官以合眼致意。

仿佛这三个人特意坐在这里,就是为了送自己最后一程。

"谢谢。"

"不用。"

大审判官清了清嗓子,将一块投影文稿拉到自己的面前,仔细地阅读着。"吉卡匹亚,三塔在上。我现在再次宣读,时空议会对蔚蓝时空 III 中孵星器计划代号'凌踪'的处理决议。将即刻执行存在抹消的手续,请行……咳咳,执行官,将监视天幕内的抹消析离仪启动。自此凌踪的存在将于宏时空中擦除,请在场人员作为最后见证,以示议会执行之果断、对多数决议之敬重。"

"他刚刚是差点读成行刑了吧? 这真是戏谑,我就要这么离开了。"

在这一刻,凌踪灵魂深处激起了强烈的求生欲望,与先前的冷静不同,这是一种极力想要活下去的意志。

那一瞬间,他不再垂首认命。

"执行部，抹消析离仪准备中！"

"在开什么玩笑？你们休想！"

凌踪挥手奋力捶打着护壁，试图脱困，他用身体坚硬的部位不断顶撞冲击着，就好像用软锤殴击一堵城墙一般，无济于事。

身后忽然传来了忙碌的操作声，凌踪回头，却只看见一堵后面明显有着操作员的墙。

浑身酸痛的他攥了攥拳头，左手上的纹痕小小刺痛了一下。

事到如今还能做点什么？

不，不，如果这是大义所致，我何必再反过来侮辱自己曾经的决断。凌踪先一拳砸在墙上，紧接着一拳又一拳。

"请你冷静一点，这个过程本不应造成你任何肉体上的疼痛。"

"我不能这么结束，要找到撒巴莱亚的源头，消灭它。这是我对自己的承诺。"他看向星图中央，那条星带隐隐间泛起一阵淡蓝色的光彩。

"列辛先生……你要是还好的话……"

"哈。"凌踪有些绝望地闭上了眼睛。身边仪器的窸窣响声渐渐包围了自己。

印象中的充满幸福的家。

嗡嗡声中，他想起以前家旁边花园里的授粉蜜蜂。自己捧着新做的自律机器人框架，向阳台上的父亲询问母亲的去处。母亲抱着年幼的弟弟，从二楼的窗户中笑着探出头。然后想起父亲当时说的话，稀松平常的一句话而已。

"别总是找我问人在哪儿，你要是想找的话，可以自己抬头看啊。"

凌踪不自觉地抬头，看到的却是审议大厅厚重的大门。

"啊！妈妈。好想你啊。想回家，我想回家。"

"让我出去!!"他费尽浑身解数，向着面前的护壁挥出了一拳又一拳，尽管自知时限悄然而至。就像一头失控的野兽一般，凌踪嘶吼着，几乎想要用牙从那坚硬的护壁上生生啃出一条缝来。"放我出去啊——！"

"太难看了，所以我不喜欢看这种场面。我原本期望他会像之前那些痛哭流涕的下行时空人那样，走得体面。"特纳上议员看着自己修长的指甲，那上面有一点小小的毛刺，他伸出另一只手，小心翼翼地剔弄起来。

"不，特纳先生，和那些软弱苟且的人不同，"舜能议员看着凌踪在护壁中倾尽全力的尝试,暗暗握住了双手,"我觉得他的确配在这个世界上活着。"

轰隆!大门渐渐打开,只见两个人影大喊大叫着跑了进来。人影?

凌踪慢慢从濒死体验里回过神来,耳朵也渐渐能听清楚那两人喊叫的内容了。

"停下!大审判官阁下!要命……快停下!"

一时之间整个审议大厅的人都没反应过来。

"抱歉,本庭还在审议过程中,请不要……"

为首冲进来的那个人影高举起右手,渐渐走到了光能照亮的地方。那是……我还能想起来……

她叫作薇妮亚!

"哦……这是……议会特赦令?"舜能议员扶了扶全息眼镜,惊喜地喊着。

"特赦令!特赦令!!"

"赶紧叫那后面的人停下来,这是红色权限的特赦令,赶紧的!"

大审判官稍稍有些慌张,按动投影仪上的通话按钮,也来不及清嗓子,用沙哑的声音告知着。

"停下融……不,抹消析离仪,你们也看到了,停下它,是特赦令来了……"

"可我们没办法说停就停啊,现在抹消析离仪已经完全启动了……"

"你们还是来晚了一步……天哪……迟到的特赦令啊。"

"我去操作室想想办法!"舜能议员拔步离座,飞快地跑向穹幕后的析离仪操作室。

在座的议员虽然悉数站立离座,但有人脸上尽挂着些虚伪的担忧。

"就不能试着打开护壁吗?"薇妮亚将帽子一摘,三步两步冲到了中间的走道上。

"抹消析离仪启动的情况下已经来不及中止了,如果您不从这头试着把护壁砸开,那他就死定了!"会堂中响起了舜能议员焦急的大喊声。

凌踪只听见耳边的蜂鸣声如雷电一般贯穿了自己的耳膜,飞速运作的仪器上的玻璃片也似乎蓄满了能量,发出炫目的白光。

"都给我让开!"薇妮亚大喝一声,快速从人群中清出一条道来。

"嘭!嘭嘭!"

三声枪响,凌踪眼前靠右的位置上有三个小小的白点,但肯定没能贯穿监视天幕,只见外头的薇妮亚急了眼……

"自家产品怎么质量这会儿就这么好……真是够了!"

枪击？凌踪一时也是傻了眼。

"你愣着干什么？想办法从里面逃出来啊,蠢货！"

薇妮亚觉得眼前的凌踪像是一个活脱脱的智障,她拔出自己腰带上的短柄,是一柄闪亮的镭射光束马刀。

"碎开！"猛地一次挥击,整个监视天幕震动了一下,但也没有被击碎。

薇妮亚这一声怒吼下,凌踪忽然感觉七魂八魄全数归位了。他镇定下来,左手忽然一麻,感觉手上一下多了个物件。

那块有着沙漏纹痕的化形石块凭空出现在了手里。

"快点想想……快点！能……能变成什么吗?!"外面的薇妮亚已经满头大汗了,要是上牙咬就能咬坏这屏障,毫无疑问她已经扑上来了。

凌踪试了试,但手中的石块并未像之前那样有求必应,反倒像一块普通石头一样,给焦急的自己徒增一份沉重。

此时凌踪的发梢已经开始渐渐被擦除,虽然没什么直接感觉,但他知道再拖下去是真的要认命了。他举起手中的石块,一下砸在监视天幕的护壁上。

"可恶！"一道忽然迸发出的爆震把整个审议大厅震动了。

紧接着一条巨大的光柱从天幕中透射出来,伴随带出的还有抹消仪的部件,然而还是没能破出一条能进出的裂口,薇妮亚见状示意外面的众人退到一边,对着天幕高喊:"好像有用！你对着老地方再试一次！"

凌踪再次挥起石块,忽然感觉脑袋里有一阵声音响了起来:"……住手。"

一阵刺痛之下,凌踪浑身无力,仿佛被电麻一般瘫倒在地上。

"嘿！站起来?!"

里面的凌踪已经没法说话了,他现在四肢麻痹,无法动弹。"真是……只有这一个办法了！撑着点！"

薇妮亚一把扯下衣领上的戴维德利徽章。在快速地视网膜扫描之后,徽章变成了一台十分精妙的带有喷嘴的浮空机器,随着薇妮亚快速念出的一串数字,喷嘴开始在空中打印着一把狭长的矛状物。

"赶上啊……快点！"

一旁的大审判官扶了扶腰,忍不住问了一句:"请问,你是怎么把……"

"闭嘴！"

　　只见凌踪的身体渐渐变得透明起来，薇妮亚高高跃起，一把抓住空中打印完成的闪光长矛，向后一蹲，随即像短跑运动员一般一个箭步向着天幕护壁插了过去。

　　"注意爆破！"

　　就像航宙舰炮对着这个四面环墙的空间发射了一炮。伴随着低沉的啸响，整个天幕从正中碎裂开来。里面的抹消析离仪冒出阵阵火花，舜能议员见状赶紧上前，帮着薇妮亚把瘫在地上的凌踪拖了出来。

　　"听我说，外面的各位，球幕裂解时会有极强的材料自熔产生强光，一定注意保护好眼睛！"

　　薇妮亚一把将手中的人甩到厚重的星图投影台后。包括在场的三位上议员，所有人掩住了自己的双眼，脸紧紧贴住地面，双手抱住头应对闪光。

　　就像是久暗的地窖被烈阳天使的视线点着了一般，巨大的白光从破碎的天幕中放射出来。抱住头的双手几乎被照成透明，就算是闭着眼，也会被这等光亮刺瞎。一阵电流喷射后，似乎事故处停止了自熔，随着墙后的专员切断了供能，整个炸碎的天幕很快被消火防爆的气雾充满，审议大厅也渐渐从刚才的动乱中平复过来。

　　"呼！捡回一条命。"

　　薇妮亚抹了把额头上的汗，在就近的议席座位前扶正了一下身子。

　　"那个，您应该是凯伯因家的千金吧，还请问这特赦令是……"鸶派上议员特纳一脸微笑，在一旁问道。

　　"如你能看见的，这是元老院的特赦令，另外我也没时间解释了，这小伙现在八成是动弹不了……听着，我得赶去下一个地方……看好他，别让他乱跑。这是凯伯因的意思，虽然我没权力指示你，但请无论如何服从这一点。"

　　"啊，好，好的。我亦荣以吉卡匹亚之名听取。"

　　"列辛先生，我得赶紧先走。"

　　"赶快前去那里，否则就来不及了。"

　　"嗯！"薇妮亚对另一个人影点头致意后，起身跑出了议事厅。空气在几位议员的对视之中有些凝固起来了。

　　"哟，你好啊，特纳上议员，你这该死的撒巴莱亚叛徒。"

　　"……你是？"

　　只见列辛在光亮前露出了一个瘆人的微笑。

"等等……你不是列辛……等等,哈哈,议会今天到底是怎么了? 一直说好要来的卫兵呢?"

"很可惜,今天他们注定要搞砸了。注意听,你这……"列辛笑了笑,"叛徒。"

"哈? 安……"

一柄长刀刺穿了满脸惊讶的特纳上议员的身体。

"列辛,你在干什么?!"

"不要再演了,不费劲吗? 你是最早暴露的一个,也是反侦察能力最差劲的一个,佛尔尼。或者我该叫出你的本名,莱亚意志的毕索斯。在勒克莱尔中藏了这么多年,悄悄杀了多少好人了?"

扑通一声,特纳议员直直躺倒在审议大厅的板岩地面上。

"嘿! 你!"

被喊出本名的撒巴莱亚间谍一手抄起投影电脑,向着行凶的列辛丢了过去,却被他轻松地避开了。列辛耸了耸肩,快步向那位上议员跑了过去。

"列达卫兵?!"大审判官向着监视墙后大喊着。

"警报器!"

"赶快!"

"呃啊!"只听见一声惨叫。列辛三两下放倒了佛尔尼议员,向着大审判官走了过去。

"快让他停下!"

列辛忽然解除了自己面部的投影,露出了别斯科那粗蛮狰狞的表情来。

"背后的家伙给我把手上的东西放下。"

莱派的舜能上议员紧紧握着一段地上捡来的抹消析离仪碎片,尖锐的断口死死朝着别斯科的后背。

"我说,放下,放下马上出门。平日里见你们素来颇有修养,你若是明白事理,就还能活命。你不是叛徒,你知道我只杀那些恶臭不堪的腐败东西。"

"可……可恶。"

舜能议员一把丢下碎片,转头向着门口跑去,在经过躺着的凌踪时,停下脚步犹豫了起来。

"嘿,是让你赶快走,可不是让你顺道捎上他,是耳朵不好使吗? 放心,我的勒克莱尔弟兄,在我这,他会没事的。"

舜能议员一咬牙,看向被别斯科逼到了墙角的大审判官。大审判官摇摇头,闭上了双眼。

议员只好拔腿跑出审议大厅,开始顺着走道大声呼救起来。

"需要我提醒你为了这些没有来由的私庭审判付出什么代价吗?"

"你,你在说什么?"

"差点骗过我们,居然又临时改了审判地点,制作和审议大厅同样的装修和仪器花了你多少预算,撒巴莱亚人?"

"噗。"随着一声闷响,大审判官也倒在了血泊中。手中的加密通信器滑落到一边,被面无表情的别斯科一脚踩了个粉碎。

"这一切都是为了拉·普艾希亚长官和荻德露娜大人。"

整个议会响起了刺耳的警报声,激烈的交火声四起,议会的一层过道俨然变成了火海与战场。

"爽快了。好的,叛徒全都搞定了,很高兴见到你,凌踪小兄弟。"

别斯科摸了摸下巴,好像想起了如何正确对待伤员的动作,便一手轻轻抄着凌踪的肋间,愣是把身高一米八余的青年从平地上轻松扛了起来。

"没法说话?也难怪,你怎么能勉强自己去做能力之外的事?"

凌踪手中攥着的那块符石,别斯科也一眼瞥见了,他左手一把把石头敲落在地上,顺手弯腰捡了起来。

"你看,我正在干的事情就像是那坏家伙干的,对吧?上一次见面也是,恰好赶上那家伙干脏活的时候……你给他脑袋上狠狠的那一下……还记得在哪儿吗?看……这儿!难怪你对我印象不佳了。"

是别斯科这混账!

凌踪勉强睁开眼看过去,只见此前在尤尼乌斯号上被摄像僚机撞得血肉模糊的别斯科的后脑上,居然连一个伤口都不剩了。

"那个复制人可真是命苦。我在验伤的时候……那家伙的头壳真是被你那一下给狠狠砸坏了。意识到了吗?这就是撒巴莱亚无数奇迹的一部分。他们复制了我们一整支小队,但他们永远做不到像我们这样优秀。介绍一下,解药小队,你在勒克莱尔最忠实的盟友。"

别斯科把凌踪丢到星图投影台上，掀起自己的上衣，露出侧肋上一个印有"LUPUS"图案的水星狼文身。

"我才是正牌的别斯科，别斯科·申多洛夫。"

"你到底……"

"能自己站起来吗，凌踪先生？"

凌踪开始剧烈地咳嗽，他勉强撑起身体，忽然失力又滑倒在台面上。

"算了，还是我背着你走吧。"

别斯科蹲下背起浑身无力的凌踪，向着门厅健步走去。

"顺带一提，丹朗也没死，撒巴莱亚聚合……就是有这个能耐。他们能轻松为整个解药小队的复制人塑造一副又一副新的身体，根本不难。鉴于情况有变，我得先带你到安全的地方去。"

"你……"凌踪意识模糊，恍惚间恨不得一口咬死眼前这个和自己有着不忘之仇的恶棍。

"情况你应该从列辛先生那里听说了——"大汉抱着凌踪的手厚重而平稳，"我们利用了撒巴莱亚人对你和化形石的兴趣，才将他们在这里的内线一网打尽。在被抹除之前一定很害怕吧？幸好我们来得及时。关于搭救你这事，你还得好好谢谢那位凯伯因小姐。"

"别斯科……你这家伙……"凌踪咕哝着，肌肉像是全身麻醉后那样垂软无力，伴随着阵痛的虚耗感袭上了双眼。

"可千万别再把我认错了，凌踪先生。"别斯科朗声笑了笑，而那笑声中竟然带着一丝小小的悲戚，"我们应该是朋友，而非仇人。"

刚走出审议大厅的大门，门边上两个和别斯科长得一模一样的大汉向着他敬了一个军礼，跟随在后。

对面的那条长廊上，躺满了被击倒的列达卫兵的尸体。

"勒克莱尔文物库，进度怎么样？"

"原初体先生，已经确保了目标周边的安全，我们的主要任务已经接近完成。"

"漂亮，不愧是我的复制人。有特别需要汇报的内容吗？"

"是，我们为您准备了您指定要的插片兵器，这就为您缔结一下生物权限。"

"很好，是和银鸟哈德曼那家伙同款的对吧？"

"正是按照您的意思去办的。"

一阵温和的光线从两个克隆人手里的仪器中传导出来,别斯科的手中只消轻轻一握,一把闪着白色电光的长槊就显现了出来。复杂的结构远远超过了凌踪的认知,那对槊上的材质就像是能够完全扭转变成另外一种样子,又或者几种。

"很称手,有劳了。我要亲手揍扁那些复制人,还有银鸟那个老奸细。你们懂我的意思?"

"为原初体大人服务,是下序复制人军团的荣幸。"和别斯科长得一模一样的黑衣复制人们齐刷刷站成一排,聆听着他们如今主人的号令。

"天底下还能有机会让自己面对面揍到自己?真是有趣极了。我说,你们也得学会找点乐子啊,别光学了那家伙杀人办事那点套路本事。你们的原初体会的东西可多了。我命令你们现在开始进入与撒巴莱亚入侵者的敌对模式,见敌必歼。听懂了就立刻去执行我的命令。"

"……明白。"

克隆人面无表情,径直向着走道深处跑去了。

"不得不承认,列辛·法拉加那家伙在设计对付托卡马克的办法的时候,还真有一套。"

走过狭长的过道,这支走路声响特别大的小队在一扇略微特殊的门前停了下来。别斯科从口袋里的一堆东西里掏出一张磁卡,在一旁房间的视网膜对焦锁上轻轻一拍,门刺啦一声就打开了。

"你就在这里先好好休息一会儿吧,原谅我把你俩都铐起来关在这儿,现在勒克莱尔的情况特殊,我和列辛先生有必须要做的事情。不过放心,我们会再见面的。"

凌踪被丢进了房间,不知不觉中,双手也被扣上了特殊材质的锁扣,完全动弹不得,只是依稀发觉这房间里还有一个人。

仔细一看……一头红发的少女,此刻就像个被淘金客绑起来的牛仔盘腿坐在椅子上,不耐烦地用靴侧的皮革敲打着束缚着双手的电子锁铐。是薇妮亚!

"我真受不了,这么两个大块头,居然会从背后阴我?"薇妮亚话语间气不打一处来,看样子沦落至此也是件不怎么愉快的事情。

"对不起,凯伯因家的大小姐。如果正面遭遇,我和列辛先生两个人根本就不是你的对手。"别斯科憨憨地鞠了一躬,"这点你像极了你的父亲。原谅我在勒克莱尔仍有要事待办，不得不先委屈二位在这里将就一会儿。"

房门被合上后，可以听见门口的小队快步跑离了。

凌踪转过身和同样被五花大绑的薇妮亚四目相对。"被狠狠摆了一道呢。妈的，如果下次他还敢这么整老娘，我非一根一根拆了他的骨头。"

"谢谢……你……之前……"

凌踪从喉咙里紧张地挤出几个字来。

"啊？那不，不用谢我。"薇妮亚摆了摆手，"听列辛那家伙说，你也是勒克莱尔的同志，互相帮忙真没什么。"

凌踪喘了口气，仰头背靠着墙坐下，闭上眼睛养神。

列辛说过，之后自己将会成为某个人的助力。这某个人……说的该不会就是她吧？

"在勒克莱尔这儿遇到的破事真多。"凌踪摸了摸自己的裤兜，那里面的新投影电脑倒是还在，"按祖宗说法，这大概就是八字犯难、命里犯冲。"

"在这多了一个这么想的人。嘿，你小子之前可是救过我一命，记得吗？我知道你，勒克莱尔孵星器的计划项目，你叫凌踪。"

薇妮亚用口哨精准地发出游轮呜呜的汽笛声，然后发出铁铠始祖鸟的啾啾声，试图让对方回想起具体的事件。

"呃，很高兴认识你。但我……不记得了。"

"蠢啊你。在尤尼乌斯号的时候，要不是你帮我挡了那一下……"

"是……那是你？"

"对。我叫薇妮亚·凯伯因，勒克莱尔人。"薇妮亚笑了笑，"你当时甩起那条手猛地一挥，有注意到那撒巴莱亚人脸上的表情吗？后来的事我在远处看着呢，灵活利用超位兵器一对一单挑，赢了撒巴莱亚人的精锐，真行啊你。"

"然后我就被一路拐上你们勒克莱尔人的贼船了，"凌踪用后脑勺点了点墙壁，"我的后半辈子肯定不会因此平安无事。"

两人就这样寒暄了一会儿。

薇妮亚说着说着，好像觉得哪里有点不对劲，或者说，不舒适。

"哟，兄弟。"

"嗯？"

"你是不是也像我一样觉得戴着这金属玩意儿很不爽？"

薇妮亚晃了晃手上的锁铐。

"干等着可不如动起来强。"

"那是当然的了。等等,你得先让我缓一缓。"

靠着墙又坐了一会儿,凌踪觉得自己的虚耗状态好了不少。当听到舱室外头噪声大作,两人不约而同地开始琢磨起锁铐的结构来。

"啊,又是个泰霸科技的烂玩意儿,看这编码估计还是个走漏出去的军规尊享款——瞧这上头,还带着定时开锁功能。那俩哥们在空间黑市上淘到这玩意儿花了不少钱吧。"薇妮亚发出了不屑的声音。

"也就是说,只有到了他设定的时间才会打开?"凌踪苦于身边没有称手的家伙,想要一举拆除这个锁构强度夸张的先进锁铐,必须借助一些罕见强力的材料破拆工具,"我在这上面连条缝都看不见。"

"问题是,姐性子比较急。它要是五年十年后才能被打开,谁知道等会儿这个舱室和里头的我俩会不会被外头的动静给炸成太空垃圾?我现在就想出去把那些撒巴莱亚王八蛋的脸全给揍进屁眼里。快,兄弟,动手动脑帮忙。"

"附议。那就一个一个方法试。"凌踪活动了一下肩膀,"直到试出有一种办法行得通为止。"

锁铐碰锁铐,敬自由无价。

第18章

奇诡旅人

"等一下?!"大梦初醒。

帕克特满脸惊讶地看着压在自己身上的一根长长的断木棍,和树林里到处可见的枯枝完全不同,那棍子的外形看起来怪极了。

"这什么?!"

"哦,你起来啦,小鬼?"

身边不知何时摊开的书页忽然合上,里面传出了帕克特渐渐觉得亲近起来的那种低沉声音。

"墨兽,能不能解释一下这个?"摸索着把眼镜戴上,帕克特皱起了眉头。

"柴火,小子。"

"柴火?"

帕克特半信半疑地看着这根木棍,上面刻着许多古怪的文字,还有一层淡淡的紫光在破木棍的表面浮动着。

"你跟我说这是柴火! 这哪里像柴火了?"

"是啊,你的圣母玛利亚,这就是根柴火啊。"墨兽的声音里还带着一丝笑意。

"你是从哪里弄来的这鬼东西?"

"不,听我的,试着烧了它。"

"什么? 可这……"

"听话,小子。"

帕克特有些难以置信，但听着墨兽决绝的语气，也只好照着做。他将奇怪的破木棍送进毕剥作响的篝火，很快木棍就被火焰吞噬了。那种温暖就像是有遮蔽的居所，刚刚苏醒的帕克特推开镜片揉了揉眼睛，鼻子一痒，愣是打了个哈欠。

"居然这么能烧……"

"是吧？所以说这根法杖是段好柴火，而且怎么也不会烧毁，它是你的了，好好把手伸过来烤烤火。"

帕克特七手八脚地将燃烧着的木棍从火堆里扒拉出来，扑灭了上头的火焰——果不其然，烈火没能伤到这根法杖分毫，甚至连表面的温度也不曾变动。那幽幽的紫光暗淡了下去，轻轻一掂，只觉得超乎寻常轻巧。

爱惜奇物，是帕克特许许多多怪癖中的一个。

"怎么样，小子？觉得精力都恢复了吗？"

"基本吧，能扛面粉了。你能解释一下这根东西的来由吗，大家伙？"

"当然会解释。不过，今天得让你比以往更累一点。"

帕克特伸了个懒腰，想起昨天在墨兽的教导下学到了新的源术技巧，他想着可不可以用造形源术刷个牙什么的，双手就不禁像是有了肌肉惯性一样按放在了自己头侧太阳穴上，想象着做个像模像样的牙刷，却又感觉有点力不从心。

"你得学会如何自己检查，对于源能存贮的量有什么把握。源术之于源术师，有多少能耐，自己随时都应该是那个最清楚的人。"

"姑且听明白了。"

于是他伸出双手闭眼感受周遭的环境……

茂密的绿叶林，溪流的清水，岩盐、皂角树与树脂……收集它们。

感到难以描述的几股能源从感知的末端涌向自己，而身体就像是一块等水等了很久的海绵，在接受能源的同时没有一丝犹豫，非常自然地转化成了可以使用的源术能量。尽管十分微弱，大抵是自己不够熟练的缘故。

"这种来自宇宙物象之中的暗能量，用古语来说叫作'壑'，是源于大地之母的一种睿智的英知集成。不过海洋宗派对此也有特殊的文明称呼，叫作'闲'，意在通过自身的闸门自由收放大海潮汐的慈怒福祸。看你喜欢叫哪种了。"墨兽用触手挠了挠脑袋，"只是方便记的话，我还是建议你单纯叫它们源能吧。"

挺少听墨兽提到宇宙这个字眼，这倒让帕克特有点欣喜。

"这些都可以用……我所熟知的科学的方式来理解吗?"

墨兽笑了笑。

"你所谓的科学是一种整理归纳认知的方法,但源术和你所用的源能,是一种没法用你的同族认知解读的自然天赋,只有能否领悟而已。至于你的前辈们试图用科学的方式来制造出接近源术的东西,但那终究不是源术,源术不是一种理,而是一种性质。迟早有一天它也会成为你的科学,但现在来说,我想它对你而言更接近于特异的能力。"

"那么能够自由驾驭性质的我,还有理的存在可循吗?"

停下手里的牙刷,帕克特单纯觉得这把牙刷的刷毛并不适合自己的牙龈。

并不是不了解牙刷最基本的外形与功能,而是对自己牙龈的敏感度以及牙刷刷毛的材质不了解。随后试图制造出了好几把牙刷,但是离心中理想的牙刷仍有说不清道不明的差距。

"小子,理与性质是相依存的东西。即使能如神仙般呼风唤雨,你也得保证一日三餐,即使能腾云驾雾,你闹肚子也得去看你们文明世界里所谓的医生。所以基于你的情况,稍稍探讨一下:既然提到了理,老夫想问问此刻能够驾驭性质踏上旅途的你,对你自身的理究竟有什么样的追求?"

帕克特按动头侧,面前生成了一个木质的牙刷和牙杯,且带着成分不明但有些香味的牙膏,牙杯里盛满了清水。在墨兽那近乎不竭的源能供给下,自己确实成了造物主一般,然而这一切,都和自己真正熟悉的东西存在差距。

"刷牙是为了祛除牙垢护齿……所以我希望牙垢能离开我的嘴,当然还有泡沫……泡沫也许是必要的,这让我看起来像是在刷牙……牙杯里的水不一定要是真的,只是用来促使口腔内的物质对外流动……我不会去再三确认吐出去的水是否是真的,这便是性质在自己脑海定义中产生的影响,我今天早上用源术刷了牙。很多事情虽遵循相同的道理,但从性质上开始变得不同了。墨兽说得对,在我掌握这能力之后,究竟对我会产生什么样的影响呢?"

帕克特不禁回想起自己清苦的生活,那些折磨人的记忆已经成了他审视自我时不可回避的一部分。

"我觉得长大后我所渴望的是基于自我的改变,不是改变样貌,不是改变处境,而是改变自己,去做一些当初觉得遗憾而做不到的事情。比如当时作为孤儿没有太大的勇气去选择梦想,但我在院长奶奶的鼓励下发现了很多自己的爱好。爱好,就是梦想的半成品，我喜欢收集，喜欢冒险，喜欢帮助需要帮助的人，更重要的是我想找到值得深交的朋友……这都是以前很难做到的事，换作现在，我想合情合理地去追求它们，去认识世界更多一点，用旅行和冒险来加工这些最原本朴实的爱好，使自己完整。这是我现在的梦想，不管发生了什么，都不会改变的。那么梦想，即是我想通过此行来锤炼的理。我总要找到我欠缺的东西，它就像我借着你的眼睛所看到的那些东西，一定在某处存在着。"

墨兽忽然在青年的脑海中微微一笑。

"很多人明明放不下包袱但仍偏执于旅行，也有很多人是被逼着在旅途中苦痛煎熬。当然有人像你这样，追逐并非泡影的完整。"一条触须轻轻搭上了帕克特的肩膀，宽慰地拍了拍。

"小鬼，当个旅行者可从来谈不上容易啊……真希望你别在中途后悔。其实在老夫看来，你渴望的旅行并非为了宝藏和声望，你想要的东西……一直是再进一步。"

"您说得对，我的梦想，我的性质，就是顺从自身进取的心。迄今为止我取得的进步，也要归功于维持自我。可我想要得到的，也许是我苦于自己无能为力去得到。"

"所以小子，"墨兽颇为喜悦地说，"源术使用者总能保持自己精神上的进取是好事。心性保留不甘才能获得彻悟的甘甜，人不就是这样一种矛盾的集合体吗？赶快用你的源术刷完你那口白牙吧。"

"那就别催着我回答这种复杂到不行的问题。"

"没想到无关善恶啊，能保持自我的人类总是充满着魅力。和以往那些单单奉献灵魂索取力量的蜡烛不同，"墨兽心想，"昼夜长明的灯火才配得上无陆之海的格调。"

漆黑的波浪敲打在它的躯体上，那些亿万年的潮汐也未能改变的容颜稍稍有些疲惫，但它此刻必须振作精神。

还需要交代一些事：

无法与普南利尔所设下的罩门相对抗……

必将到来的沉眠呼唤着自己……

那些卑微的信仰所挽救不了的伟大的沉寂……

多久？也许是能老去几代宇宙的恒久……

那么在最后的交付之后，得把代行的触角交给卑微的灯火……

四根？不错的数字……

四根应当足以轻松挽救这宏时空中数以万计的文明，而这个数字也将招致长久的永眠……原谅我,获德露娜大人。凭借这股力量,他也许做得到你没能做到的事……

像我这样的,沉眠与死亡有何区别?

虽是全知全能,但自己又是那至高诅咒的奴隶,将在物是人非的时空继续漫无目的地游荡。而发现这四条触手回到自己身上的时候,先前全心托付的对象却已是四重梦境前的亡魂……世界在经历轮回,而自己更像是被轮回遗忘的一个角落。

维持自我,帕克特·荣格,你我都不过是旅人。我在睡梦和清醒间失去,你在清醒与睡梦间获得。只是这样的区别罢了。

长明的灯火哟……

作别之前,再爱惜你一回吧。

在这永夜随波的深海里,光,可是件好东西啊。

"嘿,小鬼。"

"嗯?"

"怎么样,有没有信心,今天试着挑战我一次?"

帕克特赶紧把嘴里的漱口水吐掉了。这牙膏一股怪味道,果然对于不甚了解的东西,造形源术就会有许多纰漏。因此,很多地方就要付出比平常更多的缜密心思。

"啊,和往常那样吗?"

"不。这次,你得尽全力攻过来。不要留情。"

"啊……怎么忽然像是你我非得决斗那样,为什么?"

"根据你的表现,从老夫这儿拿的奖励也会有变化。"

"不,我在乎的不是奖励,你是有什么事情瞒着我吗?"

墨兽心里微微一跳。

"最后一次。"

"小鬼,老夫不想让你太惦记我,就这么简单说了吧,这可能是你我最后一次较量。"

"什么意思?"

"无陆之海的墨兽,也就是老夫,每到一个节点,就要复归沉眠。"

"你不是说过你不需要睡觉的吗?"

"啊,不是单纯睡觉,就是必须停止机能很长很长一段时间。"

"会有多久?"

墨兽暗自笑了笑，或许揭示这件事的真相，此时对于青年来说还太过沉重。

事实上，帕克特的生命消散之时，自己方能从迷梦中苏醒。而上一位契约对象的死状，仍然在自己的心头萦绕……

帕克特的脑海里忽然闪过一个非数字概念的时间长度，很快他就明白墨兽揭示这个跨度的意义了。

"怎么会……"

"这就开始接受不了了？何等脆弱的脾性！"

"可我们从认识到现在也没多久啊……"

"帕克特小鬼，相见还看缘分，离别在所难免。这么简单的道理。你不过是我漫长生命中一个小小过客，少在那装熟充愣了。"

"自说自话就……"

"所以听好了，老夫应该不会再清醒多久了。你是想接着煽情呢，还是趁老夫还醒着时再学几招？建议还是加上这一课比较好。"

"可你让我怎么选啊！"帕克特紧握衣领，颤抖的言语间遍是不舍。

"你要是拖拖拉拉，到最后什么都不选，小子，那倒也容易。老夫现在就宰了你。"

巨大的触须自封皮上漆黑的洋面中伸起，能够轻松击穿死亡风暴的震击透过这虚幻的距离深深打消了帕克特的迟疑。而这份迟疑早已不是畏惧。

"不，别啊！"

墨兽不由得苦笑："那你选啊。"

帕克特全身发抖，但咬了咬牙。他想起自己既然答应过墨兽凡事要坚强面对，那么现在就应该像个男子汉那样履行诺言了。

"请开始对练吧，墨兽。"

"很好。"

怪书上的眼睛忽然圆睁，瞳仁处倒映出一片汹涌的水光。海风的腥臭味扑鼻而来，通往无陆之海的入口已经悄然敞开。

"请进吧，帕克特小子。"

帕克特向前迈去，就像最初被怪异的触手拽拉进这本书一样，一种无形的引力将自己的躯体形变吸入，回过神来，自己又处在了那个只有一盏灯笼的木船上，眼前俨然是那个脑海里熟悉的巨影。

"无陆之海。怎么样,气派吧?"

"嗯!"

漆黑的巨浪擦着船沿扑向远方,雪白的泡沫紧紧绕着船体铺开。

"在这儿别客气,反正也没什么别的好玩的东西。来吧,帕克特,卷起你的袖子,给老家伙看看你现在究竟有些什么能耐。"

巨大的触手猛地敲打在海面上,从空中飞溅而下的水花就像是暴风云团中央的豪雨,淋得帕克特几乎睁不开眼睛。

"别小看我!"

帕克特即刻在身上展开了一层气膜,水流遇上气膜的表面便被排斥而飞散,也就是说,在这样的恶劣环境下,帕克特此刻也能不受影响清晰地判断局势了。

"真古典。英国人都这么缺乏想象力吗? 让我看看你现在到底几斤几两!"

随着气膜高速的空气流动,整个球体甚至可以在帕克特的意念操控下在空中飞行,对于饱含源能的这个特别场所而言,像这样的法术维持起来就像正常呼吸一样自在。

"人类——!"

墨兽一挥触手,一条浪线忽然从海面上斜着冲上天空,死死追着帕克特所在的气膜球,向下看去,这道黑潮的潮头处有无数爪尖锋利的灰白鬼手,似乎只要落到上面,就会被乱舞的爪击撕成碎片。

"试试这个吧!"

这里万用的源能似乎可以转化成任何可能的源术形态,就好比帕克特方才使出的这道源术,麦黄色的电流就像开闸泄洪一般从天际炸落,直直迎到黑色潮水之上,将错杂的鬼手一并电成了飞灰。整股潮水随着强电而汽化,而少数几股电流径直冲向墨兽,意在破势之后形成反压的局面。

"根本……不够! 你离战胜我还差得太远了,小子!"

"那好……"

帕克特接连摆出了第二次攻势,在电流刚刚触及墨兽所在的海水中时,天空中造形而成的蒙眼天使踏着巨蛇群鸦呼啸而下,手中华美的长弓连射三发,如同号角一般的声响伴着三辆硕大无比的旋转列车呼啸驶落。汽笛声伴随着车头抛射的光柱砸击下去,直奔长角巨兽的躯体。

墨兽似乎不为所动,轻松地掀起巨浪扰飞了来袭的电流,又在瞬间喷出强酸一般的液体，把飞驰而来的列车在空中浇成了松脆的锈架。

"可恶，墨兽你这家伙打法也太怪了吧！"

在造形源术的即刻驱动下，蒙眼的告死天使，摸出两柄刺刀长枪，一声哀号之后跳落到了海中。与墨兽一般高大的体格，占着先机，顶着双枪突刺了过去。

"看来你最近很受老夫的风格影响嘛。"

两条巨大的墨兽触手在海面上牵起一阵源能流动，一个面容枯槁的怨鬼老妇忽然从海底撞了上来，两只手顶飞了刺来的双枪，死死掐住蒙眼天使纤细的脖子。蒙眼天使慌忙扣动扳机，但绕弯击中老妇的部位竟化成一摊绿浆喷溅开去，老妇毫发无损。

"要知道，如果你打算走这个惊悚系列风格，对阵视效上更吓人恐怖一点的话，就能事半功倍。"

"恶趣味，领教到了。"

帕克特抹了一把脸上的汗，说真的，对上这样无比强大的敌手，精神几乎一刻不能松懈。

只见蒙眼天使被巨力掐住脖子后发出了阵阵破碎的哀号，漆黑的血从蒙眼布中流下。他的双手伸到背后折下了两根翅膀，狠狠地用残破的翅骨喷出的圣光将怨鬼老妇插倒在海里。一阵黑血喷溅之后，蒙眼天使发出癫狂的笑声，宣示了恶战的胜利。

"帕克特小鬼，这个有点意思。"

"不过是一场鬼打架而已……"

忽然一团火球从黑色天空中飞下，一下炸掉了蒙眼天使的躯体。巨大的骷髅船首海盗船从天空中缓缓下坠，舰首所有的炮门都对着帕克特的气膜球开火，天空也被这突如其来的舰炮射击染上一片火红。

见鬼，这是真的冲着命来了！

"别小看猛鬼打架……"

墨兽一挥触手，又有四五艘更大的不同型的鬼船从深海中浮起，其中为首像是旗舰的大船上绑着一门大得出奇的渔叉炮，还没等人反应过来，各个炮门便密集开火，巨大的渔叉像是长了眼睛一样追着帕克特刺了过去，以超过人类反应速度的方式，不仅撕碎了气膜，还将帕克特叉在了枪尖上，掉转方向直直砸进海中。

"这些摄魂幻术，有时候也是很要命的。"

"不，还是欣赏不来。"

"嗯?"

墨兽发觉帕克特的真身居然站在自己的头顶,不禁发出了教堂敲钟一般的笑声,"拟态,是吧。站我头上可不能算赢了,说穿了只是古典骑士小说般的胜利而已。"

墨兽巨大的身躯瞬间化成了一摊溶散的水银,上面的帕克特一个激灵用气膜顶起自己。剧毒的液态汞浇进海中,随后一个宏伟的方尖柱便伫立起来,让人丝毫猜测不到它的功用。

"对阵真正的胜利,便是消除来自你对手的攻击欲望。"

"头……头疼!"

白色的波纹从方尖柱顶扩散开去,难以躲避的帕克特直接受到了它的影响。

不觉中气膜法术竟变得难以维持,帕克特的心中也有个声音开始和他对话,一直重复着"源术是罪"这般的暗示。而自己似乎受到不知何物的束缚,没法再从外界获得源能,也不能施展出一招半式。

"你输了,即使尽力了,小子。疏于锻炼,不过也不能苛责你。"

"精神源术吗?……咒法?!"

"机会难得,那就教你些怎么对付这种源术的皮毛如何?"

帕克特擦了擦脸上的黑水,攥紧了双拳。

"请务必教导我!"

"老夫已经去除了精神影响。现在试着用你的造形源术……别分心!"

墨兽用触手的前端从背后敲了敲帕克特的脑袋,显然有点大力。

"啊!"

"专心点。发挥创造力,试着在自己脑海里造出另一个自己。给予一个简单、指令简洁的人格。然后,你得给他操纵源能的权限,让他从里头帮你解围。若非不得已的情况,你大不必下此险棋。控制好你的内在与外在,这也是源术师必须掌握的窍门。"

"那我试试!"

帕克特也不敢相信,在自己的脑海里居然能用造形源术,而且要造出与自身意志协同的拷贝! 若是稍有差池,这一招岂不是会使得自己的精神与人格彻底分裂?!

既能驱策能量与质量,又能左右智能生物的精神意念……源术,这究竟是种多么强大的能力!

即使是一次尝试也不敢大意,当冷静下来后,以十分谨慎的方式去框限拷贝的人格,这一切就像是爬上手术台给自己做一台外科手术一样,直到那一个在脑海中成形的自我拷贝如所想的那般开始为自己的源能机巧所用时,帕克特才松下一口气来。

"干得不错。这就叫作内己法。你大可以要求他代为施行自我保护之类的工作,老夫一直认为用这样的技巧能干的事情有很多,重要的是为施法者提供辅助的同时还能有一手双保险。但要注意,对于这个内在的拷贝千万要保持警惕,在大量供应源能的同时,使其一直处于控制下,不要卸下自身防备。要多加练习,才能防患于未然。"

"不得了,上古时代的技法只消点拨便一学就会,这小子了不得。"墨兽心中如是称赞道。

"感觉我可以将它运用在源术相关的很多地方!"

三两下就抵御了自己几乎被再度卷入的心智源术,帕克特顿时意识到一个荒诞的用法。不如让它来代为操作气膜术或是其他不需要太多精密思考的源术?

也确实可行!

虽然另一个意志的气膜术得以施展,但显然没有本人施放那么灵巧自如。好在不管里外都是共用一体,维持这种荒诞的源术施放也不是一件太令人头疼的事情。

"不错。如你这样的复数叠加驾驭得真是十分之好。但是防不胜防的情况总是有,心智源术也有你不能小看的强大之处。凡是你料想之中觉得对付起来麻烦的,不妨先尝试理解并学会它。现在,想象一下,帕克特小鬼,想象对方也能直接接受你的源能,仿佛积水的容器,能够容纳你灌注的冲流。"

帕克特有点摸不着头脑。"然后想象你能够借着你传出的这股源能进入对方的精神里。对着这个试试,对象不是真人,试试无妨。这就是在教你这种心智入侵技法的基本性质。"

墨兽不知何时从海中提起一个造型源术构筑成的男子,而那人站在墨兽的触手上凶神恶煞地望着漆黑的天空。

"进入他的精神,做点手脚,让他平静下来。没什么需要注意的,你一旦进去了,就知道能干些什么了。照你的性格,你也不想伤着他,那就举止和缓一些。"

帕克特深呼吸一口,按住侧颅飞快地引导起源能来。

闪着荧光的源能桥在帕克特的视野里忽然明显起来。在许许多多错综复杂的源能流动中,他意识到这一条能够直接通向对方,帕克特遵从墨兽的指示将意识化作一股冲动沿着源能桥涌向对方的精神中。

就像被一盆清凉的水从头浇到脚一般，这一切发生得很快很突然，回过神来后，帕克特觉察到自己身处在一个像房间一样的地方。眼前巨大的操作台上有许多个拉栓，多半是两挡式的，也不乏三挡、多挡的，还有旋钮掺杂其中。

这些都是自己的想象构筑而成的机巧，却在另一个人的身上发挥作用，仔细一想，帕克特也觉得脑后一冷。

"如果是想让对方丧失愤怒……"

"锵！"

这个一定是对的了。

一个拉栓应着思考弹了出来。帕克特很快意识到这个拉栓就是他要的那个。三挡式的拉栓停滞在"激怒"挡，帕克特将拉栓把手一拽到底，挡位一旁的文字在一阵烟雾散去后变成了"无感"。

就像外界真空快速地吸走了这个空间里的空气一般，帕克特的意识也很难再在这里维系下去，一股更为快速的回溯后，帕克特再次感觉到自己熟悉的手按在自己的侧颅上，刚才的操控已经完成了。

只见方才一脸凶神恶煞的男子面部肌肉一下松弛了下来，整个人就像被午后阳光晒坏了脑子一样毫无斗志。

"想象，全部的源术，我相信不是第一次提及这个了。限制源术的不仅是可获得源能的量，更重要的是施法者对想象与构造力的拿捏把握。"

触手发出阵阵号角般的低鸣，而其上的男子一刹那间化作黑雾消失不见了。

"小子，你学得很快，老夫便教到这里了。"墨兽将空中的帕克特轻轻接到一艘小木船上，仔细一看，这便是当时被从林间小道拉进无陆之海时搭乘的小木船。

"那么，还记得老夫之前放在你身上的那根棍子吗？"

帕克特回想起那根棍子，棍子上的奇怪文字、修长却断裂的棍体和上面幽幽浮现的紫光。

"还记得一些特征吧，但有些模糊。""现在试试，用源能把自己的记忆完全还原出来。你并不是忘了，而是你那人类脑袋里觉得不重要的记忆只会留下一些基础的线索。造形源术重要的一点，是将所见所想极尽真实地还原到可用的范畴里。"

有些熟练了的帕克特，引导了一股微小的源能冲入自己的记忆。关于不久前被投入火中当柴烧的木棍的内容不难找到，从记忆里用源能轻轻一拽，那根棍子的细节便在脑海里变得出奇清晰。

原料是忒弥拉神木,构成的术法是来自盐水湖畔的炼金之城达卡斯拉……

"奇怪,我怎么会知道这些? 这根棍子叫作……博加蒙杖?"

"单纯通过源术了解起来仍然是有点勉强啊。小子,好好保管这个。自这无陆之海出产的高新技术,信不信由你。"

帕克特的胸前一下跳出一条飞鱼,在空中冲了一个回旋之后,转瞬变成了脖子上挂着的一块黄铜单片镜。

"鱼群透镜——为师赠你的小礼物一号。持之以视物,便可知晓其本源来路,亦可辨识异文通达言理。切勿用之窥视活物脏器,仅此禁忌。"

"这什么……别硬塞给我啊……还有,你这说得也太快了点。"

"收下就对了,别浪费时间。老夫得长话短说,小子。"

正当帕克特摸不着头脑时,阴暗天空中忽然坠下来一个快速移动的白色光点。移动速度是难以估计的,只知道那是一个非常强的光源,以及……是冲着这边全速逼近的。

"嘿,等等,那东西是……?"

"为师送你的小礼物二号。"

帕克特的本能提醒他来者不善。他忽然心跳加快,气息也凌乱起来。

那是一把利剑。

"流水护盾,以及夜幕盾,必须……必须得是我现在能放出的最多的护身之法。"光点逼近,强光越来越刺眼。远处能听见海浪被掠过时卷起的爆鸣声,速度很快……

"这股危险的杀气! 来了!"

果不其然,一柄钢剑噌地插进了帕克特面前厚厚的源术盾中。这可是纯粹的源能,几乎有着无懈可击的密度……

那股高速冲击带来的强大刺击力,将全力施法的帕克特狠狠向后推了个趔趄。

"见鬼,你是怪物吗?"

剑锋之后,是一张清秀的脸。只是那张脸上毫无血色,眼角溢出白气,那是仿佛吸入就会冻住鼻腔的一股冰冷纯粹的杀意。

"墨兽,这家伙……是什么?"

"噢,是一只丢了魂的可怜虫。"墨兽严肃地哼了一声。

"但他这是冲着我的小命来的吧?"

"哼,谁知道呢?"

帕克特咬紧牙关,面前的对手并不打算让他分神聊天,只见眼前一闪,白光剑士一猫腰向后退去,便再次冲到盾墙之上,用他手中那柄闪着异光的长剑砸击盾面。他不知疲倦地加速重演着这样毫无顾忌的斩击,速度越来越快,不断切换着角度,不断变换着力道和重心把控,没有试探,单纯地把自己精湛的剑术转化成压力施加到了帕克特的精神上。

"这家伙压根没有可以让源术钻空子的弱点吗?"

帕克特不禁心里一虚,因为在饱和攻击下,只要稍微卸下一点点防御,这柄剑的下一次攻击可能就会卸掉自己一条胳膊。眼前的对手似乎对源术有十全十美的应付手段,不论攻守,此时自己都完全处于下风了。

"当然,没有人是完美的吧。"

帕克特暗想自己要是能多出一个脑袋或者什么的也好,起码应付起来不至于这么焦灼。

读懂了帕克特心思的墨兽若有所思。

"吃这一发如何? 我不能再被动挨打了!"

帕克特向空中掀起一股烈性源能,纯粹的能量将白光剑士一下逼退,正当剑士重新整势准备再攻下去的时候,帕克特也收下前手,目光锁定了剑士的所在。

得亏反应跟得上,否则刚才可能就完了。但现在帕克特既然知道对面大概是什么能耐,自己也必须要积极调整了。

下一招如果使用近似光一般的速度……他也能跟上吗?

帕克特放出一大股源能构筑成的魔光,不出意料,在极广范围的快速扩散中,白光剑士也难以躲闪。可他就像穿着一件吸光的魔衣,这些足以致命的魔光就像是照进了峡谷深洞里一样一去无踪。

随着魔光射线应激调整后的慢慢聚焦,白光剑士试图用快速突进破势,但发觉帕克特在自己身周又留有一层用内己法构成的更为强力的光幕,倘若贸然突破,也只会被集束的魔光烧成灰炭。

"调整出力,输出等级三。"

帕克特正喜于自己的招数奏效,只听得空中白光剑士处传来一阵分崩离析的玻璃碎响,帕克特无法相信——光居然能像薄玻璃一样碎开。而碎片之中像是天神降临一般的白光剑士,挥动着背后像羽翼一般的能量脉冲,一剑刺了下来!

必须躲开!

帕克特使出全力向着侧向用源能一推,自己被飞速地推离开去,他差点被一剑捅穿,因为白光剑士正在不远处将剑锋指着自己的脖子,而借助气膜术才不至于落水的自己,脚下的海面已被反推的剑气刺出一股夸张的涡流漩涡。

完全赢不了!

薄如冰片的剑锋又一次完全不被察觉地刺了过来,而帕克特凭着求生的直觉对着方才的剑所在的位置又放出一股反推源能,孤注一掷后,再次庆幸自己没被斩成两截。他感受到了快速推拉所产生的不适,此时只想吐出什么东西,但重压之下,他只能一次又一次像是赌命一般使出保命的机动。

"反应要是再慢那么一点点,就那么一点点,我肯定是躲不过去了!可没法加快反应啊……这是不可能做到的事情,除非我先前有好好地锻炼反应力,但想这些也没用,不如说,不能再想了!"

肩头不知何时已经被穿破,恐怕下一个分神就没有这么好的运气了。靠这一下了!

帕克特绝境一推,用源能将自己狠狠地推到了剑士的身后,继而接着内己法一个狠劲,用全力将两层源能握紧,死死捏住了眼前的对手。

捏碎!没有别的办法了!不抱着捏碎的心态就会留情,此刻留情注定是要落败身亡!

源能禁锢中只见白光剑士被一层不知何物的屏障包覆,这层外壳一般的屏障受到源能挤压变形,但其中的白光剑士并没有受到一丝半点压力的作用。

"你到底是什么人?!"

刚才听见什么等级三的,莫非就是什么机关作用下产生的防护力场?这胡来的东西岂不可说是攻守无敌?

帕克特深深感受到了对方的强大,他明白面对这样的对手没有任何便宜可占。

而白光剑士对这层屏障驾轻就熟,始终没有任何犹豫,快速靠近帕克特,在下一秒一把揪住他的衣领,向外一推,果断挥剑。

"我完了。"

一声闷响,巨大的触手直接砸飞了挥剑的白光剑士,而另一条触手从海面上像是瞬移一般缠住了剑士发着白光的身躯,不消一会儿便死死卷住,放射出不洁的紫光闪电。

"咔。"只听到骨骼或者什么脆物爆裂的声音,一截断剑从缠卷的触手中掉了下来。闪着洁白光芒的剑体慢慢黯淡下去,帕克特这才反应过来是墨兽出了手。

墨兽顺势一丢,就像丢掉一个喝完了的果汁盒,夜幕中也看不清是什么样子的一堆碎屑被抛飞到了海中。一阵莫名的黑烟腾起,方才还依稀可见的白光也荡然无存了。

"顺带一提,我当然不会让你在这里就送了命。只是警告你,这世界上也确实会有这般强大的对手。"

墨兽的强大亦让帕克特完全蒙在当场,方才死斗不胜的对手,就像是毫无抵抗一般被轻易消灭掉了。

"很想知道他是谁吗? 他可不像之前我造出来的那个人偶一样,他可是有来头有名字的。"

墨兽伸出触手将帕克特缓缓接回到眼前。巨大的章鱼眼睛不断眨动着,仿佛是进了沙。

"他是……"

半空中忽然掉下一截断剑,帕克特一手够了过来。方才寻思的一切都像是被丢进了海里,他很快发觉手中的断剑残片变成了一块像是能打出十几个水漂的石片,帕克特讶异地向墨兽看去。

"找答案吗? 不急。老夫都把参考答案的小抄送给你了。你也不要反应过大,总有一天,强大如你,就要承担起阻止他走向偏激的重任。毕竟,强大如他,或许能轻松战胜任何人。"

轻松……战胜任何人?

帕克特这才想到先前收到的鱼群透镜的事,借着单片镜看向石片,只见一个青年躺在地上,他虽然睁着眼睛,但看得出全身疲倦到动弹不得。身边似乎还有一个人,只是样貌难以分辨。模糊,模糊到只有简单的人形,却不知道任何细节。

"这把剑的来由……"

帕克特带着想法看向石片,却始终难以看清,就像当时借着墨兽的视觉来探查墨兽的根源时一样被不知名的力量拒绝着,只见镜片中本来聚集的鱼群惊恐地散逃开去,看来鱼群透镜在这个问题上也拒绝透露更多情报。

"我想我知道你给我的鱼群透镜该怎么用了。但是恕我直问,有什么东西可以干预鱼群透镜昭示的结果呢? 比方说,我没法看清这石片的来路,却只是看到一个模糊的男人而已。"

"这个问题的答案就在那个人身上。如果你的好奇心始终如一,那么——"

墨兽不知从哪里抽出一根木棍,而那根木棍帕克特并不陌生。"用这根法杖残余的能力,小子你肯定能找到这根杖的另一半。"

"可我为什么要找它的另一半呢?"帕克特挠了挠头。

墨兽发出洪钟一般的笑声。

"这就是冒险有趣的地方了。因为接下来,帕克特·荣格,你可以借助它来找到很多问题的答案,从你最早就有的,到你现在迷惑着的,将来会遇到的,所有问题的答案,这根博加蒙杖都会告诉你。"

"也就是说,我会再遇到那个像喝了假酒那样学会飞天遁地的剑士吗?"青年感到一阵头疼,这些破事他完全不想考虑进冒险旅程的备忘录里。

"哈,可能吧。"墨兽略带疲倦地活动了一下触手。

"至于第二个礼物,你已经收到了,帕克特小鬼。具体是什么的话,按你们人类的话来说,现在说出来就没有惊喜了。"

"你有给我留足够的时间用以道谢吗?"帕克特挠了挠头,被墨兽这打趣气得哭笑不得。

"哈哈哈,当然,你会喜欢它的,相信我。"

墨兽的笑声中透露着一股疲惫,事实上,离约定生效的时间近了。

"当然,第三个小礼物,啊,也不能算是礼物,权当是几个小提醒。"

"您请说吧。"

"时间不多,老夫我得长话短说。"墨兽伸过触手,将帕克特接到面前。

"此次旅途皆因有我法书现字指引,权以参考,妥善保管。这是其一。"

"你可以相信我。"

"当然坏了丢了也没事,无非得靠你自己闯了。"

"……拜托。"帕克特伤感地搓了搓额前的头发。

"所失之物将多,欲求之物难得。只知你命寻之物应有在明之途,良缘罢,至亲罢。这是其二。"

帕克特心里一震,脑海里只有这"至亲"二字,是他苦苦找寻多年,但没有觅得分毫的,内心渴求的那最深的歉疚。或者说,也是他极力避免面对的事实。

"其三,勿入邪途。只有这样三条训示罢了。"

帕克特点了点头。

只见墨兽深深叹出一口烟气:"而这其三,却是最难的一条。"

海底深渊处传来一阵号角的轰鸣。墨兽察觉到了什么。

它的眼睛再也掩饰不住自己的睡意,面对这个分明没有威胁却又令它厌恶的诅咒,墨兽并不恨它。

自然来到,自然接纳。这是它身处在这个万象界域的必然罢了。

"那么,就交代到这里了,帕克特小鬼。想来教你的东西也不多不少了。能否最后拜托你,顺便帮老夫两个顺水人情呢?"

帕克特也知墨兽的时刻将至,自己并非客套,对于眼前墨兽提出来的请求,是诚心想接受以回报师恩的。

"一来,你此行必会见到名为撒巴莱亚的一群邪徒祸党。老夫监看寰宇,只知渐有黯淡,大祸难逃。先不必问他们目的为何,此举已是颠覆正序。若找到这群祸害,你不必留手,但要小心为上,那些恶徒里也有触及至高水平之人。因此你的源术修行,也要日日精进。"

"明白了。""再者,老夫曾经弄丢过一个杯器,要是你在旅途中有幸听闻的话,千万要想尽办法弄到手。据说这个杯器强大到能够一瞬抽空无陆之海的储能,确是老夫一个心头大患。不过我亦不指望你一定能做到,只是请小鬼你尽力而为吧。"

"会记住的。这个杯器有什么特征吗?"

"就是这个——"

帕克特眼前凭空出现了一个精巧的金杯,上面虽然有许多刮擦磨痕,但依然不难看出杯体上刻满了海兽浮雕。而杯体上映入眼帘的是一个章鱼样貌的图案,就和在荒法之原所见的符号一般,整个是颠倒的。

"它叫塞特尼卡,塞特尼卡沉锚晚杯。"

"我记住了。"

"世上有数不尽的这模样的杯子,塞特尼卡没有确切的纹理,在你眼中有什么样的杯体特征,到时候遇见了,你就循着记忆中那个杯器上的特别之处即可。"

"我看见你在荒法之原留下的那个符号了,墨兽。"

稍加思索后,墨兽静静地闭上了眼睛。

"帕克特,帕克特·荣格。"

帕克特看着眼前渐渐下沉的墨兽,心中百感交集。

"经历如此长眠,我可能没办法确切记住你,帕克特小鬼。但是今后如果我有幸看到那个杯子上映出你正脸的纹理,我一定会记起你……"

帕克特此时像是知道了什么东西,可能来自久远以前或以后,一种奇异的感觉就像涌上滩头的潮汐一般拂过脑海。

"我就知道我起码没有对不起你小子。活下去,以及余生好好保重。"墨兽慈爱地说着,"永别了。"

水花在空中凝固,海面也不再波动。整个无陆之海像是在无风带的航船一般停住了,时间也静止了。远远的小舟上,灯笼里的火也停滞了。墨兽的身体像是巨峰上的摩崖石刻一般静止在那里,水下的触手和腮静静地鼓动着,但双眼紧闭,显然他所说的亘古长眠找上了他,而伟大的他再次选择了拥抱梦境。

"墨兽! 喂!!"帕克特大喊着。

"你醒醒啊!"

"墨兽!"

墨兽没有任何动静。

"墨兽!"

林中的飞鸟被惊走了。

帕克特坐在篝火前,看着毕剥作响溅着火星的柴薪。山洞外下着清香薄雨。手边多了一根断了一半的木棍和一本封皮有着奇怪眼睛的书,胸前挂着那块风格迥异的单片镜。

鲜草腐木的香气取代了海风呼啸的腥臭,这是帕克特所在的现实,他从那个幻境中回来了。

手中有一块石片,帕克特攥了攥,将它顺手塞进了背包的袋子里。

起身踩灭篝火,身影离去,原本喧闹的山洞一下就融回到自然的寂静中了。

"墨兽。"

帕克特擦了擦眼睛,有一种难以消散的酸胀感。俨然墨兽已经不在。

"有些事你倒是早点说啊,混蛋。"

剩下的只是一本空白无字的带眼怪书和一个决心踏上冒险旅途的青年罢了。

第19章

离叛

"说是要和撒巴莱亚人斗上一斗，你具体是怎么想的呢？"电视人悄悄贴在普艾希亚耳边问道。

"仅凭一个人当然不可能做到。始初魔块的赋能并不适合在正面和建制成群的对手硬碰硬，更别提门芙哈蒂绝不会空手来这儿。和在法琉斯一样，我们需要帮手。"

贝菲听到后忍不住插了一嘴。

"既然看到他们出现在这里，那么我和魔块的位置无疑已经暴露了。能追到这里，想必他们留有足够的手段。虽然事先用魔块掩藏了尼宁特大陆上的星脉等若干利于对方的传送节点，看来迟早是瞒不住了。我们要尽快赶往北边剩余的星脉道口。"普艾希亚皱起了眉头，"但只要门芙哈蒂和她的舰队仍然在尼宁特的上空巡航，像这样的大动作根本逃不过他们的搜索。"

"这样一来确实没了后路。怎么，趁我们还能小躲一阵子，想到要悄悄活用当地的条件吗？"贝菲思索了一阵，"早知道会是这样，当初就不该用第一始初魔块来做星脉的掩蔽。到头来还是被以摸着星脉的方式让他们找来这里，要是有在这几年间积下的储能，或许这时还能用来从容应对眼前的追兵。嘿，那也不一定。凭我们现在的能力，起码两天内也可以调集到一众人啊。再加上活用我的能力的话，我甚至能让手无缚鸡之力的人如同野兽般发狂。虽然之后他们或许会失了心智，胡乱袭击，嘿嘿，那好歹是变相给我们的对手添乱嘛。所以……不妨就把始初魔块中余下的能量都借给我一试。"

"那个能力，任何状况下你都不准使用，我希望你记住我的态度。你这是想让那些人成为非人的道具,你可知道生命绝不是这样无端拿来玩弄的。"普艾希亚正色道。

"笑话,撒巴莱亚人遍插黄环黑旗,这些人的结局同样是死,和这所谓的生不如死又有什么区别? 好一副道貌岸然的样子。"只见电视人满是唏嘘,一脸不悦,隐藏进了古董电视的屏幕边框里。

"如果上次你这么做的结果很好的话,你以为她会不想用?"贝菲停在普艾希亚的肩头,收起了蝶翼。

"为了成就大事,为此牺牲几个人有何足惜? 她就是心太善了,用人力总思量着不伤损。这样我很难办的,明明都是些抛下架子就完全做得到的事。"

"不如省着那些招数当面对付敌人吧,狭缝生物。魔块中的这些余能再不济也是为了巩固大启示的威能储备的,你我都很清楚完成大启示之于现在的意义。"贝菲徐徐飞起,环绕普艾希亚扑棱着。

"我可没有心善到忘了法琉斯血的教训。不如先这样吧,去找当地人谈谈。撒巴莱亚人的先遣队两天内必至,就暂时以临峰石谷镇为要塞坚守,在周边领地组织起所有兵员的前提下或许可以拖延撒巴莱亚人进攻的步调。应对敌人的主力需要大量的人手,同时也需要将话传到底特拉伦的王都迦巴迪尔,以说服那里的两位储君和王公们。"普艾希亚思忖着,但对那天上降下的几艘巨大航宙舰和里头不知何种能耐的来敌,她仍然没有应对的计策。

"哈,上一次是在法琉斯的亚纳库亚吧,最后我记得那些志士的壁垒被撒巴莱亚人的重型炮火掀飞……在那之前,为首的军官们被吊死在城外——野蛮人。这让我多少想起阿基耶的种种好来,怎么样,虽然那儿也没剩下什么了,倒不如我们趁早回去躲躲吧?"

"你省省嘴吧……电视人。"贝菲的翅根处发出了愤怒威慑的红光。

"计划就是这样……但这次可不允许与法琉斯同样的结局发生了。各自回到耳坠吧,行动起来,我们这就动身去镇公所。"

以白色水滴耳坠收起两位随从,普艾希亚抬头望了眼钟楼,此刻正是下午三点半左右,组织这里和周遭城镇的平民疏散,时间应当还来得及。

她宛若隐身一般穿过街道上熙攘的人群,镇公所所在的广场上远远就能看到第二轮值班的十几名守卫在队长的指令下整队。

"听着! 前面那班兄弟干得不错! 到底是个人多事杂的日子——小偷没少抓,流氓也都尽数打进牢里了。乖乖,好好学学前面那流动岗哨的马库士和鲁费昆斯,放精神点,换上去别丢了他们的面子!"

"是,长官!"

不错。这些弟兄如今看起来哪里比那些迦巴迪尔王都里牛气哄哄的仪仗队差了?

"行,水壶确认灌好水了就去换岗吧,记得之后把栅栏撤下搬回军营去。动作快点。"

"是!长官!"

卫兵们拄着配发的长矛短剑就向着市集各处散去了。小胡子队长拉了拉手套,摸了摸可能是这个月里修得最完美的一次羊角胡,满足地笑了。

"对不起,可否打扰先生?"

"嗯?"

忽然听到有人像是喊自己,正在暗自陶醉的羊角胡队长猛一个趔趄打了个转身,啥都没瞅着,稍一低头才看见眼前一个身着粉色长裙的乖巧女孩注视着自己。

"哦,哦!小姑娘,怎么啦?"

乖乖,是个小个子姑娘。

"您认识在这个镇掌管卫戍的镇长先生吗?镇上守卫、民兵都能全权调动的那位曼佛里先生。"普艾希亚如往常那样微眯着眼睛,若是一下睁开,她担心雪白的瞳孔会吓到对方。

羊角胡队长脑袋里的轴承一下没转过来,方才以为眼前的小姑娘是迷路来询问的,没想到一下问出个这么没有头绪的问题。但他一想估计是最近约度因过来的人着实杂得厉害,小姑娘多半是碰到什么无赖骚扰了。既然和治安有关系,也许自己确实能帮到些忙。

"啊,小姑娘,诸如此类的问题你找我就可以了,怎么,遇到什么问题了吗?"

"事出突然。请相信我,很快就会有一群恶人向此处发起袭击,我迫切希望能和这里的镇长详细谈谈。如果您觉得自己没法做主的话,就请帮我引见一下吧,我是认真的,先生,这是重要军情。"

少女一脸严肃认真。队长犹豫着摸了摸胡子,感觉这少女要么就是脑子坏了,要么就是在说……真的。

石谷镇这个地方,还算是战略要冲。莫不是隆德毕德的呆子们又起兵鸦篮堡,动起了从南方小镇畅快捞功勋的歪主意了吧……仔细一想，又好像有什么不对。

"行。那对方是些什么人，你又是怎么知道有人要干这种事呢？要知道就算调集人手，你也得有可以让人信服的理由吧，小姑娘。就算是今天赶来集镇的远郊村民，也没有带来一丁点敌兵进犯的消息。"

"那……这个算不算？"

普艾希亚从耳坠里现出魔块，在目击到魔块上青紫色电光的一瞬间，羊角胡队长脑内就像放了一部电影一般了解到了普艾希亚所知晓的撒巴莱亚入侵的情况，而与单纯的展示不同，他更像是直接体验到了这种窘迫的状况，意识到了的确有大敌在前。

"三女神在上，你这是……什么魔鬼的把戏？"

"不是，这算是些特别的能力吧。"

"你身上没带什么兵器吧？"队长看了看两手空空的少女问道。

"没有，先生。"

"快……那还不快跟我来，真见鬼，要出大事了。"

羊角胡队长一头冷汗，匆匆在前走完了通向二楼的楼梯，他回头又确认了一下普艾希亚的眼睛，那对白色的怪异瞳孔……抹了把不知哪冒出来的冷汗，他战战兢兢地推开了镇长办公室的大木门，将普艾希亚引了进去。

里面端坐的镇长放下了水杯，对首位推门而入的来客似乎也没有感到那么稀奇。"哦，杰森小伙，这是带了什么人来见我？"

队长指了指身后娇小的普艾希亚。

"曼佛里先生，容我禀报，石谷这儿怕是会有天大的麻烦了。"

"哦，大麻烦？"年迈的镇长一脸惊诧，背着手走到普艾希亚的跟前，上下打量了一番。"可这位姑娘……你不是西丽卡家的孩子吗？正巧，我刚在集市买了你家的雪梨。"

老人指了指桌案，一个木碗里头盛着两只去了皮的雪梨，要知道，如此好的梨走出石谷村的果林便不多见了。

"多谢镇长先生。但我想您也有必要看看这个。"

将信将疑地接近那少女面前渐渐现出的奇怪晶石，曼佛里望着里面，只见这看似通透的矿石之中忽地发出青紫色的光辉，自一片虚无之中照入眼眸。

魔块所展示的情景让眼前的老镇长惊到说不出话来。先不说望不见边际的手持利兵的黑色甲胄军士，十数个全副武装的短袍异人正指挥着一群从巨大卸货板上推下重炮的兵士们。只见这支浩荡的部队分散开来，而其中最大的一支从离石谷镇以西不远的哈尔伍迪峡谷向着石谷的方向行军而来，车马辎重配备充足，仿佛一群秋收时饥肠辘辘的飞蝗……而他们中为首的几人，手上持有几样自己从未见过的怪东西。

"这些有些不一样的人手里拿的是什么？从没见过。隆德毕德的机关弩吗？我没看明白他们能借这些东西干出点什么，也……只知道他们来意非善啊，小姑娘。"

"您很快明白过来这点，我已经十分感激了，曼佛里镇长先生。容我简短说明一下，他们持拿着的是一种叫作能量枪支的兵器，可以理解成射出很快而且杀伤力很强的弩箭吧，但事实可能比这个更厉害，它拥有造成巨大破坏的能力。举个例子的话就像是用拧起来的阳光做成的高温刀刃，您也知道那可不是开玩笑的，就像他们能成群结队撕开天空来到尼宁特这儿一样离谱。"

"阳光……那我们……岂不是什么都做不了吗？"镇长不安地坐回到座位上，看着桌上自己一家妻女的画像，背后也是泛着一身冷汗，"底特拉伦……不，我们得让尼宁特的每个人都知道。"

"为此，我需要抵抗这支军队足够的人手。任何能够拿起兵刃的人就行……我会尽我最大的努力来让这里的战事取得优势。"普艾希亚说着这话，其实自己的心中也有一丝忐忑。能做到吗？

"可以具体讲讲，"杰森队长揪了揪胡子，带着也许不揪几下之后就没得揪的那种焦虑感，"你能做到什么呢？说实话我见过炼金术，但没见过这么瘆人的……简直就像那些流言中的魔女一样啊。要怎么称呼你呢，小姑娘？你可否让我和镇长见识下你的能耐？"

"拉·普艾希亚，叫我普艾希亚就可以了。杰森先生，我看您腰间有把不错的佩剑，可否拔出鞘让镇长也看看呢？"

队长看了看镇长，镇长睁大了眼，点了点头。

"可别在这伤到人啊……"杰森按着剑柄，不安地盯着眼前的异人。

"不会的，至少现在不会。"

只见佩剑一出鞘，上头就浮着一层淡淡的青紫色弧光。

"普南利尔在上……这都是什么玩意儿……"

这一幕让镇长和戍卫队长感到十分吃惊，照理说，这样令铁器发光的东西只存在于代代口耳相传的古代骑士故事里。

"这是我能够驾驭的一种叫作'附力'的现象,当然,不实际挥动一下可能难以理解,在这样的情况下兵士就能使出非常人一般的力道。实际用的时候对人体也有增益,说白一点,就是能把受过一些训练的士兵都变成战力超群的英武勇士。"

活动了一下手指,普艾希亚稍稍掂量了一下自己体内惊人的空移力。

这次能赢吗,对上不会再大意的门芙哈蒂? 即使胜算不大……

"真这么……?"

"我可不是特地跑来说笑的。要知道用不了多久,敌人的大军就会兵临城下。"

"可不得了啊……要知道说服我手下的人来相信这个,绝不是件容易的事。"

"我也想借机好好和各位解释一下当前恶劣的状况,但是时间不太够,只希望你们能够集合起所有人手,我好尽快把要紧的事项都梳理明白,关于我们的敌人,还有我们要面对的险境。"

"你也知道的,那个……普艾希亚,这儿因为集市的关系,抽调人手肯定是件麻烦事。时间是个问题。他们来这儿真的只要两天的路程吗? 要知道普通人从哈尔伍迪全程骑马过来,少说也得走上四五天啊。他们不吃不喝不睡的吗?"镇长摸了摸侧脸,焦虑地发问着。

"先遣队八成是服了特殊药物,他们会一路疾行到他们落地点最近的政权中心,并且向大部队回传情报,他们能做到不眠不休行军整整一周,可并不是说笑啊。而且刚才你也看到了,不仅是那些巨大的战舰,他们中少数还拥有着这个时代所不具有的尖端技术,用通俗易懂的话说,他们先遣队中真正的精锐——就是个个能够以一敌百的。"

那些单纯的撒巴莱亚杀戮机器,曾一度将恐惧带给了法琉斯行星上的所有人。恐怕在这里,要应对的也是有过之而无不及的场面。

杰森望着地板一寻思,快步走到窗前。他朝外轻轻叩了叩玻璃,不一会儿,办公室外的楼梯间就传来一阵急促的脚步声。

"这样,我和专人打个招呼就先去集市那里,通知各个街区的守卫组织镇民和商队的疏散。其他事情你就和我妹妹奥本娜交代吧,她是这石谷镇负责提调兵队的副兵队长。个子蛮高大的,你见到之后不难辨认出。"

"嗯,这事刻不容缓。"

曼佛里按了一下桌台上的铜铃,一个高大的女子便推门走进了屋。

"镇长您好。杰森老哥,是你找我?"

"正好。奥本娜,你在外头也听了个大概吧? 接下来由你负责耐心听这个小姑娘说,我先去哨站了。要把足够多的信使召集起来,向底特拉伦的军务大臣们汇报这里的境况。"

杰森正了正侧腰的剑鞘,向镇长一个鞠躬后出门跑下了楼梯。

"你是……"高大的女子弯下身来,看着眼前这个瞳孔怪异的少女。

普艾希亚缓缓掏出魔块,一瞬间奥本娜的眼前也像是经历了一遍难以置信的景象,甚至方才自己不在场时这个房间里发生的讨论也原原本本地了解了。奥本娜擦了擦眼睛,知道自己的兄长从来都是把麻烦事儿丢给自己,再抬头看看镇长焦虑地摩擦着拇指,经验告诉她这事儿绝对小不了。

"呵,那先不说别的,你打算怎么做……普艾希亚小姐?"

"请求援军吧。这是最要紧的事情,如果最近的兵员一天之内赶不到,就带着一般民众快速离开石谷。"

"可敌人有如此能耐……这不是等于让一群人前仆后继白搭进来吗?"奥本娜心里犯了句嘀咕。然而这确实不假,如果要组织力量抵抗这样一支军队,就算为了拖延也需要最基本的人手。如此想着,她犹豫地点了点头。

"周边乡镇的撤退没什么问题,就是援兵……最近的军事城塞以最快的速度派骑手过来兴许只要一天……不过别期待有太多人,大多只是临时拿上武器赶过来救急的。"

"拜托了。这里的情况,你一定比我了解得多。"普艾希亚看着奥本娜的眼睛,那对瞳孔似乎因某种情绪而微微晃动着。

"好吧,信……信你了。先告辞,之后等我回来,请随我去公所西边树林边的镇军营吧,不一会儿就好。请稍事等待。"

"嗯,辛苦您了。"

奥本娜走到门口,忽然想起了什么。

"啊,为了方便对士兵解释也好,我自己好奇也罢,我能问问,我们对面的这群叫撒巴莱亚的敌人……他们到底是带着什么目的来的?"

普艾希亚将魔块缓缓收回耳坠。

"撒巴莱亚,奉行毫无善意的侵占。"

"也就是说,最坏的情况下不接受……"

"并不,只是投降了之后,就会沦为他们的奴隶了。"

"那真是群混账啊。谢了。"

奥本娜推门而出。

"先告辞了,普艾希亚,镇长先生。还有,请对镇长说出实情吧,普艾希亚。"门扉虚掩,仍有一句话从外头传来,"恕我直言,你方才这番话在我看来,不过只是说了一半险情罢了,虽然我会奉命行事。"

当房门关上时,普艾希亚在原地呆立了许久。

须发花白的曼佛里用手帕拭了拭额头。"那个,普艾希亚啊……有什么我能做的吗?"

"请您尽快和镇上的人离开吧,最迟两天后石谷这里恐怕会变成战场。"

"姑且给我这老人说说实在话吧……刚才奥本娜的意思就是,这还有胜算吗?听口音,你似乎也在这里待了不少时间,你了解我们的所能,异人姑娘。"

普艾希亚焦虑地摸了摸发梢:"说实话,其实……在这里可没有任何胜算。但要能保证撤离,拖延到更多援军支援或是有机会能带着剩下的人后撤汇入足够抵抗的军队的话,就勉强算得上是阶段性成功。"

"而且,奥本娜说得没错。他们这次冲着石谷的方向而来,多半是为了我手中的魔块。抱歉我从一开始瞒着你们,"普艾希亚歉疚地看着年迈的镇长,"也许一开始说出这实情,你们就不会愿意全力以赴去组织防务了。若是不信任我,我这就帮您把出门的二位追回来。"

曼佛里先生先是一愣,而后深吸一口气,徐徐吐了出去。

"唔……你能坦诚当然是好的。不过依我之见,事已至此,多半也没什么区别了。"

"一切仿佛漫无止境,曼佛里先生。这令人难以想象。"

普艾希亚的脸上露出痛苦的表情,脑海中浮现出的尽是撒巴莱亚人每当恶行得逞时就会爆发出的那有如狂欢般的笑声。那岂止是种羞辱。

"你是经历了很多这样的事情吗?"老镇长宽慰地问着,"就好比你刚刚选择辞令时的那种小心,虽然冒犯,但我相信你一定早就受过磨难。"

普艾希亚转而微微一笑,带着一丝无奈。

"是啊。"

曼佛里走到窗前,看着远处人声鼎沸的市集。马车穿过街道,一切有声有色。

"打仗吗?……我在这儿当了整整四十年的镇长,"老人折起手帕,颤抖地收回上衣的口袋里，"石谷镇啊，就和家一样。"

家吗？……普艾希亚心里一颤。

"我退役下来的时候曾拉车经商，偶然路过这里，被这里的市集文化和热诚民风深深吸引。我一个外乡人就像苍耳一样留了下来，在这里生根发芽。石谷确实是个不得了的好地方。它好比一处任何种子都眷爱的沃野。很多人为了找到这样一个地方，于生命中也花了很久。"

"我也喜欢这里。"普艾希亚想起石谷村的人们，"所以我决定也把这里当成自己真正的家看待。"

"那真是太好了。说难听点，我这老头也许还能活上个七八年，等我没了，我就想葬在这个地方，别的地方没想过。故乡的都市太喧闹，也不再适合我这样试图走回静谧的人睡上个舒坦觉。"

走到窗前，普艾希亚看到了在曼佛里看到的景致。

窗外炊烟袅袅，小镇的市集中充斥着吆喝声。顽童们在街道上丢着柑橘，忙碌的大人们正筹备着晚市。街摊上有着不重样的小吃面点，田园犬从土豆篮的背后探出半个脑袋来。那些远道而来赶集的农夫，争相将丰余的蔬果塞到路过长者们的提篮里，仿佛在三女神的授意下行着崇高的礼拜。

"这镇子一点没变，我却老了。抱歉让你听我这么多感叹，但你知道的，我没想过之后会怎么样，既然你建议我离开这儿，我也会听从。"

"也许还能回来呢，镇长先生。"普艾希亚捏了捏拳头，心里有些怅然。

"哈哈，我甚至不想离开。若是他们执意袭来，在这尼宁特大陆上制造起一场经年累月穷兵黩武的战争，那我一定恨透了他们，我已经这样想了。管他们来是为了什么，今天是为你的这块魔块，明天也许就是谁头上的那顶冠冕，这些人想要使坏有的是借口。"

曼佛里抚摸着窗玻璃下沿的工艺纹路，手指划过雕花风格的玻璃表面，发出清风一般的沙沙声。

"再给你讲个故人的故事。迪哈尔，我的兄弟。和我一起来的时候，他是我老家最好的玻璃工匠，全镇哪怕是全国的匠人都不如他的手艺精湛。这是他被迦巴迪尔应征去之前的最后一作，我把它装在这里。你知道吗？战争是个可怕的东西，它吃人。迪哈尔要是现在还活着，我们还能一起喝酒，骂骂他的几个臭徒弟。五年前的秋季，他在一场战役里牺牲了，当时我不相信也没用，他们那些人给我送来了他的亲笔信。"

老人家转身缓缓从办公桌抽屉里取出一封破旧不堪的信函,打开封条抽出信纸的时候,曼佛里镇长的手止不住微微地颤抖着。

"咳,连上面的血都不知道是谁的。'亲爱的老大哥曼佛里,近日可无恙?我上个月晋升了迦巴迪尔劲鹰旅的十人长,终于不用像个奴才一样被使唤来使唤去了。你想,我一个吹玻璃的能在军队里混成这样,你要是告诉我那老妈子她能笑死我。尼科还好吗?我听新来的同乡说他被迦巴迪尔抱拥学院录取了,今后可是要做有文化的人了。你儿子这么争气,老大姐在天之灵也会欣慰的吧。下个月要和塞瓦国的那帮海陆船队干一仗,你知道的,那群看不起人的家伙。等着我给你这老骨头写下一封信吧,哈哈哈。安好,迪哈尔,第十八盖拿约年四月,于香月兰码头。'"

曼佛里的声音哽咽了。

"你说,天杀的。我再盼又何妨,可他还能写吗?抱歉有些失礼,但……咳咳……哎……"

"没事,我能明白的。"

"隆德毕德塞瓦国的那帮畜生砍了他的头,用十人长的绶带草草拴在他战马的尾巴上。一路颠簸回来,那张生来俊俏的脸上连寸完整的皮肤都不剩。可听说战场就是那么个地方,人都丢了魂似的互相玩弄,尽管你知道他是在一场胜仗里牺牲的,又被授了勋,按理你该为他感到高兴,不过这死法,真不是一个人该有的啊!"

倘若说是这个世界的时代的缘故,人们对战争的认知停留在有限的阶段的话,普艾希亚心想,在她游历的几个世界里,荒唐的事情更有甚之。战争是个什么样的怪物,普艾希亚看了看随着夕阳西下变得酒红色似血般的天空,她心里再清楚不过了。

"普艾希亚姑娘,你要是某位来拯救我们的神使的话,请尽快终结这种疯狂吧,算我求求你,石谷也好,整个底特拉伦也好,若战争变得随处都是,要知道凡间不应该是这样的。"曼佛里皱起眉头,露出了恳请的神情。

"可我并不是……神啊。"

若真有神明存在,普艾希亚心想,那么自己本着良善的发愿为何也没被那些真正的神明存在听取呢。

"如果你所说的都是真的,你那些能力显然早就不是类属凡人的范畴了,何况还有神力出手相助。要是如普艾希亚姑娘这般都不算什么神祇的话,那我们的庙宇和祈告塔又是为了什么修建的呢?"

"在你看来，我是个有些能耐的小姑娘，事实也不过如此。相信我，任何人都有必要做自己力所能及的事情来阻止在这片大陆上最坏的状况发生。但恐怕这话由我说不大好，如果真的有了不得的人物的话，也该是出来做点什么的时候了。所说难以复盘的这整个局势，相信也不过是落在无数反抗战争中一颗小小的火苗罢了。我会试着把对抗那股势力的有志之士召集起来，尽我所能。"

拉艾瓦教堂钟楼上空淡淡的光柱在阳光下逐渐发出微弱的扑闪。没有任何人发觉，那光芒竟然不断强盛起来。

曼佛里叹了一口气，将信放进了自己的上衣口袋里，轻轻地拍了拍，鼻子一酸。

"召集……也好。如果借你所说的火苗还能逼退那些该死的野兽的话，就算接下来拿整个底特拉伦王国当作火堆里的薪柴来燃烧，想来都不是件可惜的事情。只是如我一介平凡人，总会对力所不能及的事物有所希冀罢了。这也许是我们需要庙宇的原因，大家想的东西林林总总，但都是一样的。没听说有什么神明眷顾的事情，只是写好的命运里有些什么起起伏伏发生的话，肯定就会感慨是庙宇中的祈祷得了灵验。现在的人恐怕也就是会为这么两件事一鼓作气吧，志气豪情抑或是情怀希冀。可惜我一把老骨头，难以挥动一根手杖，想到自己要抱着情怀留下遗憾，就是心里过意不去。"老爷子的声音颤抖着，充满了不甘，"不甘心啊。"

"这么说，您觉得和群众一起离开这里不妥吗？"

"不是不妥，是我现在越想越气愤，这像是年轻时期才有的那种血气方刚，在告诉我别在这时候服老当个孬种。可现实就是我老了，所以很难说清楚，我不想离开石谷，我想保护这里。不是因为我是手握政令的边境镇长，而是因为我是在这里切实活过的人。这种归属感，我想成全它，或者让它延续下去。"

"那就尽力让它发生吧，敬爱的老先生。"

普艾希亚顺了顺裙子，将魔块收回到耳坠之中。

"按照普南利尔的教义，如果你对你所坚信的常存虔诚之心的话，那你的珍视和行为必有它们的价值。"

镇长从一旁的衣帽架上拿过自己的手杖，攥了攥，便老泪纵横。

"虔诚……我死也要死在这里。不靠祈祷，我自己动手救石谷，就算第一个倒下，像根枯草被折掉也无所谓，我起码这么做了。像迪哈尔那样，能吐一口唾沫在乱世的脸上，也就不留遗憾了。我多想要抱着那群以破坏别人生活为乐的糊涂蛋的脑袋大吼，告诉他们我曼佛里这把年纪悟到的道理，教他们清醒过来。我要亲自去周围的领主那里求取援兵。"

"来之不易的一切，让它有机会存续下去吧。"

只见普艾希亚的魔块耳坠微微发亮，曼佛里微弓的驼背忽然能够挺直了。

"啊啊……"他轻轻一挥自己手中的手杖，就像是挥着一柄称手的钢剑。"可这是……？"

曼佛里有些难以置信，不过发生在自己身上的变化自己自然是最清楚的，他忽地泪如泉涌起来。

"刚才所说的'附力'辉映，请量力而行吧，因为你并不如那些青壮小伙效果那么好，但这样一来一定方便不少了吧。时限不多，我们需要尽快活动起来。"

"感……真不知道怎么感谢你……"

"不用谢我，不如好好借此振作一下驻守兵员的士气吧，您一定能胜任的。石谷镇，还得先靠他们来坚守，包括那之后。"

面色凝重，普艾希亚与镇长的对视没有持续太久。

"不必说，就请放心交给我吧。战场，就交给你们年轻人。"

镇长走出办公室，对着门口的辅政官耳语了一阵，很快不少传令兵赶了上来，用战时的语气重复了几遍口头传达的命令。

日光渐渐消退，却不像平常的石谷镇，镇上小屋窗内的油灯并没有像星火一般点亮起来，而是渐渐随着夜幕一起归于黑暗。市街上的灯却是照常点亮了，但似乎巷道里那些灯火显得更为明亮一些，人头攒动。整队的兵士从深巷里走了出来，宛如一条小小的河流，汇集到镇公所前的广场上。

曼佛里戴上礼帽，推开了镇长办公室阳台的铁门，走到了宣讲的露台上。门外的侍女也提着油灯匆忙跟了进来，随行在镇长的两旁。

"等会宣讲完了，玛丽，约拿瓦，你们也一起带着其他公所里的人离开吧，事情经过你们也在门外听见了，路上好好给那些孩子解释清楚，我们总要回来的。迦巴迪尔卫国军必须赶来这里，可以的话，鲁耶那·西西弗斯，先请就近的那位伯爵过来。还有翁路休·加戈侯爵，请一并前去通知。"

"是，曼佛里先生。"

"关键是一定要想办法联络上驻守依在的翁路休·加戈侯爵，他和那座坚实的壁垒一定能妥善处理诸位的居留问题，先前在城塞外郊纠纷那件事上他还欠着我的人情呢。让他马上帮着安置镇民，他要是思量再三还是不肯，就告诉他我曼佛里进棺材前迟早先扇他两大嘴巴子。"

"嗯，明白了。"

楼下骑在马背上的奥本娜向着露台行了一个鞠躬礼，镇长点了点头，招手示意普艾希亚过来。

"是这样，我在这里要动员一下民兵和尚能作战的百姓，以及安排妥当镇民的疏离，你先和之前奥本娜说的那样去西边的镇军营，之后杰森应该就从传令所回来了，他会带队过来一起商讨军情。别担心，我虽然先前犯着气喘难以演说，但托你的福，现在可真能凭空张嘴吹倒一头野熊呢。"

曼佛里笑着挥了挥手臂，有些松垂的皮肤下还有些年轻时锻炼留下的肌肉纹理。"普艾希亚，在这里就先和您告辞了。"

仿佛一刻不停地，普艾希亚拔步便走向门厅。

"玛丽，下去送一下她。"

"明白了。"

走下旋梯，一旁的侍女忍不住好奇，还是开口发问了。

"那个，普艾希亚小姐……恕我冒昧，您究竟是从什么地方仓促间来到这里的？莫斯莫日瓦，还是更远的杰卡杜拉？"

"怎么，我看起来像是那里出生的人吗？"

逐级而下，木质的台阶在鞋跟的踩踏下发出清脆的响声。

"没什么，就是好奇你是从哪儿来的。你是这个大陆的人吗？"侍女打量了一下少女的周身，却又质疑起自己提问的动机来，略显得窘迫。

这引得普艾希亚苦笑一声。

"不，虽住在石谷，可我确实是个异邦人。要说来处的话，根本不是在这个世界上。"

"你说……不是这个大陆？"侍女露出匪夷所思的表情。

"对，不是这个世界，我是从非常遥远的外界过来的。"

"呜哇……很麻烦吧？听起来就好远……"

"确实，并不容易。"

"我一个侍女可能没什么见识，但是您可一定要多多保重啊，普艾希亚。听说马上就要打仗了。"侍女拱了拱手,摆出一个意表尊敬的当地手势。

"已经很了不起了,您能在这么通晓事理的长者身边工作。"

"哪里,尽心尽力做到为人考虑周全,我擅长做的只有这些了。"

普艾希亚若有所思:"您这就足够了不起了,玛丽小姐。"

拉开镇公所的大门,侍女玛丽毕恭毕敬地鞠了一躬:"那就送你到这里了,真的要保重啊。"

"你也是。"

奥本娜一眼就看见那位异人少女从门里走了出来,吹了吹口哨,一旁的两名马童忙不迭牵了一匹白马迎了上来,其中一个手中提着一双厚实的牛皮靴,跑到普艾希亚跟前弯腰献了上来。

"我并不用……"

"收下吧,之前看你没双正经的马鞋,接下来可是要骑马赶上一小段路的。听着,女孩子的身体和灵魂可都得好好爱护。"

奥本娜那张有着两个长长刀疤的脸上浮出一丝微笑。要知道,如果这两个隆德毕德人落下的刀疤不曾有过,那张美人的脸铁定能迷倒一群酒馆里的帅小伙。

"先谢过了。"

又一声口哨,马童将普艾希亚轻松扶上马背,自己一个跨翻骑在了普艾希亚身前的前鞍上。

"失礼了小姐。"

"不,我还是会骑马的。"普艾希亚微微摆了摆手。

"但请由在下代劳吧,石谷镇的威廉·大卫撒,叫我威廉就行。我受石谷镇戍卫队长的命令,接下来我将是您随侍的马童,若可以,请随意差使我。"

"……辛苦您了,威廉先生。"

"在下荣幸。"

"事不宜迟,先走了,杰森队长。"

只见杰森气喘吁吁地从人群中骑马跑过,从远处挥了挥手,表示他多少知晓了。看他的样子怕是连滚带爬冲到传令所又打了个急返程,还是途中不带歇息的那种。

"石谷镇驻军听令!"

"喝哈!"

"列队！"

"嘿——哈！"

骑在马背上经过拄着长矛的兵队，随着奥本娜领头的大黑马一齐向镇郊的方向行去。

一路上望去都是士兵，让对小镇兵力有些担忧的普艾希亚稍稍有些喜出望外。当几分钟后渐渐看不到市街上的矛尖银光时，那份喜悦才渐渐消退了。

"看！是奥本娜·斯坦森！"

之后的人群中爆发出一阵雨点般的掌声。

"可知道后面那个淡金头发的女孩是谁啊？"

"你不知道？刚才听守卫说，她是异邦来的很厉害的人物，是来这儿帮忙抵抗外敌的……"抱着果篮的男子兴奋地宣讲着。

"入侵，当真？怎么我听说是迦巴迪尔兵变来着……"

"兵变？伙计，兵变用得着镇长动员？还不是哪个官员过来一声吆喝就把兵员全拉走的，要么就是强征，你又不是不知道那是怎么搞的，挨家挨户砸门征壮丁，当年的迦巴迪尔兵变可比这个吓人多了。"

"……就别扯了，估计是什么内务变动了，我们梳理一下整一整就完了，每户发点抚恤粮银什么的。但愿田地别被糟践啦。"

听着人群中的讨论，普艾希亚略微有些走神，自己究竟要把多少人牵扯进自己的一个决定里。

倘若撒巴莱亚聚合能够和平征讨这里，可能石谷也就只是换了一个傀儡镇长，农耕人家依旧务农，商贩依旧交易，日子也不见得会比之前差。这里的百姓也不是不能接受新的秩序，或许抱怨那么几天，就又找回各自生活的节奏了。

这不由得让普艾希亚开始怀疑自己的动机。

自己做的这个决定是否足够正确？虽然确实比四处流亡强，但也有绝不能易手的东西和自己共存着，如这个世道下仍需坚守的良善……只要现象魔块还没有落入门芙哈蒂这类人手中，抵抗或是留存实力，这类行为就都是值得的。

该如何从这攻势中力挽狂澜？

没法认同电视人无所不用其极的做法，或许就是这种执拗限制了自己的能力。

良善，是吗？

"喂喂,普艾希亚,看你右边……"脑海里响起了蝴蝶贝菲的喊声。

乍一下从激烈的思辨中回过神来,普艾希亚眼睛稍一聚焦,猛地瞅见一个熟悉的身影。

"纳布大叔?!"

右手边那位四处张望的大汉也被这一声吆喝给吓得不轻。

"普艾希亚?乖乖,你怎么在这里?西丽卡呢?"

"吁,停马!"威廉一声吆喝,一拉缰绳把白马停了下来,马鼻子喷着粗气,蹄掌不耐烦地蹬着地上的砖瓦。

"西丽卡姑妈……她应该回到镇口了,之前和我说过会和你们一起回石谷村的……"

纳布大叔听罢急得直跺脚。

"那哈连比呢?你看见那臭小子了没?他一溜烟跑集市里就没回来……现在又出这事,镇子都乱成一锅粥了,那他去哪儿了?"

"哈连比……我没看到他啊?"

"他之前可是在酒馆门外偷听到你的大计划了,普艾希亚。"电视人嘿嘿笑着在耳坠里送风。

"那你知道怎么不早说?"贝菲愤怒地质问着。

"他区区一个凡人能干什么?他还能给撒巴莱亚人通风报信不成?我总不用事无巨细全都报告给您吧。您可是和那些阿基耶人有些不同之处的,正因此我欣赏您。"

"你……"

普艾希亚脸一下拉了下来,但意识到不能在这里表现出什么异样,强行把表情恢复了一下。

"电视人,算我求你,你知道他去哪儿了吗?"

"还等什么,你现在闲着,还不去帮忙找找?"贝菲不禁暗骂了一句。

"哈!你没权利使唤我,贝菲。我要听普艾希亚的指示。"

"请帮忙去找到他,电视人。"普艾希亚搓了搓脸。

"好嘞,得令。"

随着耳坠一声清响,熙攘的人群中不被注意的一个角落忽然出现了一个扛着土豆袋的瘦削男子,避开了所有人的视线及阻挡,向着一个方向跑了出去。

"没事吧,普艾希亚? 总之,你要是看见那小子,叫他赶紧回镇口,你要知道,哈连比这完蛋孩子要是瞎跑跑丢了,八成十天都找不回村里……话说姑娘你这是……"纳布喘了口气,忽然察觉到普艾希亚比自己高出一大截,才意识到这会儿邻居家的小姑娘居然是坐在镇驻军的白马上对着自己说话,惊诧不已。

"我得去帮忙做点事,具体请您问问西丽卡姑妈吧,如果她担心我在哪儿,就说是在镇上的军营吧。不,让她远离这里,她知道该怎么做。"

"虽然不知道你这又是个什么事……唉,我先回镇口了,没准那破小子自己跑回去了……你要是看到哈连比,让他麻溜地给我回来,我今天非揍他一顿不可……你晚上还会回来的吧,小普艾希亚? 一起帮忙收拾东西,大家好往官爷说的安全的地方跑。"

"放心大叔。我们走,威廉。"

"驾!"

"问你话呢,怎么丢了魂似的……你倒是记得早点回来啊! 听见没?"

"驾!"

不能再连累你们了。

身后纳布大叔的吆喊渐渐被人群吞没,至于能否回到石谷村,普艾希亚觉得这几乎是不可能的了。威廉熟练驱策着的白马很快赶上了奥本娜的马队,在街道人群为马队让出的中间道上不断前行着。

"电视人这家伙真是……"

"言行举动是很可气,但是我们需要它。"

"没它不也一样? 它能做的事有哪样我不能帮你做到?"贝菲撑着双翼,不满地抱怨着。

"你不是做不到,是为了魔块不能过多暴露你的位置,与魔块时时辉映的你绝不能贸然行动,那会让门芙哈蒂轻松找到我们的下落。贝菲,你可要牢牢记住这点。"

"可万一普艾希亚你真的有危险……"

"和最早跟你说的那样,你不准出手,而且必须想办法带着魔块逃走。你有这个能耐。比起我,希拉示托付的这方始初魔块更为要紧。"

普艾希亚揉了揉眼睛,那些扛着货物不断奔走的人将形形色色的粉尘弥散在街道上,这确实让人感到些许不适。

"可是……你真的不觉得电视人……"

"我们姑且不谈这个，我会更加注意的。"

"它最近可越来越像是在为别的目的行事……"

"这话太过了。请别再这样说了，贝菲。"普艾希亚皱起了眉头。

耳坠摇晃了几下，便没有了动静。

夜幕渐渐深了，马队穿出石谷镇，向着镇郊不远的兵营进发。树林里传来瘆人的禽鸟叫声与虫鸣，在渐渐亮起的月光下钻进人的耳朵里。

"至少是开始了，普艾希亚，这总比什么都不做强多了。"如此安慰着自己，在马背上的颠覆中，普艾希亚看向黝黑的树林。

整个被撒巴莱亚监视着的大陆就像一个大不见边却逐渐关合起来的黑铁笼子，而自己则是在其中酝酿抵抗的受困雀鸟。

她甚至能够感受到，那股由阿基耶的仇敌带来的通透恶意。

第20章

凤凰计划:始点

"刺——"

"什么鬼东西烧焦了?"

忽然从梦中醒来,薇妮亚忙着看向四周,却是什么都没发生。自己躺在搬来议会的私人房间里,左边的床柜上还放着昨晚没来得及喝完的烈酒。

"该死⋯⋯自动给我设的什么破闹钟啊。"等等,这好像又不是闹钟。啊,是这个。

渗进鼻腔的咖啡香味,让清晨的一个懒腰变得无比享受。

至于上周自己新买的麦塔科技床铺能够在清早煮好咖啡并且自带自动煎煮培根蛋卷的懒人餐桌功能,到手就把说明书麻利删除了的薇妮亚自然不会注意到。

"本来这就是个堆积日用品的仓库,这下好了,这破日子又要过得迷糊起来了。"

床脚的投影在自动洗漱程序结束后自然开启,里头显示的第一个画面就是勒克莱尔时空议会的标识和傻傻的政见宣传视频。分三派渐次循环播放的那种,清早收听这种东西简直是种该死的折磨。

又不是真的要宣传⋯⋯只是要以整个星区为代表入盟勒克莱尔时空议会的要求实在有些苛刻,以至于整个时空议会下属的管辖世界中甚至有很多压根不在乎有勒克莱尔机构存在这件事儿。

这样也好,议会可以扮演上帝,日子还是照常过,今天应该也能作为勤务鲁贡骑兵出去在近星区巡个逻什么的。

说真的,比起那些真正值得对付的对手,这也不过就是过把小瘾。

虽然她内心知道有什么很糟糕的事情发生过了，但现在……

薇妮亚穿上特制的皮制风衣，挎上镭射马刀，最后戴上家里祖传的真皮白绒尖锋帽，在落地投影镜前转了一圈，一切都妥当了……

开门，深呼吸，啊，风景真不错，隔着空间舱的窗望出去，眼前三座尖塔像卫星一样围绕着一个巨大的球体旋转着，这不就是勒克莱尔时空议会吗？

好了，到干活的时候啦。

可身上这副打扮是要去干什么活？骑兵团？

她脱掉风衣，一把丢在床上，再把自动熨烫好的长马裤揉成一团，也丢了上去。挂起帽子，卸下腰带，收起镭射马刀的手柄，动作一气呵成。

"啊——，烦死人了！"

混账玩意儿，薇妮亚，你昨晚喝酒喝昏头了吧。

一看腕表上的日程，离准时去办公厅报到只有半个时空时不到了。

头还有些微晕，接过一边健康助手用托盘送来的清醒片，没借水一口吞了下去，拍了拍脸，算是醒过来了。

"哎！文书工作，具体是……我瞧瞧。"

一看日程上写的章程表，居然有一堆附加材料是要求前一天晚上过目的。

"我这不是完全没注意到这个就喝酒昏睡到第二天了吗……"

所有的办公文件全都来不及详细看了。去他的，没看过又怎样，赶紧让议会辞了自己，回去银鸟哈德曼大叔家的鲁贡骑兵团从打杂勤务开始做起也好啊。

不过八成会被哈德曼团长给凶回来，而且从调动的正式程度来看，自己也铁定是找不着借口回去那儿了。

转手打开投影电脑，私人邮箱里也被各式各样的告别邮件塞得满满当当。

"'薇妮亚……我们虽然只说过那么几句话，但是你离开之后，我们大家都会想你的。——夏尼福特'……什么啊……"

随便翻看了几条，气上心头。

"这就提醒到我这点了，凭什么我发表要干什么的主张还得要老爸亲自首肯？别忘了是我帮家族在勒克莱尔搞定了一堆大麻烦！"

"西博文·凯伯因，一个变得胆小起来的英雄，我的父亲。就因为嘴上说的'心疼我'，就把我丢进这么个鱼缸里面养着。"

与其说是养着,不如说是方便监视,不过和老爸吵架闹翻也不是一两天了,重点是凯伯因家的家规太过死板,两个弟妹都被丢进了财阀机关里作为接班人预备培养,而作为大姐的自己却反感家世,渴望自己历险……尽管互不冲突,但薇妮亚心中对父亲近来那种四处得利、贪得无厌的商人做派产生反感这一点,已经是根深蒂固了。

"看不惯我自立门户? 我偏就要……"

是不是像老爸说的那样乖乖听话,日子也能过得很不错呢? 现在她就像是在亲身扮演催泪影视剧里的逆反女主人公一般,这让薇妮亚细想之后更是气不打一处来。套上办公服,收紧腰封,舒展了一下方便办公用的智能袖袍,整体造型宛如一个出世隐居的僧侣般,薇妮亚拉着脸将投影电脑棒收进携带包里,迈出了门。

"请问今天您要去哪里呢,亲爱的薇妮亚·凯伯因小姐? 相信我,在勒克莱尔,今天一定会是相当不错的一天。"

脚下的智能浮板诚惶诚恐地问着,里头内置了性格十分纤细的人工智能,甚至能够通过分析接触面数据并根据使用者的心情状态改变其AI的对话风格。

"巨木办公厅,尽快,我赶时间。"薇妮亚低头看了下投影面板上的时间,"我更正一下,是很赶时间。"

"了解了,请注意平衡,浮板在启动加速模式中可能会产生些微颤抖,请您谅解。"

"拜托你稳一点,老哥。"

半分钟不到,在一扇舱门口,浮板就不知不觉地停下了。

"感谢您使用泰霸科技的服务,作为凯伯因时空商贸的子公司……"

就像大部分人都会做的那样,薇妮亚拔腿就走,连再听一句的闲心都没有。

真是逃到哪里都逃不开,不如说,其实自己从出生到现在都没能逃过自己的家业,凯伯因这个概念就像生存所需的空气一般充满自己整个认识的空间。什么都像是家族的财产,什么都和家族企业有那么些许的联系。薇妮亚一度想过,也许只要凯伯因一时兴起决定想做,砸钱砸材凭空拼造出一个宇宙都不是什么难事,荒唐的是,如今在勒克莱尔,这件事情早已不是什么新闻了。

一旁的宣传投影里也无不是凯伯因商贸的新闻,在一个支援星球的表面上安装一个巨大的时空星门,无数的货运船舰在那个圆柱状的光带上穿梭着。风格迥异,不仅有表面泛光的超科技货运舰,也有被一层宏伟光盾包覆着的古董三桅帆船。

"细想,要不是凯伯因家族的那些败类暗中支持撒巴莱亚聚合行动的话,托卡马克·

塔西的这个恶棍组织如何能活到今天呢?"

这一派又是在父亲授意下形成的激进派,是为与以勒克莱尔为主体的保守派形成缓和。撒巴莱亚聚合组织的再革新理念与他们在政见上不谋而合。你支援我物资,我带给你生意。这种两方都不亏的合作如今也正让自己的家族背负着褒奖和骂名。可雄厚的背景客观存在,即使想要反抗,走向歧路的凯伯因一支想来也能买下你身边人及其手上的枪眼一齐对准你。这是个危险的兆头。

尽管商会买卖的对象可以很糟糕,这对其整体的风评没什么影响,要知道只认资材不认道义这事放在一个小世界来看,可能是人心腐化所致的礼崩乐坏,但放在时空商贸的角度上看,叫"实利至上"。永无止境的供需关系,就像一棵巨大的生命之树一般,促生着无数子系商会的诞生。巨大的水生树木从庞大基干延出的无数气根,逐渐触及可知世界的每个角落。世界的面纱渐渐被揭开,同样地催生出了那面纱底下纯粹的恶意——撒巴莱亚聚合意志。

凯伯因扮演的,并不总是充满贸易关系的一面。现在所在的勒克莱尔时空议会,也是在凯伯因秩序下扶植建立的管理机构。在凯伯因的名义下,无数的世界得到了支持与建设,令许多荒芜的星系恢复生机。商会巨大的影响力,也将时空殖民与时空贸易这两个概念变成可能。说到其建立或重新定义秩序,也就是商人自由意志的自然发挥,难免有见不得光的行径。照理说,这一点微不足道的黑暗角落是能够轻松在经历TCC时代后的秩序宇宙中给予裁判的。作为反例,在薇妮亚看来,撒巴莱亚聚合意志在今天有所成就就是凯伯因内部过度放纵而产生的巨大恶果。

非常矛盾的是,议会创立之初,就是标榜着要防止撒巴莱亚聚合一类的革新组织破坏既有的秩序。而对方也忽然在不加收敛的快速扩张中逐渐脱离了抑制。如今在薇妮亚看来,撒巴莱亚这个侵略组织的存在已是对宏时空既有秩序的绝大挑战。在与对方成员在边界的几次交手之后,心中的这个想法更加确定起来。

"当然,举个例子。到一个自然发展的世界里,随即消灭了一切阻挠你支配这个世界的势力,然后重新冠名定义这个世界,对所有人宣示说这个世界现有的忠诚,是为了应对空前危机而诞生的一个荣耀……前所未有的超级联合……这是合理的事情吗?当然不合理啊。所以我就是不明白为什么这样的极端吞并组织也有人出资养着,什么为了形成新的秩序,不就是为了再分配既有的利益吗?所以说,人心简直可怖。"

看着长廊地面上倒映着一排排窗外巨大办公单元的幢影,薇妮亚仰头搓了搓脸。

何况，被拿来当幌子用的所谓……空前危机，简直和千万年来不知休止的宣扬世界末日的终末论者一样胡扯。

可恨的是，就算疑云重重，这也不是一件能够由凯伯因内部处理解决的矛盾。"凯伯因互不相侵"，这是不知何年何月，就为集团内部定下的血规。整个时空界就像是被自己熟知的家业给玩弄于股掌之中，即使是秩序与混沌的撕咬，在家族议论里也只能委婉地说成是左右博弈。雇买佣兵，私斗不休，也是这个集团至今为止仍未得愈的血腥症结。然而让薇妮亚从中感到些许欣慰的，就是集团视野中依然存续的未知之域。竟有那么一刻，未知与不确定在双方面前成了一个公平的赛场，凌驾于理所当然的对弈之上。也就是说，那里才是凯伯因们的宝藏岛。

集团可谓是无处不在，但也有凯伯因不曾涉足发展的区域。就像是太宇自然给这个病态的巨物留了一个唯一死穴，而在薇妮亚看来，这点应当就是现如今反过来制约旧势力发展的必要因素了。

因此，她需要力量，足够强大的力量，强大到能够去往家族不敢去往的地方发展自己的势力。这意味着，她总有一天要下定决心，自食其力，摆脱家族的约束。

薇妮亚心里是有一个蓝图的，但无奈自己不仅得不到多数家族成员的支持，还因这个荒唐的念头险些被周围的豪族孤立架空。除了一身本事，自己空剩下的也就只有凯伯因家千金这个名头了。在她看来，后者其实倒是无所谓的。

"恐怕此刻我的想法……"

"即使单纯只是为了找到母亲荻德露娜的下落……"

父亲从未认真看待自己的诉求。薇妮亚一直是如此认为的。父亲就像是买通了大海，每当自己堆起一座沙塔的时候，一股浪就忽地出现推平一切。甚至不用怀疑，每次当面对质时，父亲口中模棱两可，手上看着一单单新生意，放着手下和亲族的人肆意妄为。可这又是自己的父亲。虽然提及母亲的话题他每每动容，却又百般阻挠自己问出真相。

凯伯因集团的许多秘密甚至作为家族当家千金的自己也未曾知晓，可自己的父亲确实是这样一个高于人上的角色，试想倘若自己当家做主，又能否驾驭如此庞大的集团，自知心有余而力不足的薇妮亚自幼对父亲也是心存几分敬畏。

不知不觉间已经傻站在巨木办公厅门口老半天了，直到听见一旁的人在小声议论自己的身份，忽然醒过神来的薇妮亚才匆匆迈步，走进了办公厅的力场大门。

"薇妮亚·凯伯因，新雇员。那个，我是第一次来这里，呃。请问接下来具体应该怎么做呢？"抓了抓发梢，薇妮亚耐着性子漏出几个像样的句子来。真没法习惯这个。

前台迎宾的智能终端机器人在快速扫描薇妮亚的特征与身份信息后，从又高又厚的前台石桌后面飘了出来。

"您好，请跟随浮空信标寻找到您的办公位置，接下来的工作会议将于50分钟后开始。"

冷冰冰的家伙呢。

参考时空时制，不同宇宙的人在议会享受着由三相计划大时流引擎发动的稳定流动，出了时空议会得以回到原先世界的人，仅仅是度过了时空时制下所经过的极少的时间。生体的寿限也被接近无穷尽地拉伸，衰老竟变成了一件经年累月亦难以察觉的异象。

许多人慕名来到此处找寻一生的平静，亦立誓为这个安泰之处鞠躬尽瘁。大多数人按照规制不得长留于此，只得凭借有限的财力获得在周围星区短暂的流连。而能够在这时空中枢里终身供职的，多半是庞大宏时空芸芸众生中的佼佼者。

"那我又是凭什么能和他们并肩？就因为我来自凯伯因家族吗？"这么想着，薇妮亚更是气不打一处来了。

随着终端机向着走廊上方的显示框体上发出一道蓝光，一个醒目带着箭头的导标就出现了。

"呼——"把电脑往一旁的悬浮架上一放，面朝办公室的穹幕投影，薇妮亚很快就意识到自己被安排了什么工作。

"议会仓储闸门五十五区数字证书许可，完整阅读之后确认入储需求户提供的五项报告的完整性，根据个人判断决定是否联系议会检查部门执行再检。"

就算是不那么先端的基础人工智能也能干这个活吧。

等等，并不尽然。手一划，在各个待处理文件的下方出现了重要的附件。"委托人寄送的音频请求"，好家伙。这就是需要我经手的原因？

顺手就点开了一个，说实话，薇妮亚也想听听接下来每天要把自己脑袋烦炸的东西会是啥。

"拜托了，这里的舱口真的快被东西堆满了，报备已经完成了，安全证书也拿到了，竟然还要多一项许可……尽快吧，我们下一趟返程的涡空航行就快来不及了，话说你们居然在仓库分拣之前还要多这么一道检查流程,让我们好一阵等啊,是不是最近又有什么……"

限时音频中断。

现场自律检查机器人的头部闪着绿灯,各项安检的结果也都符合规定。检查一遍报告吧,第一个第二个都是客套报告,第三个是比较要紧……也没问题,第四个没有异常,第五个的仓储申报量也符合检查数据,那就过了呗。

"已确认受理。许可。"

这就第一个……怎么擅自弹出了下一个……这些东西一个接着一个,没完没了。

"下一位委托人寄送的音频请求。"

平心,静气。

薇妮亚从鼻子里嘘出了一口气,耐着性子核对校验着荧幕上垒成一片的报告。当然,报告接报告。省去那些等待过关的来客的麻烦,使每一个远道而来的人都能得偿所愿。

············

几十份文件审毕,但有一件事情薇妮亚觉得无法释怀。那就是隔壁的办公间里传来滚雷般的阵阵鼾声。那同样是不间断的,就和自己要做的工作一样。

起先还没注意,忽然从穿幕投影的左边飞来几份逾时待处理的委托,薇妮亚心想应该也就是帮同事一起分担一下罢了,可时间长了,薇妮亚越发觉着不对劲,左边飞来的弹窗随着鼾声渐起也垒成了一片,才刚刚上手的自己也一下子有点慌乱起来,但多少不敢怠慢。将投影办公电脑的 AI 辅助连线贴片贴在自己的后颈上,尽管完成了要求额度的委托后,那些恼人的逾时的委托转移件还是从左边的位置雨点般飘飞过来,大小姐纳闷着停止受理,申请休息,并起身离开了办公座。

啊哈,有人在我上班第一天偷懒呢。

东张西望。走道空无一人,那鼾声显得更为刺耳了。"喂,拜托,请醒醒……你这呼噜也太难听了。"

自己左边再过去一个隔间的议会员工看来也是一样很苦恼。无奈鼾声发出的地方,就是自己左边的办公隔间,似乎还从里头闩上了门。

"这样肯定不行吧,有管理员吗?请过来处理一下啊。"

"啊,其实这里的管理员就是……他。"隔间传来了应答声。

"能想办法从外头打开这扇门吗？这门也是泰霸科技的，应该有双层隔音，他估计是在里面忘关了吧。"

"管理员的钥匙……和管理员一起在里面睡觉呢。如果要请保安员过来，我想……他们应该不会因为这种理由过来吧，哈哈。"从那边打开的隔间里伸出一张粉红色的长脸，无可奈何地嘟嚷着。

所以这鼾声的来源果然是哈约克巨兽啊……毕竟是勒克莱尔时空议会嘛，星区里好像谁都知道这些平日里爱睡懒觉的家伙在这儿拿的工资却是最高的，因为他们确实孔武有力，外加头脑发达。

粉红色的巴特勒族小姐修长的触手礼貌地敲击着鼾声隔间的滑门，看来这点动静根本就叨扰不到里头死睡的办公区管理员。

"呼叫也呼叫过了，到底要怎样才能弄醒他啊？啊，对了，你叫……薇妮亚是吧？我是约哈，很高兴认识你。"

"啊，哎，我也很高兴认识你。请多关照了。"

"你也看到了，在我们这里任职是比较辛苦的。"

巴特勒族小姐修长的脸上露出一丝借着肌肉纹理就完全能理解的苦笑。

"哈哈哈……虽说再挨过两小时就下班了。""我猜我们也只能乖乖回去工作了。之前很多人试过，叫不醒的。"

"他不是第一天这样吗？这办公区的管理员。"薇妮亚露出一副生无可恋的表情，"我还以为勒克莱尔并没养着这种白天睡觉的闲人。"

"啊，他是哈约克，这样嗜睡很正常的，只是偶尔会忘了关受理，所以才……"

"真糟啊。"

这不是糊涂到连门上的隔音都没关吗？正常的哈约克会自然对外直播自己的鼾声吗？

"其实他醒着的时候经常对着隔间门上的办公调度广播喊话……所以隔音估计也忘了关……"

两眼对上约哈的十眼，薇妮亚耸了耸肩膀。约哈随即缩回到自己的办公座。

"你也把自己办公室的隔音开起来吧，虽然等他醒了你听不见他喊话会不太好，但现在就先这样吧。"

"是吗？之前稍微瞄过一眼守则，好像作为雇员不该这么做的。"薇妮亚皱着眉头，正打算从口袋里掏出那根投影电脑棒——

六条巨大的巴特勒触手从隔间里伸了出来,把薇妮亚对面的六扇门一股脑咚咚咚咚咚咚敲了个遍,然而也没有人为此应声开门。

"看吧。习惯就好了,在这里工作,守则上的东西真的不用看太死。"

"知……知道了,谢谢。"

真能把人逼疯啊,在勒克莱尔的这份"文书工作"。

又整理了六十多份请求书,薇妮亚松了口气,因为看着侧边办公助手栏里很快就要到点的工作会议,被分派的任务也就像跑步机进入终跑阶段那样一挡一挡减缓下来。直到凭着直觉也能猜到的最后一封委托也办妥了之后,薇妮亚一甩遥控,整个投影也就瞬间暗了下去。

"辛苦了。请跟随指示标前往会议室,您接下来的会议很快就要开始了。"

经过巴特勒族小姐约哈的办公室,薇妮亚敲了敲门,里头的约哈便解除了办公室门上的投影保护,用淡白色的触手挥了挥致意。

"说起来,不管是颜色还是外表,还真是可爱啊,巴特勒。"

一路跟着青色的信标灯到达会议室,推开门,发现不少人聚集在会议室的前半边,似乎在热烈地讨论着什么。

也没什么事可干,薇妮亚找了个就近的位置坐下,竖起耳朵试着听听前面的讨论到底是什么内容。

"各位,说到底这么大的物流量,大部分的委托不是议会专员亲自过审的话,光靠人工智能有点信不过。我们真的在讨论这种话题,仿佛是什么远古玩笑一样。"端起一杯茶饮,职员模样的人将杯中的所有一饮而尽。

"你要是担心新的智能单元会有什么功能缺陷的话,这可真是不必要。我记得前几天泰霸科技的市场监管官在吉卡匹亚做过报告,报告我没去听,但大体意思就是他们对新智能单元的运行测试结果很满意,议会方面的实际试运行也没有像之前那版那么糟糕。"

"总之配合使用就对了,反正议会这里类似旧工业事项审理的流水应该很快就会被智能单元取代,这是很快就得承认的事实。到现在压根没有新人在期待应聘人工岗位了,好吗?"

"怎么听着像是我刚当班就要愁着下岗啊!"薇妮亚想想也是好笑。不一会儿,前半边的人陆续回到座位上，某人清了清嗓子，会议也就正式开始了。

"啊，荣至，各位勒克莱尔的同事们，且静听。那么这次会议的内容大家也都在自己的备忘录里看到了，主要就是向情报部就几个新加入的员工以及刚调任来这里的雇员说明一下现今时空议会运输监管部的动向。先免去自我介绍了，反正你们也都看得到文件抬头写的是谁，那么我们快速过一下提纲，五分钟后讨论一下。"

一份文件很快就传输到了薇妮亚的办公电脑上，文件抬头赫然写着醒目的一行名字，字体还特别加粗了。

"盖伊·莫尔文，很好，加粗字体使我注意到你了。"

时空议会所在的星体空间十分巨大。不如说，整个被称作时空议会的星体群，就像是个完整的星体系统。提纲前言也很明白地写着，为了维持整个巨大星区的运作，借由凯伯因技术达到的跨空间运输也是这里物流的主要渠道。也许该深问有没有次要渠道的，在这个可以通过四处可见的检视传送站传送物资的科技前提下，待传送物只要通过烦琐的审查得到通传许可就行了。再加上有时流引擎影响的缘故，大多数人都不会在这里显得太过劳心。一切慢慢来就行了。

那么吉卡匹亚三塔作为整个星区的首都部，每天要走的物流审查流程也比周围更为烦琐。想必是出于保全，各项审查在非特殊情况下也都要经由专员过审才行。看来人工智能完全取代人力的年月尚远，但这种势头显然不可阻挡，走进任何一间酒吧，体育赛事投影的边上不出意外会有针对智能技术的政论时评，想不入耳都难。

对于眼里仍有某种火焰的人而言，这里依然难以融入。

"结束今天的工作，一定要想办法和老爸好好谈谈。"

薇妮亚扫了一眼提纲里的三令五申，一摆手合上了文件投影。"那么，简短汇报一下各部门的绩效……"

"抱歉！"门口忽然冲进来一个头发乱蓬蓬的巨大家伙。有着豺狼般的头型和六条腿，强有力的前肢，啊，是办公区那头打鼾雷响的哈约克没跑了。

听说哈约克种族由于随时随地都会想睡觉这方面的问题，大都特别不守时，其实会场在座的除了薇妮亚似乎也都习以为常了。

"正好，部门管理刚开始做汇报。鲍马力，赶早不赶迟，先找个位置，下一个就你做汇报吧。拉姆文……"

"呜哇！这看起来是我上司的家伙挠着头发，似乎刻意放轻了脚步，蹑手蹑脚走到我边上……好家伙,他坐下来了,动静好大。"

薇妮亚身边的宽椅忽然被一个巨影占得满满当当。鲍马力一曲身子,像一头巨大睡狮一样伏在椅座上。由无数纳米材料构成的随适椅垫一下散开,变成了一张兽床一样的长榻。

"啊,你就是薇妮亚·凯伯因吧? 抱歉早前让你看笑话了,正式介绍一下自己,我从今天开始就是你的主管,我叫鲍马力,鲍马力·巨橡子。你叫我鲍马就行了。"

薇妮亚很用力地通过耳根处通译器传来的讯息识别着他说的每一个字眼。显然鲍马力知道台上有人在发言的时候说悄悄话得压低声音,可他奇怪的声带构造竟把这声音压得又怪又轻如蚊鸣。

"不,是这样……很高兴认识您。刚才见您在睡觉,我没好意思打扰您。"

"我真是的……怕是让你把那些差事全揽了吧。不好意思啊,等会儿散会赏光去趟咖啡厅,在那的酒水、饮料全算我的。"

噗,要给凯伯因小姐买单,认真的?

"太大方了。"

别的不说,或许是个性子不错的家伙呢。

"先听听他们的汇报吧,现在在说话的那家伙叫拉姆文,之前是我的上司来着。后来我升职到他的位置,他也升职了。严格来说,他现在还是我的上司。"说完鲍马力耸了耸肩,打起精神,摆出一脸十分做作的微笑。打个比方,就像水产店老板看见客人从盆里连着捞起五条死鱼也非得显着和气点的那种。

薇妮亚禁不住觉得那张狼脸上的笑实在过于狂放,使劲忍住笑意,用手狠狠掐了一把大腿。

但因为裤子内衬是莫布斯纤维的关系,材料缓和后的应力使得光滑的腿肤感受不到一丝疼痛。

"我想各位也清楚,这里更需要的是耐心,去处理各种……所以我们部门为了能够调整雇员的身心状态,特别购入了按摩椅……"

也不知道为什么非得逼着后勤服务部的上来讲绩效,薇妮亚看了看在一旁闭着眼睛装作在听且不断点头的大主管莫尔文,越发觉得他有些像个爱显摆的老乌龟。

有些东西感觉第一眼就能读懂不少,比如办公室氛围,恐怕较真起来,这里办公区的各位个个都不是什么省油的灯。

好想回房间啊,喝点冰的,做完日常锻炼,接着睡上一觉。

正走着神,忽然鲍马力就起身上去了。六条壮如牛的腿踏得地板嘎吱作响,真不知这般孔武有力的鲍马力为何跑来做文书工作。捏了捏自己的胳膊,稍稍感受到早前体能锻炼后仍留着的紧实,薇妮亚心想也许他也和自己是一样的境遇。鲍马力认真对着座席讲了一堆数据,大多也是和近半月的绩效有关的。对新人薇妮亚来说也许不是重要的信息,但起码薇妮亚借着部门汇报认识了几张脸孔,对接下来的日子也大概有了点数。

确实,要说为什么觉得憋屈,就是因为自己能做的不只是这个而已。也许花额外的时间能证明这点,薇妮亚更坚定了要和父亲好好谈谈的念头。

"走吧,估计你也听累了,去喝杯咖啡吧。"回过神来已经散会了。

"嗯,都听得有点迷糊了,哈哈。"

"总要习惯的。起码总也有好事情等着你,比如咖啡,我这一天就指望这一杯了。何况,你应该也理解我的心思,一连几天待在那个工作环境里,偶尔跑远点寻求解脱感也是有必要的。"

薇妮亚起身,鲍马力向莫尔文打了个招呼,也转身走到了光子门前。

"那么要坐上来吗?"

"哈?"

"美味咖啡可不等人。"

鲍马力也不问了,一个屈身,将薇妮亚提到自己的背上,向着咖啡厅一路小跑。

"这样做是不是对您有点失礼啊,勒克莱尔的凯伯因。"

"没有,鲍马先生,只是我是第一次这样子坐在别人背上……需要调整下位置吗?"

"不用,刚刚好。不是都说哈约克驮载物件厉害吗? 我来亲自证明一下这点。说实话,凯伯因小姑娘,你觉得这是不是比在瀑布甸庭中骑方鞍矮马要来得舒服多了?"

"倒不敢做对比,只是没想到您步伐这么大,我在背上却一点也不感到颠簸。"

"噢……那我真是欣慰啊。"

薇妮亚只感到新奇:这勒克莱尔议会确实和自己记忆中的有些不同了。

第21章

始从三塔,将去无处

勒克莱尔时空议会,被反锁的舱室中。

"刚才就想说了,你这样砸应该没用的。"凌踪幽幽地说了一句。

"不试试怎么会知道……呃,这锁铐确实比我想象的要难缠多了。"

凌踪同样抬起双手,几次将锁铐以特定角度砸向地面,拘束锁铐上就连一点松动的迹象都没有。为了防止监看对象自戕,不仅手腕能活动的范围有限,在弱电刺激器的作用下尝试握持或拿捏的力度也受到了严格的限制。也就是说,这玩意儿在没有配对锁匙的帮助下根本不可能被囚徒自行打开。

门外的暴动透过墙体传入室内,外面似乎发生着激烈的械斗……喊杀间不断发出令人不安的躯体倒地声。这扇厚实的舱室门保护着其中的两人,但若是这门被人攻穿——薇妮亚心想,受困于此无异于沦为案上鱼肉。

"妙极了。希望那大块头铐住咱们之前有考虑到现在遇上的状况。凌踪,这东西你琢磨得咋样了?"

"它没有物理锁孔……作为电子锁镣,也找不到适合投影电脑棒万用接口的介入端。本来以为是可以通过在键盘上动点脑子来解决的问题。不过,我还有好的办法。"

凌踪环视屋内,除了一口巨大的鱼缸,整个房间里只有一对自适应椅子和一张看起来不怎么稀奇的长桌。

青年的注意力自然放在了那口背板亮着灯却只盛了一半水的玻璃鱼缸上。

"嘿,如果要搞点破坏,算上我。"薇妮亚顺带摇了摇手腕,锁铐顺着手腕的动作调整了禁锢手腕的内壁，在基于人性的设计下，剧烈挣扎时也不曾摩擦到皮肤。但看她的表情似乎不难理解，在锁铐的作用下，她那一身装备如今毫无用武之地。

"看，这锁铐禁止我们使用常规方式构成暴力，"凌踪用修长的手指度量着鱼缸的高透玻璃面，试图在那上头找到最适合加力的点，"但我想正常的行动或许能瞒过它的程式，你我可以试试分两端搬运一些房间里的重物，再用平行移动生成的惯性让这鱼缸遇上一些小意外。"

"好家伙……行吧，我来搭把手。你是否认识他？那个身材魁梧的家伙。"薇妮亚动了动半指手套包覆着的双手，深红色的双眼环视起周遭的物件来。

"认识……他亲手杀了我最好的朋友。只是不知道为什么感觉在勒克莱尔遇到的这家伙倒是显得没那么混蛋，还显得有些儒雅。"凌踪抬起腿，用鞋跟轻轻点了点鱼缸上想定的位置，闭眼在上头想象了个记号出来。

"听你说有关你朋友的事，我很抱歉。"戴着锁铐的薇妮亚缓缓移到鱼缸另一面，肢端着地，一个打挺便从地面上站直了身子，"不过那家伙的举止言谈并不像个撒巴莱亚人。"

"你说得对。"凌踪撇了撇嘴，"尽管我心里完全清楚这人绝非当时在我的世界里遇到的撒巴莱亚恶徒，但我一看见他那张长方形的脸就浑身冒火。"

"所以，咱们得脱困出去弄个明白。"薇妮亚回过身，用双手指了指凌踪的身边，"试试能不能把椅子平举起来。"

凌踪也没想，伸手试着够过来一把椅子，却始终拽不离地面。"真够先进的……这是把磁吸式的座椅？"

"别被吓到。没什么大不了的，你可以在它下面轻松找到一个电钮。"少女歪歪脑袋，朝对方露出个苦笑。

凌踪摸了摸椅背，直到摸到椅子底部，一个掀板滑盖下的按钮显然就是正确的手动电源了。

"自从我从你们勒克莱尔人说的口袋宇宙来了这儿之后，见到的东西还真是没一个不让我愣一会儿的。"

口袋宇宙吗？薇妮亚思考了一下这个恶趣味的话题。

勒克莱尔摇篮计划孵星器利用超位物质所孵化的这些宇宙，将持续不断为这个巨大议会的人员，提供可用物资和后勤补助。乍一看凌踪是和自己全然一样的物种，但是联想到他是口袋宇宙的产物,根深蒂固的概念仍然会使自己将他视为某类低人一等的存在。

"也难怪了。你不是宏时空的住民,虽然从开化程度上并无云泥之别。"

"我该怎么定义这儿,一个能够自由干涉下行世界的主要时空吗?"凌踪深吸了一口气,"这已是我精炼了列辛的话语后得出的答案。"

"开始习惯用'宏时空'这个词来替代你脑海中关于'宇宙'的概念吧。宏时空毫无疑问是一个更为广阔的世界,你则是一个有幸在生年之中于太空尽头发现这绝大世界的探旅者。"薇妮亚闭眼思考了一会儿,说出了这番话。

"那真是荣幸之至了。"凌踪摇了摇头,"我得从头开始建立一套全新的认知。"

双手接着两边的椅腿,两人卸下力气运用移动的惯性将其狠狠砸向鱼缸。鱼缸起先只是有些凹陷,接着第二下、第三下,鱼缸被砸开了。令薇妮亚感到奇怪的是,凌踪也没有如预想那样把锁铐伸进漏出来的水流里。

"这事你之后慢慢去想吧。怎么,现在手头上的这堆破烂多少能帮到我们了?"

"嗯,若不出意外的话。"

薇妮亚一时也没明白凌踪这话究竟是什么意思,直到凌踪从地上拾起一片鱼缸开裂后落地的玻璃片碎屑,试探性地将它塞入了左手的空洞中。

这怪异的行为使在场的另一个人微微睁大了双眼。

"哈,自从见了你之后,我就很难相信约定俗成的科学理论了,包括现在。"薇妮亚歪了歪头,"我就像一个口袋宇宙的人见到人生中第一次遇见的勒克莱尔人那样……你这有趣的家伙。"

凌踪伸出双手,将左手横盖在右手的锁铐铐面上。

"比起谁我都应该是个更笃定的科学信者……不过这方法最好管用。薇妮亚,请收集一些碎玻璃片,丢在我左手那个有纹痕的地方,动作幅度要小。"

"你是之前……用这个变成一只巨手?"薇妮亚好奇地看着青年手背上那微微发着白光的纹痕,那东西就像是一盏小电珠般不断发出频闪弱光,高低起伏的频率不难使人联想到带有生命意味的呼吸。

"我不太清楚你说的具体是什么,但我想现在也许可以借我手背上这个能量通道的一些有趣副作用来弄开锁铐。"

想起之前列辛做的小测试,那个硬币以难以解释的方式熔贯地面的现象,那时的灵光仍在眼中。

"那我丢了?"薇妮亚平稳地夹着手中一小堆玻璃碎屑,做好了预备的姿势。

"大胆放心地来。"

细小的玻璃片就像被吞进了那个纹痕里。好像是消化了一会,有一点时间上的延缓,掌心处如期向下落出了一片亮白色的熔块。

"嚯,乖乖,你真不觉得烫吗? 奇了怪了,周围并没因为这现象而变热……我是说,这奇怪极了。"

"看起来是很热,但似乎这种高温不会伤到我,我也不知道为什么。"熔块一下嵌进了锁铐中,十秒左右,冷却下来的玻璃片似乎可以被取出了。"你在勒克莱尔学过……物理吧,薇妮亚。"

薇妮亚好气又好笑,伸手探了下温度,而后一拔,玻璃片应声落地,而锁铐上却留下了一条指甲盖深的裂痕。

"铝热大概3000℃,这个我不清楚。但是泰霸的拘束器我清楚,所用的材料是大概2000℃就能熔化的复合金属。这个能被破坏掉,兴许说明这小白块是很带劲的。"

"可这处热源显然没有加热影响到周围的粒子,即热能没有遵照物理法则扩散,否则我的手腕现在应该已经被这白块灼焦成灰了……现阶段我可不想过多试验这个东西,因为它直接违反了我熟悉的物理法则。"凌踪心中暗自想了个不存在的神仙名字念着。

只有白块直接大面积接触的地方,才会造成局限且精密的温度影响吗? 神奇的现象,因为那本是能使周围空气沸腾起来的温度。

薇妮亚索性撒开手,后撤退到了无碍的另一边。

"真有趣,凌踪……有趣到我想要继续看看你这家伙有多大能耐。"薇妮亚的心中泛起了这样一个念头。

"小心点,你自己应该也没试过在皮肤上直接丢吧。手侧过来点,只要熔出个弯口能扭出来就行了。"

"稍等,这边差不多再来上一次就可以了。"

一阵亮光之后,凌踪活动了几下手腕,脱开冒着薄烟的锁铐,感觉好受多了。

随着薇妮亚的锁铐也被熔开,自己明显能感受到这种白热熔块正消耗着那空洞纹痕中一种不可视之物的量,但具体发生在哪里,又消耗了多少……凌踪不借助仪器数据,自觉难以查知。

那么接下来,锯开这扇移门就有些挑战了。

"垂直于人造重力方向的门,用刚刚那个方法显然行不通。"

"等等,听到这声音了吗?"

薇妮亚打量了一下移门,显然板材的结构比起这锁铐是要结实不少,而移门的背后,似乎正有什么人贴着门向内听着动静,十有八九,那是一个并不友善的撒巴莱亚入侵者。

"你往边上躲开一些,凌踪。"薇妮亚微笑着举起右拳,指节处发出嘎嘣作响的充能线圈加速噪声,"我要给门口那些家伙来点刺激的。"

"可这门还没开……"

举起虎口,薇妮亚如同猎豹般在地上一蹚,一道红色的幻光从舱室中猛地撞在移门钢板上,门板瞬间带着周围的墙体一并炸散开来。而那虎口处死死锁着一个彪形大汉,定睛一看,那是穿着撒巴莱亚特种作战服的别斯科。

周围三五个与他长得一般模样的家伙登时朝着少女举枪欲射,只见她那暗色罗红的披风一转,手中刚缴来的大口径转轮拳铳已将身旁魁梧的复制人们尽数击飞出去。

"撒巴莱亚惩击者。"薇妮亚随手丢下了从其中一具尸体上撕来的臂章,将变形拳铳收回腰侧,迈过几个巨汉的躯体,灵活地跳上了长廊外侧的灯箱,"托卡马克·塔西那只老狐狸的人造亲兵。"

攀着舷窗朝外看了一会儿,在确认了议会主体的外壳没有什么异象后,少女弯腰跳了下来。

避开满地散碎的勒克莱尔列达卫兵肢体,薇妮亚冷冰冰地往冒着火光的长廊尽头看了一眼:"更别说这儿可是勒克莱尔议会的腹地。"

从被充能手套碎开的破洞里钻出来,凌踪抿紧嘴唇,努力克制着因面前这一片狼藉所致的反胃感。

薇妮亚·凯伯因……凌踪实在难以想象这个看起来衣装精致的女子竟有这种千夫莫敌的能耐,事实上自己完全没看明白刚才发生的事,只是看到那些大汉在一轮密集的大口径枪声中挨个倒下去,若将她方才的位置换作自己,自己必死无疑。

"话说薇妮亚,你为什么会到议会这里来?"

"问得好,其实从最早来救你那会儿,就是一个奇怪的勒克莱尔议员拜托我的。"

凌踪一听就觉得没好事儿："大高个,黑肤白发,怪话还特多?"

"不,不是他,叫吉米尔。你说的列辛我也见过了,屁话确实多,多半也是他要人拜托我过来护你周全的。"薇妮亚拍了拍手套,从那上面吹下几根细如牛毛的合成纤维。

奇怪了,凌踪压根不知道吉米尔到底是什么人,至于为什么这个叫吉米尔的要请人来帮自己脱困,凌踪一头雾水。

"所以接下来是要去找你说的那个吉米尔吗?"

"不,接下来当然是要去找那个杀千刀的列辛·法拉加,既然你也认识,你要跟着一起吗? 我相信那样做,你在这儿的存活率会大大提升。"

凌踪听罢紧张地捏了捏拳头。

"我正好也有事想问他,一起吧。反正当下我也没别处可去了。"

薇妮亚宽慰地笑了笑："那行,从这里开始跟紧我。"

"很可靠的样子,话说薇妮亚,你有点什么方便新手防身的东西吗?"

薇妮亚一摸披挂,脸一下就黑了,自己实用的家当全被别斯科缴了不说,就连自己藏好的戴维德利印刷徽章也被揪走了。看样子之前在审议大厅救凌踪的时候,别斯科是在后面跟着完完全全把自己浑身上下看了个明白。

"后手没留够,只能路上看着办了。你呢? 好像行不通了吧,手上那个什么神器。"

晃了晃左手,那好比是具空了的躯壳。凌踪觉得自己变得外向多了,似乎完全忽视了和自己聊天的这名红发少女和自己才认识没多久一事。

换作往常,和人对话用语不会超过三句。

"那神奇的功夫基本是全废了,且我素来没有滥用它的意思。如果你要问我现在是什么状态的话,我就是一个常识里的普通人。"

"了解了,那更不能就这样待在这儿,我们现在就动身,赶在撒巴莱亚人从后面围过来之前。"

两人随手从地上抄起被不知何物切飞脑袋的几个列达卫兵遗落的长杖,虽然凌踪并不会拿杖施展些列达卫兵擅使的武械光束什么的,但就棍子本身来说,确实挺适合防身的。

只是越往前行进,地上散乱的部件就越多。勒克莱尔卫兵似乎在前面的区域节节败退,而那些入侵至此的撒巴莱亚复制人部队正愈发接近他们想定的目标。

"勒克莱尔人……"

没跑多远,就撞上了一张臭脸。

薇妮亚轻蔑地笑了笑。

"这可不是之前和我们聊了半晌的本体,注意看,脸上还有贴片的痕迹。"

"别大意,薇妮亚,这克隆体揍人的本事确实有两下子。"

"也就这么两下子。"薇妮亚拉正帽檐,朝对方摆开架势。

复制人见状扭扭脖子,提着沉重的光子长刀和手铳冲了过来。

"要上了。"

凌踪自知能力有限,提着长杖贴墙奔了一程,意识到自己如果再缩近距离,可能会拖了薇妮亚后腿,便放着薇妮亚冲了上去。

轻松用杖柄挑开复制人挥下的长刀,薇妮亚滑到别斯科复制人的身后,将长杖稍尖一段狠狠刺向他的脊背。几声恶吼,被刺伤了的复制人趁薇妮亚刚起身,一刀扫回过去,却穿风挥了个空,当反应过来时,正欲扣下扳机的手铳早就被少女打落在地。

薇妮亚非常了解如何与身形力量强于自己的对手近身搏击,她不断利用轻巧的优势压低身位闪躲,一旦发现别斯科复制人重心上的破绽,就猛甩一杖打他个措手不及。

凌踪也抓准复制人忙着对付薇妮亚的空隙,贴墙摸到复制人身后,斜着架起长杖。复制人发觉腹背受敌,跺地一个奋跳朝前猛砸了一刀下去,却被薇妮亚闪身躲过了。薇妮亚确实有这个能耐,除非再回到尤尼乌斯号那种极度依赖座驾作战的场面,像这样的近身打斗显然是没有任何压力的。

可她几招下来也看明白了,别斯科复制人用的不是莽劲,而是防范周全的卫身刀术。既然有些棘手,自己就很有必要与同伴密切配合创造更大的优势。她还是想见识一下这个凌踪的能耐。

一个下腰,薇妮亚用瑜伽跨步一般的姿势成功闪过了复制人挥来的长刀,接着起杖点了一下对手的食道位置。一口气没能咽下去,复制人的下一挥显然失了准,出现了巨大的破绽。

"凌踪,到你了。"

凌踪先前仍然感觉有些乏力,但现在不同了。也许是肾上腺素一股脑冲上来了,他很清楚自己的动作怎样才比较妥当。有点惊险地闪过复制人甩手挥来的一刀,凌踪发觉自己也就正好在复制人熊一样厚重的背后了。

一脚蹬在复制人的后腰上,借着起身前挥的复制人蛮牛般的莽力,凌踪一个跃身,就把前几秒从地上抄起的另一根长杖与手中那根一并,死死扼在复制人的喉结上。虽然力道不大,但确实将对手困住了。

复制人一惊,松开长刀,抓住喉头长杖,想从断气的危机中自救一手。当发现眼前的薇妮亚稳稳当当接住了自己失手丢下的长刀时,再做抵抗也还是晚了。

"你接好了。"

"嘭!"

一声屠夫击下肉锤般的闷响,复制人腹腔内的脏腑被笨重的光子长刀砸得四散开来。口鼻冒着褐红色的鲜血,摇晃一阵后,这座巨塔轰然坍塌。但对于凌踪而言,之前指挥僚机为亚伦砸的那一下,要比这一下更为解恨。

这个复制人,薇妮亚对付他是绰绰有余,至于自己的能力,还是远远不够。

"你这长刀我可留着用了,混球。"

薇妮亚耸了耸肩,掂了下长刀,给凌踪使了个眼色,便猫到前面去探看长廊后段的状况。

凌踪松了口气,看到倒地的复制人口吐血泡,稍觉恶心。刚要抬眼,就看见复制人横腰系着的腰带,顺手解开拿了起来。

"嘿,两个人,前面。"

小心跟过去,经薇妮亚稍稍指了下位置,也不难看到前头那两个复制人的动向了。

"他们刚刚听到这边动静了,那两个持枪的,在慢慢以索敌步态走过来。"

"嘿,我捡了这个,或许能帮到咱们,可我不知道怎么用。"

"声音再压轻点……拿过来我教你。"

"谢谢。"

上面也没锁扣或者开口,凌踪心想天知道这东西该怎么使。没想到薇妮亚一手接过去,用食指贴着腰包垫片的底缘轻划了一下。

里面有四个小如指甲盖的插片,只是轻轻一夹,一柄长锤就像折纸包被翻开一样在一旁横放着。

"不谢,你来看看里面还有什么。"

凌踪接过腰包,试着夹取一下,发觉插片纹丝不动。

"笨死了,再拿过来。"

薇妮亚一把拿过腰包,接着拽过凌踪的手,把他的食指按在插片上,一下压,插片就从槽里弹了出来,接着一甩,又一条稍长的锤矛落在一边。凌踪握住长柄试了下重量,然后用一种奇异的眼光打量着身旁的薇妮亚。

"你挥得动这个?"

"有什么好奇怪的,小老弟,抽空多练练卧推吧。"

"说得倒是轻松……"

一时语塞,凌踪接着抽出剩下的两片,倒是最后两片比较惊喜,一把Z形的冲锋枪和一柄大于通常尺寸的匕首。

说是冲锋枪,其实真的握在手里,感觉又像是把相当规格的短柄突击步枪了。凌踪本着自己还算是个业余射击爱好者的念头,轻松找到了这把枪的保险。困惑在于扳机和传统枪械有所不同,并不是扣动型。抵肩用的枪托也相当短,似乎从用法上看更接近于单手操作的枪械。可这超规格尺寸实在不允许凌踪就这样把着一只手使用,所以双手托举时枪托便尴尬地顶在了自己肱二头肌的位置,再收回肩上,持枪姿势显然变得有些诡异。

"旁边的那个槽,里面有半永久水洗涂液,直接用手蘸着涂在前额和脖颈上。这类枪械都是通过涂液层传导的神经信号来识别敌我、辅助瞄准以及击发的,射击方式和你知道的应该差不多。容弹量的话不用考虑,用弹是内储罐释出的能量粒子。持续发火装置可以让你不松手打上一分钟,只是持续射击太久会自动锁停,你只需要再手动打开保险就可以了。呃,我长话短说,你知道这些已经够了。"

"谢啦。"

一来自己根本没有对人下过这么狠的手,二来也不知道自己心里有没有底。凌踪端着枪,此时却只想把枪交给薇妮亚。比起自己,她看起来更像是能解决问题的人。

"我算什么? 我本来就不是该干这个的。"

回想起当时在护壁里竭尽全力却孤立无援的自己,外面薇妮亚倾尽全力相助,那张赌上性命救人的脸上的表情,凌踪安下心来,一个深呼吸,在这性命攸关的时分。

"别人在严阵以待,而我却在内心认怂,这太难堪了。"

不管怎么说,有人于危难之中搭救了自己,让自己还能活下来喘气,既然活着,那就要珍惜来之不易的小命,努力弄明白眼前的情况,再看看自己能做什么。现在的自己不是原来的身份,而是作为一次时空事故后的求生者,想回家,回到原来的时空里。即便为此遭遇重重考验……

　　别说是人了,凌踪,就算现在面前的是天魔鬼神,你也得扣下扳机让他安静地待一边去。要从撒巴莱亚人的围攻中活下来,想尽办法活下来!

　　"如果他们就这样冲过来,你有信心用这锤子放倒他们吗?"

　　见身旁的女杰轻轻攥了攥手,想必即使强如薇妮亚,面对来敌时也会感到紧张。

　　"不好说,两个已有戒备的人并不容易对付。不过如果他们过来了,你要确保你发出的多数射击能够有效命中,那么我成功的概率应该会随之高许多。往这个方向努力吧,凌踪。"

　　"放心交给我吧。"

　　薇妮亚感觉凌踪有点像变了个人,变得像个兵团里的靠谱弟兄。莫不是这人方才间有了什么念想? 不奇怪,在战场上就是这样。

　　"嗯,你肯定行。"

　　薇妮亚一晃身,向着另一边过道丢出一只手套,在过道上甩出一条白影。

　　"敌情!"

　　复制人猛地一惊,两把枪死死对着手套落去的位置,虽然来回扫动,但注意力不敢松懈在那道白影的去处上。

　　薇妮亚拍了拍凌踪的腿侧,凌踪深吸了口气,顶着枪移出掩体。

　　"嘶——!"冲锋枪发出好一阵令人不快的闷啸,一梭子火红色的能量弹横着扫过两个复制人的腿部,其中一人随着一阵巨大的红光爆裂扑通一下就跪倒了。见状凌踪猛一提枪,边后退边照着另一个复制人的头部点射,没想到对方也反应过来,正好打了个照面,目光对视,红色的能量射击擦着长廊侧壁烫出一条条焦黑的弹痕。

　　并没有被打中,而刚才的照头射击也没能击倒对方,瞄准时冲锋枪并没有像自己试过的枪械那样有明显后坐力,反而有点失准,凌踪来不及总结,只听到沉闷连续的脚步声跑近,自己向后一退,就把整条长廊的路全让了出来。

　　很好,如果按这个速度,就算薇妮亚出来时被看见,应该也没有那么快的反应能停下来。

　　"S655位置,与两个敌对目标发生交战。"

　　"糟了!"

　　薇妮亚刚想直接出去短兵应敌,没承想对方边跑边报告了位置,接下来要对付的恐怕就不是一两个复制人了,而是……

一个斜踢，薇妮亚一脚绊倒了全速奔来的复制人，小腿疼得发麻。接着狠狠一锤，砸在被射掉半个耳朵的复制人的背上，在神经药剂作用下感受不到痛觉的复制人倒地前转而一把拽住薇妮亚的脚踝，借力使力将她一记甩飞，砸在长廊的墙面上。

"薇妮亚！"

"咳！"

自己的夹克里内置的应急气囊迅速反应，若不是这件夹克靠谱，脊椎在这儿怕是要断成三截了。

眯着眼睛看着眼前的凌踪，薇妮亚吁了一口气。右手虚握着拳铳，随时调整着对残敌一击毙命的枪角位置。

来了啊，来了啊，俗话说每个家伙都要迈过的坎。

"千万别怪我在这故意试你啊，凌踪。日后你会感谢我的。"

凌踪一脸惊恐地举枪对着一锤后奄奄一息的复制人，枪口摇摇晃晃。

"啧……小子，你想什么呢？"

别斯科复制人面色铁青，被射碎的耳朵冒出血流，却露出一张凄惨瘆人的笑脸来。

"……这种情况，还下不去手？勒克莱尔孬种。"

"这就给你个痛快。"

"嘶——！"大口喘气，凌踪闻到一股血肉烧焦的煳臭味，眼前的复制人脑袋被一枪烧掉了三分之二，那张和本体一样的碎嘴也不复存在了。仿生增强体的积液流了一地，准确地说，在这之前的"它"也不能算是个活人。

稍稍有些手抖，自己还活着。他心想，也许我不该这么做，但还有什么选择呢？

"你还好吧，薇妮亚？"

"从枪抖到下手基本没犹豫，乖乖，凌踪兄弟，你到底经历了什么啊？本以为你会吓到失手，没想到已经是个合格的战士了。"薇妮亚心中疑惑。

知道自己压根没受什么伤，只不过头发有点被甩散了的薇妮亚一时说不出话来，摆了摆手示意退后，装出一副不太行的样子。

"你还能走吗？我知道刚才他汇报了位置，我们必须尽快离开这里。"

"行……扶，稍微扶我一下。"

"智慧超群，胆识过人……这凌踪，真如列辛所说，是我往后旅途中的得力助手？"

薇妮亚稍稍思考了一会儿，可耳朵里听见的嘈杂让她一惊，抬头一看旁边，凌踪端着枪正对着面前不断地射击。刚好清醒过来,却被凌踪的手一把丢向了后面。四条赤红色的射线一下烫热了周围的空气,倘若自己刚才不被甩开,就会被一枪击中右胸口。虽然在周天力场的防护下枪火并不会轻易击伤自己。

好家伙,凌踪。

火线形成的巨大迫力下只好边打边后退,凌踪不止一次感觉到腿脚肌肉抽搐,面对前面冲锋而来的十几个大汉,手中没练熟的枪法也没法顶着枪林弹雨好好发挥。

"你得学会打不过就跑,愣在这充当敢死队员呢。顺带一提,我好多了。凌踪,谢谢你的援护,我们不如先后撤,调整下状态。"

"你没事真是太好了!"枪未下肩,凌踪有惊无险地回头喊了一声。

"好什么好,跑起来!"薇妮亚皱着眉头拍了一下凌踪的肩膀。

两个人干脆放弃了反击,薇妮亚甚至连锤子都没捡,百米冲刺一般向反方向冲了出去。

论脚程可能确实还不如复制人,他们无视肌肉的酸痛,渐渐拉近了与凌踪他们的距离。狭长的弯道枪声没有停止太久,很快那些红色的热弹就炸焦了两人刚刚经过的地面。

"去他的,薇妮亚,我要在下个掩体转身反击!"

上气不接下气,但还是撒腿狂奔的凌踪,回身开了几枪,而后身体不听指挥又转身开始跑,显然就算有一点骨气,本能也会劝自己别想当然。追兵将近。

"算了……当我没说。"青年往肚子里猛地咽了一口凉气。

薇妮亚眼看窗外就是浩瀚宇宙,心想要是两人都穿了专用服,自己现在肯定踢破窗户带着这个保护目标跳出去。而保护目标已经在持久的追击下慢慢开始跑不动了。

凌踪看着自己渐渐不听使唤的双腿开始慢慢打摆,意识到体力也不允许自己再这么狂奔下去,而停下就全玩完了,绝望感袭击了自己。

也许,化形圣剑……能再一次借我那种力量?

左手上的纹痕风平浪静,就像是没了电的声光玩具一样压根不会响应。

没法继续了,凌踪双腿一绊,自己把自己摔了个结实,大口喘气,难以起身。薇妮亚见状也只好慢了下来,清楚对方体力快到极限了,要是拽着他接着跑,恐怕也只能跑上那么一两百步而后再次栽倒。

薇妮亚一把从扶膝喘气的凌踪手中接过冲锋枪,侧姿握枪,迎击将要追上来的复制人小队。得给凌踪恢复体力争取到足够的时间。

"你快点调整好呼吸,别焦躁,冷静下来!"

而长廊那端并没有传来任何追兵的声响。

没有声响,一道白光从右脸处划过。有了声响,长廊里忽然传来了重创墙体的爆炸声。

随后感觉身体被后面的气流推动,风衣夹克的衣摆向着追兵来的方向剧烈飘动。紧接着,从舷窗看见几个人影飞了出去,一袭白光像白鸟一样停在不知何时破出的大洞上,后面接着跟进来不少黄铜色的影子。随后某种胶质被释放,大洞被口香糖一般的黏胶气泡补上了。"没事吧? 那边在跑的两位?"

说话有回声,但从大口的喘气声里分明可辨,这又是一个熟悉的声音。

"噢,我的宝贝女儿。为何这样狼狈? 我还是第一次见你被撒巴莱亚人追着跑。乖乖,我从舷窗外面看了半天,遇上前还以为不是你呢。"

只见长廊里有一个大伯小跑过来,身上穿着有些怪异的紧身战斗服,薇妮亚一看就发觉了,这位大伯和他身上穿的那套衣服她都认识。

"老爸?"

西博文·凯伯因,凯伯因商会的最高会长。

"怎么,女儿,太久没见,就连你亲爹都差点要认错啊。"

摘下面盔,一股子高档复合男士香水味随即从长廊里飘散开来。

凌踪喘回来两口气,觉得眼前来的那个人面容很和蔼。不如说,他现在乐意见到这个广大时空里的所有人,握手也可以,拥抱也可以,只要对象不是别斯科复制人。

薇妮亚则感觉相反,似乎完全不知道怎么应对这样的状况。

"你这家伙跑这儿来干什么?"拖长了声,薇妮亚喘着气如同神经衰弱一般地问道。西博文什么都没说,微笑了一下,不知为何轻轻抬起右手。

"小心!"此时凌踪看见大伯身后一枚不知何时由复制人丢来的跟踪手雷,不由惊得大喊一声。那右手拈起的方向实在又有些刁钻……

"听说议会出了点事,我就带人过来了。我原计划是去吉卡匹亚星以外的尼森普鲁卫星看看几个刚要落地的项目……"

西博文轻抬右腕,手套里嗖嗖射出两束青紫色却又不闪眼的激光,背后走道中那颗巴掌大小的跟踪手雷瞬间解体,引信被弹飞后烧了个彻底。

"然后听了勒克莱尔秘密线报的我觉得在这儿的宝贝女儿可能有危险,毕竟我们凯伯因家族祖传的就是……爱插手管事,不分巨细。"

"所以你就过来了? 就为这个?"薇妮亚表情变得有些难看,仿佛大失所望。

而后跟上来两个亲卫队一般着装的战斗员,西博文摆了摆手,就和薇妮亚此前示意自己退后摆手的姿势一模一样,两个战斗员见状敬了个礼就转身跑了。

"所以,又是托卡马克那家伙在暗地里搞事儿,对吧? 这次径直闹到勒克莱尔时空议会来了,看来情况并不简单。"

"对的。我先前受一个议员的委托,把这位先生搭救下来了。"薇妮亚指了指身边的新伙伴。

西博文看了看蹲在地上大口喘气的凌踪,又看了看边说话边假装喘气的大女儿,稍稍处理了一下眼前收集到的情况。

"哦,吉米尔·莫乌斯是吧? 老相识了,那个超级大傻帽。"

"此话怎讲?"

"就我和他的交情而言——以前TCC小队里他可是我的秘书来着。他不知哪根筋搭错了,就会拜托来拜托去瞎胡搞。怎么,就他两三句话抖抖机灵,你就帮人做事啦,宝贝女儿?"

"倒也不是……还有列辛议员,他也拜托我要救下这位凌踪先生。"西博文眉头一皱,顿时觉得有点好笑。

"列辛……列辛? 话说有这人吗? 在这勒克莱尔时空议会?"

"有啊! 隶属荄派的列辛·法拉加,还是勒克莱尔中议会的议员代表……"

西博文面色凝重,像是小小思量了一会儿。

"列辛,列辛——死人的名字。来吧,秘书官。"

一个形状像腰果一样的智能AI从长廊彼端飞来,可见从那个破口处已经进来不少战斗员了,远远能听见那边指挥官的号令,以及再远处传来的刺耳枪击声。

"给我们的凯伯因大小姐查一下即时时空议会的人员名单。"

"现在为您投影……"

活动了下手腕,西博文的翘胡子抖了抖。

"你也看见了,薇妮亚。大白天我们父女间也不应说什么胡话,列辛·法拉加这个人在勒克莱尔用员名录上可是根本不存在的。"

　　名单上莢派中议会议员代表一栏上,写着胡巴纳·迪欧卡,一个毫无交集的名字。

　　"这不可能,我见过他的,哈德曼团长也见过,在这里的凌踪先生也见过,这不可能。"

　　"那不妨问问你的介绍人。帮我拨通哈德曼。"

　　"请问是哪位哈德曼?"浮空僚机发出谦恭的疑问。

　　"别闹了,里比尼。老烟枪银鸟的哈德曼,整天嚼烟草开铁鸟的那个,白胡子白头发。再找不到就索引。"语气一下变得可亲,显然这两人间的交情不浅。

　　"是,正在为您接通……"

　　"您好,西博文会长。久疏问候了。"通信那头传来一阵清完嗓子后的沉稳喉音,"那,有什么要事要盼咐吗,老伙计?"

　　"正好,前段时间我家大女儿受你照顾了。你之前和她一起来议会的时候,是不是见过一个叫列辛·法拉加的人?"

　　"嗯,列辛? 他不是……早就死了吗? 还是说对方只是同名同姓的人? 不论如何,可否将状况再说得具体点?"

　　"一个自称中议代表,莢派的中议代表列辛啊。"

　　"我没有印象,当时和薇妮亚两个人直接去办事处,她直接就去报到了啊。这之后,我就折返回到星区外环轨道去了。"

　　敲烟斗的声音从通信器另一端传来,令薇妮亚有那么一瞬间感觉自己身处鲁贡骑兵团的那间烟味十足的团长办公室。二手烟可一点也不利于健康。

　　"这不可能啊! 哈德曼团长,我们当时不是还和他说了那么一大段话吗?"薇妮亚皱起了眉头,"去勒克莱尔时,可是您受邀带我去赴会的。包括在闸口任职,他都参与了我们的会话才对。"

　　"薇妮亚……我虽然年纪有点大了,但事情不至于记糊涂,你当时可是一句话没说就去登记了啊。"

　　"我明明……是被场干扰了吗?"薇妮亚扶着脑袋,难以置信地看着自己的父亲。

　　"那你往后可得注意点言行……令尊……"

　　杂音忽然变得重了起来。

　　"看来通信不太稳定啊。先说到这里,哈德曼,之后有空我们一起喝酒。"

　　"……老夫荣幸。先告辞了,西博文会长。"

西博文皱着眉头摸了摸下巴，又仔细打量了一下薇妮亚。父女二人面面相觑，一时竟然陷入了小小的沉默。

"稍微把事情整理得简单点。里比尼，接通勒克莱尔的内务专线，帮我把我大女儿当时来议会的监控全景统统在一个集成影像里投影出来。"

"数据接收完毕，正在为您投影。"

薇妮亚登时变得目瞪口呆。

投影里的自己感觉就像换了个灵魂，从进了议会开始，一言不发，直到走到议会办事处，坐在办公座椅上。不一会儿，监视投影中清晰可见两个房间外青色系的克瓦努瓦人从房间里端着咖啡走了出来。

"这不是合成的影像？我不敢相信。"

"傻女儿。叫你不回主星接受植入物的定期检查维护，你这不就轻松着了撒巴莱亚人场操作的道吗？"

西博文用手指着一旁的办公室门。

"看见没有？仔细看，这种场操作的边角瑕疵。当然也不怪你，对方都有能耐把东西明晃晃地摆到勒克莱尔里头了，料谁都防不住吧？"

门底有幽幽的振动光，不消快进一会儿，本该熟睡的主管就从里面走了出来。只是这个主管根本就不是哈约克的鲍马力，而是另一种六足物种卡比克伊——一种极度凶残的撒鲁蒙巨兽。

而之后，在餐厅区的监控录影中，一块巨大的海绵一般的身影映入了众人的眼帘。

"对了，我需要转告你，关于齐赛海格·杜尔比安迪耶……"

"稍等稍等……我上年纪了，你刚刚说什么，薇妮亚？"

"我不知道，我只是记得好像被什么人拜托说过……"

"再说一遍，我的好女儿。"

"别那么叫我。齐赛海格……"

刚因疑惑而想发问的凌踪，抬头看向西博文，发觉了西博文脸上惊诧而又痛苦的表情。

"杜尔比安迪耶。"

仿佛有人用锥子在他的心头狠狠扎了一下，是令人钻心的苦痛。"塔……塔吉！你为了获德露娜她……"

西博文攥紧拳头, 仿佛能将掌心掐出血一般地用力。莫名的愤怒和泪水顷刻爬满了他的眼眶。

"西博文先生, 您刚刚……"

就在那么几秒之间, 西博文仿佛收拾好了所有突然而至的情感, 回到了那副原本的飒爽气质中。而四顾周围, 注意到西博文表情变化的, 好像也就只有凌踪一人。西博文之后的眼神里, 是能读出几分难堪的, 凌踪立马领会了。

"不怪你, 女儿, 你可能早就被场操作黑进去了, 怕是在更早的事件里。哈, 他们是想在勒克莱尔这里找托卡马克当年忘了带走的行李吗?"

薇妮亚背着墙, 一脸惊惶, 甚至说不出什么话了。

"……我大意了。"

"烦请问一下, 你们说的场操作是……?"

只看了看发问的凌踪, 西博文漠然地转头翻看着秘书官投影中的备忘录。

"哈, 你是来自三相计划的孵星器项目啊。小伙子, 你当然不会知道。一种由撒巴莱亚特殊信号装置发出的多频段遮断信号, 干扰认知, 混淆视听, 甚至可以一定程度对受影响单位做出行为暗示。你受到它的影响, 多半是来到这里之后的事情。"

"它能做到持续影响对象对特定事物的认知吗?"

"'宏场作用仪', 如果你问的是影响整个议会逻辑认知的东西的确切名字的话。是的, 它不仅能做到这个, 还能让你相信你看到听到的一切。你俩不考虑先来上一针阻断剂吗?"西博文从插片袋里掏出一个小方盒, 抬手抛到了薇妮亚的手里。

凌踪心想"神曲"的事情还是不能拿出来问, 虽然对面前来救场的西博文有了不少信任, 但对列辛的存在仍保有疑问的自己, 觉得暂时还是不要和盘托出为好。

仔细一看对方, 一头和薇妮亚一模一样的红发, 唇上略显调皮的小翘胡须, 凌踪猛地想起列辛先前叮嘱过的信物一事。

"先生, 我想有人希望我把这个展示给你。"

掏出那串列辛之前塞给自己的吊坠, 交到西博文手中。西博文先是端详了一番, 而后大惊失色。

"我说, 你个小伙从哪里弄来这个的?"

凌踪随即将列辛交代给自己的事项一五一十地告诉了面前的西博文。

"里比尼, 给我调这个小子的禁闭室监控, 没有权限的话就强闯进去。"

电子秘书官从见面之始就取得了凌踪的生体信息，瞬间处理了整个庞大的监控记录库后，索引出了对应的记录。

"已为您调得全息录影。"

画面中，凌踪从囚室的床板上醒来。随后列达卫兵进来，在没人带队的情况下对着凌踪使用了时流稳定光束。凌踪皱眉一看，事情发生的地方一直并非自己苏醒时所在装潢精美的封闭舱室，而是最后醒来时的简陋囚室。

列辛到底是用什么方法做到的？仅仅只是通过场操作影响了自己的认知吗？

"换备用摄像头，从这里开始用TCC密钥加工重叠的影像。"

西博文睁大了眼睛，只见凌踪被吸进了一个奇怪的球面，瞬间在房间里消失了。

"哈，还真是有意思了。"

"记得列辛当时说，这是某种保密球体。在那个空间可以隔绝一切现实踪迹。"凌踪想了想，也没必要瞒着这点不说。

"噢，可这不是什么保密球体啊。"西博文摸了摸泛起汗珠的额头，"这是如假包换的超越神器啊。"

这下凌踪也蒙了。

"是叫'具野奈欧'，一个当时把我和……获德露娜快整疯了的……纯粹的混乱构成的异能量空间。说真的，人造人小子，你是怎么活着跑出那里的？你确定你遇见的……是个宏时空中人形的对象？"

"当时和列辛谈完了之后，我试着用我左手上的这个化形圣剑，然后他就解除这个，让我们都出来了……好像没什么特别要说的了。"凌踪思索了一会儿，回忆起了具体的细节。

"你在里面用了啥？哈？"

"你在里面还能用什么，超越神器？"西博文吃惊得下巴都快掉下来了，"小伙，你可千万别和我开玩笑。"

"这有什么不对的吗，西博文先生？"

"你叫什么名字？凌什么？"

"凌踪。"凌踪感觉自己好像很久没被人这样问起过名字。

"不，想想你在孵星器计划里被使用的其他名字，恕我一问，你再想一想，你的编码，或是项目代号之类的。"西博文紧张地看着秘书官的仪表指示灯上闪着的橙色光，再一次发问道。

"如果是说我生来被赋予的姓名的话,是叫凌踪没错。至于你说的我在所谓勒克莱尔孵星器计划中的代号,我并不知晓。"

虽感觉不止一点被冒犯到,但凌踪也不好就此深究太多。

"哦……只是问问,倒没别的意思。因为你的来由绝不算寻常,所以,按照你的意愿,现在继续称呼你凌踪比较好?"

"当然了。"凌踪皱了皱眉头,"这可是我唯一的名字。"

"所以凌踪,你的超越神器,容我简称,可否知会一下,它现在又是处于什么状况?"

"之前在尤尼乌斯号上太过逞能,当时薇妮亚小姐来帮我脱困的时候我显然有点使用不妥,现在像是……接近过耗停摆了。"

眼见凌踪的左手没有什么异样,在调看了抹消析离仪事件的监控后,西博文皱了皱眉,将秘书官僚机收回插片,紧紧握在手中。

"尤尼乌斯号……凌踪,这个吊坠信物,不介意的话我先收着。稍等,见谅。"

两个战斗员跑了过来,身穿厚重抗冲击装甲的他们在西博文会长边上耳语了几句之后,随即点头跑了回去。

西博文皱了皱眉头,看样子有什么事情发生,那显然令他感到十分不悦。

"哈,我得说托卡马克那家伙养出来的畜生还真够疯的。对外中立立场的文物库和神器库也敢破拆擅闯,要知道那之中有不少还是我帮忙弄回来的呢。外交上的问题,还得让迪韦厄尔去调解一下。不过,再这么弄下去,也不是个事儿。"

"所以,爸你出来是又要?"薇妮亚听罢,有些兴奋地问着。

"不,我已经不是原先那样了。傻女儿,你要趁早明白过来,有些事情,需要放着让那些明白人去做。"西博文怜爱地拍了拍自己女儿的肩膀,"相信我,老爸会搞定托卡马克那里的麻烦。"

"可你又是……明明什么都做得到,为什么偏偏要躲在幕后呢? 又瞒着不让我知道关于妈妈的事……你就管这叫搞定麻烦吗?"

安静了短暂的十几秒后,西博文皱起了眉头:"薇妮亚,要不,现在跟我回商会去?"

"我不会回去的。"

"听话,弟弟妹妹都等着呢。"

"别老拿爸爸的身份压我,我知道凯伯因和勒克莱尔有很多事情已经变得很不对劲了，我自上次出了家门就决定了，要自己去弄明白。你不去，我自己去，我会找到托卡马克叔叔，亲自问他有关我妈妈的事。"

"别胡闹！也别再叫那个家伙叔叔。傻女儿……就进了鲁贡骑兵团再加上之前的那点阅历，你要自己去找托卡马克，也太过危险了！现在的宏时空已然到了势力间矛盾濒临崩溃的边缘，你可别太骄纵任性了！"

薇妮亚听罢除下手套，抱肩在前。

"少指正我。那我问你妈妈的事呢？你刚刚就在我面前又一次提起她的名字，可别忘了你从来不告诉我她去哪里了！那个以前TCC时期号称无所不能的西博文·凯伯因去哪里了？连自己的老婆去哪儿都说不明白！"

"我哪是什么无所不能啊……"西博文在说完这句话后，短暂地沉默了。

"别指望我乖乖回什么家了。你办起来的凯伯因商会你不管，TCC之后勒克莱尔也落得一团糟，那么我自此也不想听凭命运摆布。"

"你又从谁那里听说了一堆TCC小队的事了？你到底闹够了没？闺女，你这傻姑娘就是这点……像极你母亲，恃才自傲！就是不会耐心听别人说话……"

恨恨地收起秘书官僚机的投影，西博文掏了掏插片袋，想了想不妥，便又将它合上了。

"少卖弄大丈夫主义，讲着这么有气概的话，摆出一副像是能把所有事情都轻松搞定的架子，那你倒是快告诉我她现在在哪里啊？我要去找她！"薇妮亚眼睛里闪着炬火般的光芒迈开步子，"我活要见人……"

只见西博文上前一把拎住薇妮亚的衣领，怒目圆睁，这对身高相近的父女之间的分歧似乎变得一发不可收拾。

"你听着，事情没你想得那么简单，荻德露娜她……"

"你把我丢到这个傻兮兮的'没有杀戮'的地方来当个稀有宠物看管，结果倒好，头疼的家伙找上门来，神通广大的你又担心撒巴莱亚聚合差点把我的命给取了，什么笑话！"薇妮亚顿了顿，转而伸手将西博文的领口提起，使力狠狠攥住，"于是你就跑过来，公然声称是来搭救是吧，谁知道你又在悄悄摸摸干什么！您这么折腾有意思吗，西博文先生？即使我在宏时空错综复杂的星路上为你和勒克莱尔联盟干掉了数不清难缠的对手，您还是这么不放心我？"

"因为你还没成熟到能独当一面，我当然放心不下了，薇妮亚。"

西博文面对自己的女儿呛了一句，眼眶却红了。

"都消消气。"一旁的凌踪见状，试图缓和一下两边的气氛。

"这是我和他之间的私事，我建议你别管。"而被规劝的对象话语中并没有什么好气。

"这种场合我看见我就有理由劝吧，你总不能装作没看见……大叔眼眶都湿了。都别让在意的亲人难受——"凌踪叹了口气，"你们父女分明在乎着彼此。"

薇妮亚先是怒上心头，但听凌踪这么一说，转头一看，才注意到眼前如钢铁之城般伟岸的父亲眼泪欲下，自己鼻子一酸，松开了手。

"少这样，爸……你没资格，作为前TCC的代行领袖，西博文·凯伯因。"

"薇妮亚，不要自以为是。再怎么说，你也应该知道我作为TCC代行领袖的义务。很多东西只是表象，但你要明白维持这种表象保守一些秘密是必须的。"

"借口，推诿！你不是有话要说吗？你是只打算和我说什么大男人说的话吗？那好，你去跟任何其他人说，我呢，现在根本不想看见你。什么TCC，什么代行领袖，这都和你现在的行为无法联系在一起。对不起，我不在乎了。"

薇妮亚转头就走："我就老实说了，你对我好也没用，在我眼里你就是个行事逻辑最为差劲的父亲。我的事，从今往后你未必都能帮得上忙了。你知道我的能耐。我要去做我才做得到的事情。我保证做得比你想的还优秀、还成功，我会让这个宏时空在凯伯因的名下不再有纷争，你听着满意了吗？"

女儿撂下的狠话，无疑最伤父亲的心了。

"你若真做得到，薇妮亚，我又怎会如此担心呢？"

"军备官，帮我联通我的军械库，按照我的订单要求进行插片盒的传输配装，动作快。"

薇妮亚亮声喊来凯伯因的军备官，随即在便携装置的菜单上甄选起合适的辎重武器来。

"恕我直言，大小姐，您这次要求的数量实在……"军备官小心地提醒着，顺带从插片盒里掏出一顶崭新的凯伯因尖锋帽为年轻的凯伯因换上。

"辛苦了。你只需要把它们全部上传到我的插片盒折叠内存里，妥善建立目录分类，其他的事不用你操心。"

"您这是要……"

"一切为了勒克莱尔。"薇妮亚苦笑了一声。

西博文就像匹被打断腿的老马一般缓踱到远远的墙边,用双手再三擦了擦脸,平复了好一会儿。

对手,一个凯伯因永远要面对的对手,又或者,一个没法用常理战胜的对手。

"正因为知道你的能耐,才终日苦恼于如何从这个险恶的世界中保护你啊,我亲爱的女儿。如果这一切不是作为一个父亲该做的……荻德露娜……亲爱的……拜托了。我究竟该怎么帮她才好?"

"凌踪,凌踪先生,烦请你过来一下。"

看了眼赌气的薇妮亚带着情绪背过身去,凌踪走了过去,却发现西博文那张快速平复的脸上隐约有些泪光。

"哟,听着,这可不是关于什么女儿超龄叛逆期的烦恼诉苦之类的,哈哈……你只管看着就行,请明白这也有确实的苦衷。我需要你帮一个小忙,即使是记在她的人情上。拜托了。"

"详情也不方便告诉我吧?"

"是的。远比你想的要复杂得多,小子。而且你最好也别在这个事情上装糊涂……"

西博文看着凌踪左手上的纹痕,忽然像是想起了什么。

"抑或是说你也会知道的,无须经我言语。"

"我无意参与任何人的设计,西博文先生。"凌踪攥紧了拳头,"我是个普通人,我只做我想做或我认为对的事。"

"普通人……哈。不,其实你和我女儿一样身不由己。也许有一天,你也会明白这一点的。关于你和你所处的这个世界,是平衡的相处。"

"不要擅自把我的记忆读出来,先生。"

凌踪看着眼前的凯伯因大伯,那英武的身形一下子显得苍老起来。

"不和你多说了,拿好这个。"西博文将手中那一枚插片连同收纳袋一起交到凌踪的手中,"我取走一样东西,那串吊坠信物,那就送你一样对等的吧。我现在颇为确信你会用到它。不管怎样,它是你的了。"

"说回来,这个我或许可以不要,但那个……"

凌踪匆忙比画了一下,说实在的,对西博文其人并没有什么好感。

"那个没收了。说回来,你还想回到原来的生活中吗?"

西博文拍了拍凌踪的肩膀。

"嗯。"

"既然如此,是我在你面前,确定要听实话吗?"

"您尽管说吧。"

"年轻人,那是不可能的了。"

凌踪虽然也有心理准备,但听到之后,脑袋里也是嗡的一声响。"那个叫列辛的,不论他存在与否,我作为凯伯因商会的首脑,无数科技项目与试验计划的发起人,负责地告诉你,现在宏时空总体的技术条件和法令规章也是绝不允许一个被剔除的存在重返原属的时空的。绝无仅有,你想,若我们任意妄为,那就和正牌天神没有区别了。我们始终做不到成为理性兼具感性的造物主,像你这样被拽拉出来,也只是作为时空议会活动的样本罢了。至于为什么一定要把你抹除掉,是因为如果你强行想要挤回到原来的时空的话,就会像颗炸弹一样把重叠修复好的时空秩序炸毁。你认为那个,列辛能做到?"

看着眼前的青年顿在原地,西博文叹了口气,继续说道:"我们的学会已经在否定神话的概念上拓宽我们的所能了,如果他连这样的都能轻易做到,我想我们集体重拾信仰也还来得及。别信他的鬼话,也别去勉强自己。"

面朝旋转的勒克莱尔星圈,这位已是人父的英雄不由得皱了皱眉头。

"如果你决定留下来的话,就得自己努力了。在这里的生活不会有很多不方便,看在你照顾过我女儿的分上,我会找人在勒克莱尔给你安排一份工作。你能期待的,也许就是若干年后科技工业的突破了,年轻人。男人对男人,我就抛开身份与成见告诉你点实话。"

西博文回头看了眼女儿。

"那老爸先走啦。"

薇妮亚别着头,也根本没想着回一句话,只是摆了摆手作别。

"还有,我会尽力让事情向好发展,别让绝望整垮自己,凌踪。"

"慢着,别自顾自说话,你擅自拿的那东西还没还我呢,大伯。"

西博文戴上头盔,坐上他来时乘着的白底红纹的穿梭可变航宇器,启动了能源阀。

"还有,就是她任性的时候,试着照顾她一下吧。她会是天生的领袖,优于我,甚于任何人。而你凌踪,迟早会是一张能够匹敌一切的万用牌。"

"装作没听见吗？难道他猜准了我会乖乖遵照列辛的合同协助他的女儿？"

"我不明白你说的后半段话。"凌踪没有笑着表达感激，只好伸出手，并坚信这是宇宙通用的表示索要的肢体语言，"谢谢你告诉我真实的情况。可否把吊坠信物还我，至少让我有机会明白它的机理……"

"善人好运常在，强者后会有期。告辞！"

一阵强气流后，穿梭可变航宙器就像流星一样消失在吉卡匹亚三塔的光圈中。

"哎，你把那吊坠还我啊！"凌踪追出去两步，但哪赶得上航宙器的速度，在拔步的一瞬间，什么事儿都迟了，"明抢啊你！可恶！"

"我将一生效忠您，凌踪先生，即竭尽一切及所有。"

怪异的声音从身后传来，真要做个比较，就像是个宿醉未醒的老婆婆来催缴租金。

猛一个激灵，薇妮亚一看旁边，之前自己老爸的随行秘书官就在身旁徐徐飘浮着。那东西就像是个小小的杯垫，确是在重力环境下飘浮着的。而手中收纳袋中的插片，竟然微微发着信号灯。

"丢三落四……"

"不，我是受他命令今后随行凌踪左右的智能辅佐 AI，里比尼。请有计划地来使用我的所有搭载功能。"

怪异的嗓音和奇特的外形使凌踪一时间对这台机械也显得不知所措，直到接上投影电脑一通检视，这才眼睛一亮。

这是……托卡马克·塔西曾经使用的秘书官僚机。

随着进度条在屏幕上涨满，勒克莱尔投影电脑棒存储上凭空多了一堆可供参考解析的原始资料。而在勒克莱尔投影电脑棒大得惊人的存储空间里，这份巨量的原始资料就像沧海一粟般不起眼。

"这家伙看起来可真不一般。我改主意了，我可以拥有它吗？"

"是是是，本来就是我爸特地留给你的，拿走拿走。但答应我，要是你打算带着它在我身边跑来跑去，务必请把那声音给我关了，见鬼，实在是吵死人了，像个怪大叔一样，你难道不觉得吗？"

"我倒是看看如何让它少说几句或者换种声线。"只见凌踪满眼星光，打量着里比尼的外表，只轻轻一按，这尊强大的信息处理僚机便化为一个小小的插片，落入凌踪的手中，"不错，功能齐备，轻巧便携，这样的造物才值得我好好研究学习。"

"所以你就这样被那个男人用先进设备轻松收买了,凌踪。"

看着如获至宝狂喜难抑的凌踪,薇妮亚接过一旁战斗员为她带来的备用装备,打心底里还是很清楚自己的父亲,某种意义上还是支持自己的。

有一些不坦率的父爱,也确实传达到了薇妮亚的心里。但是,有些过错不能原谅。这个父亲,到底是不对至爱认输的愚人。

别上戴维德利印刷徽章,戴上崭新的凯伯因冲锋丝绒帽,将两把爱用的西塔光束单元别在自己的腰封上,整了整腰侧上的携行包,薇妮亚的眼神又变得英武锋利起来。

准备已妥,或许是时候在这广袤天下开始属于自己的探求了。

"喂,凌踪,我倒是有个提议。和我一样,想去找那臭大块头报仇吗?"

凌踪先是一愣,但很快反应过来。薇妮亚的眼中登时浮现一丝满意的神情。

"我想你是说,找那些别斯科复制人奉还回去?呃,若不认为我会是个累赘,我可不会表示反对。"

"就喜欢你这种匹夫之勇。正好,反正我爹手下的人都不会好好陪我干这个。"接过薇妮亚抛来的一柄光束长剑,凌踪拿到手的一瞬间便抖擞起来。

"那就不见外了,拿好你的武器派上用场。同样,也给你看看我的真本事吧。"

"比想象中的要轻。至于真本事,你之前果然有所收敛。"黑发青年攥紧手中的兵器,拔步动身。

"算你眼尖。"

从携行包里一下甩出一块浮板,一把把助跑中的凌踪拉上来,穿越战斗员群,一下就到了稍前处的抵抗工事处。

"情况怎样?向我汇报。"

"啊,大小姐。是这样的,我们刚才阻击了三支复制人小队,从各方向传来的无人监视看来,对方还有三十人左右,虽然不知道为什么内部发生了一系列交火,不过可以确定的是,他们在试图破拆神器库的防护。"

"对方装备呢?"

"和刚才阻击的那部分大多一致,少数装备了烈性爆炸物。"

"很好。掩护射击,进度向前11.42,后压阵型,5—5—2—6。"

青色的光束从过道向前扫去,薇妮亚一眼瞥见了三四个在放倒的掩体后小心借用瞄具张望的复制人,她跳下浮板,攥了攥光束兵装的手柄。

"敢不敢赌上性命跟上,凌踪先生?"

"还有点力气,跟多远是多远吧。你不累吗?"

"哼——累?"一只火凤凰从宽阔的过道里腾了出去。

刚探出头看看是什么东西弄出这么清脆的步响,一把漆黑的光束马刀就从高大的撒巴莱亚杀戮机器的鼻尖一刀进穿到后脑。

这一招之快能把人活活看傻了。

后面跟上的白衣青年也点亮了黑色光束长剑,齐齐从一边掩体切割到另一边,一个刚伸出冲锋枪准备反制射击的大汉的半边带着怪异电极管的身子就从后边滑了出来,化为一摊积液。手还有点止不住发抖,但是凌踪心里有个声音在反复说着,自己迟早有一天会习惯这场面的。

一个华尔兹圆舞般的后转,从掩体后蹬跳出来的另一个拿着长锤的复制人胸口也被光束马刀切了个正着,一甩刀锋,一摊沸腾的血浆泼洒在泥灰色的地砖上。

不想居然还有两人,顶着冲锋枪和匕首蹿了上来,薇妮亚不慌不忙斜身闪过刺来的一刀,利用腰带上的延动机动装置,一个下蹲起跳,从腰间插片袋里掏出一把小巧的冲锋枪,连着点射甩出一串小而迅速的能量弹,把出刀的复制人一梭子打扑在地。随后猛地一拳,凌厉如锋,周围的空气似乎在手套的一声金属脆响中震得吱呀颤抖,那接招的复制人半截身子竟被直接敲断在墙缘,以怪异的角度轰然倒下。而出拳的一方似乎毫无折损,胜得轻轻松松。

凌踪确实感到在尤尼乌斯号时获得的那种不寻常的与战斗相关的记忆还多少留在了肌肉里,一手压着剑柄,用西洋双手剑的剑招偷手挑掉了复制人手中的冲锋枪,再一个大力前挑,大汉的前颈和下巴就变成了焦黑的生物机械煤炭。稍稍犯了点恶心,但脑子里很清楚前因后果。

"如果我没猜错……"

净空了走廊,薇妮亚边挥手示意后面的战斗员推进,边用余光打量着凌踪。

"或者说,要是我没看走眼的话,你是多少学过一点剑技武术的。再不济,至少也有点基础打底。可怎么看都很外行,无意冒犯,说说你的尚武经历?"

"当初是自己感兴趣,先是自己学着玩,后来确实有在大学上过复古剑术和格斗培训,或许只是入门级别的。我更擅长……鼓捣机械的事情。你本以为我在原本的世界是干开枪挥剑这一行的不成?"凌踪说罢搓了搓脸。

"那可没有。大学啊……在宏时空这儿，取代教育机构的就是个人私教系统了。想学什么都可以，只要你兴致够足。"薇妮亚小心观察着弹着的位置，在这个掩体的后面还可以待上一小会儿，以便等后续的增援部队跟上。

"是吗？我们大学的工学部正好做的课题就是家用的全息教育原型机……呃，话虽说是那样，可我们就在这开始聊天，真的好吗？"

"没人要我们的命，那自然就没大碍。既然说到这个，可提醒你一下，你的世界和我的世界，所谓口袋时空和宏时空在性质上可不是线性相关的。你的时空真要说起来，还没成熟呢。"

"不，等等，这太有趣了，我需要更多有关这里的信息。能和我详尽说说三相计划中孵星器实验的背后原理吗？"凌踪眼睛一亮，握剑的手顿时虚了，这让薇妮亚看着眉头一皱。

"以为这三两句能解释明白吗？我不知道的事情都多了去了，你就先别急着归纳。闲聊就到这里，看看场合，拿紧家伙，前面可是来人了。"

薇妮亚甩了甩胳膊，往外飞快地探了一下身，紧接着张开一面小型的个人枪挂护盾，侧着身子向外一滚，迎着弹雨冷静地对着远处的火光扣下扳机进行反制。而当凌踪注意到背后的增援渐近时，只听到远处一阵地鸣般的爆破声，整个走道随之弥漫起一股能量烧灼的刺鼻味道。原先在交火的走道里一下没了动静，薇妮亚于是借着护盾的视野大方地往外张望了一下，在确认走廊整条清空之后，比出了一个安全的手势。见此情形，后续的凯伯因部队便大胆放心地向前搜探起来。

"噢，顺带一提，接下来讲点实际的。枪先不说，你真会用剑吗？刚才你持剑出手的动作可并不稳妥，中身、下盘破绽太多。有机会，我是说有机会的话，得找个内行人带你入门，比如我，视情况就不收你教练费了。"

"这算是关心我吗？你还没回答我……"

"不是，咱们得趁这会说点别的。我有预感，和你探讨工业技术相关的只会让我头疼。"薇妮亚眼看前面的敌兵纷纷被后面友军精准的长程卡宾枪击倒在地，稍稍松了口气。

确实，就一个外行人这点三脚猫的功夫，凌踪自己的心里也没数。只是一直想活下去，遵循本能而非后天所学的打法注定会在临场时不尽如人意。不过好在反应够快，还不至于身陷囹圄。

"超越神器的通用效果,我听闻是一定程度上增强使用者的神经反应和恢复能力,但根据超越神器的种类也会产生不同效果。话说我现在像西博文那样开始用PLG称呼超越神器,能理解的吧?"

凌踪苦笑了一下:"当然能啊。"

"但它常常附带有简单的代偿反应,就是相当于有息贷款,但似乎对超越神器通用效果而言影响甚微。超越神器之所以能被整理归纳,也是因为实效上有诸多共通之处。"

"话说薇妮亚,你也有什么超越神器吗?"

听罢,薇妮亚翻开领口,拍了拍自己的右前颈。

"姑且算有吧。准确说是家族里的某个人遗传给我的,但也没法具现出来,根据凯伯因的神器学会的说法,这个PLG也许会随着我的成长选择时间具现。话说这种东西——实话说习惯了科学技术概念的人都会很难接受吧,尽管这也是有朝一日科学能完全解释的状况。只知道小时候我住过蛮久的实验室,天知道他们在我这事儿上折腾了些啥。"

凌踪觉得就算好奇,盯着薇妮亚的颈口的视线多少有点失礼,就有些木讷地把头撇开了。

"喂,这有什么不好意思的。"

"那个,真抱歉。"凌踪微微倾头。

"还挺绅士的。小心,前面有点不对劲。"

凌踪扭了扭头,一个移步撤到边上去,薇妮亚见势一压帽子,也闪到拐角的廊墩边上。

凌乱的脚步声,一支由不速之客构成的急行军。

"大声聊天,也别怪我等看见你们了。"那低沉如滚雷般的声音又入了耳,"不对……后面!"

一阵爽朗的笑声从身后传来。

在廊道边侧压低身子,薇妮亚猛地向后一瞅。

"是凯伯因蓝色绝境小组。好家伙,歇歇吧,来的是自己人。"

凌踪也好奇回头。

只见五个穿着蓝边袖袍的男子挎着三个大箱子从后边走道奔来,像极了一众迟到的唱戏演员。其中一个人不紧不慢地打开箱子,从中掏出一把曲形枪刃来。

两个复制人挥着锤子无视这五个短袖袍,张开避弹护盾冲着掩体后的凌踪冲了上来。

薇妮亚刚要出刀,一只温柔的大手轻轻地按下她的马刀柄。

"接下来放心交给我们就好,大小姐。"

呃,这大手真的是瘆人极了,像极了卸下力的鹰爪。

怪客一把捏住复制人的后颈,就像揉碎一团塑料纸,一米九多、肌肉紧绷的别斯科复制人被一个至多一米八六的男子一把甩飞出去,也不知受到了什么力的作用,体内的仿生构件就像大风中的蒲公英种子一样在长廊中吹散开去。

"好,还请这位先生再把头稍稍让一下。"

一道蓝色的电弧从那把奇异的刃枪枪口射出,在凌踪边上打了一个弯,轰在后面冲上来的别斯科复制人左腰处,而后复制人直接倒地,身体塌缩成一个小球。

凌踪看着吓了一跳,接着拿起剑向前跑了几步,不知何时前面原先盯着的几个复制人都被跳跃的蓝色电弧接连射倒了。

"可否让我搞清楚这枪是什么原理呢……"如此想着,一声怒吼从长廊尽头传来。

"向对象发起枪火压制!"

"二等复制人,小心点。"

薇妮亚从掩体后稍稍滑步,溜到凌踪那边的廊墩后一藏。

"原先单纯就是一班高档刺客,他们这五个人游荡在充满异数的勒克莱尔边境,干一些肮脏的差事。时间久了,甚至有了一身超绝的杀人本领。"

"是西博文先生特地派来的吗?"

"这是勒克莱尔议会雇佣的。像我之前在的鲁贡骑兵团,都是议会下辖的忠诚派雇佣制勤务机构,这个也不例外。平日里以勒克莱尔雇员的名义在绝境钢卫等组织开展活动,说来和我熟悉的某个人还有点渊源。"

"开价当然不便宜吧……"凌踪看着眼前这几个人形怪物在敌阵中灵巧冲杀,不禁倒吸一口凉气。

"就看这身手,你说呢!"

其中一人一脚踢上了二等复制人,改造强化过的复制人硬是反身一锤,将那人砸倒在地。

同样的重伤,换作凌踪就绝没机会再喘一口气了。

倒地的人歪了歪头,只见他一只手搭在二等复制人的脚踝上,脚踝瞬间被指关节中浮出的机关炮炸断了。

"直接把所谓的复制原初体喊过来。撒巴莱亚人,快点。"蓝色绝境雇员震声喊道,这一刹那竟没有一个复制人敢上前应战。

"勒克莱尔败类……"

粗口未说完整,一股强劲的电弧直接卷起了二等复制人的躯体。随着一颗实心球大小的固体物质块滚落在地上,复制人身上的装备原原本本地散落在边上。

"区区撒巴莱亚人。"

抽出那把薇妮亚和凌踪都很熟悉的光子长刀,这重如磐石的兵器竟被后面上来的那人像舞体操棒一样舞动着。

"呔!"又上来的一个二等复制人一刀砸在持长刀的短袖袍头上。可怕的是居然这样也纹丝不动,就像打在一个密度无穷大的实体上,复制人被回传的力震了个趔趄。

"你究竟是什么?"顺势一刀反劈过去,复制人的上半身带着前半句话在一瞬间消失了。至于这半截身子一时被砸去哪里了,后面的凌踪根本就看不明白。

五秒左右,消失的上半身像失控的机车一样撞爆在远处的墙面上,和前面的那些复制人一样,登时化作一摊怪异的脓液。

"快点,神器库的门撑不了多久了,不管他们在干什么,必须确保那里的安全。"薇妮亚等得不耐烦了,索性对这群怪人下了一个能听懂的指令。

接令后的战斗员们大喊一声,五个人亦不约而同地开始向前奔去。

"我们也跟上。"

凌踪只想搞明白这到底是什么怪物在互搏,薇妮亚起初有些犹豫,但也还是跟上了。

"哎,文物库和神器库,可不是一边的吧?"

"对,那我们去神器库。"薇妮亚压低了嗓门。

"那文物库呢?"

"文物库……"

其中一个短袖袍看了看身后追上来的凌踪他们。"你们去文物库。"

"可是万一碰上撒巴莱亚的复制人原初体,他们……"凌踪看了看那人的披挂,除却衣物之外,那些看起来无比高端的军械愣是让自己咽了口口水。

"我们五个人是一个完整的单位,是不能接受分两路的情况的。"仿佛机器人一般,五个人齐刷刷地转身,脸上毫无表情,"对,不能分开。"

"不值得。"

可这观感让凌踪也觉得这五人有点恶心起来了。

"哈,行,你们这样真的有点恶心。走,去文物库,凌踪,并且祈祷列辛别被这五个家伙遇上。"

薇妮亚叹了口气,再一次抽出浮板,载上凌踪飞速离去。

"刚才那五个人真的很奇怪。虽然装备很狂野,可我喜欢他们的装备。"凌踪语气中无不显露着羡慕。那些奇形怪状的帅气兵器,实在让人有摸上一把的欲望。

"很高兴你总是一副乐在其中的样子,凌踪。基于普罗大众对他们一行人奇怪的评价,这世上还有你能这么觉得,真的是太好了。"

"这还能算一般佣兵的范畴吗?"掂量着那几个人的外观,似乎不像是认知里人类的外观乃至组织强度。

"所以说,它们根本就不是人,算是生化兵器。"薇妮亚抿了抿嘴角,就像去晦气似的。

"现在是接着白单了,它们接黑单那会儿的故事有机会我可以讲。听完你就知道了,为什么我说这些雇佣杀器让人打心底里生厌是有道理的。"

"但愿没有更新意见的机会,我想保持一些对他们最起码的良好印象。"凌踪缓了口气。

"那你可真是有礼了。"

转过一条巨大的长廊,掠过数不清的列达卫兵破碎的身体,紧接着加速,凌踪眼里觉得眼熟的区域被远远甩在了后面。似乎那些入侵此处的复制人掌握了无力化列达卫兵所需要的程序,所过之处似乎少有抵抗的痕迹,这些卫兵只是单纯地被捣毁后遗弃在原地。

"看看我们的运气怎样。如果是绝境小组对上复制原初体,我想胜算肯定比我们大很多。"

"等等,凌踪,你有注意到前面那边的地板吗?"

青年定睛一看,板材的边缘明显有不自然的抖动。

"可不会再着了道了。是'场操作',还是更高级一点的。"

薇妮亚眯着眼睛翻了翻腰包，利落地掏出两根注射管插片。

"快把你的脖子凑近点。"

没等凑近，注射管就扎上了。不感到痛，就和自己原本在大学城就医的感觉一样，采用蚊式穿刺针头的注射器已经完全免去了患者的苦恼，这个甚至更为自然。

"接下来头可能会晕一下，但不会有事。"

"扎得又快又准，如果这里面装的是氰化物，我现在应该死透了。"额头、后背都冒着冷汗的凌踪，不禁在心里小声咕哝了一句。

稍稍一晕，而后再一看，前面原先开着的灯光居然都是关闭着的。忽然变暗的光线有些怪异，但缓一缓就能接受过来了。

而不远处，一台微波炉大小的发射器被斜靠在墙角。

一枪托捣碎，随后明显就能听见走廊拐角的声音了。

"哇啊！你俩咋跑出来的?!"

只听得拐角处发出一声惊叫，两人急忙侧身到拱柱后头，小心盯着前方的来者。

"不用藏了，二位，你们一路过来开枪的声音也实在是太响了。我正打算回来把你们放出来呢，我在这儿的事终于忙完了……凌踪先生，还有薇妮亚小姐。"

别斯科掏着耳朵，故作轻松地向着凌踪和薇妮亚慢慢走来。

"怕是这回我得说点和你们印象不一样的。拜托你们了，到这个点了，别一个劲想着如何对付我。我们又见面了。"

这人又在玩什么花样？两人的脑袋里想的是同一件事情。

"哎！你们这眼神……不对。得，我少做解释，就是别一冲动坏了这里接下来的事。至关重要，你们听好了，我可不是复制原初体，看清楚了，我是本尊！我是你们这边的人！"

"欠我们一个解释吧。你想必和之前几位有着很多不同呢。"薇妮亚晃了晃脖子，似乎还记恨着那一闷棍的恩情。

别斯科原本正开始向背后的先端背包收起那一双对枪来，见状只好摇了摇头。

"嘿，和刚才不一样，你们和我……对，现在都得保持……克制！嗯，冷静。看，文身，有留心注意吗？那些复制人可没有这个。"别斯科憋着笑，露出身上水星狼的文身图案来。

"你不如把你的超越神器收起来再说。"

"听着,我不迷恋使用它们,只是如果你们真要蛮干一通的话,我至少也得留点后手啊。"

"在我面前,你哪来的底气?"

薇妮亚擦亮光束马刀,灰黑色的光刃在阴暗的长廊里仿若隐形一般。上下掂量着面前再眼熟不过的对手,凌踪也绷紧了神经。

"哒,哒……"清脆的脚步声慢慢从别斯科的身后清晰了起来。

"可有说过这事,凌踪先生。另外,别欺负别斯科先生了,真要打起来,他怎么可能是你的对手?"

黝黑的脸庞从阴影中探出,那和善标致的笑容在文物库大厅筒灯的光照下显得分外亲切。

"牢记一点,勒克莱尔议会之中没有杀戮,如今看来可是句戏言了。我们按照计划在这里对撒巴莱亚激进派进行了一次颇具规模的清算,如你所见,好像同样惹来了一些不速之客。"

"列辛·法拉加?!"

"凌踪先生,哦,当然了,薇妮亚·凯伯因。"

列辛在幽暗的光线里微笑着出现了,确实,在黝黑的面庞上露出一丝耐人寻味的笑容。

见状双手难免也是要惊得一抖的,他究竟是真的还是假的?

"很高兴你们决定一起行动,鄙人不过借道来这里取个东西。"

"你根本不是这个勒克莱尔时空议会的人吧?"薇妮亚先声夺人。"想来你也过了天真的年纪,薇妮亚·凯伯因。"列辛也不匆忙,就在稍远的地方停下了脚步。

"我就是这个勒克莱尔议会的议长,别的什么也不是。

"而且,我可不是什么恶人,说真的,对你们两位而言,我都是在旁侧予以帮助者,如此若可以打消二位疑虑,鄙人会深感荣幸。欢迎加入其中,这可是盘事关天命生死的大棋。"

"看来你又要说一大通废话了。"凌踪大声嚷了一句。

"你不能总这样独断臆测我的行为,凌踪先生。"列辛把手抱在胸前,一脸不爽,"要知道这很过分!"

第22章

命悬一线

石谷镇郊，底特拉伦军营。

"军营里最多的是什么？"

"酒，纸牌，臭老爷们！"

"哈哈哈哈哈哈！"

一群士兵聚在一起互相调侃。

"你说，老汉萨，老汉萨！假如面前，我说假如，一个漂亮婆娘和一整箱特拉伦金币，你，你选哪个？"

老兵吸了口烟斗，拿长矛泡水后稍显发松的棍柄捶了捶肩膀。"我选那箱子钱，婆娘你们谁爱要谁拿去吧。"

"怕是老到遭不住了吧？哈哈哈哈哈哈！"

"哼！你们不就爱听这个吗？"

一群人的哄笑声中，老兵汉萨看着那几个毛都没长齐就学起痞了的娃娃兵，抽了一口烟斗，吐出浓重的烟圈。

"都不知道怕的吗？当兵是件可怕的事情啊。抓剿盗匪这种事情和真的上战场，那可是两码事。"

"开门！开门！奥本娜队长回来了！"

"傻愣着干吗？把酒都给我放下，想吃她拳头吗?!"督头一把从地上抄起几瓶果酒，把它们全都塞在木质马车的车梁底下，用布将它们整批盖了起来。

当值的门卫闻罢，一把提起搁在营房一边的拔门棍，插进起门槽里，急忙往回一拽，手上的青筋一下全都暴出来了。

"看看，不是不尊敬长官，但这么多年兵当下来了，最害怕的事情就是门卫催着人开门。为什么？若不是有人快马来报，门卫又何必催呢？门卫若是催了，那就说明有大事要发生了。"

众人不约而同摸了摸长矛的矛尖，皮手套们在不同地方发出沙沙声。掐掉几处皮革缝接处冒出的线头，蘸了唾沫在腰甲上蹭散那些前周带泥雨水留下的斑驳痕迹。

"断碌河，别又差咱们去那鬼地方。"

"怎么了，是隆德毕德的由伦索又打过来了吗？没诚信的东西。"

"不是，好像是别的什么国家，地图上没有的一个国家。"

"哈？地图上没有？哪儿冒出来的？"

"天上。"斥候往嘴里灌了一口凉水，用脏兮兮的食指指了指头顶。

众人你看看我，我看看你，都当是五月底的笑话，笑开了花。"天上？落下来没摔断脖子吧？"

"哈哈哈哈哈，是不是有毛病啊？"

远远地有火把的光传来，笑声很快转换成了几声咳嗽和凌乱的小跑闷踏。

"天上……"

汉萨调来石谷之前，曾经在迦巴迪尔的正规军队服役过。当时是在断碌河，第一次看见了在空中飞的隆德毕德蒸汽飞鸟。

汉萨不禁想了想那幕景象，在这儿的很多人恐怕也联想到了。

其实挺吓人的，要是之前那摇摇摆摆的隆德毕德蒸汽飞鸟没失控坠毁，那一战的输赢便很难断定了。那玩意儿到底能干啥？除了那些隆德毕德人，恐怕谁都不知道。

即使炫耀着那些喷着水汽的造物，隆德毕德人打仗的时候对上咱们底特拉伦不也得老老实实上来举盾架矛、拼刀搭箭吗？

折合了长矛上的弩弦，重新复位了一遍底下的箭矢盒，这样的枪矛才真正算是方便行军了。

十二排五十列的士兵，军营的操练场上站得满满当当。

督头整了整刚换上军服的衣领，这套干净衣服上次见他穿，还是两年前接见迦巴迪尔城塞的大人物的时候。

"副队长回来了！"

"列队！"

军靴踏地声整齐划一，虽然是镇外的驻军，军事训练也是相当有素。

眼睛本来就不大，汉萨趁着立定做足精神的时候正好睁圆了眼瞧着这军营正门处的人物。

奥本娜翻身下马，牵着缰绳向前走了几步，门卫小跑上去耳语了一番，便急急地跑开了。

"弟兄们，操练辛苦了。"奥本娜接过汗巾，在头上轻轻擦拭了一番，便放在了马鞍上一处干净的地方。

"职责所在，我等荣幸！"

"事出突然，又有仗要打。来犯之敌是外疆异人，怕是和之前遇见的都很不一样了。军备……军备的情况要远远优于我们。所知的情报甚少，包括人数也……"奥本娜一时语塞。

"人数大概是此处诸城守军总和的数百乃至上千倍。"

淡金色头发的少女接过话茬，翻身下马。还未等马侍反应过来，就将马绳收成一股，系在一旁。

"什么?!"

普艾希亚叉着手臂："而且视情况，后继有可能有大量增援，所以我能告诉大家的就是，我们底特拉伦目前的处境十分糟糕。"

"百倍，百倍之差的仗有什么可打的?"

一直以来都习惯打着相当或是优势之战的老练军人们一听对方人多势众且装备精良，瞬间浮现在脑海的第一件事就是寄点书信给家里。第二件事，或许此时亦盖过了第一件事，那就是认真考虑自己该不该送死了。

"这怎么打? 我真想问问您这怎么打?"前排几个人高马大的小伙一脸虚汗，开嗓嚷嚷着。

"是否有觉悟先在此挺身一战呢，各位? 我们至少要拖延，拖延到有更多力量能够在底特拉伦境内聚集。"

普艾希亚微微皱眉，在这种情况下竟显得有些过于严肃了。人群公然炸开了锅，本想当个日常笑话一笑了之，但这个情形下，此番言谈着实让人脊背寒凉。

奥本娜一看场面有点失控,忙清了清嗓子。

"但不用太担心,队长已经遣人向周围的城邦请求援兵,你们当中部分在石谷的家人也都向后撤退了,城里的弟兄们也开始为临峰石谷镇山门的防守做相应的工事准备,瓦多埃堡的鲁耶那伯爵和迦巴迪尔南境的梅根骑士团也正在赶来的途中。"

"副队长,关键是大家不想……"

"我只希望对此绝境毫不畏惧的人挺身一战,真正的士兵们。虽然多多益善,但如果内心不情愿,我没权力强迫你们。"

"咱们是当兵的,姑娘,若真是不打仗就跑,那不得在陛下面前掉脑袋?"

"呼!"

贝菲没忍住,从耳坠里飞了出来。

"人类,人类们。"

"这是……是什么?会发光的、会说话的飞虫?"

这个世界确实没有长得像是蝴蝶的生物。这里的花草树木,授粉主要靠的还是小型鸟类和多种不同的甲虫或蜂。

"贝菲!"普艾希亚轻轻喊了一声。

"要知道你们面前这位小姐,是拥有神迹的遗民一族,她可见过不少你们的同类了。虽然她长得和你们差不多,可别低看她。刚才所讲的,尽是事实。像这样的情况,这位小姐主动决定想要帮你们,起码等在恐慌中慢慢死去前,不如冷静下来一起了解一下情况吧。"

"你……你又是什么?"一名大胆的士兵拄着长矛,在勉强站稳后问出了口。

"我叫贝菲。你没有必要知道更多的了,我听从这位小姐的一切指示。"

"我来自……另一个……不,我也和此次要面对的敌人一样,来自外域。确实像这个……贝菲说的那样,我能够理解你们的语言也好,能够在这里使用特殊的能力也好,都是因为我不是和你们一样的人类。尽管外形很接近。你们有必要相信我是在帮助你们。这次的来者前来只为侵吞,奉行武力,绝非善类,必是非常棘手之敌人。因此,我想要借助在场各位勇武之士的力量,配合巧妙的能力、策略、战术,从这里开始,一步步试着拦截住他们。"

"没必要一五一十全都告诉我们,"奥本娜略带不安地抚摸着佩剑的剑柄,"你只需要挑重点说,让我们对这事有最基本的了解。我们毕竟只是士兵,而非王城迦巴迪尔的学者。"

　　普艾希亚听罢,怔怔地点了点头。

　　"那,能帮我们对付成百上千倍以上的敌人?"

　　凌空旋转着的青紫色魔块凭空出现在了普艾希亚的手中。

　　没有什么好说的了,比魔术还吓人的东西一个接一个地冒出来,在场的人除了奥本娜全都放大了瞳孔。

　　"没错,这个始初魔块会帮助我们扭转局势。而具体的方法,现在就使用吧。"

　　哈尔伍迪峡谷。

　　"飞船的状况?"

　　"飞船没有状况,飞船笔直插进地里了,你觉得在那前半段飞船里还有谁能活下来?去他的魔怪东西。"

　　驾驶着浮板,自动程序灵巧躲避着树木,在茂密的树林里穿行着。

　　"啊,该死的,我左边的挂载好像在路上被抖掉了。"

　　"怪你自己出发前没固定好,蠢货。"队长模样的人暗暗骂了一句。

　　"怎么办队长,要不我先回头去找?"

　　"找个屁,再过一小时左右……就会到一个叫什么石谷的地方。那边有最后侦测到的空移信号,你要是再回去找,我们等下一次信标回声要等到四天以后了。耽误这时间,门芙哈蒂长官非宰了我们不可。"

　　"算了。你说,这和上次在法琉斯那会儿有什么区别? 又是直接带着人去抓,结果到了发现人没了,剩下一群抵抗军在那儿陪我们耗着,无不无聊啊。"

　　"你是说哪个? 那个叫什么普艾希亚的是吧? 我记不住那名字。喔,拉·普艾希亚。也许等捉到她,我就能记住了。"队长风趣地笑了笑。

　　"直接和整队作战单位过来不是好多了吗?"兵士操作着浮板上的电子界面,不满地抱怨道。

　　"确实。不过侦察工作还是必要的,如果条件允许就直接抓住她,大功一件。"

　　"话说你觉得这里的文明有什么优势吗? 资料显示,他们在木床上睡觉,过着短暂六十年的均寿,吃地里种出来的奇怪蔬菜。"

　　先遣特派队的成员们七嘴八舌地讨论了起来。

"人多,只有这个了。一群原人罢了。"

"可咱们就是不怕人多。"

"算上门芙哈蒂长官获准起用的那些属国军的复制蛮人,能打仗的兴许还是我们的人多些呢。"

"那是你以为,破穿涵洞被封住了,后面我们的人我猜根本就没法在数个月内跟进来,前指肯定对我们说了谎话。"

一碰突击磁能枪的枪栓,就听到一声"启动"的电子音。

"不要飞高过林木线,参谋部总结的,那个代号普艾希亚的目标侦测手段和战斗方式很是诡异。你绝对不会想提前暴露在那家伙周围的。"

"这话你留着和后面二十几个家伙说啊,他们现在在树冠层飞得可欢了。"

小队长捏住耳返,朝着后头看了看,压低声音叫骂起来:"滚下来! 妈的,飞这么高! 找死啊!"

"没事老大,你真以为对方不知道我们在急行军? 她和一只小野狐一样,精明得很。"

"只是因为有内应的关系,她算不到我们来得这么快吧?"

"啧,还内应,不靠谱的玩意儿。"

事实确是如此,这边的速度要远远快于普艾希亚的预期。

徐行一阵,突击队长发现自己和身边的小队已经尽数离开了林木地带。

"现在起,看到协助目标的活人,只要认定是有一定作战能力的,允许消声击杀。上头说了,她开始蛊惑当地的民众了,这很不好。"

"明白。"

"离目标很近了。"

"是在城市中吗?"

"不,指挥部更新的信息是,广域扫描结果显示目标可能在郊外某处。我们去的方向没错,你可以跟着门芙哈蒂长官提供的导航信号波走。"

"收到。"

"等等,前面有东西。"

看起来像小队指挥官的人一摆手,浮板接二连三刹住了。

"它看起来像一台电视……古董电视机。"

"你们的作战录像开着吗？那么无须确认就可以开火。"

"队长，不知为什么有电磁干扰，作战录像压根没在工作！"

"什么鬼东西？"小队长不禁纳闷道。

"对象好像……等等，有人，有人出来了。"

下面站着个嬉皮笑脸的人，戴着滑稽的长尖帽。

"不要大意。什么，对方想要谈话？"

"对，他在下面，像是在招呼我们过去……"

眉头紧锁，突击小队的队长显然对这猝不及防的遭遇有些讶异。

"保持距离，调整位置，不要失去上空的火力优势点。"

"怎么办？头，要试着和他对话吗？"

"无妨，我去和他谈谈。老样子，挑选好射击位置，一有情况，直接向他开火。"

"收到。"

下面的来者优哉游哉，欣赏着高空一字排开的悬浮战阵。

"哈，门芙哈蒂这家伙，还真有本事，又叫来不少人嘛。"

"哪来的人？老实交代！"

只见对方鞠躬一行礼，俨然一副游方艺人的圆滑样貌。

"我叫马克西姆，如你所见，约度因人，一介小丑。"

"那你最好现在立刻给我滚。"小队长焦躁地打开了自己充能手枪的保险。

"当然，当然。"电视人脸上露出一丝坏笑。

"不过，听说你们是要去对付拉·普艾希亚是吧？"

"哈，真是活见鬼。你和她有关系？"队长大声喊着，话音里没带着半点善意。

"对！我电视人是想来问问，各位——"电视人笑了笑，"不如咱们也合作一下如何？就像我和你们的长官合作那样。"

突击队长迟疑了一会儿。

"什么意思，你有什么窍门吗？"

"首先我能保证你们完成任务。当然，作为合作的条件，我得先要几个承诺。"

"快点说。"

电视人迈着步子，一脸微笑。

"人随你们怎么处置，这傻姑娘对我来说也没什么用。长得倒还不错，反正到时候押走还是就地抹了都随你们的便。魔……魔块,那个你会看到的一个晶体石块……你们都见过石块的吧?啊……也许没有,反正就一石块。别动,把它完完整整交给我,我用上几小时就还你们。哦对了,可能还有只虫子,也别处理,剪了翅膀交给我就行,要是你们真有这个本事,我承诺给你们相当可观的报酬。包括你们的指挥,门芙哈蒂想要的魔块,就像我应承的那样,我拱手相让。"

这自称电视人的家伙脸上持续露出一种扭曲又奸诡的笑容来,这使得作为战术指挥的队长在下令前不禁有些心里发怵。

"听起来像是我们本来就做得到的事。如果我方不同意合作呢?"

"呃,你们全得死在这里吧,我觉得。"

保险解除,兵士手上自动枪的供弹轮机轰鸣旋转着,随时准备招呼下去。

"慢着,听他的说法,他可能就是上头说的一直以来的协助者……"副官仿佛想起了什么,匆忙通报着。却等不及指挥的一记挥手:"开枪!"

那些轰鸣的轮管中没有一枪成功击发出去,不如说,在场的所有撒巴莱亚人一瞬间失去了攻击的欲望。

一种诡异的东西直接影响着小队成员的心智,所有人仿佛被定身在原地,难以动弹。

"这样你看,能不能稍微考虑下我的建议?"

小队长慌了神,颤抖着从腰间拔出振动军刀,瞄准电视人一发掷射过去。

而下面的小丑不偏不倚,结结实实地吃上了这一刀。看起来单薄的身体就像电视花屏一样扭了一扭,竟毫发无损地处在原地,那柄刀却不知所终。

"妈的……怪物。"

"怎么办,老大?"

迟疑了一会儿,小队长摊开双手,颤抖着将连接兵器的义肢放到背后,表示解除状态。

"行,那这样,既然你说过合作,咱们就来谈合作。看你的样子,要理解我们的谨慎也不难。"

"你早点想通嘛,使这么大力,怪疼的。

"那么,就在向着石谷镇撤退的林地里,我来负责使你们的目标瘫痪。"

电视人笑得嘴角都歪了,心想:"我碰不了魔块?那办法可多的是。"

"你最好说到做到。"小队长暗骂了一句。

"行,你们过去吧,我们现在是朋友了,一我不拦着朋友,二我会给朋友一些建议。"

"你这家伙也耽误我们太久时间了。"

"别这样,太见外了,兄弟。记住,得把他们往靠镇子的东边树林赶,然后咱们就在那儿碰头吧。"

虽说内心对此感到莫名其妙,但在上报得到对此计划的肯定之后,小队长也只好奉命行事。

"小队,继续前进。"

"了解。"

"有时候我真不知道门芙哈蒂指挥在想什么。"面孔白净的特种兵忍不住抱怨道。

"不知道？那你肯定没有见识过她的可怕。"嚼着口香糖,另一个特种兵笑着问道,"我总觉得咱们一起出了不少任务了,你到底是什么时候入伍的？"

"菲昂是两年前入伍的,当然不知道门芙哈蒂长官的事。"队长抢先一步,"而且他是优势提拔,再说个你们不知道的,他是咱队上侦察员阿杰姆的亲弟弟。"

"骗人的吧？"

"傻啊你,他们不都姓康廷斯吗？"

浮板陆续加速离开了。

"狠狠,狠狠地摆上她一道。"

小丑边唱边跳,戴上那个标志性的蓝鼻子,消失在了树林里。

"走了吗？不过……居然还留着一个。"

少女拎起重炮,对准了天空中的浮板。

"也不知道薇妮亚那个家伙现在在干些什么。"

一道光连接起了炮口与浮板的双点,随即那块浮板便变成了三团小小的烟球,散落到了不远处的地上。

"安息吧,毕竟不能太早让你把撒巴莱亚人的舰队引到这种地方来。"

摘下兜帽,一支蓝色晶体构成的长角从发梢中抖了出来。而另一边,则是一支几乎断到根部……勉强用合金材料补起来的短角。

"愿你的灵魂日夜在依尔菲克的枪炮轰鸣中担惊受怕,撒巴莱亚人。"

从伪装用的树叶堆中捡起行囊,又看了一眼丢在被树叶覆盖在土坑中的巨大抗压头盔。这名叫作安诺内茵·希琳德的少女提着伞布包裹的重炮,向着扫描仪上标定的位置健步走去。那是另一个方向,几乎接近正西南的一处平原。

"可别在这死了啊,薇妮亚。"少女喃喃着,消失在树林之中。

石谷镇郊,底特拉伦军营。

"你试试看,或许试着用拳头去打木桩。"普艾希亚看了看周围,也没有什么像样的东西。从内心而言,自己可完全没做好现身说法的准备。贝菲的现身可是生生地把这个节奏带乱了。

"这样会很疼吧……"

"试试,我保证不会有事。"

士兵且信且疑,以不会伤到的力度一拳下去,木桩竟生生被打出了一个拳印。自己并没有感到丝毫疼痛,反倒是手上有种坐久了会有的电麻的触感,不过这种新鲜的不适感很快就消失了。

"嘿,再用力些。"奥本娜挥了挥手,示意士兵接着加力。

"嘿啊!"笨重的木桩被一拳揍飞出去,然而手上的感觉和刚才也没有什么区别。

"不可思议! 实在不可思议!"士兵露出不可思议的表情,嘴角上扬着。

"这只是一种展演,不如就试试你们惯用的兵刃吧。到时候,要捍卫石谷可不能没有这些。"

魔块上的一面以极低速旋转着,释放着莫名的能量给特定的对象。

弩矛上的机弩轻易贯穿了石板,只是轻轻一点,老汉萨就感到一阵风从耳畔吹过。许多人在以不同的方式测试自己的新状态,激进或新奇,而普艾希亚将这一切赋能不论巨细都管理得井井有条。

"不……不可思议,我是说,要是底特拉伦的正规军也能有这样的力量……"

"隆德毕德的拉冯·克利多堡怕是要被推平啦。"

士兵间爆发出了一阵捧腹大笑。

"同样,你们的抗击打能力也有一定的提升。千万不要失去信念,务必要坚持被打倒还能站起来的那种斗志。我会帮助你们的。"

"明白了!"

被新奇的体验占据了的士兵们忽然忘了敌我差距这件事，就像在幻想中成了梦寐以求的普南利尔三神亲兵的一群孩子一样，不论资历深浅，役龄老幼，脸上都挂满了喜悦。

"神迹，这是神迹！"

"你，你是无上的三女神派来的圣女神使吧？一定是这样！"

几个信仰深笃的战士完全把普艾希亚的自我介绍抛到脑后，比起她说的客观事实，他们似乎更在乎自己的信仰世界。

"那，还有别的能力吗？"

奥本娜小声地问："现在士气不错，我觉得，要是能再推一把就好了。"

普艾希亚想了想，皱了皱眉头。

"别太难为自己，普艾希亚。"贝菲轻悄悄地叮嘱着。

"久违地试试我作为阿基耶人独有的空移力吧。"普艾希亚心想。

"请你们跳起来试试，努力跳高的那种。这之后，希望大家对回镇上驻守一事更有把握。"

"你已经完全明白怎么哄乖我手底下这群兵了，普艾希亚。"奥本娜服气地笑了笑。

"好！"一群小伙一个马蹲，用力蹬地一跳。

大家乐得合不拢嘴，自己居然没有回到地面上，而是以在军营操练场边上的古榕树那么高的高度悬浮着。

"哇哦！天哪！我的天哪，我在飞！"

面对这种童真一般的欢笑，普艾希亚也忍不住笑了起来。奥本娜也好奇心发作，起身一跃。

仿佛失去重力一般，再感受不到盖亚之母那无微不至的牵引。更神奇的是，随着自己想要去某个方向下的意念，身体竟徐徐飘了过去。

一时间，整个军营就像马蜂窝一样炸开了。四处都是在飘飞的士兵，像风筝一样迎风飞去。

操练场正中央飘浮着的督头大力吹着骨哨，没命一样提醒士兵们这里还有个军营要回。有三两个兵痞径直往镇里的方向飞去，但不受控制，渐渐下落，在没碰到地面的情况下被魔块发出的微弱牵引缓缓送了回来。

"管教无方，见笑了。"督头忙着赔了个不是。

"没有。各位都是相当活泼的军士。"

考虑到始初魔块和自己空移力的消耗，也差不多是时候停下无谓的玩闹了。普艾希亚右眼一眨，手轻轻一扬，就像乐池的指挥一般，飘在空中的士兵们虽然露出一脸还没玩够的表情，但还是满心欢喜地下落了。

"这样应该不会有人在固守的方面太过于担心了吧，只见平日里这帮家伙吊儿郎当的，真是难管带。"奥本娜呼了口气，"要伺候好这么些个大活人，我这大姐也不好当啊。"

"不对。"普艾希亚只感觉周围的林子里有些异动，这一瞬间四周的空气似乎被极大地扰动了……

"嗯？"

"我感觉不对。"

普艾希亚忽然感觉到有什么东西在逼近，察觉到这点的贝菲立刻警觉地护在普艾希亚的身旁。

"快看啊，有什么东西飞过来了。"

"呃，我们中有人飞这么远去了吗？"

"挺能干啊，这帮家伙。看着，我要落地了。"

"不是自己人！有人来了！是敌人来了！"觉察过来的贝菲在下面加大音量吼着。

太快了！普艾希亚知道这件事很不对劲，这并不是自己空移力的作用对象。

撒巴莱亚人的先遣队？

更不对劲的是，之前派去的电视人非但没有拦下他们，也没有回来报告。

"难道被干掉了吗？但也没什么东西能轻松要了电视人的命吧？"

"什么我被干掉了！我我我，抱歉，我只是来晚了，抱歉。"

耳坠忽然响了一下，是电视人。

"你那边又是怎么回事？"贝菲没好气地问道。

"咳，准确地说，没能够拦住，他们直接冲过来了，还撒了……我不知道的什么粉。咳咳，我没法对付他们，我怕他们有办法杀了我。"

"粉？"贝菲紧张地笑了笑，"可笑，什么粉？我怎么什么都没嗅到呢？"

普艾希亚一见两个小家伙又要吵起来，要事当先，急忙打断。

"不是忙着起内讧的时候。电视人，对方什么来路？请务必详尽地告诉我。"

"侦察队，人数没看清，大概一百人吧，分两队过来的，后面那队我没看明白动向。

是门芙哈蒂,她,她来了。"

电视人似乎确实有些异常。可能确实是什么干扰粉末造成的影响吧,普艾希亚只是一猜,也觉得这事情摊上了对魔块和空移能力所采用的特殊手段,显然有点难对付。

门芙哈蒂·霍勒斯,这种不祥的感觉……她亲自来了吗?

如果他们比起上次更是有备而来,这个世界……尼宁特的麻烦可就不止一点点了。

"明白了,电视人,有劳你从旁辅助我了。"

"我尽我所能,普艾希亚。"

"你别在那瞎忙活就行了,我不知道你在高兴什么,收起你那张傻笑的脸,咱们得帮帮这些可怜人。"

啊,忘了控制表情了吗……电视人一想事未得逞,连忙收起笑容来。

"嘴还是那么毒啊,贝菲……嘿嘿,你和魔块,到时候全都会是我的。"电视人心中暗喜。

"来了!"

四发磁能枪弹接连扫射过来,普艾希亚边上的厚泥地被掀起一堆沙尘。

摆开架势,只是用手向下一甩,一台浮板直接以极短的匀加速方式砸爆在了一旁的空地上,而对方见状,为了反制,将几挺机炮齐齐对准了普艾希亚的位置,一齐扫射了下来。

"迎敌! 迎敌!"老汉萨大声呼喊着。

"遭遇袭击!"

军营里的警钟被用力地摇响了。铜钟未响多久,便被一阵炮鸣中止了。而摇响警钟的人,愣是一路跌跑躲藏到最近的石垛后头,若不是这么做,恐怕当时就在机炮的扫射中丢了性命。

"看见了! 上面的人,站在一块块板子上面!"

"我也看见了! 怎么上去?"

"看我上去把他弄下来!"

三个青年兵一个起跳,顶着枪矛冲到空中,出现了如此不现实却又不得已而为之的情景。

枪矛上的弓弩弹在精确的瞄准后击发了,由于完全没料到这里用的是这样邪门的武器设计,上空一个侦察队员的浮板推进器被锐利的弩弹削掉一大块,随后一声凄厉的惨叫，一个人影从高空中落下，重重地摔在操练场的地面上。只见那人影瞬间在质溶器的作用下连同装备一起变成了一摊沸腾的血泡，令周围的士兵们看着脊背寒凉。

"揍下来一个！"

连着两个人影接连掉了下来，当欣喜若狂的士兵看到了那几张脸在面前被摔了个粉碎之后，脸上的表情完全变了。

"敌人有很多反击手段！对方的那几块浮板下面有应对射击！快就近寻找坚实掩护！"

普艾希亚喊罢，一个拔身，背后的电视人在敌人的饱和炮击中一个大力助推，主人便处在了营地相对安全的一侧。

少女驾驭器官共振诱发的空移力，将战场上被置于死地的士兵们不断推拉牵引，使他们笨拙的移动能够勉强躲开自空中射来的致命弹丸。

两块浮板毫无预兆地在空中对撞到一起，承受着如同深海水压般的强力挤压。就像刚才忽然坠地的浮板一样，那股源头神秘的牵引力瞬间将倾泻雷火的机器连同上面的乘员一道彻底毁灭了。周围的光线开始波动，似乎连整个空间也被这种强大的力量影响而发生轻微的扭曲。

"这就是全力了吗，我，还有普南利尔的始初魔块？"普艾希亚心想。

剩下的余能越来越少，使得原先得心应手的操作也渐渐迟缓下来。"她也在拼命了。"奥本娜见状，冲地面上向着空中纷乱射击的士兵们大吼一声。"第三队，第六队，第八队，去保护那小姑娘，普艾希亚！"

"了解了！"

数十人向着普艾希亚的位置拥了过去，交替着发射弩箭。

"队长，阿杰姆在后方地点被未知对象偷袭了，已确认死亡。"副官借着通信，向全队通报了这个消息。

"隼三号，五号，请求使用对地霰射火箭。"

队长看向身边发问的青年，阿杰姆的哥哥菲昂。面相白皙的青年面无表情，似乎并不为这一噩耗所动。

"菲昂，我好奇你是怎么做到这样镇定的。"

"开火。自由开火，向这些野蛮人的头顶开火。"侦察队长用力捏紧了拳头。

"为……为阿杰姆报仇。"

　　一阵烟火般的强光照亮了很多士兵的双眼。也许镇上的工匠也能做出这么美的烟花，只是被射碎的面庞和肢体告诉自己没机会陪着家人再看一次了。

　　中庭就像是绽开了一片血肉花田，惨叫声此起彼伏，营地里的大夫按着肚子，也清楚这样的伤是救不活了。身边资历稍浅的医护士们见状都慌作一团。

　　"大夫！大夫！"

　　"逃……活，快跑啊。"大夫说罢便断了气。

　　而自断了气的身体中，又被追击逃敌的机炮洗出一阵喷天血雨。周围人连滚带爬仓皇逃散开去，对于那些在天空中肆意发射火光的杀人机器，甚至没有人会产生任何回头去看的勇气。

　　"可恶，你们几个做好准备，我们上去砍了它们！"奥本娜一咬牙，拔出了腰间的佩剑，"一队，十三队，十六队听令，随我上去！"

　　"明白！"

　　"将操练场里的火把都射灭掉，对弹跳没把握的别上！将七队里适应弹跳的赶快替补进来，用跑的！留其他人躲在矮墙后面持续放箭掩护！"

　　带着另数十人在阴影中散开，奥本娜借着夜幕闪过上空忽然打亮的照明灯，带着队伍绕着军营建筑的石墙快速赶到了没被侦察队注意到的另一边。

　　"瞄准了打！"

　　"可那些家伙在天上来回移动，真的很快啊！"

　　"算上点距离，就是瞄着打！"

　　远远见到几个士兵搭箭射灭了四周的火把，普艾希亚猛一挥手，整个军营藏着士兵的地方瞬间隐入了夜幕的保护之中。

　　浮板下的防卫机枪不仅射掉了上袭的弩箭，流弹还顺带沿直线轨迹射到了那些不注意移动的射手脸上。没有被注意到……看来只是下面人们的一厢情愿，对于那些在浮板上虹膜发亮的人们来说，所要做的只是监看着一方透明屏幕上那些小小光点的动向以及按下代表最后裁决的自动火控按钮罢了。

　　"射击结束后动起来！快动起来！听好了，在原地待着就会死！"督头大喊着，催促更换弩弹的士兵们在军营各处寻找掩护。

　　就像天空的霸王一般，几架浮板冷冷地扫射着下方的人群，而撒巴莱亚侦察队的人只需要等在板的另一侧，等待对地武装系统的反馈。每一秒，都显得有些漫长。

"果然没有闲心思用那种超自然力量来对付我们了吧？什么狗屁空移力,异类妖怪似的把戏。"

"别废话。靠右边的人多,稍微镇压一下。"小队长看着显示板上的光点,向右画了一道弧线,"我这边所有对地用的霰弹都打完了。"

"大家的自动防卫机枪都还余有三分之一左右弹量吧。"

"对,三分之一不到了。"

"这样下去会在这里被那些铜铁破烂给打下来的。"

"行。第二阶段指示,我发给你们了。我们看情况,如果他们撤退,我们就直接冲击目标,如果他们继续抵抗,我们就战术性后退。"

侦察队员看了一眼,飞速地在浮板上设定程式。

"如果对方还有百余人……"

普艾希亚心想,这样的牺牲太过巨大。而随后的撒巴莱亚部队如果赶上了,这里什么也不会有,只会有一场压倒性的屠杀。但自己每次想要离开掩体去破坏天上的浮板时,都会被一轮精密的炮火速射给压制回来。

"我听说你喊我,姑娘?"督头连滚带爬地从另一边的掩体后面转移到普艾希亚身边,那身军服上沾满了碎石和沙砾。

"对方援军也快到了,准备撤退吧,督头。"

"我们可以服从撤退的指示,但能听命令的士兵实在不多了!"督头焦急地叫喊着,试着在幸存的士兵中组织起能确保撤退的掩护力量。

"等等,姑娘,奥本娜队长带人冲上去了!"

"什么?!"

普艾希亚眯起眼睛,仔细辨认着半空中腾起的人影……混杂着焦灰的烟雾从一旁燃烧的废墟中喷射出来,直扑在场所有人的面门。

"她带着三队人上去打算奇袭!"

奥本娜带着三队人,刚好趁着二十多个侦察队员设置战术移动的时候跳了上去。

"去死吧!"

一剑挥下,一个队员被活活劈成两截。没人预料到这些光点能够突破到这种高度。

"妈的,是不是都是疯子啊?!"

一旁两个队员见势不妙,急忙停下操作,欲向一旁退避开去。

"怎会让你跑!"

三发弩箭从奥本娜身后射来,面前这两个破纸片一样的人影随即从漆黑的夜幕中飘落。

稍远的树林里传来诡异的呼啸爆炸声,普艾希亚一听就反应过来,如果不做什么的话,这边就得全数交待了。

"怎么办,如果奥本娜不发令撤退的话,我们没法说动剩下的弟兄一起走啊! 他们已经被打得腿走不动路了!"普艾希亚气得一咬手指。

"一秒也不能拖延了!"

机炮重新上线,短暂停顿后,这一条条火柱又一次把瞄准的对象定为奔逃的猎物。

"王八蛋,指挥官就是你吧!"

奥本娜看着空中的侦察队长,对方的眼中霎时间充满了恐惧。自己的浮板还差两行指令才能编辑完成,一边看着奥本娜指来的剑锋,又面对着那对怒焰横冲的双瞳,假作镇定般地敲了几个字却又马上停下,颤颤巍巍似乎想要妥协讨饶。

"%&……&%。"

"看你说的是什么鬼东西?!"

没有开启语言辅助装置,两种迥然不同的语言使双方都吃了一惊。奥本娜挥起剑,一剑劈下。

"啊!"侦察队长抱住脑袋一声惨叫。

"怎么,挥空了? 不可能啊? 明明是找准了的……等等? 我怎么在向下……下落了!"

普艾希亚操纵着始初魔块,在看不见五指的夜空和烟火中将沐浴在自动枪炮弹雨中的奥本娜他们快速拉了回来。

"别! 快停下! 我还能战斗! 我不怕牺牲!"

浓烟和烈火中的普艾希亚根本听不见空中的叫喊,身边的惨叫声更响,只知道要尽快把奥本娜他们救下来,渐渐使用了加速回拉,奥本娜和三队人在一个加速度下被往回拽了十数米。

"你别想逃!"

奥本娜死死盯着眼前这个重新振作起来的懦弱男人,猛地朝对方掷出腰间别着的小刀,那一刀却结结实实地扎在前来掩护的撒巴莱亚侦察浮板上。那张浮板的背后,露出了侦察队长的狞笑……

侦察队长从容地掏出佩枪，一枪一枪射在奥本娜身边的士兵弟兄身上。当枪口对着自己的时候，奥本娜怒目圆睁。

抡圆手中的佩剑，奥本娜对准那张嚣张且颤抖的脸，起手欲掷——身边早已没了什么存活的弟兄，而这一剑无疑是最后的挣扎。

"小妞，去死吧。"

借着重新上线的语言辅助装置，一声电磁手枪的脆响划破了夜空。

普艾希亚感觉手中的重量逐渐变轻了，某种悲痛的感觉传达到自己的脑海里。自己做了一个决定，而决定往往意味着对等的代价。

"快，直接带着剩下的弟兄们从后门跑出去，向东边镇上跑，尽可能散开！"

"好的！"

"去和镇上的驻防军会合！谁都行，把口信带到！"督头一把扯下礼服搭扣，一脸怨怪地看着普艾希亚。不过，他也深知这是不可抗力。

"我不知道怎么说好，普艾希亚小姐，很多人今晚真的就那么死了。除非你还会什么神通让他们活过来，就比方说奥本娜，我该怎么和她哥哥交代……"

"我……不，对不起，我了解你的感受。"

"哼！但愿你真的知道。"

督头甩起礼服奋身疾呼，发出撤退的指令。一群士兵听到呼号后向着军营后院撒腿跑了出去。还有些士兵不知何时跌跌撞撞，这才从着火的营房里跑了出来，手里握着挂坠或者相框什么的，被新一轮射下的枪火打死在地。而督头没呼喊多久，也在一阵颤抖中扑倒下去。

"你知道吗，贝菲，你知道吗？……我不能停下这个魔块，我知道停下它会轻松很多，但如果现在停下了，这些人连逃命回镇上的力气都会没有的，我得继续，我得让他们有机会能活下去。"

"我尊重你的选择，普艾希亚。"蝴蝶贝菲怜爱地说道。

"别，我肯定在犯一个大错误。门芙哈蒂会抓住这个机会，我们也许再没法阻止她肆意妄为。"

"就算犯错误，我也和你在一起。走吧，普艾希亚，先想办法让你回到镇子上，那里有完整的防备，一定能赶走这些难缠的敌人。"

"嗯……"

一旁的电视人却偷偷笑了起来："你要是真的不那么傻,不至于相信我,也不至于死。普艾希亚,喜欢贯彻这愚昧至极的善意,不是吗?"

"我们追。"

侦察队长从刚刚惨叫的失态中完全回过神来,意识到之前的作战计划还能继续执行的时候,果断做出决定。

"可我们只剩下……"

"菲昂,我们还有十个人,够了,继续执行沃哈猎天鹅计划。"

方才落地的三小队的人,在一阵由浮板呼啸带来的微风声过后,倒在地上一动不动了。

血染红了整个石谷镇郊军营的操练场,树木、房屋,甚至泥土都在燃烧。惨叫声,此起彼伏的"妈妈,妈妈"的哭叫声,渐渐停下了。只剩下中庭一个小小的信标在不断往侦察队过来的反方向发射信号。忽然一只苍白的手捡起了这枚信标。将它一转,一阵电光过后,损毁了的信标被重新插回到了地面上。

"当然,想要碍事可不行。我还需要足够的时间从这鬼地方离开。"

小丑一蹦一跳地跑回树林。

"电视人! 你刚刚去哪里了!"

"啊? 不好意思,我有点吓糊涂了,怎么啦?"

"帮忙飞快点,不然就要被追上了!"贝菲催促着,而被催促的对象一反常态,并没有很好地回应发号施令者的需求。

"这有什么办法,我刚才吸入的那个粉……令我觉得快撑不住了。"

"你可千万别这样吧?!"贝菲惊叫道。

"贝菲,准备回头作战。"

"可是这样意味着你必须停下始初魔块的同谐……"

"我不会停下的。"普艾希亚咬紧牙关,眼睛里已满是疲累所致的血丝。

贝菲缓缓飞到少女的面前,镇定地陈述着："普艾希亚,我求你明白一件事,如果你死了,始于阿基耶的旅途就没有它的意义了。"

"没能尽力,反而让我觉得比死更难受。"

"你是要活下去救亿万人,还是现在把魔块交给他们,让他们可以不消一口气抹掉整个世界所有能喘气的生物?"

"贝菲,听着,这里我会先尽力的。"

从蓝紫色疲累无光的双眸中看出一丝内心的绝望感,蝴蝶贝菲认识到这次很难再使普艾希亚改变主意了。

"相信我,我善良的主人。我也会的。"

"可惜你们俩都不会了……"电视人心里已经狂喜不已,他知道追兵已经在包抄,他知道很多士兵早就被消声杀害,他什么都知道,他什么都不想让这两个家伙知道。

这是复仇,这是对被阿基耶人奴役至死的佐星同族而言最好的复仇。

"被追上了!"

贝菲向后放出一连串的干扰震波,一块浮板应声跌落。

"我必须要消耗魔块的能量了!"

"假使还有百分之一,这最后的量,绝不能用。"普艾希亚虚弱地喊着,"我必须保证大启示一直作用在尼宁特,会有人……我相信会有人受到召集来到这里。"

"那剩下的连同小数点的一点我也得用了!"

又射出两串干扰波,三两块浮板在空中直接爆炸,树林瞬间被青蓝色的电火花点亮了。

"贝菲,储能……怎么……怎么会用这么快?"

"我这边只是在维持而已,用不了太多储能的。"

普艾希亚费力地控制着方向,闪躲过镇郊树林里那些枝丫横生的树干。

"……电视人? 你在干什么?"

电视人一声不响,却在荧幕上疯狂向外倾泻能量。后面的树木交错地倒下,连同看起来无法撼动的巨石一齐,在这股肆意倾泻的能量乱流下化成了微尘。

"普艾希亚! 那家伙失去控制了! 也许是那该死的什么粉!"

"没办法,暂时切断给他的供……"

一把振动刀从侧腹插进了自己的身体,只觉得身体一阵冰凉,普艾希亚眼前的光线四散开去,所见一片昏暗。

该结束了!

突然的负伤使自己失去了对滑行的控制,在经历难以制止的桶滚后,少女重重撞上了一棵一抱粗的坚树,摔倒在一旁。

"普……"贝菲也忽然像是被捕虫网网住了,被硬生生地拽到了电视人荧幕面前。"你看看,你看看。"

"阿基耶人,你们就是把我像弃子一样说丢就丢。"电视人愠笑着,死死捏住贝菲。

"切断供能?多么邪恶的想法……我在这种浑浊的大气里大概只能存活五分钟,然后就会孤零零地死掉,就像我的同胞们,退一万步,就像那些跑不动被自动机炮射杀的蠢蛋们一样。"

"她一心想救你,你却……我现在就切断……"

"你倒是再,再'切断'一个我看看?"

贝菲感到电视人的能力正在不断侵入自己,仿佛所有的杀手锏都被看穿,无计可施。那些剩下的储能被尽数窃取,流入了电视人嚣张的笑颜里。

"贝菲,我一直觉得你是理想的情人,只是你的嘴,一些被普艾希亚惯出来的小毛病,我总要设法帮你改掉。"

"混账……我早就知道你不是什么好……啊……"

"乖乖当只安静的蝴蝶吧。"

"你,电视人……你不要把魔块……"少女捂着伤口,用仅剩不多的空移力闭合着不断冒血的创面,意识渐渐模糊起来。

"别急,普艾希亚,你所做的每个错误决定,很快都会变成这位先生手上枪里的子弹,打进你愚蠢的阿基耶小脑袋里。嘿嘿哈哈……!"

一柄自动枪顶住自己的后脑,由于电视人的能力作用,感觉不到自己肢体神经的普艾希亚完全没法反抗。

"确认捕获目标:拉·普艾希亚。"

侦察队长掏出锁铐,铐住了普艾希亚瘫软在地的双手。

"菲昂,让我们把这家伙带走。"

"别急,别急——魔块的事情,诸位健忘的先生,别忘了!我们有约在先!"

听闻此话,侦察队长猛地掐了耳麦,气不打一处来,一把把刚从地上拎起来的普艾希亚粗暴地推翻在地。

"你说的那个什么狗屁魔块,尽量快点,白家伙。我们接到命令也是要带回去的。"

"事已至此,你也不急这五个小时吧。"

"五个小时?"侦察队长顿觉好笑。

"真等上五个小时天都亮了！你要我们几个陪你坐着耍牌不成？"

"那敢情好啊。所以说，你们根本就不急。"

"放屁……还有这个该死的通信器，怎么直接就断了？这帮蛮夷中还有人懂得或者胡乱动过中继器了？最好让我知道是谁干的，我要用链炮把他炸成碎屑……"

"老大，当时充能完毕后立刻投放了毒气，应该没有活下来的家伙会动到那个信标啊。"士兵摸着下巴，寻思着各种可能性。

"你，你，还有你，回去调整信标。和前指的信号全中断了，我们还怎么往回赶？搞什么鸟东西。"

"是！"

"你，叫什么来着的？啊，动作快点，算我求你了，我可等不了你这么久。"侦察队长深吸一口气，对电视人请求道。

"哎。行，我把魔块提出来，人你们大可拿去交差，行了吧？你们几个别告诉我你们都……"

"喂，少跟我扯淡。十分钟，如果时间到了，我没能带魔块和她走……"

趁电视人一个不注意，本体的电视机被侦察队长抄底抱了起来。"我不如现在就一枪废了你？"

看着这个指挥拿枪的手不停地在颤抖，电视人心里不禁觉得好笑。他想了想感到十分有趣，恐惧竟也会让人这般忘乎所以。

"丝毫不顾我和你们的门芙哈蒂长官是知心朋友这件事？"

"我只对我的兄弟们和直属上司负责，如果这是你好奇我为什么这么做的原因，我就这么答你。"

"好啊，你提要求的方式可真够粗暴的。那这样，十分钟就十分钟，咱们一言为定。"

"快点儿。"

别怪我了，你们这群蠢蛋。现在就是我和始初魔块之间的事情了。

电视人款款走到普艾希亚面前，本体所在的电视机荧幕上不断切换着特异频段。

"普艾希亚，念在旧日交情，请把魔块交出来。我快等不及了。"

死死捏着贝菲，在手中挣扎的小小生物发出低沉的鸣叫声。

"呃……你……清楚你在干什么吗……电视人？"普艾希亚在电视人的踩踏下发出痛苦的低吼，愤懑地看着不远处燃起烟卷的撒巴莱亚侦察队长。

"我清楚且不用你来教。何况我知道怎样才能逼你把魔块交出来。"

贝菲忽然觉得一阵疼痛,它左边的蝶翼被齐齐折断了。

"电视人——! 你去死吧!"

贝菲发出绝望的怒号,忽然就疼得昏死过去了。

"那么,至少你答应我……"

"脑子坏了开始提条件了是吧? 搞搞清楚现在的状况,傻姑娘。"

扑倒在地的普艾希亚咬紧牙关,闭上眼睛,从手中缓缓现出了魔块。幽蓝色的光线照亮了一小片地面,喜悦和兴奋使得索求方情不自禁地上前来。

"哦,还有,尽量别拿假的糊弄我,可以做到吗?"电视人笑了笑,"我看得出来,所以千万别那么做。"

"……这就是真的。"普艾希亚轻咳了几下,再也无力支撑,头侧倒歪在了一边。

电视人见状狂笑起来。

"行啊。"

一把提起全身无力的普艾希亚,甩砸在地面上。也不是特别大力,只是从电视人的角度来说,这解气极了。

自己的同族,被阿基耶人奴役了不知多么漫长的岁月……而在阿基耶人如同弃履般抛弃自己的故乡时,自己的同胞却被迫跟着一起陪葬。

说出去恐怕谁都不会相信,狭缝生物居然能有这凌驾在阿基耶人之上的一天。别人也许没做到,而自己……

"这一下是你们阿基耶欠我的,还有普南利尔魔块欠我的。"放出一道青紫色微光,普艾希亚的身体仿佛有什么被抽离出来,"然后,这是贝菲欠我的。"

"住手,你这样,她会回不去……"

"呵,我可改主意了。你就在这儿等死吧。"

微光嘭地一炸,普艾希亚两边的魔块耳坠便失去了色彩,变成了两个纯白的光块,慢慢黯淡下去。眼神也一并弥散开去,失去了知觉。

"混账阿基耶人。"

一拳,又一拳,拳头像雨点一般落在普艾希亚的躯体上。但打着打着,这昔日恩人落魄的身影竟让电视人手软了下来。

"……这就是你和希拉示毁灭我族人,我赖以为生的家园所应得的报应。"

泪水从苍白的躯体上溢出,电视人悲怆地回忆起自己被烧成灰烬的亲族、邻朋……情难自止,而只有与始初魔块同谐,也许这世界上还有佐星人复兴的可能……

这意味着,必须能够成为始初魔块所亲和的唯一一个触手可及的阿基耶人。

"所谓准备充分、行动果决就是今天这个情况。接下来,我还得骗过这玩意儿。"电视人苍白的脸上,浮现出普艾希亚的五官来,尽管只是那么一瞬间。但随着同谐的继续,电视人的外形逐渐变成了普艾希亚的样貌,洁白的体肤也染上了肉色。脊背、四肢、腰身,那些如同流体固化而成的体征无限接近直至完美,此刻不如说,电视人已经成为普艾希亚。

这个猎奇的过程被在一旁的士兵看在眼里,其中一人竟被这过程活活看呕了出来。即使面前的电视人仍然是面容姣美且一丝不挂的普艾希亚,这凶残的表情只让人与先前形体扭曲的电视人形象联系起来。

"真恶心,你到底是怎么做到……"

"闭嘴……你怎么这么爱问呢。"一旁的伙伴见势不妙,赶紧打断。

电视人似乎并无不悦,它向几个侦察兵点点头示意,几个人忽地就围了过来。

拥有力量,真是使人无时无刻不感到快乐。

"喂,记得等会处个极刑或者别的什么,可别让这家伙好受。话说奴隶制在你们的组织里早就废止了吧?哦,不,你们是撒巴莱亚人,你们也好坏的,我可不想成日和你们混在一起。"

"那是当然。这次来死了不少弟兄……都是这小妖物干的,这该死的小贱人。"侦察队长狐疑地看着面前的电视人,或者说另一个普艾希亚,心里满是怪异与复杂的感触。

"怎么办,队长?"

"上头的总领纲要里没有明确要求说要这个人,死活不问,只要见到魔块,这样……"

侦察队长打开地图研究了一会儿。

"这个,最近的,石谷村是吧?我们把人带过去,找个地方公开处死就行了。名义上就说是魔女,编个故事吓得他们屁滚尿流,也方便之后'下行世界'那帮家伙动手不是?"

"照顾到属国军了吗?怎么,最后照惯例往脑袋上开一枪吗?那也太便宜她了。"几个士兵愤懑不平,脑袋里好像登时有了千八百个主意。

"不,按照这种文明的套路,这丫头不应该是什么魔女吗?"

侦察队长积着一脸阴郁,用靴子的厚底在普艾希亚的头上碾了又碾。"魔女照例就得找堆柴火，整个捆起来烧了。"

"哈，那之前？"

几个人上下打量了一下浑身沾满泥污的普艾希亚，不怀好意。

"揍成这模样了，你还对这种妞有兴趣啊？"

"喂喂，别说笑啊。"

"怎么，你不会拿净水冲冲？"

一阵哄笑声。

"别瞎起哄。"出乎意外地，哄笑被队长喝止了，"动作快点，邻近找个村子，把她点了。"

"看来比想象的完成得要快，我现在就已经完成了。"电视人搓了搓脖子，从身旁的民兵尸体上扯过一段碎布盖住身体，将手中的魔块懒洋洋地递了过去。

"行啊。那这样，合作愉快在前——为了写报告容易些，互相行个方便，我们……就永不再见了吧。"

侦察队长乐呵呵地接过魔块，看了一圈没什么异样之后，一脸疑惑地看着电视人。"还有，你可别阴着在后头耍我们啊。"

"何必呢，你们这些人类可帮了我不小的忙。对了，要我的名片吗？"

掏出一张发光的卡片，电视人的脸完全变成了普艾希亚的样子，露出瘆人的微笑。那是一种杀气，但不知为何而来。队长看在眼里，张嘴悄悄吸了一口冷气。只见对方顺手从一旁的遗体中扯了一条袍子披在身上，咯咯地笑了起来。

"哼！妖异把戏……恕我婉拒了。"眼神中的杀气消失了，队长松了口气。

"这样啊，不要算了。"电视人笑了笑。

那就真的归我了。

"我们走。"

把昏死过去的普艾希亚抬上浮板，随着卷起的微风暴戾地吹掉了草叶上的露珠。经过精密的再定向之后，侦察小队便向着地图上闪着光点的三四个导标的其中一个飞了出去。

"走好不送。"

那张名片忽然不知所终。只见电视人拿着手中不知何时出现的魔块，微笑着望着夜幕，低头看着手中奄奄一息的贝菲。

"看看,听听。我现在是多么快乐。魔块,我的生命,始初魔块,从现在起,就全由我来支配了。

"下一步,就是走捷径去提高储能了。另投明主?记得撒巴莱亚的某位费尽心思企图得到这个。不,我不需要什么主子。我自己能够操纵魔块,那么我本身就是神格。说到底,那又是什么?在超能量晶体和狭缝异能结合的我面前,真有人敢贸然称神?我是佐星最后的希望。

"什么,你一直觉得我这寄生虫一样的家伙没能力发挥魔块的作用吗?别开玩笑了,贝菲。从现在起,我就是你的普艾希亚,我就是这个世界的普艾希亚。我叫蒂露西·佐星·霍格姆曼,来自阿基耶边陲的佐星狭缝。

"我有哪点不像她?哈哈哈哈!哦,看看你,一心侍奉着希拉示和她的高徒。你现在都快死了,可怜虫。"

更名为蒂露西的电视人用普艾希亚的样貌在林地里狂笑着,庆贺复仇的得逞。满脸泪水,连哭带笑,如同失了心智一般。

"我为你们报仇了,父亲,母亲……听见了吗?我终于为你们报仇了!"

石谷下起了雨。一切都被水浸润着。焦煳的血肉融入泥土,燃烧后脆弱不堪的林木相继倒下,泛起光泽。

一匹快马从林间冲出,马鞍后躺着因腹部擦弹而血流不止的老兵士。鞍前单手执着缰绳的人扶着血流不止的前额,一片被不断稀释的猩红模糊中,能依靠的只有胯下的马匹与……

"我威廉·大卫撒,要活下去,活下去。"

"奥本娜队长她……

"只有我了,我也得活下去。

"我至少要告诉镇上的人,这些天外来者给我们引来了什么灾厄……"

忽然,从林木天际之中射出一发亮蓝色的枪火,胯下的马匹被一瞬间削去了健壮的四肢……

跌晕在地。

错综复杂的,生的信念。

也同样编织在另一种行进中。

依稀间普艾希亚也能感觉到,自己与死神无比接近。隐约睁开眼,疼痛和浓云一起,让自己体会到如此不堪的活法。

　　伤得好重,且感觉不到希望。希望好奢侈。

　　"我还能恪守承诺……坚持下去吗? 或许我不能够了……"